SAOL CORRACH

SAOL CORRACH

SÉAMUS Ó GRIANNA

'Máire'

NIALL Ó DÓNAILL
a chuir in eagar

CLÓ MERCIER
Corcaigh

CLÓ MERCIER TEORANTA
Corcaigh

SAOL CORRACH
ISBN 978 1 78117 906 2
© Cló Mercier, 1981
An Dara hEagrán

Dearadh clúdaigh: Carol Nunan
Scuablíníocht chlúdaigh: Frances Boland
Arna chlóbhualadh in Éirinn ag an *Leinster Leader*, Nás
Transferred to Digital Print-on-Demand in 2024

CLÁR AN LEABHAIR

AN CIGIRE A CUIREADH SA DÍG

Nuair a bhí mé i mo ghasúr ba ghnách liom a bheith ag airneál go minic i dtigh Chondaí Éamoinn. Bhíodh sean-fhondúirí an bhaile cruinn ann gach aon oíche i rith an gheimhridh agus iad ag scéalaíocht. Bhíodh tine bhreá ag Condaí i gcónaí agus bhíodh aoibh air leis an té a thiocfadh chun an tí.

Geimhreadh amháin tháinig seanduine go Rinn na Feirste a bhí ag díol buailtín agus chaith sé seal tamaill ag Condaí. Níl a fhios agam c'ainm a bhí air, ach thug muintir an bhaile s'againne 'Bilí na mBuailtín' air. Seanchaí agus ceoltóir a bhí ann, agus thabhaigh an dá bhuaidh sin óstas geimhridh dó i Rinn na Feirste.

Bhíomar oíche amáin i dtigh Chondaí agus bhí oíche mhór scéalaíochta ann. Thoisigh siad a choimhlint le chéile — Condaí agus Bilí na mBuailtín agus gach dara scéal acu, go dtí go raibh sé ag teannadh aonn le ham luí. Ansin d'inis Bilí na mBuailtín scéal nach gcuala an chuid eile riamh roimhe.

Scéal breá amach a bhí ann. Iníon rí a bhí ann agus bhí sí iontach dóighiúil. Bhí fir as gach cearn den domhan á hiarraidh le pósadh. An fear a thiocfadh á hiarraidh chaithfeadh sé a mheáchan féin óir a bheith leis. Ansin chaithfeadh sé cluiche táiplise a imirt leis an rí. Dá mbaineadh sé an cluiche gheobhadh sé an bhanphrionsa le pósadh. Ach dá gcailleadh sé chaithfeadh sé imeacht agus an t-ór a fhágáil ina dhiaidh. Tháinig mórán fear go cúirt an rí ach chaill siad an cluiche agus a gcuid óir, fear i ndiaidh an fhir eile. Nó ní raibh sé ar dhroim an domhain fear a bhí inchurtha leis an rí ar chlár táiplise. Ach i gceann na haimsire tháinig gaiscíoch lúfar dea-chumtha agus dabhach óir leis. D'imir sé féin agus an rí agus chuir an rí an cluiche air. B'éigean dó imeacht, ar ndóigh. Ach tháinig sé ar ais agus a mheáchan féin óir leis athuair. D'imir siad agus chuir an rí an cluiche air. Ach sular imigh sé an dara huair fuair an óigbhean faill cainte leis.

'Tar an tríú huair,' ar sise, 'agus cuirfidh tú an cluiche ar m'athair.'

'Tá eagla orm nach bhfuil fear a imeartha ar an domhan chláir,' arsa an gaiscíoch.

'Chan le healaín a imríos sé ach le geasa,' arsa an óigbhean, ag síneadh fáinne ionsair. 'Cuir an fáinne seo ar do mhéar an dara huair a rachas tú dh'imirt leis, agus cuirfidh tú an cluiche air.'

Tháinig an t-óglach chun an bhaile, ach má tháinig bhí sé imníoch. Bhí an fáinne draíochta aige, ar ndóigh, ach ní raibh ór ar bith aige. Bhí deireadh caillte aige. Bhí long dá chuid ar shiúl chun an domhain thoir fá choinne lasta síoda. Agus bhuail smaoineamh é, dá dtigeadh leis an t-ór a fháil ar iasacht go bhfuascóladh lasta na loinge é nuair a thiocfadh sí. Bhí Giúdach saibhir sa tír agus chuaigh an t-óglach chuige agus d'iarr iasacht an óir air. Dúirt an Giúdach go bhfaigheadh ar acht an oiread seo a aisíoc i gceann na bliana, bun an airgid agus biseach. Thoiligh an t-óglach.

'Caithfidh tú duine éigin a fháil a rachas i mbannaí ort,' arsa an Giúdach.

'Níl aithne agam ar aon duine a bhfuil maoin is dea-chroí aige leis an ghar sin a dhéanamh domh,' arsa an t-óglach.

'Bhail,' arsa an Giúdach, 'caithfidh tú féin a ghabháil i mbannaí ort féin.'

'Cá bhfuil mar thiocfadh liom sin a dhéanamh?' arsa an fear eile.

'Tá,' arsa an Giúdach, 'mura raibh mo chuid óir agamsa uait ar a leithéid seo de lá bíodh sé sa mhargadh go mbeidh cead agam punta feola a ghearradh as do thaobh.'

Thoiligh an t-óglach ar an choinníoll seo, fuair an t-ór agus d'imigh sé go cúirt an rí agus d'imir siad. Chuir sé an cluiche ar an rí agus fuair sé an óigbhean mar chéile. Ach bhí an rí chomh gonta sin cionn is gur cuireadh an cluiche air is nach dtug sé spré ar bith dá iníon. Agus b'éigean don lánúin imeacht a dhéanamh as dóibh féin. Ach ní raibh imní ar bith faoi sin ar an ghaiscíoch. Bhí a long fána lasta síoda ag tarraingt air, agus dhíolfadh an lasta sin a chuid fiach is tuilleadh. Ach cad é a tháinig ach oíche mhillteanach gaoithe móire agus báitheadh an soitheach. Agus fágadh an t-óglach gan aon phingin ar a thús ná ar a dheireadh.

Nuair a tháinig an t-am leis an mhargadh a chomhlíonadh chuaigh sé chuig an Ghiúdach agus d'iarr'spás air. Ach ní thabharfadh an Giúdach spás lae ná oíche dó, nó téarmaíocht ar bith ach an t-iomlán a íoc ar a leithéid seo de lá sin nó punta feola as a thaobh, de réir mar a bhí sa mhargadh. Ní thoileodh an t-óglach agus thug an Giúdach chun an dlí é. Tháinig lá an dlí, agus nuair a bhí an chúirt cruinn tháinig breitheamh óg isteach agus shuigh sé ar an bhinse. Thoisigh an Giúdach gur inis sé a scéal. D'amharc an breitheamh ar an scríbhinn. 'Caithfidh tú do cheart a fháil,' ar seisean leis an Ghiúdach. 'Tá punta feola dlite duit sa mhargadh seo agus caithfidh tú a fháil.'

Leis sin tháinig fear isteach chun na cúirte agus thairg sé an t-ór a dhiol leis an Ghiúdach. 'Tá tú buille mall,' arsa an breitheamh. 'Caithfear an dlí a chomhlíonadh. Gearr punta feola as taobh an fhir seo,' ar seisean leis an Ghiúdach. 'Punta cothrom,' ar seisean, 'gan meáchan ribe chuige ná uaidh. Agus rud eile,' ar seisean, 'níl dlite sa scríbhinn seo duit ach punta feola. Agus ó tharla nach bhfuil, ar do bhás ná tarraing aon deor amháin fola.'

Ar ndóigh, ní rachadh an Giúdach i gceann na scine ar an acht sin agus bhí sé ag brath imeacht, ach d'iarr an breitheamh air pilleadh. 'Cupla focal eile,' arsa an breitheamh. 'Thiocfadh liom do theilgean chun báis as iarraidh mharfa a thabhairt ar an fhear seo. Ach níl mé chomh mithrócaireach le daoine eile. Lig mé do bheo leat an iarraidh seo ar acht tú do sholáthar saolta a thabhairt don fhear seo mar éiric san ainíde a bhí tú ag brath a thabhairt dó.'

Níor aithin aon duine an breitheamh óg seo, ná níor chuimhin le aon duine dá raibh sa láthair go bhfaca siad riamh roimhe é. Agus bhí an dlí thart sula raibh a fhios ag an óglach gurbh í a bhean féin a bhí ann i rith an ama agus éide fir dlí uirthi.

'Sin scéal nár chuala mé riamh,' arsa Condaí Éamoinn.

'Níor chuala ná aon duine eile,' arsa an dara fear. Agus

tháinig smúid ar an iomlán acu cionn is go raibh scéal ag Bilí na mBuailtín nár chualathas riamh i Rinn na Feirste.

'Scéal de chuid na Rosann atá ann,' arsa Bilí na mBuailtín. 'Ag mac do Shéamas Ac Comhail as Leitir Catha a chuala mise é.'

'Cé acu de chlainn Shéamais Ic Comhail? Naos, an é?'

'Chan aige,' arsa Bilí na mBuailtín, 'Ach ag Padaí, an fear a bhí ina mháistir scoile.'

Tháinig loinnir áthasach i súile Chondaí. 'Bhí mé ag déanamh,' ar seisean, 'nach raibh scéal ar bith sna Rosa agus gan é anseo i Rinn na Feirste. Níl ann i ndiaidh an iomláin ach scéal máistir scoile. Scéal a bhain sé féin as na leabhra agus d'inis sé i nGaeilge é.'

'Ní hamhlaidh,' arsa Bilí na mBuailtín. 'Ag Donnchadh Chathail a fuair sé é. Shíl mé féin a chéaduair gurbh é rud a bhain sé as leabhar éigin é. Ach chuaigh mé chuig Donnchadh Chathail agus chuir mé ceist air. Dúirt sé liom go raibh an scéal sin ag a athair agus ag a athair mór agus go raibh sé sna Rosa sula raibh aon mháistir scoile an taobh seo de Leitir Ceanainn.'

'Bhí Donnchadh Chathail ina scéalaí mhaith,' arsa Condaí Éamoinn. 'Ba é an fear Fiannaíochta é ab fhearr sna trí phobal. Ach shíl mé nach raibh aige ach an Fhiannaíocht.'

'Bhí an uile chineál scéalta aige,' arsa Bilí na mBuailtín, 'agus bhí a mbunús ag Mac Comhail. Is minic a chuala mé a athair á rá gur ag Donnchadh Chathail a chaith sé an mhórchuid dá am nuair a bhí sé óg. Shíl siad nach gcromfadh sé ar an léann choíche. Agus i ndiaidh a bheith ina mháistir scoile féin ba mhó an aird a bhí aige ar an scéalaíocht ná ar an scoláireacht.'

'Creidim gurb é sin an fáth ar briseadh é,' arsa Seán Thuathail.

'Bhí sé féin is na *hinspectors* in adharca a chéile ar fad,' arsa Bilí na mBuailtín. 'Tháinig fear acu isteach lá amháin agus bhí an máistir ar obair ag scéalaíocht do na scoláirí. Thoisigh an t-*inspector* a chur thairis agus a rá go mbeadh daor air as a bheith ag scéalaíocht nuair ba chóir dó a bheith ag teagasc. D'éist an máistir leis ar feadh tamaill. Sa

deireadh fuair an fhearg buaidh air. Fuair sé greim gualann
ar an *inspector,* thug cic sa tóin dó, agus chaith amach ar an
doras é. Chuaigh sé siar chun an Chlocháin Léith an lá sin
agus thug sé eochair theach na scoile do shagart na paróiste.
Ar maidin an lá arna mhárach d'imigh sé go hAlbain. Agus
níor phill sé riamh ó shin.'

'Caitheann sé cuid mhór den am ag náibhíocht,' arsa Seán
Néill. 'Agus creid mise gur bulaí fir atá ann. Siúd is nach
bhfuil dúil ar bith san iaróig aige. Ach nuair a bhaintear as é
fear millteanach é. Chonaic mise oíche amháin ag bualadh
seisear Albanach i mBrocksburn é. Oíche a bhí scaifte againn
sa Shamrock Bar. Chuir sé an seisear trasna ar a chéile a
fhad is bheifeá ag gabháil thart ar an teach.'

'M'anam, maise, nach a ghoid sin ná a fhuadach a rinne
sé,' arsa Seán Thuathail. 'Bhí urradh as cuimse sa dream sin.
Is minic a chuala mise gur iompair Pádraig Ac Comhail sac
fhichead cloch choirce ar a dhroim as Cnoc Dubhais gur
fhág sé istigh i Leitir Catha é. Mar sin de, níl iontas ar bith
orm an fear óg a bheith ina choileán fir.'

'Ina dhiaidh sin,' arsa Donnchadh Rua, 'nár mhór an
truaighe fear a chuid léinn imeacht mar d'imigh sé? Bhí saol
fir uasail aige sa bhaile. Agus dearc an dóigh atá anois air.'

'Níor mhór an truaighe é imeacht mar d'imigh sé,' arsa
Bilí na mBuailtín. 'Nó, má ba mhór, ba mhó i bhfad an
truaighe é a shaol a chaitheamh ina mháistir scoile. Bhí
fearúlacht chroí agus inchinne ann, agus ba mhó i bhfad an
díol truaighe é dá ngéilleadh sé do na marlaí atá mar ucht
tiomána ag an dream a chuir faoi smacht sinn.'

Ar theacht chun an bhaile domh féin an oíche sin bhí Niall
Sheimisín istigh ag airneál.

'Cá raibh tú anocht?' arsa mo mháthair.

'Amuigh i dtigh Éamoinn,' arsa mise. 'Bhí Bilí na
mBuailtín ann agus é ar obair ag scéalaíocht.'

''Raibh laisín ar bith le foghlaim anocht agat?' arsa mo
mháthair.

'Ní raibh,' arsa mé féin, 'ní thug an máistir laisín ar bith
dúinn.'

'Dá dtugadh féin,' arsa mo mháthair, 'ba bheag d'aird air.
Is fearr leat ar shiúl ag éisteacht le Bilí na mBuailtín nó le

Séamas Pháidín, is fearr leat sin ná cromadh ar do chuid leabhar.'

'Seo, lig dó,' arsa Niall. 'Is iomaí rud ba mheasa a d'fhéadfadh duine a dhéanamh ná tamall a chaitheamh ar scoil ag Bilí na mBuailtín. C'air a raibh sé ag seanchas anocht?' ar seisean liom féin.

'Bhí,' arsa mise, 'ar iníon rí nach bhfaigheadh fear ar bith le pósadh í ach an fear a dtiocfadh leis cluiche táiplise a imirt lena hathair agus an bhuaidh a fháil air.' Agus thoisigh mé gur inis mé an scéal chomh maith agus a tháinig liom.

'Sin scéal nach gcuala mé riamh,' arsa m'athair.

'Chuala mise anuraidh é,' arsa Niall. 'Agus ní raibh a fhios agam go dtí sin go raibh an scéal i nGaeilge ar chor ar bith. Léigh mé aon uair amháin i mBéarla scéal a bhí cosúil leis.'

'C'aige a gcuala tú e?' arsa m'athair.

'Ag Gráinne Phroinsís,' arsa Niall, 'oíche amháin anuraidh a bhí mé ag airneál aici. Óna máthair a fuair sí féin é.'

'Bhí cuid acu ag rá,' arsa mise, 'gur máistir scoile as Leitir Catha a chuir Gaeilge air.'

'Mac Shéamais Ic Comhail!' arsa Niall. 'Bhí an scéal sin sna Rosa sular rugadh é féin ná a athair roimhe. Ach tá a fhios agamsa cá bhfuair Mac Comhail é. Fuair ag a chomharsa bhéal dorais, Donnchadh Chathail'.

'Sin an rud a dúirt Bilí na mBuailtín,' arsa mise.

'Bhí mé ag déanamh air sin,' arsa Niall, 'nó ní raibh aon scéal ó Neamh go hÁrainn nach raibh ag Donnchadh Chathail.'

'Ní raibh aithne ar bith agam ar an stócach sin,' arsa m'athair, 'siúd is go raibh neart aithne agam ar a athair agus ar a uncal, Pádraig. Ba mhillteanach an charraig fir Pádraig Ac Comhail. Nuair a bhí sé ina neart ní raibh aon fhear eadar an dá fhearsaid a bhí chomh láidir leis. Agus fear modhúil múinte nach dearn aon lá troda riamh mura mbaintí as é.'

'M'anam, maise, go bhfuil an fear óg amhlaidh fosta,' arsa Niall. 'Tá sé ar fhear chomh cruaidh láidir agus a thug

bád Dhoire trasna. Ach ní thógfaidh sé iaróg ar bith má
bheirtear an bealach do'.'

'Tá aithne agat air?' arsa m'athair.

'Tá, na deich n-aithne,' arsa Niall. 'Níl sé ach cupla bliain
ó d'oibir mé geimhreadh ina chuideachta in obair na hola in
Uphall. Ba bhreá amach an fear é, agus ba lách an comrádaí
é.'

'Cad chuige ar briseadh as an scoil é?' arsa mo mháthair.

'Deir Bilí na mBuailtín,' arsa mise, 'gur cionn is a bheith
ag scéalaíocht do na scoláirí nuair ba cheart dó a bheith ag
teagasc.'

'Ní hamhlaidh,' arsa Niall. 'Nó is minic a d'inis sé féin
domhsa é. Chan as scéalaíocht a briseadh é ar chor ar bith
ach as geografie.'

'Geografie!' arsa m'athair. 'Shílfeá nach mbeadh cáipéis
ar bith air as a leithéid sin a theagasc.'

'Ní bheadh a dhath,' arsa Niall, 'dá deagascadh sé mar
ba cheart í, nó an rud ar a dtugann na huachtaráin an ceart.
Dá n-abradh sé gur taobh ba thoir d'Éirinn a bhí Sasain, an
t-oileán a raibh an Bhanríon ina cónaí ann. Go raibh Éire faoi
chrann smola riamh nó go dtug Sasain ciall is creideamh
dóibh. Go raibh ár sinsear ag ithe a chéile nó go dtáinig
Sasain agus go dearn sí síocháin eatharthu. Sin agus go
bhfuil saol socair suaimhneach anois againn. Go dtig linn ár
dtine a choigilt agus a ghabháil a luí agus an oíche a
chodladh go suaimhneach go maidin. Agus go bhfuil
cabhlach na Sasana taobh amuigh dínn mar sciath
chosanta.'

'Más fíor sin,' arsa mathair, 'ní hiontas ar bith gur
briseadh Mac Comhail, nó ní raibh sé i ndáil ná i ndúchas
aige géillstean don chineál sin amaidí. Ach ní raibh a fhios
agam riamh gurb é sin an rud a dtugann siad geografie air.'

'Is beag sin de,' arsa Niall. 'Nuair atá tú réidh le hÉirinn
rachaidh tú anonn chun na Fraince. Sin an tír a raibh
Bonaparte inti, an fear a thug iarraidh an domhan a chur
faoina chosa, nó go dtáinig Sasain agus gur bhuail sí é agus
gur chuir sí faoi ghlas ar oileán mara é go dtí go raibh faill
aige aithreachas a dhéanamh. Ansin rachaidh tú chun na
Spáinne, an tír a chuir cabhlach cogaidh anall le léirscrios a

dhéanamh ar Éirinn, agus a dhéanfadh é murab é Sasain agus Dia. Nó chuidigh Dia le Sasain nuair a bhíomar i gcontúirt. Chuir Sé mórtas mara agus gaoithe ar an tsaol a rinne smionagar den Armada ar na cladaigh seo amuigh.'

'Creidim féin,' arsa m'athair, 'nárbh ionann go hiomlán an inse a bhí ag Mac Comhail ar an scéal.'

'Níorbh ionann,' arsa Niall. 'Ní chuireadh Mac Comhail fiacail sa tseanchas. Ba ghnách leis an mapa a ligean anuas agus na scoláirí a chur ina seasamh thart air. An méid den domhan atá ag Sasain tá sé dearg ar an mhapa. "Dearg le fuil," a deireadh an máistir. "Sin ansin agaibh an méid den domhan a chuir sí faoi smacht le tine is le harm, le dúnmharú agus le gadaíocht agus le bréaga!" Bhí sé á dteagasc mar seo, lá amháin, agus cé a tháinig ach an t-*inspector*. Ní fhaca aon duine ag teacht é. Tháinig sé thart coirnéal an tí go fáilí agus sheasaigh sé taobh amuigh den doras. Nuair a bhí sé tamall ansin ag cúléisteacht seo isteach é. Bheannaigh an máistir dó ach ní thug an fear eile freagra ar bith air. Tháinig sé aníos go dtí an tine agus shuigh sé ag an tábla ag scríobh. Nuair a bhí sé tamall ag scríobh d'éirigh sé ina sheasamh, agus ar seisean leis an mháistir, 'Nach bhfuil a fhios agat go bhfuil sé coireach agat a bheith ag iarraidh na páistí beaga bochta sin a chur i dtréas ar an Athair Shíoraí?' Ní dhearn Mac Comhail ach greim gualann a bhreith air agus a bhrú roimhe amach ar an doras. Bhí díog mhór dhomhain tuairim is ar dheich slata síos ón doras. Thiomáin Mac Comhail an t-*inspector* roimhe go raibh sé ar bhruach na díge. Ansin bheir sé greim thall is abhus air agus sháith sé síos sa dig go dtí an dá shúil é. D'éirigh an créatúr bocht amach as an uisce agus é ina líbín bháite, agus d'imigh sé. Phill an máistir isteach ar ais agus d'iarr sé ar na scoláirí a ghabháil chun an bhaile. D'fhág sé slán acu duine i ndiaidh an duine eile nuair a bhí siad ag imeacht. An tráthnóna céanna sin chuaigh sé siar chun an Chlocháin Léith agus thug sé an eochair don tsagart.'

'Níl a fhios agam cad é a dúirt an sagart?' arsa m'athair.

'Bhí an sagart buartha ina dhiaidh,' arsa Niall. 'Ach má bhí féin bhí meas aige ar an spiorad agus ar an fhearúlacht a bhí ann.'

An lá arna mhárach chuaigh mé féin chun na scoile mar ba ghnách liom agus ní thiocfadh liom mo shúile a thógáil de léarscáil an domhain. Chonaic mé a chúig oiread dearg ann agus a chonaic mé riamh roimhe sin. Balscóidí móra dearga in áiteacha. Rudaí nach raibh chomh mór sin in áiteacha. Treallta agus mionbhaill mar bheady goiríní ann in áiteacha eile. Agus ár dtír bheag féin dearg i gcuideachta na codach eile. Chonacthas domh go raibh an léarscáil mar bheadh corp duine ann a mbeadh an fiabhras dearg air. Chonacthas domh go raibh an domhan mór ar bhéalaibh báis leis an aicid ghránna seo. Fiabhras agus dearglach agus meáchan trom tinnis is easláinte!

Tig amanna ar dhuine agus sílim go bhfoghlaimeodh sé rud ar bith dá dheacracht é. Nuair a bhíos ciocras ar an intinn chuig rud ar bith agus an croí bogtha is furast a fhoghlaim. Dá mbeinnse ar scoil ag Mac Comhail Leitir Catha na laetha seo d'fhoglaimeoinn cuid mhaith de thíreolas an domhain i ngearraimsir. Ach nuair nach raibh níor fhoghlaim mé dada.

Cupla lá ina dhiaidh sin bhí geograife againn. Lig an máistir anuas léarscáil an domhain agus d'iarr sé orainn an oiread seo a fhoghlaim. Nuair a tháinig sé ar ais chugainn i gceann tamaill bhí an deilín ar a dteanga ag an chuid eile acu — bhí, mar a bheadh an phaidir ann: *'London on the Thames, Paris on the Seine, Berlin on the Spree, Rome on the Tiber . . .'* Ach ní raibh focal de agamsa. Ní raibh a dhath i mo cheann ach an léarscáil agus na balscóidí dearga fola a bhí air.

AN MÁISTIR MAC COMHAIL

An tríú bliain a bhí mé in Albain chaith mé seal an tsamhraidh ag náibhíocht. Bhíothas ag cur píopa uisce as Broughton isteach go hEdinburgh agus fuair mé féin obair air. Bhí scaifte mór againn ar lóistín i dtigh Joe Munday agus cuid acu ina n-ógánaigh ghreannmhara. Bhí Eoin Rua ann, cibé nach raibh ann, agus bhí toil mhór agam féin dó. Is iomaí scéal maith a d'inis Eoin an samhradh céanna. Amanna ag caint ar na fir a bhuail sé féin is Micheál is Black Jimmy Boyle. Amanna ag inse fán oíche a bhí sé ag damhsa an *Bundoran Jig* i dtigh Anna Ní Dhoirnín, é féin is iníon Bhilí na Madadh as Gleann Domhain.

An *hut* a bhí ag ár dtaobh bhí scaifte ann nach raibh aithne agam orthu. B'as Inis Eoghain an mhórchuid acu agus gan acu ach Béarla. Bhínn féin ag cuartaíocht acu corr-tráthnóna agus níorbh fhada gur chuir mé sonrú i bhfear amháin dá raibh ann. Bhíodh sé go minic ag léamh, ach ní duine tostach ná dúrúnta a bhí ann. Oíche Shathairn amháin bhí scaifte acu ag gabháil a dh'imirt chardaí. D'fhiafraigh fear acu de an imeoradh sé cluiche agus thug mé fá dear gur 'Master' a thug air. Shuigh siad isteach agus thoisigh an imirt. 'Master' a bhí an t-iomlán acu a thabhairt air. Agus chuir seo iontas orm féin. C'air a raibh sé ina mháistir? Cad é an chéim a bhí aige? Nó má bhí céim ar bith aige cad chuige a raibh sé ag náibhíocht?

Chuir mé ceist ar sheanduine bheag liath lá amháin c'ainm de cheart an fear seo a raibh 'Master' acu air. 'Schoolmaster McCole,' arsa an seanduine liath. Ach sin a raibh d'eolas aige. Ní raibh a fhios aige cárbh as an 'Master', ná cad chuige ar tugadh an t-ainm sin air. Dar liom féin, an feidir gurb é atá ann?

An Satharn sin a bhí chugainn casadh orm é agus chuir mé chun tosaigh air é.

'An miste domh a fhiafraí cárb as thú?' arsa mise.

''Raibh tú riamh i Leitir Catha?' ar seisean.

'Bhí mé ann aon uair amháin,' arsa mise. 'Oíche ar an gheimreadh s'chuaigh thart a bhí damhsa i dteach na scoile.'

'I dteach na scoile!' ar seisean, agus thost sé bomaite. 'Teach scoile Leitir Catha! Bhí mise tamall de mo shaol i mo mháistir ansin.'

'Is tú Mac Comhail?' arsa mise.

'Is mé,' ar seisean. 'Cá háit sna Rosa arb as thú féin, nó aithním ar do chuid cainte gur Rosannach thú?'

'As Rinn na Feirste,' arsa mise. 'Chuala mé iad ag caint ort oíche amháin a bhí scaifte againn ag airneál ag Condaí Eamoinn.'

''Bhfuil mórán fairsingí i dtigh Joe?' ar seisean, tamall ina dhiaidh sin. 'B'fhearr liom ann, dá mbeadh áit agam, ná i gcuideachta daoine nach bhfuil mé eolach orthu.'

'D'imigh fear amháin ar maidin inniu,' arsa mise, 'agus ní tháinig aon duine ina áit.'

An oíche sin tháinig Mac Comhail chugainn agus mála mór leis. Rud annamh náibhí agus mála leis. Ach chan éadach a bhí sa mhála leis an náibhí seo ach leabhra. Cuireadh fáilte roimhe, ar ndóigh, agus bhí oíche mhór chomhráidh aige le hEoin Rua agus le cuid eile de shean-fhondúirí na Rosann.

Tráthnóna an lá arna mhárach bhí mé féin i mo shuí ag léamh agus tháinig sé ionsorm.

'An mbíonn tú ag léamh go minic?' ar seisean.

'Minic go leor,' arsa mise. 'Ach níl agam ach aon leabhar amháin, *Burns*. Ceann a cheannaigh mé anuraidh i ndiaidh seachtain a chaitheamh ar shiúl le Frainc Ac Gairbheath.'

'M'anam, maise, nach tú an chéad fhear a chuir sé i gceann Bhurns, mar Frainc,' arsa Padai. 'Casadh orm féin samhradh amháin é agus thug sé orm a oiread suime a chur i mBurns agus gur imigh mé siar i dtús an fhómhair go raibh mé thiar in Ayr, agus gan de ghnoithe agam ann ach go bhfeicfinn teach Tam o' Shanter agus an tAuld Clay Biggin. Ach,' ar seisean, 'dá fheabhas é, mar Bhurns, is fearrde duit cupla leabhar eile a léamh. Cad é do bharúil dá bhféachfá an ceann seo?' ar seisean, ag tabhairt leabhair anuas ón tseilf a bhí ann.

'Cad é an leabhar í?' arsa mise.

'Leabhar chomh breá agus a scríobhadh riamh,' ar seisean, *'Mitchel's Jail Journal.'*

D'fhoscail mé féin an leabhar agus thoisigh mé a thiontó na nduilleog. B'fhurast a aithne go raibh sí léite go mion is go minic aige. B'annamh duilleog nach raibh cupla líne uirthi a raibh stríoc dhearg fúthu.

'You are not yet emancipated, with all your Clare Elections'.

'This earth was not created to be civilised, ameliorated and devoured by the Anglo-Saxons.'

'I do affirm, I — that Capital is not the ruler of the world — that the Almighty has no pecuniary interest in the stability of the funds or the European balance of power — finally, that no engineering, civil or military, can raise man above the heavens or shake the throne of God.'

'Your Anglo-Saxon race worships only money, prays to no other God than money, would buy and sell the Holy Ghost for money and believes that the world was created, is sustained and governed, and will be saved by the only one immutable Almighty Pound Sterling.'

'Yet the very fact is that modern British civilisation is not only not Christian, but is not so much as Pagan. It takes not the smallest account of anything higher or greater than earth bestows.'

Thoisigh mé féin a léamh, ach ní raibh mé i bhfad siar sa leabhar go bhfuair mé amach go raibh cuid mhór inti nach raibh intuigthe agam. Dúirt mé sin le Padaí agus thoisigh sé an oíche sin do mo theagasc. Is iomaí oíche a chaitheamar thíos i gceann an tí agus coinneal againn, Padaí ag teagasc agus mise ag foghlaim. Is maith is cuimhin liom oíche amháin a bhí mé ag léamh an chuntais a scríobh an t-údar ar an tráthnóna a d'imigh sé ar bord loinge as Baile Átha Cliath agus é ina phríosúnach. *'Dublin City'* a deir sé, *'with its bay and pleasant villas — city of bellowing slaves, villas of genteel dastards — lies now behind us.'* Ní fhaca mé féin *'dastard'* in aon scríbhinn riamh roimhe sin. Bhí eolas agam ar fhocal eile nach raibh éagosúil leis agus shíl mé, cinnte, gur earráid chló a bhí sa leabhar.

'Tá mé ag déanamh gur 'b' ba cheart a bheith ansin,' arsa mise leis an mháistir.

'Níorbh olc an focal ar chor ar bith é,' arsa an máistir, ag déanamh gáire. 'Ach *'dastards'* a thug Mitchel orthu.' Agus mhínigh sé an focal domh. Ach, má mhínigh féin, ní raibh mé róchinnte de. Chonacthas domh gur throime agus gur tharcaisní i bhfad an focal eile.

Bhí an leabhar iontach doiligh in áiteacha ach, má bhí féin, bhí mé ag teacht chun tosaigh go maith. Bhí scoith máistir agam. Nuair a bhímis amuigh ag obair ba ghnách linn a bheith ag comhrá ar na rudaí a bhí sa leabhar, agus an máistir ag inse agus ag míniú domh. Amanna ní bheadh a fhios agam gur as an *Journal* a bhí sé ag baint an eolais ar chor ar bith go dtí go dtoisínn á léamh Dé Domhnaigh.

Sin mar fuair mé aithne ar Bhacon agus ar Mhacaulay agus ar fhealsúnacht na hochtú haoise déag. Ba bhreá amach an léitheoireacht é ag stócach as Éirinn. Dá mbínn i gcoláiste an bhliain úd bheinn ar theann mo dhíchill, b'fhéidir, ag iarraidh a bheith ag foghlaim an *'uncouth verbiage'* ar a dtugadh Bacon agus lucht a mholta fealsúnacht. Bheadh sé creidte agam nárbh fhiú dada an eagnaíocht a bhí ag fealsúna an tseansaoil le taobh na heagnaíochta a bhí ag Bacon agus ag Macaulay. Bheadh sé scríofa ar mo chroí agus ar m'intinn gur ar mhaithe le Críostaíocht a chuaigh Clive chun na hIndia. Gur de gheall ar Dhia a chuir sé dallamullóg ar Omichund le fianaise bhréige.

'Nárbh iontach a d'fhág tú posta maith agus a theacht chun na tíre seo?' arsa fear as na Rosa leis, Domhnach amháin a bhí sé ag léamh. 'Dá mbeinnse i mo mháistir scoile ní thiocfainn choíche go hAlbain.'

'Ní raibh sé i ndáil ná i ndúchas agam a bheith i mo mháistir scoile,' arsa Padaí, 'agus is dóiche gurb é sin an fáth ar imigh mé.'

D'amharc mé air agus chonacthas domh go raibh an fhírinne aige má bhí sí ag aon fhear riamh. Bhí sé ar fhear chomh breá agus a chasfaí ort i siúl lae. Bhí muineál air mar bheadh bun crainn ann, agus féitheoga ina sciatháin mar bheadh slatacha saileoige ann. Smaoinigh mé ar Chlainn Ic

Comhail agus na héachtaí a bhí curtha síos dóibh sa tsean-
chas. Pádraig ag iompar fiche cloch choirce as Leitir
Ceanainn chun na Rosann. Séamas ag tógáil cliobóg
chapaill as an díg agus á hiompar ar a dhroim as Clasaidh
na gCnámh go Leitir Catha. Agus fear den aicme sin ina
mháistir scoile agus slat aige ag bualadh páistí! Níor ordaigh
Dia é!

'Bhí dúil mhór sa scéalaíocht agam,' ar seisean lá amháin.
'Tógadh mé sa doras ag Donnchadh Chathail, an fear Fiann-
aíochta ab fhearr sna Rosa. Bhínn ag airneál aige go minic
nuair a bhí mé i mo mháistir scoile. Is iomaí uair, i ndiaidh a
bheith ag éisteacht seal oíche go ham luí le Donnchadh
Chathail ag scéalaíocht, is iomaí sin a chuaigh mé chun an
bhaile agus gan a dhath i mo cheann ach Fiannaíocht. Nuair
a thigeadh tallann acu seo orm thoisínn ag scéalaíocht i
dteach na scoile an lá arna mhárach. Ní raibh sin ag cur leis
na rialacha, ar ndóigh, agus bhí mé féin is na *hinspectors* in
adharca a chéile. Beireadh orm cupla uair ag scéalaíocht
nuair ba chóir domh a bheith ag teagasc ábhar éigin eile de
réir an *Timetable*. Bhí gealtán beag d'*inspector* againn agus
bhagair mé lá amháin air agus dúirt mé leis nach riabh ciall
ar bith d'oideachas aige. Dúirt mé leis gurb é an scéal bun
agus dúshraith an oideachais. Ach ba chuma cad é a
déarfainn leis, bhí a phort féin aigesean. Bhí mé ag scéal-
aíocht nuair ba cheart domh a bheith ag teagasc geografie!
Ní raibh a fhios aige gurbh é sin an t-aon ábhar amháin ba
mhaith liom a sheachnadh nuair a bheadh seisean ar na
gaobhair, nó bhí dóigh domh féin agam le geografie a
theagasc.

'Bhí glób mór agam a rinne saor adhmaid as an Chlochán
Liath domh, agus dhathaigh mé féin é. Bhí dath liathghlas ar
an fharraige agam. Bhí na tíortha agus na ranna daite, cuid
buí, cuid gorm, cuid donn, cuid liath agus dá réir sin. Agus
bhí Impireacht na Sasana dearg. Bhí, chomh dearg le fuil.
Agus, a dheartháir, ba é sin an dóigh le geografie, agus stair
san am chéanna, a theagasc do pháistí na hÉireann. Bhí
leapacha móra dearga ar an ghlób agam, nó, mar deir
Mitchel, *'on British felony the sun never sets.'* Ba ghnách
liom an glób a thabhairt thart ar an fhearsaid agus scéal a

inse fá na ballaibh dearga a bhí air. Sin na hoileáin sin sa
chainéal ag bagar ar an Fhrainc. Tá Gibralter aici anseo le
glas a choinneáil ar an cheann seo abhus den Mheánmhuir.
Tá Málta anseo aici mar theach leath bealaigh. An Éigipt
aici leis an taobh ó dheas a chosnamh agus glas ar an cheann
thoir den Mheánmhuir aici ag an Suez. Soir ansin chun na
hIndia agus go dtí an domhan thoir. Soir ó dheas go dtí an
Astráil agus thart ar an Mhol go dtí an taobh thiar. Leath an
domhain faoi smacht aici le tine is le harm, le gadaíocht agus
le bréaga agus le *opium* agus le bratóga *cotton*. Agus an
t-iomlán de sin in ainm Dé. Ní bhogfadh na Sasanaigh as an
oileán seo más fíor dóibh féin, ach ag comhlíonadh aitheanta
Dé. Tá sé de dhualgas orthu a bheith mar sciath chosanta ag
an laige, an tíoránach a chosc, solas na Críostaíochta a
lasadh i réigiúin dhorcha na Págántachta. Gheibh siad, ar
ndóigh, saibhreas sna tíortha seo — ór is airgead, cruaidhe,
iarann agus ola, mairteoil agus fíon agus síoda. Ach níl ansin
ach taisme. Chan de gheall ar shaibhreas ná ar mhaoir a
loisc siad cathracha agus a ghearr siad sceadamáin, chan
ea ach de gheall ar Dhia.'

Nuair a bhí an máistir an fad seo leis an scéal ní raibh aon
fhear sa teach ag labhairt, ach an t-iomlán acu ina suí ag
tabhairt cluaise dó.

'Bhí go maith agus ní raibh go holc,' arsa Mac Comhail,
'go dtí lá amháin, cupla mí ina dhiaidh sin, tháinig sé orm
agus mé ar obair ag teagasc geograife. Tháinig sé dá chois
aníos an caorán, agus ní fhaca aon duine ag teacht é. Bhí mé
féin ar mo chúrsa ag gabháil thart ar an domhan, agus do
bharúil nár sheasaigh sé taobh amuigh den doras ar feadh
leathuaire ag cúléisteacht liom! Sa deireadh, seo isteach é.
Tháinig sé aníos agus shuigh sé ag an tábla agus thoisigh sé
a scríobh. Bhí barúil agam féin go raibh mo ghnoithe déanta.
Ach, má bhí féin, ligfinn tharam é dá mbeadh sé ina thost.
Ach ní raibh. Thoisigh sé a chur thairis agus cuil an diabhail
air.

' "Is dlisteanach an máistir scoile thusa, ar seisean, ag
tabhairt teagasc do na páistí beaga bochta sin a bhéarfas
orthu a theacht i méadaíocht agus fuath agus drochmheas
acu ar an tír a thug scoil is leann dóibh."

'D'amharc mé síos air. Bhí muineál caol roicneach air agus cloigeann beag baoideach. Dar liom féin, nach dána an mhaise duit labhairt mar sin liomsa? Ach chan as féin a bhí sé dána, an díorfach bocht, ach as an chumhacht a bhí taobh thiar de. D'amharc mé eadar an dá shúil air. Chonaic mé ansmacht Gall agus sclábhaíocht Gael sa dá shúil bheaga chaola dhearga a bhí aige. Tháinig tallann feirge orm nach raibh buaidh le fáil uirthi. Fuair mé greim gualann air agus thóg mé amach ón chathaoir é agus bhrúigh romham amach ar an doras é. Tá díog mhór dhomhain taobh amuigh de theach na scoile agus bíonn sí lán uisce sa gheimhreadh. Nuair a bhí sé ar bhruach na díge agam chuir mé truilleán leis, agus amach leis ar fhíormhullach a chinn. Rinne sé anghlór mar bheadh cat a bheifí á bháthadh agus tharraing mé féin aníos ar an bhruach é. D'imigh sé siar an bealach mór agus é fliuch báite. Nuair a chonaic mé ag imeacht siar uaim é ina líbín bheag bhocht bháite, damnú gur bhuail aithreachas mé. Chonacthas domh go raibh sé cloíte agam mo lámh a fhágáil thíos le díorfach mar é.

'Phill mé isteach ar ais agus dúirt mé leis na scoláirí go raibh mé ag imeacht. D'fhág mé slán acu ó dhuine go duine agus mo sháith cumha orm ina ndiaidh, nó bhí mé iontach geallmhar orthu agus iad orm. Nuair a bhí siad uilig ar shiúl chuir mé an glas ar an doras agus d'imigh liom go raibh mé thiar ar an Chlochán Liath ag sagart na paróiste.

' "Bhí an t-*inspector* inniu agat," ar seisean, ar theacht chun an tí domh.

' "Bhí," arsa mé féin, ag síneadh na heochrach ionsair, agus thoisigh mé gur inis mé an t-iomlán dó.

' "Bhail," arsa an sagart, *"nothing in your professional life became you like the leaving of it,"* agus rinne sé gáire. Líon na cupla focal sin mo chroí de bhród agus d'áthas. Chonacthas domh go raibh aoibh ar an tsagart mar bheadh sé ag maíomh gur mé a rinne i gceart é.

'Cúpla seachtain ina dhiaidh sin tháinig mé chun na tíre seo, agus ní fhaca mé Leitir Catha ó shin ach i mo bhrionglóidí. Agus ansin tím na Cnoic agus muintir na gCnoc chomh soiléir agus dá mbeinn ag amharc orthu le mo shúile cinn. Cruaich an Chuilinn agus Leitir Catha agus Mín na Manrach. Séamas an Bhurdáin agus Tomás Fheilimí agus Pádraig Ac Comhail! . . . Bíonn saol corrach sa tír seo agam amanna, mar tá a fhios agat féin. Ach, dá olcas é, is fearr é ná i do mháistir scoile in Éirinn. Sin díogha agus deireadh.'

Ní raibh an *Murder Machine* scríofa ag Pádraig Mac Piarais an t-am seo. Ní raibh a fhios ag Mac Comhail gur dhual don Phiarsach a rá go raibh Éire i mbraighdeanas, go raibh na scoltacha agus na coláistí mar chomhartha ar an bhraighdeanas sin. Gurbh iad an tsaighead leathan iad ar dhroim na hÉireann.

Nuair a bhí an *Jail Journal* léite cupla uair agam thug an máistir leabhar eile de chuid Mhitchel domh. Aiste ghalánta ar Chlarence Mangan, agus dornán maith dá chuid amhrán is dánta. 'Níor chuala tú iomrá riamh ar Mhangan? ar seisean.

'Níor chuala,' arsa mise.

'Níor chuala,' ar seisean, 'agus ní chluinfeá dá mbeifeá trí shaol duine ar scoil in Éirinn. Moore an "file náisiúnta" atá acu. Bhí sé ina cheoltóir bhinn, ar ndóigh, mar Mhoore, agus tá sé inmholta as an tsiocair sin. Ach ní abóradh duine ar bith a mbeadh ciall aige d'fhilíocht gur file a bhí ann. Agus is lú ná sin a déarfadh an té a bhfuil seanchas na hÉireann aige go raibh náisiúntacht ar bith ann. Chuir sé focla binne le cuid de cheol na hÉireann, ach ní raibh buaidh na filíochta riamh aige ó Neamh mar a bhí ag Mangan. Níor thuirling an Spiorad Naomh riamh ar a chuid striongán, Agus, rud eile, ní raibh dochar ar bith ann. Bhí a shliocht air. Bhí sé ina pheata ag na *"brilliant literary and musical circles"* a bhí i mBaile Átha Cliath lena linn. Agus ansin, an mórtas a bhí ann! Shíl sé féin gur bhain sé ceol as cláirseach na hÉireann nár baineadh aisti ó bhí Ceithearnach Uí Dhónaill ag seinm i gcúirt doirseach Dhún na nGall. Shíl sé go bhféadfadh sí codladh go sámh sásta, *With the sunshine of fame on thy slumbers,* agus nach dtiocfadh aon duine ina dhiaidh choíche a bhainfeadh an bláth de. Ach tháinig Clarence Mangan agus chuir sé oibriú sna téada a chuir gach gleann sléibhe ar fud Éireann agus na móinte ar crith. Más ceadmhach,' ar seisean, 'file náisiúnta a ghairstean d'fhear ar bith dár scríobh i mBéarla in Éirinn, ag Clarence Mangan atá an chraobh sin tabhaithe. Is é an t-oighre dlisteanach é ar Eoghan Rua Mac an Bhaird, ar Mhánus Ó Dhónaill agus ar Sheathrún Céitinn. Ar Sheán Ó Choileáin, ar Art Mac Cumhaí, ar Phiaras Feiritéir agus ar na céadta eile. Ach níl iomrá ar bith in Éirinn air cionn is nár dhúirt léirmheastóirí Sasanacha riamh gur file maith a bhí ann. Níor dhúirt ar an ábhar nár ghéill sé dóibh féin ná dá mbarúil. Ba chuma leis a moladh aige nó uaidh. Ba é an dearcadh a bhí aige nár mholadh a moladh agus nár cháineadh a gcáineadh. Agus mar deir Mitchel, peacadh in aghaidh an Spioraid Naoimh gan géillstean do bhreithiúnas na hImpireachta i ngnoithe litríochta.'

Chaith mé trí seachtaine ag léamh chuid amhrán agus dánta Mhangan agus bhí spéis as cuimse agam iontu. Cé gur Béarla a bhí ann, agus nach raibh mórán eolais ná cleachta agam ar litríocht an Bhéarla, ní raibh moill ar bith orm Mangan a thuigbheáil. Bhí an teanga coimhthíoch agam, ar ndóigh, ach chuir sé rud éigin sna véarsaí a bhí iontach gaolmhar do spiorad na nGael. Bhí sé éagosúil ar fad leis an chuid eile d'fhilí na hÉireann a scríobh a gcuid ceoil i mBéarla. Bhí Moore fuar coimhthíoch agam, cé gur mhín a chuid siollaí agus gur cheolmhar na foinn a bhí leo. Bhí Tomás Dáibhis achrannach agam, cé gur dhóchasach agus gur mhóruchtúil a chan sé nuair a bhí an mhórchuid d'fhearaibh Éireann ar bheagán misnigh. Ach bhí *My Dark Rosaleen* agus *O Woman of the Piercing Wail* chomh soiléir le grian an mheán lae ag an té a chuala *Mo Róisín Dubh* agus *A Bhean Fuair Faill ar an bhFeart*.

D'éirigh mé chomh dána sin ar an mháistir i gceann na haimsire agus gur ghnách liom leabhar a thabhairt liom as a mhála de réir mar thiocfadh sé de mhian orm. Lá amháin tháinig mé ar leabhar a raibh ainm aisteach uirthi, dar liom — *Sartor Resartus*. Thoisigh mé á léamh, ach ní raibh mé ábalta talamh ar bith a dhéanamh di. Bhí mé ag tiontó na nduilleog go bhfeicfinn an raibh a dhath inti a dtiocfadh liom a ghabháil i bhfostó ann. Sa deireadh baineadh stad asam: *'My teachers were hide-bound pedants, without knowledge of man's nature or of boy's; or of aught save their lexicons and*

their quarterly account books.' Cá háit a gcuala mé sin
roimhe? Tá, ag Frainc Ac Gairbheath an lá a casadh orm in
Ayr é an samhradh roimhe sin. Thug an méid sin orm a
oiread suime a chur sa leabhar agus gur léigh mé i óna tús go
dtína deireadh, cé go raibh cuid mhaith di dothuigthe agam.
Na blianta ina dhiaidh sin léigh mé athuair í, agus bunús ar
scríobh an t-údar lena cois. Níor fhág siad orm ach lorg beag
éadrom, gránú beag nach raibh i bhfad ag cneasú. Ach ní
abórainn nó d'fhágfadh an scríbhneoir céanna colaim-
neacha domhaine ionam murab é an teagasc a fuair mé ó
Mhac Comhail nuair a bhí mé i mo stócach.

'Tá Carlyle maith,' ar seisean liom, tráthnóna amháin Dé
Domhnaigh agus sinn ag siúl síos a chois na habhann. 'Tá sé
fíormhaith. Tá cuid mhór den fhírinne aige agus tá buille
trom ar a láimh. Buille a bhrisfeadh blaosc an domhain dá
mba dual dó briseadh. Tá cuid mhaith den fhírinne aige,
agus sin an áit a bhfuil an chealg. Tá fuath na namhad aige
ar mhí-ionracas agus ar bhréaga agus ar an uile chineál
amaidí is cur i gcéill. Tá sé ar seachrán i ngleann dorcha
agus é ag scairtigh is ag gárthaigh ionsar Dhia, mar bheadh
sé ag déanamh gur chóir do Dhia a theacht chuige féin mar a
tháinig sé chuig Maoise. Agus tá a oiread de mhioscas a
chine ann is nach n-amharcann sé ar an tsolas a las
Slánaitheoir an domhain ar an tsaol seo le síol Éabha a
sheoladh ar bhealach a leasa agus a sheachnadh ar bhealach
a n-aimhleasa.

'Bhí mé ag obair ag feirmeoir thoir ag taobh Edinburgh tá
cupla samhradh ó shin,' ar seisean, 'agus bhí tarbh mire ann.
Bhí clár ar a shúile, rud a d'fhág ionann is a bheith dall é. Is
minic a chonaic mé é ag greadadh a chloigne in éadan bhalla
na páirce, agus gach aon bhúire mire aige, agus bearna
foscailte fá chupla slat de. Is é a dhálta sin ag Carlyle é. Tá
sé istigh i ndaingean láidir agus dallóg air. Tá sé ag greadadh
a chloigne in éadan an bhalla ag iarraidh a theacht amach
agus doras foscailte ag a thaobh. Bhí léargas glinn aige ar
mhórán rudaí, má bhí dallóg féin air. Ach ní fhaca sé riamh
an doras. Ba léir dó na galraí a bhí ar Albain, ach níor léir
dó riamh gurbh é ba chúis leis gur thréig Albain a dúchas
agus gur dhíol sí a hoidhreacht le Impireacht na Sasana. Bhí

a fhios aige fosta go raibh galraí spioradáilte ar a thír dhúchais. Ach níor léir dó ar chor ar bith gur sa chreideamh a thréig sí a bhí leigheas na haicíde sin. Chaith sé a shaol ag búirigh agus ag screadaigh ar Dhia ag iarraidh treorach ó thaobh coirp is anama, agus níor thuig sé riamh gurbh iad an *Union* agus an *Reformation* ab athair is máthair d'iomlán an anáis.'

Chaith mé seachtain ag smaoineamh ar na rudaí a dúirt an máistir liom. Agus is iomaí uair ó shin a smaoinigh mé air. Nár mhéanair don ghasúr a bheadh ar scoil ag a mhacasamhail? Fear a raibh scéalaíocht agus filíocht agus fealsúnacht sa nádúir aige. Agus nach beag ciall do theagasc atá ag an té a shíleas gur mó an dochar ná an sochar na buanna seo ag máistir oideachais? Nach fada a d'imíomar chun seachráin ó bhí an seansaol ann? Is iomaí meath a tháinig orainn sa tír seo ó bhí saol órga na naomh is na n-éigeas ann. Is iomaí buille trom a bhuail Sasain orainn. Rinne sí creach agus slad orainn le tine is le harm, le gadaíocht is le gorta is le géarleanúint. Ach an scrios ba troime den iomlán an dóigh ar scrios sí ár dteanga agus ár n-oideachas agus ar chuir sí an *Murder Machine* ina áit. Níor éirigh le smacht ar bith eile dár chuir sí orainn ár gcur as aithne mar a rinne an léann a tugadh dúinn. Ar dhóigheanna eile b'fhéidir go bhfuilimid cosúil go leor lenár sinsir. Cuid de na cluichí atá againn tháinig siad gan bhriseadh chugainn aniar ó aimsir Chúchulainn agus Mhacraí na hEamhna. Aithneoidh tú go fóill cosúlacht eadar seanchaí as an Ghaeltacht agus an mhuintir a chum scéalta na Tána. Ach níl comharbas easpalda ar bith eadar ár gcuid léinn agus an t-oideachas a bhí in Éirinn nuair a bhí Colm Cille i nDoire Calgaigh agus Ciarán i gCluain Mhic Nóis.

AN AICÍD A THÁINIG AR ALBAIN

I dtrátha na Féil' Muire dúirt an máistir, tráthnóna amháin Dé Sathairn, go raibh sé ag brath imeacht a chuartú fómhair an Luan sin a bhí chugainn, agus d'iarr sé orm féin a bheith leis. Bhí a fhios agamsa nach raibh an fómhar apaithe agus nach mbeadh go ceann seachtaine eile, ach mar sin féin bhí mé leis chun an bhealaigh mhóir, agus mo sháith lúcháire orm. Ní bheadh an fómhar réidh le baint go ceann seachtaine, ach sin mar ab fhearr é. Bhí an aimsir maith agus chodlódh fear an oíche go sámh i gcruach fhéir nó i scáthlán tréadaí. Bhí pingneacha airgid againn le greim bídh a cheannacht, agus bhí an comrádaí liom ab fhearr a bhí le aon fhear riamh.

Tráthnóna Dé Domhnaigh d'fhágamar Broughton agus d'imigh linn ag tarraingt síos bealach Pheebles. Bhí stair na hAlban ar bharr a theanga ag an mháistir agus ní raibh aon ghleann ná aon chnoc dá nochtadh chugainn nach raibh scéal orthu le hinse aige. Ar a theacht go droichead an Drochaill dúinn d'amharc mé féin ar an chomhartha a bhí ann go bhfeicinn cá fhad a bhí an baile mór uainn.

'To West Linton by Romano Bridge.'

'Cá háit a bhfuil an droichead sin?' arsa mise leis an mháistir.

'Tuairim is ar thrí mhíle soir uait,' ar seisean. 'Tháinig na Rómhánaigh an fad seo lá den tsaol, agus tá neart áiteacha thart anseo ainmnithe astu go fóill. Tífidh tú a gcuid campaí ar thaobh an chnoic nuair a rachaimid síos anseo giota beag eile.'

B'fhíor dó. Níorbh fhada go dtángamar a fhad le maolchnoc agus an bealach mór ag gabháil thart ag a bhun. Thuas ar leataobh na malacha bhí trí trinsí cruinne taobh istigh dá chéile, agus an ceann ba lú acu tuairim is ar fhichid slat ar a thrasnacht. Chuamar ár mbeirt suas gur shuíomar ar chloich a bhí istigh sa cheann láir. Tráthnóna deas i lár mhí na Lúnasa a bhí ann, tamall beag roimh luí gréine. Bhí loinnir óir sna maolchnoic fhéarmhara a bhí ar an taobh thall den ghleann.

'Bhí cuid Iolar na Róimhe ar an ardán seo lá den tsaol,' arsa an máistir. 'B'fhéidir oíche mar an oíche anocht gur chas Agricola a fhallaing fána uachtar agus gur chodail sé anseo. Agus,' ar seisean, 'ach nach bhfuil impireacht ar bith bainte amach againne, b'fhéidir gur suaimhní an codladh a bheas againn anocht i gcró caorach ná a bhí ag an mhuintir a chuir sealán smaicht ar an Eoraip.'

'Áit bhreá a bheadh anseo leis an oíche a chaitheamh,' arsa mise.

'Bhain tú an focal as mo bhéal,' arsa an máistir. 'Beidh scoith foscaidh againn anseo. Nuair a éireos sé dorcha tarrónaimid dornán féir as an chruaich úd thíos a dhéanfas leaba dúinn.'

Nuair a tháinig an dorchadas chuamar síos agus tharraingeamar dhá ultach féir as an chruaich, thug aníos é agus chóirigh leaba sa líos.

'An mbíonn siúl daoine ar bith an bealach seo san oíche?' arsa mise, an áit ar chuala mé tafann madaidh thíos in uaigneas an ghleanna.

'Ní thiocfaidh aon duine dár gcomhair go maidin,' arsa an máistir, ag gabháil ar a ghlúine dh'urnaí. 'Coisreacadh Dé orainn,' ar seisean, tamall ina dhiaidh sin, nuair a bhíomar ár soipriú féin san fhéar. 'Bhaineamar amach an daingean seo lán chomh héasca le cuid léigiún na Róimhe.'

Ar maidin an lá arna mhárach nuair a mhusclaíomar bhí an ghrian ag éirí aníos as cúl na gcnoc, agus ba deas an mhaidin a bhí ann. Chroitheamar an féar dár gceirteach agus anuas linn ag tarraingt ar an bhealach mhór, agus mé féin ag smaoineamh ar na rudaí a bhí inste ag an mháistir domh. Bhí treallta glasa sna páirceanna coirce a bhí ar gach taobh dínn agus ní raibh gar a ghabháil a chuartú oibre. Ach ba bheag m'aird ar obair nó ar shaothrú an mhaidin sin. Is é rud a bhí mé ag breathnú an ghleanna agus ag samhailt go raibh arm Rómhánach ag tarraingt orainn anoir a chois na habhann.

D'imíomar linn ag tarraingt go Peebles, agus giota taobh

amuigh den bhaile thángamar a fhad le seanchaisleán.

'Sin Neidpath Castle,' arsa an máistir, 'agus tá sé corradh is míle bliain d'aois. Bhí ríthe na hAlban sa chaisleán sin ó am go ham. Chodail Máire 'Banríon Albanach oíche sa chaisleán sin agus í ar a seachnadh. Mhair an foirgneamh sin i réim go dtí aimsir Chromail. Eisean a rinne criathar de lena chuid gunnaí móra'.

'Agus,' arsa mise, 'ní chluin tú duine ar bith sa tír seo ag mallachtaigh ar Chromail, mar a bhímid-inne in Éirinn.'

'B'fhusa leo i bhfad a ghabháil a mallachtaigh orainne ná ar an mhuintir a rinne a gcreach,' arsa an máistir. 'Tá fuath an diabhail acu orainn cionn is nach dearnamar an rud a rinne siad féin. Cionn is nár aidmhíomar gur cuireadh deireadh linn mar náisiún lá Chionn tSáile, nó lá na Bóinne, nó lá Eachdhroma.'

'Nach iontach an dóigh ar ghéill Albain mar a rinne sí?' arsa mé féin.

'Ní hiontach,' ar seisean. 'Níorbh ionann a d'imir Sasain an cluiche leis an dá thír. Bhuail sí an tír s'againne le treise lámh gach aon uair riamh a raibh a dhath le réiteach eadrainn. Ach thug sí cuid dá ceart d'Albain. Cheannaigh sí na huaisle le céimíocht Impireachta. Ansin chuir sí filleadh beag is plaid ar an chuid eile acu. Thug sí píoba agus bratach na hAlban dóibh. Bhaist sí na díormaí seo as na laochraí a tháinig rompu. Go dtí go síleann an saighdiúir Albanach anois, nuair a théid sé i mbearna an bhaoil san India nó san Afraic, gur ag troid ar son a thíre féin atá sé.'

'Ach nach dearn sí a leathbhreac eile le hÉirinn?' arsa mise. 'Nach bhfuil *Connaught Rangers* and *Irish Guards* and *Munster Fusiliers* againn?'

'Ní hionann an dá rud,' arsa an máistir. 'Níl sa mhórchuid de shaighdiúirí na hÉireann ach amhais. Fir a throidfeadh co thír ar bith ar ghreim bídh nuair nach raibh fáil air ar dhóigh ar bith eile. Ach is é mo bharúil nach bhfuil mórán acu chomh dall agus go síleann siad gur ar shon na hÉireann atá siad ag saighdiúireacht. ... An bhfeiceann tú an cnoc úd thall, an ceann láir?' ar seisean, tamall beag ina dhiaidh sin.

D'amharc mé féin soir ó dheas agus chonaic mé os mo choinne cnoc ar dhéanamh an Eargail, ach nach raibh sé chomh hard leis an Eargal, agus go raibh féar go mullach air.

'Cnoc na Tineadh an seanainm atá ar an chnoc sin,' arsa an máistir. 'Deir lucht staire gur ar a bharr a níodh draoithe na dúiche seo a ndia a adhradh sa tsean-tsaol. Bhíodh tine air ina dhiaidh sin nuair a chuirtí an choróin ar Rí Alban nó nuair a bhíodh buaidh na bruíne leis na hAlbanaigh sna catha a cuireadh leo. Thart ag bun an chnoic sin a tháinig Randolph Murray agus é i ndiaidh a thír agus a rí a fhágáil marbh ar mhalacha Flodden. Is dóiche gur amharc sé in airde ar bharr an chnoic agus ualach bróin ar a chroí . . . Ach,' ar seisean, 'bíonn tine air amanna ar na saolta deireanacha seo. Agus tomhais cá huair nó cá hócáid.'

Dúirt mé féin, ar ndóigh, nach raibh a fhios agam.

'Tá,' ar seisean, 'oíche an lae a gcuirtear coróin ar Rí na Sasana. Nach bhfuil sin cloíte? B'fhada go bhfaighfí an fhaill dá mba thiar i dTír Chonaill, nó in áit ar bith eile in Éirinn taobh amuigh de na daingin ghallta. B'fhada go gcuirfeadh muintir na dúiche s'againne tine ar Charraig an Dúin ag déanamh ollghairdis as ríodh a d'fhág "na hóig ón mBántSraith scáinte i gcoigríche"! Nó b'fhada go bhfeicfeá tine ar an ócáid ar Chaiseal Mumhan nó ar Chnoc Teamhrach. Dá olcas sinn nílimid sásta go fóill onóir a thabhairt do lucht ár scriosta mar atá na hAlbanaigh. Ach,' ar seisean, agus dar leat smúid air, 'tá eagla orm nach bhfuil an lá i bhfad uainn a mbeimid inchurtha leis na hAlbanaigh ar an dóigh sin.'

'Cad é a dhéanfas an t-athrach sin orainn i ngearraimsir? Nó cá roimhe a bhfuil eagla ort?'

'Roimh *Home Rule,*' ar seisean.

'*Home Rule*!' arsa mise, agus iontas orm.

'Ó, níl orm ach an eagla,' ar seisean. 'B'fhéidir go neartódh *Home Rule* sinn agus go gcuirfeadh sé ar ár mbonna sinn le ceart a bhaint amach lá is faide anonn. Ach tá an chontúirt fosta ann go gcuirfidh sé an bhail chéanna orainn atá ar na hAlbanaigh. Tá *Home Rule* ag tarraingt orainn, cibé acu lenár leas nó lenár n-aimhleas. Ní bheidh sé an-mhórán blianta* amuigh, dá fhadacht é. Tá dúil agam go

---

*Bliain a 1909 a bhí ann.

rachaidh sé ar sochar dúinn. Ach tá an eagla orm san am chéanna go mb'fhéidir nár mhó an só ná an t-anró.'

'Cad chuige a n-abair tú sin?' arsa mise.

'Cuir i gcás,' ar seisean, 'go raibh cead ag Éirinn arm dá cuid féin a bheith aici. Cuirfidh Redmond culaith ghlas ar na saighdiúirí. Beidh ainmneacha Éireannacha ar na díormaí: *Brian Boru's own Dalcassians, The Hugh O'Neill Fusiliers, The Tirconnell Gallowglasses, The Wexford Pikemen, The Cavan Slashers, The Granuaile Marines*, agus dá réir sin. Beidh an t-arm sin againn le hÉirinn a chosnamh ar gach namhaid ach an namhaid is measa atá againn. Cupla líne den chineál sin dearcaidh agus beidh tinte againn ar mhullach Chnoc Teamhrach gach aon uair dá gcuirfear ball dearg eile ar léarscáil an domhain.'

Níor fágadh focal ionam. Ní raibh mo sháith eolais ná mo sháith tuigse agam le breithiúnas a thabhairt ar dhearcadh an mháistir. Ach bhí mé faoi bhrón i rith an lae sin. Bhí eagla orm go mb'fhéidir go raibh an fhírinne aige. Ní raibh bealach éalóidh ar bith le feiceáil agam. Chonacthas domh go raibh Éire mar bheadh fear ann a chaithfí amach san fharraige. Ní raibh de rogha aige ach a bháthadh, sin nó géillstean don té a chaith amach é as tarrtháil a thabhairt air.

Seachtain ina dhiaidh sin fuaireamar obair cupla míle taobh amuigh de Mhelrose. Tá seanmhainistir anseo agus an mhórchuid den obair chloiche iomlán go fóill, go háirid an chroseaglais ó dheas. Is iomaí lá a chaith mé ag breathnú na fuinneoige atá ar an cheann seo den mhainistir, agus mé ag smaoineamh ar an chaint a chuala mé go minic roimhe sin ag m'athair sa bhaile — go bhfuil an cine daonna ag gabháil chun tosaigh i ngach ceird is ealaín ach déanamh ceoil agus obair chloiche, ach gur ag gabháil ar gcúl atá siadsan.

Is maith is cuimhin liom tráthnóna amháin le luí gréine a bhí mé i mo shuí ar maolchnoc agus mé ag amharc trasna ar sheanmhainistir Mhelrose. Tá sé míle bliain ó chuir Rí Albanach an mhainistir sin ar bun. Ach bhí manaigh ann leis na céadta bliain roimhe sin. Tá ceithre chéad déag bliain ó shin chuaigh Colm Cille go hÍ. Thug sé na hoileáin chun creidimh agus ansin chuaigh sé trasna go tír mór. Niorbh fhada ina dhiaidh sin go dtáinig manach as na hoileáin anuas agus go dearn sé bothán beag i Melrose. Agus b'as sin a tháinig.

Shuigh mé ansin go raibh sé i ndiaidh luí gréine agus mé ag smaoineamh ar an athrach a tháinig ar an tsaol. Tá muilte i Melrose anois agus a gcuid simléar ina seasamh in airde eadar thú is an spéir. Ní thig leat siúl thart a chois na habhann gan d'aghaidh agus do lámha a bheith dubh salach. Tá an féar feoite agus dath salach ar dhuilliúr na gcrann. Dar liom féin, is neamhionann is an saol a bhí ann fada ó shin. Agus smaoinigh mé ar fhear siúil ag teacht an bealach anois agus an uair úd. An té a thiocfadh aníos an gleann anocht ní bhfaigheadh sé a dhath roimhe ach doicheall agus salachar agus tormán. An té a thiocfadh an bealach fada ó shin gheobhadh sé foscadh na hoíche agus tráth bídh. Chluinfeadh sé salmcheadal na manach i gciúnas na hoíche, agus d'imeodh sé lena ghnoithe ar maidin agus sólás ina chroí.

Cúig seachtaine a mhair obair an fhómhair, agus ansin scar mé féin agus Mac Comhail le chéile. Níor casadh orm riamh ní ba mhó é. Ach murar casadh féin, d'fhág sé a lorg orm ar feadh na mblianta ina dhiaidh sin.

AG FOGHLAIM LITRÍOCHTA

Cupla bliain ina dhiaidh sin bhí mé i gcoláiste, ag déanamh réidh le a bheith i mo mhúinteoir 'náisiúnta.' B'aisteach an oiliúint a bhí agam fá choinne coláiste agus b'éagosúil mé leis an mhórchuid de na buachaillí a bhí ansin i mo chuideachta. Bhí léann Rinn na Feirste agam i nGaeilge, agus i mBéarla léann Frainc Ic Gairbheath agus Phádraig Ic Comhail. Ní raibh mo smaointe ná m'aigne ná mo dhearcadh ag cur ar dhóigh ná ar dhóigh eile leis an obair a bhí fá mo choinne.

Bhí mé ag toiseacht a chur suime i litríocht an Bhéarla san am sin, agus faraor gur lean an aicíd sin domh ar feadh na mblianta ab fhearr de mo shaol. Na blianta saibhre a raibh neart intinne agus coirp ionam agus cíocras léinn orm nárbh fhurast a chosc. Ach, ar ndóigh, ní cóir a bheith ina dhiaidh orm as suim a chur i litríocht an Bhéarla na blianta sin. Ní raibh neart agam air. An té a rachadh i gceann léinn an uair sin ní raibh scoil Ghaelach ar bith aige le tarraingt uirthi. Ní raibh Beannchar ná Cluain Ioraird ná Lios Mór ná Cluain Fearta ná Ára aige. Ní raibh scoil ná coláiste ar bith sa tír le léann ceart Gaeilge a thabhairt dó. Ní raibh fána choinne ach an léann a chuir an *Murder Machine* ar bun leis an drithleog dheireanach fearúlachta a bhí ann a mhúchadh.

Bhí dornán maith de leabhra Béarla ar an chlár litríochta a bhí againn. Cupla dráma de chuid Shakespeare, *Bacon's Essays, Macaulay's Essays, The Two Paths* le Ruskin, agus cupla ceann eile den chineál chéanna. Bhí beagán eolais agam roimh ré ar Mhacaulay agus ar Bhacon, ach ní raibh sé ag cur leis an dearcadh a bhí ag an dáréag a leag amach an cúrsa seo fá choinne oidí nó ábhar oidí scoile. Ach ní raibh meas ar bith agamsa ar an dearcadh seo. Nuair a bhíodh an t-ollamh ag míniú fealsúnacht Bhacon dúinn bhínnse ag smaoineamh ar an léirmheas a rinne Mitchel air. Bhínn ag rá liom féin nach raibh fealsúnacht ar bith ann, mar Bhacon. Sa chéad aiste a tugadh le scríobh dúinn chuir mé síos cuid de mo bharúil chomh maith is tháinig liom. Ach nuair a d'éirigh mé tuirseach ag iarraidh na habairtí a chur i gceann a chéile thoisigh mé a chur síos as an *Jail Journal* focal ar fhocal, nó bhí cuid mhór den leabhar ar mo theanga agam:

'*Now the truth is, that Plato and Pythagoras did not undervalue comfort and wealth and human commoda at all; but they thought the task of attending to such matters was the business of ingenious tradespeople, and not of wise men and philosophers. If James Watt had appeared at Athens or Crotona with his steam-engine, he would certainly have got the credit of a clever person and priaseworthy mechanic — all he deserved; but they never would have thought of calling him philosopher for that. They did actually imagine — those ancient wise men — that it is true wisdom to raise our thoughts and aspirations above what the mass of mankind calls good — to regard truth, fortitude, honesty, purity, as the great objects of human effort, and not the supply of vulgar wants . . . The comparison of Plato's philosophy with modern inventive genius is exactly as reasonable as to compare the Christian religion with the same.*'

'Cá bhfuair tú seo?' arsa an t-ollamh Béarla a bhí againn, nuair a bhí sé ag ceartú na n-aistí an lá arna mhárach.

'Ag John Mitchel,' arsa mé féin, agus gan mé saor ó aiféaltas.

'Tá Béarla breá ann,' ar seisean, mar bheadh sé ag maíomh gurbh é sin a raibh aige.

'Tá tuilleadh ann,' arsa mise, ag éirí dána.

Thost sé tamall beag, agus ansin dúirt sé caint a chuir iontas orm. 'Bhí an Béarla agus an fhoghlaim ag Mitchel,' ar seisean. 'Bhí an fhírinne agus an intleacht aige lena chois sin. Agus nuair is iad Macaulay is Bacon atáimid a léamh anseo in áit Mhitchel, is leor é mar chomhartha go bhfuilimid faoi chrann smola. Dá mba Sasanach thú agus tú ar an ollscoil i gCambridge, gheofá an *Jail Journal* le léamh agus le foghlaim. Ach ní bhfaighfeá anseo í ar eagla go gcuirfeadh sí drochsmaointe i do cheann. Ach,' ar seisean, 'níl neart againn air. Caithfimid an rud a iarrfas an Caisleán orainn a dhéanamh. Agus anois bhéarfaidh mise comhairle duit. Más maith leat a bheith i do mhúinteoir scoile fág Mitchel i do dhiaidh.'

Bhí meas agam ar an ollamh seo go dtí an lá a d'fhág mé an choláiste. Agus sin rud nach raibh ag mórán eile de na scoláirí air. Bhí cuma bhrúite dhúrúnta air, agus é giorraisc leis an té a rachadh thar a chomhairle. Ach fear díreach ionraic a bhí ann. Bhí sé ansin ag saothrú a bheatha ach, má bhí féin, bhí an croí san áit cheart aige.

Tamall ina dhiaidh sin thoisíomar a fhoghlaim dráma de chuid Shakespeare, agus bhí mo chroí briste aige. Dá léiti domh é agus an scéal a mhíniú domh mar a dhéanfadh Pádraig Ac Comhail nó Frainc Ac Gairbheath, is dóiche go gcuirfinn spéis ann. Ach cé an bhliain a scríobhadh é? Cé acu cólan nó leathchólan a bhí ina leithéid seo de líne sa chéad eagar? Arbh é Shakespeare é féin a scríobh an dráma, nó fear éigin eile darbh ainm Shakespeare? Agus, rud b'fhéidir a chuirfeadh iontas ort, na dobhráin ba dallintirní sa choláiste is iad ab fhearr ag foghlaim na rudaí seo. Daoine nach raibh de chéill acu do litríocht ach oiread is a bheadh ag maide portaigh, bhí na deilíní seo ar bharr a dteanga acu. Ach ní thiocfadh liomsa a bhfoghlaim. Agus bhí mé mar a chonaic an Rí mé.

Bhí go maith go dtí oíche amháin a bhí mé sa leabharlainn agus mé ag cuartú, féacháil an bhfaighinn rud ar bith a léifinn. Bhí na céadta leabhar ann, ar ndóigh, *Cornhill Magazine* agus rudaí eile. Ach bhí siad uilig coimhthíoch agam. Sa deireadh chonaic mé leabhar mór toirteach a raibh litreacha óir ar a caoldroim:

COMPLETE WORKS OF SHAKESPEARE

Dar liom féin, damnú ort, marbh is mar atá tú, cad chuige ar scríobh tú an oiread sin? Nár leor aon dráma amháin le stócaigh an tsaoil a choinneáil in achrann go Lá an Bhreithiúnais! D'fhoscail mé an leabhar agus thoisigh mé a thiontó na nduilleog, agus mé ag amharc ar na pioctúirí. Sa deireadh tháinig mé ar phioctúir amháin a bhain stad asam. Cúirt dlí agus an teach lán ó chúl go doras. Bhí fear amháin ina sheasamh ar léibheann a bhí ann agus é mar bheadh sé ar a mhionna. Ní thiocfadh liom gan sonrú a chur san fhear

seo. Creatalach lom chaite a bhí ann a raibh féasóg sceadach air agus dreach mallaithe. Bhí sé ag amharc suas ar an bhreitheamh mar bheadh a chroí ag creathnú roimh na ceisteanna a bhíothas a chur air. Bhí a bhéal leathfhoscailte mar bheadh duine a bheadh scanraithe go millteanach. D'amharc mé ar na cupla focal a bhí ag bun an phioctúir:
'*Take then thy bond, take thou thy pound of flesh,*
But in the cutting, if thou dost shed
One drop of Christian blood . . .'

Dar liom féin, cá háit a gcuala mé roimhe fá chás dlí ar dhúirt an breitheamh a leathbhreac sin de chaint? Agus leis sin chuimhnigh mé ar an scéal a d'inis Bilí na mBuailtín i dtigh Chondaí Éamoinn oíche amháin nuair a bhí mé i mo ghasúr. Thoisigh mé a léamh agus ba é scéal Bhilí a bhí ann gan bhréig gan amhras. Ní raibh an dráma ag cur le scéal Bhilí ar phointí beaga. Ach ba chuma. Bhí croí agus anam an scéil ann. Thoisigh mé a léamh an dráma agus níor stad mé gur chríochnaigh mé é. Léigh mé arís agus arís eile é. Agus ní tháinig mí go raibh a bhunús ar mo theanga agam.

Ba é sin an uair a thuig mé an tairbhe a bhí sa scéal ag múinteoir. Is é an scéal cloch dhúshraithe gach teagaisc. Inis scéal do dhuine atá intuigthe aige. Inis é sa dóigh a gcuirfidh sé suim ann agus, má tá léaró ar bith solais san inchinn aige, foghlaimeoidh sé rud cothrom ar bith a bhfuil baint leis an scéal aige. Ansin smaoinigh mé ar an teagasc ab éifeachtaí a bhí ar an domhan riamh, mar atá an Soiscéal. Agus dearc ar an méid scéalta atá ann: An Chruithneacht agus an Cogal, na hOibrithe san Fhíonghort, an Maor Mí-ionraic, agus na céadta eile. Is cuma cad é an t-ábhar atá tú a theagasc, bíodh scéal ina thús agat, más féidir é. Chuir mise suim mhór i gcuid ceoil Bhurns nuair a bhí mé ag éirí aníos i mo stócach, cionn is gur chuala mé scéal Tam o' Shanter ag Séamas Pháidín nuair a bhí mé i mo ghasúr. Ní ba mhoille ná sin sa tsaol chuir mé suim mhór i gcuid drámaí Shakespeare. Ach ní chuirfinn choíche dá mbeinn i muinín an eolais a bhí le fáil sna coláistí. Ní raibh aon lá dá raibh ag teacht nach raibh mé ag tabhairt fuath do Shakespeare, fad is nach raibh ann ach spíonadh focal agus díospóireacht fá na marcanna a bhí sa *First Folio Edition*. Ní chuirfinn spéis ar bith choíche ann murab é an scéal a chuala mé ag Bilí na mBuailtín.

Níl mé ag maíomh anois gur de mo leas eolas a chur ar litríocht an Bhéarla an tráth seo de mo shaol. Agus tá mé á rá sin anseo ar eagla go mbainfí an chiall chontráilte as mo chuid cainte. B'fhearr domh go mór na blianta órga úd a chaitheamh le litríocht na Gaeilge, rud a bhéarfainn iarraidh a dhéanamh dá mbeadh mo shaol le caitheamh athuair agam. Ach ní bhréagnaíonn sin an méid atá ráite agam fán scéal mar dhúshraith léinn is oideachais.

Dar liom féin, agus mé ag meabhrú, nuair a bheas mé i mo mháistir scoile dhéanfaidh mé cloch choirnéil den scéal. Teagascfaidh mé drámaí Shakespeare do na scoláirí mar a d'fhoghlaim mé féin iad. Inseoidh mé scéal Bhilí na mBuailtín nó a mhacasamhail dóibh gach aon bhliain go dtí go raibh siad san ardrang. Agus ansin bhéarfaidh mé an dráma le léamh dóibh, agus bhéarfaidh mé orthu a léiriú, más féidir é.

Thoisigh mé a chur suime dáiríribh i litríocht na Sasana. Bhí meas agam uirthi. Bhí rún agam toiseacht a scríobh i mBéarla nuair a thiocfadh ann domh. Ní raibh spiorad na náisiúntachta mar ba cheart i mo chroí. Ní raibh an fuath agam ar theanga an scriosadóra atá agam anois uirthi. Bhí sagart óg * thall i Meiriceá ar dhual dó an scamall a bhaint de mo shúile agus an dearcadh ceart a thabhairt domh ar litríocht Gael is Gall. Ach ní raibh an uair ann go fóill.

Theagascfainn Béarla agus litríocht an Bhéarla mar ba cheart. Dhéanfainn dúshraith den scéal. Sin an rud a níodh Pádraig Ac Comhail. Sea, Pádraig Ac Comhail! Smaoiním corruair air. Amanna thigeadh sé chugam i mo bhriongloidí agus, dar liom, dreach brúite air mar bheadh sé ag tabhairt achasáin domh. Mar bheadh sé ag iarraidh a chur in iúl domh go raibh mé ar bhealach m'aimhleasa. Ach as a chéile bhí sé ag imeacht as mo chuimhne. B'fhearr liom gan smaoineamh air. Níor dhea-shompla agam é. Ní raibh ann ach fear a d'imigh le drabhlás. Níor dhóiche go ndéanfainn aithris air. Ní chaithfinn an cigire amach sa díg. Bhí mé i mo mhúinteoir chomh maith sin is nach mbeadh ábhar mioscais

---

*An tAthair Lorcán Ó Muirí.

ar bith eadar mé is na cigirí. Is mé nár thomhais é. Ach ní
tháinig an chuid sin de mo sheanchas go fóill.

Nuair a bhí mé tamall sa choláiste thoisigh mé a chur
suime i modh múinteoireachta. Léigh mé cuid mhór as na
téacsleabhra agus níorbh fhada go dtug mé fá dear go raibh
meas mór ag na leabhra seo ar an Ghearmáin, de thairbhe
ealaín na múinteoireachta. Gearmánaigh a chuir tús ar
Kindergarten. Ag na Gearmánaigh a bhí na scoltacha ab
fhearr san Eoraip! Bhí mé féin chomh tógtha sin le gnoithe
teagaisc san am agus gur thoisigh mé a smaoineamh gur
mhéanair a bheadh sa Ghearmáin. Sa deireadh fuair mé
amach go mbíodh cúrsaí samhraidh acu i mBerlin fá choinne
Auslanders. Agus dúirt mé liom féin go rachainn anonn an
chéad áiméar a gheobhainn. Ach ní thiocfadh liom a
ghabháil go mbeinn cupla bliain ag obair. Chaithfinn a
oiread airgid a chur i leataobh agus a réiteodh mo dhola.
Ach bhí rún daingean agam, chomh luath is a bheadh sin
déanta agam, a ghabháil go Berlin agus an dlaíóg mhullaigh
a chur ar mo cheird. Thoisigh mé a bhreathnú go géar ar
léarscáil na Gearmáine agus a dh'amharc ar phioctúirí a bhí
sa leabharlainn. Bhínn ag brionglóidigh san oíche ar an tsaol
a bhí fá mo choinne. Smaoinigh mé sa deireadh go gcaith-
finn dornán Gearmáinise a fhoghlaim sula dtéinn anonn. Ní
raibh rún ar bith agam toiseacht an t-am sin, agus ní
thoiseoinn murab é gur casadh thíos fá na céanna mé
tráthnóna amháin, agus bhí fear coise maide ansin a raibh
conamar seanleabhar ar bara aige. Agus ina measc bhí
graiméar smolchaite Gearmáinise.

'Cá mhéad?' arsa mise.

'Sé pingine,' ar seisean.

'Bhéarfaidh mé pingin duit uirthi,' arsa mise. Nó sin a
raibh agam, pingin a dhíolfadh mo bhealach ar an tram
amach go Droim Conrach.

'Chaithfinn san abhainn í,' ar seisean, 'sula dtugainn uaim
ar phingin í.'

'Tá sin is do chomhairle féin agat,' arsa mise, agus
d'imigh mé. Nuair a bhí mé ag tarraingt aníos ar cheann an
droichid scairt sé i mo dhiaidh, agus phill mé ar ais.

'Seo dhuit,' ar seisean, 'bíodh sí agat. Agus féadaim a rá gur á pronnadh ort atá mé.'

Thug mé féin dó an phingin agus shiúil mé an bealach chun na coláiste agus mo ghraiméar i mo phóca liom. Bhí an Domhnach an lá arna mhárach ann, lá breá gréine, agus d'imigh mé amach chun na Páirce agus shuigh mé ar scáth crainn agus thoisigh dh'fhoghlaim Gearmáinise. Dúirt mé tá tamall beag ó shin go mbínn ag brionglóididgh san oíche ar an tsaol a bheadh agam nuair a rachainn go Berlin. Bhínn, agus sa lá corruair chomh maith leis an oíche. An tráthnóna seo a bhí mé amuigh sa Pháirc sílim gur samhaíodh domh nach faoi chrann giúis i mBaile Átha Cliath a bhí mé ar chor ar bith ach *unter den Linden* i mBerlin.

Tamall ina dhiaidh sin tharla sé pingine agam, agus nuair a tháinig tráthnóna Dé Sathairn d'imigh mé síos chuig fear na coise maide. D'aithin sé mé agus chuir sé forrán orm. 'Tá leabhar maith agam fá do choinne inniu,' ar seisean, agus tharraing sé air leabhar a raibh an cumhdach stróctha di.

'Cé an leabhar í?' arsa mise.

'Na Ceithre Soiscéil i nGearmáinis,' ar seisean.

'Bheadh sin i bhfad ródhoiligh agamsa,' arsa mise.

'Ní bheadh ar chor ar bith,' ar seisean. 'Sin an dóigh is fearr ar an domhan le teanga a fhoghlaim. Tá an chaint furast agus tá barúil agat roimhe ré ar an rud atá ann, is é sin mas Críostaí ar chor ar bith thú.' Agus mhair sé ag seinm ar an téid seo nó gur mheall sé mo shé pingine uaim. Fuair mé foclóir beag go gearr ina dhiaidh sin agus bhí mé ar obair ag iarraidh an Soiscéal a léamh gach aon fhaill dá mbeadh agam.

Lá amháin tháinig mé ar véarsa a bhain stangadh asam:
'Und sprach: Darun wird ein Mensch Vater
und Mutter verlassen, und seinem Weibe hangen an.'

Dar liom féin, scéal iontach é seo má tá sé fíor. Eiriceach a scríobh na focla sin má bhí aon eiriceach riamh ar an tsaol! D'amharc mé ar mo Thiomna go bhfeicfinn an raibh *Imprimatur* leis. Ach ní raibh. Dar liom féin, níl sé ceadmhach agam a léamh ar chor ar bith. Níl ann ach rud a scríobh eiriceach, agus eiriceach a bhí ar deargmhire. Nó níor dhúirt aon duine riamh ach duine a bhí ar mire go raibh cead ag fear a chéile mná a chrochadh. Bhí mé faoi imní cionn is gur cheannaigh mé a leithéid de leabhar dhamanta. Sa deireadh smaoinigh mé go rachainn síos chuig fear na coise maide, go n-inseoinn mo scéal dó, agus go dtabharfadh sé leabhar eile domh mar mhalairt ar an Tiomna lochtach seo.

An Satharn ina dhiaidh sin d'imigh mé agus níor stad mé go raibh mé thíos ar an ché. Bhí m'ógánach ansin mar ba ghnách leis, agus dar leat cuma thuirseach air. Sula bhfuair mé faill toiseacht ar mo ghearán, ar seisean liom, 'Seasaigh anseo agus coinnigh do shúil ar an taisce seo go bhfaighe mé pionta. Tá mo theanga amuigh leis ar tart.' Agus d'imigh sé.

Ní mó ná go raibh faill aige a bheith istigh thar an doras i dtigh Mhaonaigh nuair a tháinig bean lom liath aníos a fhad liom féin. Thoisigh sí a chur na leabhar thar a méara mar bheadh sí á gcuntas, agus mé féin ag coinneáil súil ghéar i rith an ama uirthi, ar eagla gur ceann acu a sciobfadh sí léi. Sa deireadh, arsa mise, 'B'fhéidir go dtiocfadh liomsa cuidiú leat má tá leabhar áirid ar bith a dhíobháil ort.'

'An tusa atá i mbun an tsiopa seo?' ar sise, agus d'amharc sí go confach orm.

'Is mé,' arsa mise.

'Cá bhfuil sé féin?' ar sise.

'D'imigh sé anonn ansin a chuartú giota tobaca,' arsa mise.

'Bhéarfaidh mise tobaca dó ach mé greim a fháil air,' ar sise. 'Is maith atá a fhios agamsa cad é an tobaca atá ag cur bhuartha air. Tá sé thall i dtigh Mhaonaigh ag ól an airgid ba cheart dó a thabhairt domhsa le greim bídh a cheannacht. Ach fan go bhfaighe mise greim air, bainfidh mé sult a chuid ólacháin as.'

Leis sin féin nochtaidh fear na coise maide chugam agus é ag teacht amach as teach na beorach. Tháinig sé trasna na sráide agus cuma bhreá shásta air. Ach nuair a chonaic sé an bhean ina seasamh ag an bhara tháinig smúid air mar thig ar an ghréin lá néaltach. Agus a ábhar sin aige, fosta, nó thoisigh sí air le scoith bharr teanga chomh luath is a tháinig sé chun tosaigh.

'Cuir lámh i do phóca anois agus tabhair dhá scilling domhsa,' ar sise leis.

'Níl dhá scilling agam le tabhairt duit,' ar seisean.

'Cá bhfuil *Haugh's Arithmetic*?' ar sise. 'Cá bhfuil *Letters de Mon Moulin?* Cá bhfuil *Hall and Knight's Algebra?* Cá bhfuil *Bilderbuch ohne Bilder*? Dhíol tú iad agus d'ól tú a luach,' ar sise. 'A sheanchliprínigh bhruite, is cuma leat ach do ghoile a líonadh le pórtar. Agus ansin beidh tú ag dúil go mbeidh do shuipéar fá do choinne agamsa agus go ndíolfaidh mé cíos na seachtaine.'

Is beag sin dar dhúirt sí leis, ach níor fhan mé fá fhad éisteachta di. D'imigh mé leath bealaigh trasna an droichid agus sheasaigh mé ansin fad is mhair an racán. Sa deireadh chuir seisean lámh ina phóca agus shín sé rud éigin chuicí — cibé pingneacha beaga a bhí aige, creidim — agus d'imigh sí.

Nuair a shocair an bhruín tháinig mé ar ais chuig fear na coise maide. Bhí cuma chomh briste brúite sin air agus go raibh leisc orm an rud a bhí ag cur bhuartha orm a chur ina láthair. Chuir mé in amhail imeacht liom agus cás an tSoiscéil Ghearmáinise a chur ar gcúl go dtí lá éigin a mbeadh aoibh ní b'fhearr ar mo sheanduine ná a bhí air an iarraidh seo. Agus ba dhóiche go n-imeoinn murab é gur chuir sé forrán orm. 'Raibh tú ag cuartú a dhath inniu?' ar seisean go brúite.

'Is é an rud a thug anuas mé,' arsa mise, 'féacháil an ndéanfá malairt eadar an leabhar seo agus ceann éigin eile darb ionann luach.'

'Cad é an locht atá agat ar an cheann atá agat?' ar seisean.

'Bhail,' arsa mise, á tarraingt aníos as mo phóca, 'sa chéad chás de, níl *Imprimatur* ar bith léi agus níl sé ceadmhach agam a léamh.'

'Chan á léamh atá tú ach ag foghlaim Gearmáinise,' ar seisean. 'Mura gcreide tú m'fhocal cuir ceist ar an tsagart an chéad uair a rachas tú chun faoiside, agus bhéarfaidh sé cead duit.'

'Ní thabharfaidh sagart ar bith cead domh an leabhar seo a fhoghlaim,' arsa mise. 'Sin sagart ar bith a thuigfeadh í. Nó ní hea amháin gur eiriceach a bhí san fhear a scríobh í, ach fear a bhí ar deargmhire.'

'Cá bhfuil tú?' ar seisean, ag síneadh a láimhe ionsar an

leabhar. 'Cá háit a bhfuil caint an fhir mhire?'

Dar liom féin, cad é an mhaith domh a thaispeáint duitse? Ní thuigeann tú oiread is focal di. Agus is é rud a thoiseos tú dh'iarraidh mo chur ó dhoras le hamaidí. Ach bhí leisc orm sin a rá leis agus shín mé an leabhar ionsair.

'Cá bhfuil caint an fhir mhire?' ar seisean an dara huair.

'Maitiú, Caibidil a 19, véarsa a 5,' arsa mise. D'fhoscail sé an leabhar agus thoisigh sé a léamh:

*'Darum wird ein Mensch Vater und Mutter
verlassen, und seinem Weibe hangen an,
und werden die Zwei ein Fleisch sein.'*

'Cad é atá cearr leis sin? Gabh anall anseo,' ar seisean. Chuaigh mé anonn agus sheasaigh mé ar a ghualainn.

'Cuir Béarla air sin,' ar seisean, agus thoisigh mé féin:

*'For this cause shall a man leave father and mother and
hang his wife.'*

'Cad é a dúirt tú?' ar seisean, agus rinne sé racht gáire. *"Hang his wife?"* '

'Sin an tuigbheáil a bhain mise as,' arsa mé féin agus mo sháith aiféaltais orm. 'Sin an rud atá san fhoclóir a cheannaigh mé uait: *hangen, to hang.'*

'Chan *hangen* atá ansin ar chor ar bith,' ar seisean, 'Ach *Anhangen, to cleave to.'* Agus thoisigh sé go dtug sé ceacht gramadaí domh agus mise ag fáil bháis den náire cionn is go raibh mé chomh hainbhiosach agus a bhí mé.

'Shíl tú' ar seisean, 'go raibh cead againn ó bhéal Dé iad a chrochadh. Dá mbeadh,' ar seisean, 'an bhfuil tú ag déanamh go bhfulaingeoinnse an léabairt a fuair mé inniu fá phionta pórtair?'

CEOL GAEILGE AGUS LUCHT LÉINN

Bhíodh rang Gaeilge sa choláiste againn dhá thráthnóna sa tseachtain. Ní raibh an Ghaeilge riachtanach de réir rialacha an Bhoird. Bhí an dearcadh acusan atá ag cuid mhaith daoine sa tír go fóill. Ní raibh siad in aghaidh na Gaeilge ar chor ar bith, má b'fhíor dóibh féin. Is é rud a bheadh lúcháir orthu gach múinteoir in Éirinn a fheiceáil ag foghlaim na Gaeilge. Ach bhí toil shaor ag an duine. Bhí an tsaoirse sin go follasach faoi bhratach na Sasana. Agus ní bheadh sé ag cur ar chor ar bith lenár n-oidhreacht ghlórmhar fiacha a bheith ar dhuine teanga a fhoghlaim dá ainneoin. Ní raibh siad in éadan Gaeilge ar chor ar bith ach in éadan *Compulsory Irish*. Ar ndóigh, bhí *Compulsory English* againn agus *Compulsory Algebra* agus *Compulsory History*. Ach níorbh ionann sin ar chor ar bith is *Compulsory Irish*.

An sagart a bhí ina uachtarán ar an choláiste s'againne na blianta seo, ní raibh Gaeilge ar bith aige. Ach mura raibh féin bhí a oiread den Éireannach ann agus go raibh *Compulsory Irish* aige. Chaithfeadh gach aon scoláire freastal ar na ranganna, bíodh siad sásta nó míshásta. Dá mbíodh sé ar a dtoil féin déarfainn go raibh trian acu a raibh fonn mór orthu an Ghaeilge a fhoghlaim. Trian ar nós chuma liom. Agus trian a raibh fuath an diabhail acu uirthi, mar Ghaeilge.

Nuair a tharla sin mar sin ba doiligh agus ba ródhoiligh ár dteagasc. Agus an múinteoir a bhí againn, ní raibh a shaol inmháite air. Duine socair suaimhneach a bhí ann nárbh fhurast fearg a chur air. Agus ar an ábhar sin ní raibh a oiread eagla roimhe agus a bheadh roimh an té a mbeadh tallann garbh ann agus a chuirfeadh brothladh ar scoláirí mírialta nuair a bhí sé tuillte acu.

Bhí cuid mhór acu ar bheagán Gaeilge, agus d'fhág sin an

múinteoir bunús a chuid ama ag caint i mBéarla ar rialacha gramadaí, agus na scoláirí corruair ag iarraidh Béarla a chur ar phíosaí beaga Gaeilge as leabhar a bhí againn. Bhí mé féin cupla seachtain ann sula raibh a fhios ag mórán acu go raibh Gaeilge ar bith agam thar is mar a bhí ag an chuid eile. Bhí leabhar beag ceachtanna againn a scríobh créatúr éigin as Baile Átha Cliath nach raibh ciall ar an domhan do leagan cainte na Gaeilge aige. Agus tráthnóna amháin d'iarr an múinteoir orm féin Béarla a chur ar ghiota aisti.

'Ní mó ná gur fiú mo shaothar é,' arsa mise, 'nó féadaim a rá gur Béarla atá ann mar atá se.'

D'amharc a raibh sa tseomra orm agus an dubhiontas orthu. Chonacthas domh go dtáinig aiféaltas ar an mhúinteoir agus níor chuir sé an scéal ní b'fhaide. Ach cupla seachtain ina dhiaidh sin d'fhiafraigh sé díom, tráthnóna amháin, an raibh eolas agam ar an fharraige nó ar bhádaí. Ba é seo m'áiméar. Bhí me cráite den rang ar scor ar bith. Agus tháinig mé orthu le rabhán a bhain macalla as na ballaí. Samhlaíodh domh go raibh mé ag tarraingt isteach ó Bhoilg Chonaill agus rigín iomlán éadaigh ar mo bhád agam. Cóir bhreá liom, mo chuid scód teannta, agus cáitheadh na mara ag gabháil thar bharr na gcrann. Agus bhi mo chuid cainte ag cur leis an tsamhailt a bhí i mo cheann.

Chuaigh an scéala amach ar fud na coláiste go raibh fear amháin ann a raibh Gaeilge aige mar a bhí an Béarla ag daoine eile. Bhí meas ag cuid de na scoláirí orm dá thairbhe sin. Ach os a choinne sin bhí drochmheas ag cuid eile orm. Dar leis an dream seo, nach iontach an duine é? Cén áit iargúlta ar tógadh an duine bocht? An raibh deireadh an tsaoil de chóir baile nuair a bhí doirneálach garbh glas den chineál seo i gcoláiste? Ainbhiosán a tógadh ar dhuileasc is ar dhúlamán agus agus nach raibh aon bhróg ar a chois riamh, b'fhéidir, go dtí an péire a fuair sé ag teacht go Baile Átha Cliath dó!

B'annamh a ghlanainn mo bhróga. Ní raibh áit ar bith lena nglanadh ach seomra beag a bhí ar íochtar an tí fá choinne na hócáide. Nó ní raibh cead ag aon duine a bhróga a ghlanadh sa tseomra codlata, rud a bhí le céill, ar ndóigh. Ach ní raibh fonn rómhór orm féin a oiread de shaothar a chur orm féin agus go rachainn síos agus mo bhróga a ghlanadh de réir mar a bhí achtaithe. Agus, nuair nach raibh, bhí siad salach bunús an ama.

Maidin amháin, nuair a bhí mo leaba cóirithe agam, d'amharc mé síos ar mo chosa. Agus, gan bhréig gan áibhéil, bhí mo bhróga thar a bheith salach. Bhí créafóg míosa síoctha orthu. Dar liom féin, tá seo thar an mheasarthacht agus is fearr domh féacháil le stá beag a chur orthu. Bhí an Déan thíos ag a bhricfeasta, nó shíl mise go raibh. Thoisigh mé agus ghlan mé leathbhróg, agus ghlan mé go maith í. Chuir mé loinnir inti go dtí go bhfeicfeá do scáile inti. Ach nuair a bhí mé réidh le toiseacht ar an bhróig eile mhothaigh mé coiscéim an duine ag tarraingt orm. Cé a bhí ann ach an Déan! D'fholaigh mé mo chuid gléasraí faoin leaba agus lig mé orm féin gur ag cothromú na cuilte a bhí mé. Nuair a bhí sé ag gabháil thart liom d'amharc sé de leataobh orm. Ach níor labhair sé. Agus bhí mé mar a chonaic an Rí mé, nó ní raibh a fhios agam cé acu a chonaic sé mé nó nach bhfaca. Ní labhradh sé am ar bith ar ócáid den chineál sin. Ach i gceann chupla uair ina dhiaidh sin thiocfadh sé a fhad leat agus déarfadh sé go raibh gnoithe leat i seomra an Uachtaráin. Dá n-imíodh sé leis, an mhaidin seo, thiocfadh liom a ghabháil síos agus an leathbhróg eile a ghlanadh. Ach is é rud a thoisigh sé a shiúl aníos is síos an phasáid agus é ag léamh a phortúis. Agus ní ligfeadh an eagla domh féin a theacht amach, ar eagla go bhfeicfeadh sé an choisbheart éagsamhalta a bhí orm. B'éigean domh fanacht an áit a raibh mé go dtí gur chuala mé an clog ag goirstean orainn chun ranga.

Ní raibh mé i bhfad istigh ag an rang nuair a tháinig an Déan isteach agus thug sé cogar domh. 'Tá gnoithe leat i seomra an Uachtaráin,' ar seisean. Amach liom féin agus mo sháith eagla orm. Agus chan ag beannachtaigh leis an Déan a bhí mé cionn is gur inis sé orm é. Agus ní bheadh gar domh féacháil leis an choir a bhí curtha síos domh a shéanadh. Dá mbeadh mo dhá bhróig glan d'fhéadfainn a rá gur in áit éigin eile a ghlan mé iad, agus nach raibh mé ach ag cur loinnire iontu nuair a chonaic an Déan mé. Ach bhí leathbhróg de mo chuid glan agus créafóg na míosa ar an cheann eile.

Fianaise nárbh fhéidir a bhréagnú. Sa cheann thall den choláiste a bhí seomra an Uachtaráin, agus ar mo bhealach anonn an cabhsa thug mé iarraidh an bhróg ghlan a shalú. Ach níor éirigh liom rómhaith, nó bhí an scaineagán a bhí ar an chabhsa glan tirim. Chuaigh mé isteach ar an doras thall agus suas an staighre go raibh mé ag doras an Uachtaráin.

'Gabh ar d'aghaidh,' ar seisean nuair a bhuail mé an doras. Chuaigh mé féin isteach agus sheasaigh mé taobh istigh den doras, agus an bhróg ghlan i bhfolach i gcúl na bróige eile agam chomh maith is a tháinig liom. D'iarr sé orm suí agus shuigh mé féin. Bhí aoibh bhreá ar an tsagart. Níor chosúil a ghnúis ar chor ar bith le gnúis fir a bheadh ar tí léabhairt den teanga a thabhairt domh as briseadh rialach. Agus chuir sin iontas orm féin. Ní raibh a fhios agam faoin spéir cad chuige ar chuir sé fá mo choinne.

'Chluinim,' ar seisean, 'go bhfuil an Ghaeilge agatsa chomh maith is atá an Béarla agat.'

'I bhfad níos fearr,' arsa mise, agus iontas orm i rith an ama.

'Tá sin dochreidte, dar liom,' ar seisean.

'Siúd an fhírinne,' arsa mise, agus uchtach ag teacht chugam nuair a chonaic mé an aoibh a bhí air agus gan iomrá ar bith ar ghlanadh na mbróg. 'Sílim nach bhfuil aon duine in Éirinn a bhfuil an Béarla aige mar atá an Ghaeilge agamsa.'

'Is mór an focal é,' ar seisean. Agus thost sé tamall beag. ''Bhfuil a fhios agat cad é mo ghnoithe leat?' ar seisean, agus d'éirigh sé agus d'fhoscail sé prios a bhí ann.

'Níl a fhios agam,' arsa mise. Agus mé ag rá i mo mheanma go raibh a fhios agam go maith. Agus gur orm a bhí an mí-ádh ar maidin, mise nár ghlan mo bhróga le mí roimhe sin, agus nach nglanfadh arís iad go ceann míosa eile dá gcuireadh Dia an drochuair seo tharam!

'Bhail,' ar seisean, ag tiontó thart agus duilleog de pháipéar ina láimh, 'bíonn coirm cheoil againn anseo gach aon Oíche Shamhna. Agus ba mhaith liom ar a laghad aon amhrán amháin Gaeilge a bheith againn i mbliana.'

'Níl ceol ar bith agam,' arsa mise.

'Ní ceol atá mé a iarraidh ort,' ar seisean. 'Tá ceoltóirí

maithe againn, ach níl ciall ar bith do na focla acu, ná den dóigh lena gcur i ndiaidh a chéile. Bheinn buíoch díot dá dteagascfá an t-amhrán seo dá leithéid seo,' ar seisean, ag ainmniú an cheoltóra, agus shín sé an duilleog trasna an tábla chugam. 'Léigh é,' ar seisean, 'agus inis domh cad é do bharúil de.'

Léigh mé féin an chéad cheathrú, agus thug mé mo bharúil dó gan a ghabháil ní b'fhaide leis.

'Chan amhrán Gaeilge an rud sin ar chor ar bith,' arsa mise.

'Amaidí!' ar seisean. 'Sin amhrán a chum a leithéid seo, fear a bhfuil céim ollscoile aige as a chuid Gaeilge.'

'Níl aithne ar bith ar an duine uasal agam,' arsa mise, 'agus níl a fhios agam cad is céim ollscoile ann. Ach tá a fhios agam nach ceol Gaeilge an rud sin.'

'Bhail, anois,' ar seisean, 'tá cuma ort gur duine dáigh as do bharúil féin thú. Agus ó tharla nach amhrán Gaeilge é, b'fhéidir nár mhiste leat a inse domh cad é atá ann.'

Ní rómhaith a bhí mé ábalta ar na lochtanna a mhíniú dó san am. Ach rinne mé mo dhícheall agus sílim gur thuig sé mé. Bhí an t-amhrán cosúil leis na céadta amhrán a cumadh le leathchéad bliain. B'fhéidir go raibh an meadar ceart go leor ann. Ach bhí sé chomh garbh agus go leonfadh sé na giallbhaigh ag muileann buailte, gan trácht ar cholann daonna. Agus mhínigh mé sin don Uachtarán chomh maith is a tháinig liom. ''Bhfeiceann tu,' arsa mise, 'an dóigh a bhfuil na consain i ndiaidh a chéile sa líne sin? Agus tá gutaí gairide san áit ar cheart rudaí fada a rá.'

'Tuigim sin,' ar seisean. 'Tá a macasamhail san Iodáilis.'

'Agus an líne sin eile,' arsa mise. 'Ní thuigfinn ar chor ar bith é murab é go bhfuil Béarla agam.'

'Bhail,' ar seisean, 'tá cineál de léaró agam anois ar na gnoithe. Ach níor shamhail mé riamh go mbeadh fear ollscoile chomh fágtha agus go gcumfadh sé a leithéid. Ach,' ar seisean, 'b'fhéidir go ndéanfá do dhícheall leis?'

'Ní féidir a theagasc,' arsa mise, 'ar an ábhar nach féidir a cheol.'

'Nach breá a thuigeas tú na rudaí seo agus gan tú i do cheoltóir?' ar seisean. Agus ní thiocfadh liomsa míniú mar ba cheart a chur ina láthair nuair nach raibh an Ghaeilge aige. Dá mbeadh sin aige scríobhfainn dhá líne véarsaíochta dó:

(1) Beidh gach gleann sléibhe ar fud Éireann agus na móinte ar crith.

(2) Beidh gach tuar madaidh fá na cladaigh chomh seang le cloich.

Is ionann míotar don dá líne seo, ach ní féidir an dara ceann a cheol ar chor ar bith.

Ach sa deireadh d'fhiafraigh an tUachtarán díom an raibh mórán amhrán agam féin, agus dúirt mé go raibh na céadta. D'iarr sé orm amhrán fóirsteanach a thoghadh agus a theagasc don cheoltóir. Dúirt mé go ndéanfainn agus fáilte, agus d'imigh mé agus mé breá sásta liom féin. Ní nach ionadh, nó shíl mé nuair a cuireadh fá mo choinne gur léabairt den teanga agus sé pingine de cháin a bhí i ndán domh as mo leathbhróg a ghlanadh in ionad nach raibh dleathach. Agus bhí iontas an tsaoil ar an chuid eile nuair a chuala siad go raibh mé chomh dána agus go bhfuair mé tormas ar fhear a raibh céim ollscoile aige.

HARMONIUM PHOLL AN MHADAIDH

Ba é an bharúil a bhí ag lucht an léinn nach raibh ceol ar bith agamsa. Ní raibh mé ach seachtain sa choláiste nuair a cuireadh féacháil orm agus chuaigh mé in abar san iarraidh. Insíodh dúinn go bhfaigheadh gach duine caoi le foghlaim a dhéanamh ar an *harmonium,* agus cuireadh ar ár súile dúinn go mb'fhéidir gur mhaith an cuidiú againn é nuair a bheimis ag iarraidh scoile. Ach ní raibh rún ar bith agamsa a ghabháil i gceann gléas ceoil de chineál ar bith ón lá fada ó shin a chuala mé Pádraig Phadaí ag seinm i Laighin Uí Eaghra.* Agus ní fhéachfainn leis ar chor ar bith murab é Peadar Ó Dónaill.

'Níl ceol ar bith ionam,' arsa mise le Peadar.

'Tá tú chomh maith leis an mhórchuid acu agus níos fearr ná cuid acu,' arsa Peadar. 'Nach bhfeiceann tú a léithéid seo?' ar seisean. 'Tá sé ar obair ag búirigh oíche is lá, agus níl ciall ar an domhan do cheol aige.'

An fear a d'ainmnigh sé, straoille fada marbh a bhí ann. Agus is é mo bharúil nach n-aithneodh sé duifear ar bith eadar *An Chúilfhionn* agus *Robhdalam Raindí* dá seinti dó iad. Bhíothas ag cur air go raibh na litreacha scriofa ar na heochracha aige, nó nach n-aithneodh sé iad ar dhóigh ar bith eile.

'Bhail,' arsa mise le Peadar, 'dá olcas mé féin is fearr mé ná eisean. Ach is cuma sin. Ní thiocfadh liom a oiread a fhoghlaim agus a dhéanfadh maith ar bith domh.'

'Beidh a fhios sin agat nuair a bheas tú ag iarraidh scoile,' arsa Peadar. Dá laghad an striongán dá mbeadh agat ba mhaith é. Nó, is ionann is an cás, ba mhór a dhíobháil ort. Ba mhaith an leithscéal é le scoil a choinneáil uait a bheadh tuillte agat ar gach aon dóigh eile.'

*Féach *Nuair a Bhí Mé Óg.*

Bhí sé ag caint ar an téid seo go dtug sé orm féin a ghabháil i gceann an *harmonium*. Ach níor chaith mé ach aon leathuair amháin ag foghlaim. Ba mheasa arís é ná an fhideog, agus chuir mé mo sheacht mallacht air agus d'fhág mé ansin é. Ach ar feadh an dá bhliain lean an Straoille de. Bhí sé ar obair ag foghlaim gach aon fhaill dá bhfaigheadh sé. D'fhanadh sé istigh tráthnóna Dé Sathairn agus Dé Domhnaigh. Agus lean sé de chomh dlúth sin agus go bhfuair sé seort éigin teastais nuair a bhí sé ag fágáil na coláiste.

Chuaigh an t-am thart to dtí go raibh an dá bhliain caite. Is maith is cuimhin liom an oíche dheireanach. Tugadh an t-iomlán againn isteach i halla mór a bhí ann. Bhí an tUachtarán agus an Déan agus na hollúna ansin cruinn, agus toisíodh a bhronnadh duaiseanna. Fuair mé féin cupla punta d'airgead agus leabhar nó dhó. Bhí an áit ab airde agam i mBéarla, gan trácht ar ábhair eile. An chéad áit i mBéarla! Nach orm a bhí an bród? Narbh é an dó croí é ar na smugacháin a shíl an té a raibh Gaeilge aige nach dtiocfadh leis rud ar bith eile a fhoghlaim? Bhí an dearcadh sin sa tír fada leitheadach an t-am sin. Tá sé go fóill inti. Agus, dá bhfaigheadh sí a saoirse ar béal maidine, bheadh an dearcadh sin ann go ceann fada go leor. Bhíomar rófhada faoi chrann smola na daoirse. Agus tá na cneácha chomh trom sin orainn agus gur dheacair a gcneasú.

Deireadh mhí na Féile Eoin a bhí ann agus bhí oíche ann chomh deas is a tháinig ó shin. Iomlán gealaí agus spéir ghlan agus ciúnas a bhéarfadh sólás do d'anam. Tamall beag roimh an mheán oíche chuamar síos chun an tséipéil agus canadh *Te Deum*. Bhí cór maith againn agus orgánaí breá. Bhí an altóir ar aon bharr amháin solais agus ceol an orgáin, dar leat, chomh diamhrach leis an tsíoraíocht. Chuaigh mé ar mo ghlúine agus smaoinigh mé gur mhéanair domh dá dtigeadh liom fanacht mar sin choíche. Bhí cumha orm nuair a smaoinigh mé go raibh mé ag imeacht ar béal maidine agus nach mbeinn ansin go brách arís.

I gceann tamaill tháinig an tUachtarán amach ar an altóir agus rinne sé seanmóir ghearr. D'iarr sé orainn gan a dhath a dhéanamh choíche a bhéarfadh náire don choláiste. 'Tá sibh ag gabháil amach ar maidin amárach,' ar seisean, 'agus ag gabháil i gceann an tsaoil. Tá gairm uasal agaibh. Agaibhse atá Éire Óg le hoiliúint agus le seoladh ar bhealach a leasa, chun glóire Dé agus onóra na hÉireann. ... Mo sheacht mbeannacht go raibh libh. Agus tá súil agam go mbeidh coisreacadh Dé oraibh féin agus ar bhur gcuid oibre.' Agus chonacthas domh go raibh tocht ina ghlór nuair a bhí sé ag fágáil slán againn. Chuaigh mé suas an staighre ag tarraingt ar mo leaba. Ach ní raibh fonn ar bith codlata orm. Chuir mé mo cheann amach ar an fhuinneoig agus d'amharc mé uaim. Bhí oíche ghalánta ann. Ní raibh tuaim ar bith le cluinstin ach tram a bhí ag roiseadh síos Droim Conrach ag tarraingt ar an chathair. Bhí soilse na cathrach le feiceáil agam amach síos uaim. Tá greann is callán thíos ansin. Na sluaite ag damhsa is ag imirt is ag ól sna clubanna. Ach is fearr liomsa amuigh anseo ar an chiúnas, san áit a dtig liom machanmh ar an tsaol aoibhinn atá romham.

Chonaic mé an saol sin go soiléir i m'aisling. Rachainn chun an bhaile agus gheobhainn an scoil ab fhearr sa chondae. Cad chuige nach bhfaighinn? Nár mhinic roimhe sin a chuala mé lucht léinn, eadar chléir is thuata, á rá gurbh é an chéad rud a bhéarfadh an tsúil aniar ag an Ghaeilge múinteoirí a dhéanamh de bhuachaillí is de chailíní na Gaeltachta, in áit a bheith ag iarraidh rud a dhéanamh nárbh fhéidir a dhéanamh — cainteoirí Gaeilge a dhéanamh de na múinteoirí a bhí ann? Tá mise anois i mo mhúinteoir dhéanta. Tá mé i mo scoith múinteora. Agus tá an chraobh liom i mBéarla. An rud is tairbhí den iomlán nuair a chasfar i gcuideachta daoine mé ar mhian leo a chur in iúl nárbh fhéidir domh an Béarla agus an Ghaeilge a bheith agam i gcuideachta a chéile.

Chonaic mé mé féin an oíche sin agus na blianta glórmhara a bhí romham. Bhí mé i m'ardmháistir ar a leithéid seo de scoil. D'imigh mé chun na Gearmáine, mé féin agus ainnir dheas na gciabhfholt donn. (Bhí a leithéid ann. An Cháisc roimhe sin a casadh orm í nuair a bhí mé sa bhaile ar laetha saoire, agus shíl mé gurbh í gile na gile agus áille na háille í. Agus gurbh é Dia a bhí liom nár fágadh *Highland Mary** ar mo lámha.) D'imíomar amach béal an chuain maidin shamhraidh. Bhí sí ina seasamh ar bhord na loinge le mo thaobh, dlaíóg dá gruaig á siabadh le gaoth na maidine, agus loinnir ina grua a bhéarfadh solas don domhan. ... Bhí teach deas agam fá chuanta na Rosann, agus bád breá. Bád a raibh cíl dhomhain uirthi agus baláiste luaidhe san urlár aici, agus trí scór slat éadaigh uirthi. ... Mhair na haislingí seo, ceann i ndiaidh an chinn eile, go dtí sa deireadh gur thit mé thart chun suain.

Ar maidin an lá arna mhárach scairteadh orainn go luath. Agus nuair a bhí greim bidh caite againn d'imíomar linn síos chun na cathrach. Chaitheamar tamall ansin ag fágáil slán ag a chéile. Agus ansin chuaigh gach dream a mbealach féin. Chuaigh na Muimhnigh go 'Droichead an Rí'. Bhain na Connachtaigh an 'Broadstone' amach. Agus chuaigh na hUltaigh go 'Sráid Amiens'. Bhí maidin ghalánta ann, den chineál a bhíodh ann fada ó shin go minic, ach nach dtig anois ach go hannamh.

D'imigh linn suas a chois na farraige ag tarraingt ar an Tuaisceart. Bhí aoibhneas ar muir agus ar tír. An t-eallach a bhí ag innilt sna pairceanna, bhí cuma shultmhar shásta orthu. Bhí an chuma chéanna ar na huain agus iad ag meadhar go croíúil aigeantach. An fhaoileann a bhí ina suí go státúil amuigh ar an toinn agus brollach uirthi chomh geal le sneachta na haon oíche, bhí cuma uirthi go raibh aoibhneas agus lúcháir uirthi. Agus bhí aoibhneas agus lúcháir orm féin. Agus cá bhfuil an té a bheadh ina dhiaidh orm? Bhí mé ar mo bhealach chun an bhaile. Bheadh lúcháir ar mo mhuintir romham. Agus an Domhnach sin a bhí chugainn rachainn siar go hInis Mhic an Duirn, go bhfeicfinn mo chailín donn agus go bhfágainn mo choróin ina luí ag a cosa.

Tháinig an traen go Dún Dealgan agus d'imigh cuid acu ansin. I bPort an Dúnáin scaramar le muintir Bhéal Feirste. D'imigh scaifte eile uainn ar an tSrath Bán. Bhí an tráthnóna ann nuair a shroich an scaifte beag deireanach againn Leitir Ceanainn. Ar theacht an fad sin dhúinn bhí cineál iontais

---

* Féach *Nuair a Bhí Mé Óg*.

orm féin cionn is nach raibh aon duine ag cur sonraithe ionam. B'fhéidir anois go gcuirfeadh seo iontas ar an té a bhfuil aois is ciall is tuigse aige. Ach bhí cineál de bharúil agam go mbeadh slua bainisteoirí scoile ag stáisiún na traenach i Leitir Ceanainn, agus iad ag coimhlint le chéile ag féacháil cé acu a gheobhadh mé.

Ní raibh ach ochtar againn fágtha le a ghabháil ar an traen i Leitir Ceanainn. Chuaigh triúr acu sin amach i gCill Mhic Néanáin. D'fhág beirt eile slán againn ar an Fhál Charrach. Agus ní raibh fágtha ach triúr: mé féin agus beirt as pobal Ghaoth Dobhair. Tháinig siadsan go deireadh a n-astair ag an Chúirt, agus bhí mé liom féin.

San am seo bhí an ghrian ag luí siar in aice na mara agus loinnir óir i sléibhte garbha na Rosann. Ag teacht anoir barr Ghaoth Dobhair domh nocht Rinn na Feirste agus na Maola Fionna amach síos uaim. Is dóiche go mbeidh scaifte de mhuintir Rinn na Feirste i m'araicis ag an stáisiún. B'fhéidir go mbeadh an druma mór amuigh. Tá cuid mhaith de lucht na bhfideog in Albain. Ach ba chóir go mbeadh a oiread fágtha agus a dhéanfadh cúis! Agus thoisigh mé a chuntas na bhfear ba dóiche a bheith sa bhaile. Ach leis sin féin nochtaidh Cloch Mhór Léim an tSionnaigh chugam. Bhí mé ag tarraingt isteach go stáisiún Chroithlí.

D'fhoscail mé doras na traenach agus tháinig mé de léim amach ar an léibheann, agus mo chóta mór ar bhacán mo láimhe liom. Bhí seanduine taobh amuigh de na geaftaí agus cupla cása pórtair ar chairt asail aige. Bhí beirt ghasúr ann ag fanacht le páipéir Bhaile Átha Cliath a thabhairt siar go hAnagaire. Ach sin a raibh ann. Nuair a bhí mé ag tarraingt amach ar an gheafta tháinig máistir an stáisiúin romham agus d'iarr sé mo thicéad orm. Fear mór ramhar anásta a bhí ann. Agus shílfeá gur míshásta a bhí sé cionn is gur cuireadh an oiread sin saothair air. Shín mé an ticéad ionsair. Bheir sé air uaim agus níor dhúirt sé, 'Is tú atá ann' ná 'Ní tú.'

Shiúil mé liom anuas an Coradh Mór agus anoir ag an Cheárta. Nuair a bhí mé ag teacht anoir Ailt Mhín na Leice tím fear is bean siar romham agus lód mónadh leo ar asal. Bean chostarnacht agus a gruaig síos léi gan chíoradh, agus

luipríneach de sheanduine bheag anásta ag siúl lena taobh a
raibh coiscéim throm leis agus osáin a bhríste ina gclupaidí
fá bhéal a bhróg. Cé a bhí ann nuair a tháinig mé a fhad leo
ach *Highland Mary* agus Maitiú.

Bheannaigh mé dóibh, ar ndóigh. Thug sise freagra go
faiteach orm, agus níor labhair seisean ar chor ar bith. Shiúil
mé liom anoir tharstu agus mé ag smaoineamh ar an dobrón
a bhí orm an lá a chuala mé i bPeebles gur pósadh an lánúin.
Dar liom féin, nach ar mo shúile a bhí na léaspáin nuair a shíl
mé go raibh an cheamach sin riamh dóighiúil? Agus nach orm
a tháinig an tallann mearaidh nuair a bhí mé i ndroimdubhach
cionn is gur phós sí Maitiú? Ní aithneoinn cailín dóighiúil an
t-am sin. Ní raibh ciall d'áille agam mar atá anois agam. Ach
tá péarla álainn an iarraidh seo agam, má bhí sin ag aon
fhear riamh. An cailín sin as Tír Eoghain atá ina máistreás
scoile thiar in Inis Mhic an Duirn. Ar ndóigh, níl Gaeilge ar
bith aici. Ach is cuma; tá mo sháith Béarla agamsa fána
coinne. Rachaidh mé siar a dh'amharc uirthi Dé Domhnaigh
agus inseoidh mé di gur ar mhaithe léi a rinne mé an obair
atá déanta agam. Gurbh í an réalt eolais í a bhí do mo
threorú de lá is d'oíche. Agus smaoinigh mé ar cheathrú
d'amhrán as leabhar dá raibh sa choláiste agam:

'O Fame, if I ever took delight in thy praises,
'Twas less for the sake of thy high-sounding phrases
Than to see the bright eyes of the dear one discover
The thought that I was not unworthy to love her.'

Bhain mé an baile amach sa deireadh. Bhí mo mháthair
ina seasamh sa doras nuair a bhí mé ag teacht anuas taobh
an aird. Bhí a ceann cíortha agus naprún geal uirthi agus an
bord réidh fá mo choinne aici. Bhí oiread sin lúcháire uirthi
agus gur bhris an gol uirthi nuair a chuir sí fáilte romham.
Thoisigh sí a dhéanamh réidh bídh, agus thoisigh mé féin a
dh'inse di fá mar d'éirigh liom sa choláiste. Agus bhí lúcháir
an domhain ar mo mháthair. Ach cad chuige nach mbeadh?
Bhí a cuid aislingí comhlíonta. Smaoinigh sí ar an lá fada ó
shin a bhí mé in achrann i *Lycidas*, agus an dóigh arbh
éigean domh imeacht ina dhiaidh sin agus fostó a dhéanamh
le hAlbanch de chuid an Lagáin. Chuaigh mé in abar go
tútach an lá úd a bhí mé féin is mac an phíléir ag coimhlint le

chéile. Ach tá leorghníomh déanta inniu agam, agus cáipéis an tsean-tsaoil maiteach agam.

'Dá gcasfaí scoil anois agam, bhí liom,' arsa mise nuair a bhí an tae ólta agam.

'Tá scoil Pholl an Mhadaidh folamh,' arsa mo mháthair. 'Bhí mé ag caint le Jimmy Frainc lá an aonaigh, agus dúirt sé gur cheart duit a ghabháil siar chomh luath is a thiocfá chun an bhaile agus an áit a iarraidh ar shagart na paróiste.'

Ní raibh mé sásta leis seo. Chonacthas domh go raibh ionad ab airde tuillte agam ná mo chur isteach ar oileán mara. Agus dúirt mé sin le mo mháthair.

'Bíodh foighid agat,' ar sise. 'Ní thig le aon duine scoil a dhéanamh fá do choinne féin. Sin thuas scoil a bheas folamh ar an bhliain seo chugainn, agus sin ceann eile a bheas fá réir an bhliain ina dhiaidh sin,' ar sise, á n-ainmniú.

'Is cuma duit ach áit do chos a fháil sa pharóiste, mar a fuair Colm Cille i dToraigh. Gabh siar chuig an tsagart ar maidin amárach agus iarr scoil Pholl an Mhadaidh air. Níl le déanamh agat ach a hiarraidh. Nó is minic a chuala mé go raibh an sagart iontach míshásta cionn is nach dtiocfadh leis máistrí a fháil fá choinne na n-oileán a mbeadh Gaeilge mhaith acu.'

Ar maidin an lá arna mhárach d'éirigh mé agus bhain siar sagart na paróiste amach. Chuir sé fáilte romham agus d'iarr orm suí. Shuigh mé féin agus chuir mé an seanchas chun toasigh fán ghnoithe a bhí agam.

'Níl tú ach i ndiaidh a theacht amach?' ar seisean.

'Aréir a tháinig mé chun an bhaile,' arsa mise.

'B'fhearr liom,' ar seisean, 'máistir a mbeadh cupla bliain de chleachtadh déanta aige. Ach is deacair a bhfáil, ar ndóigh. Nuair a bhíos sin ag fear ní bhíonn sé sásta fanacht ar oileán. Cad é mar d'éirigh leat sa choláiste?'

'Tá teastas anseo agam' arsa mise, agus shín mé an páipéar chuige. Bheir sé air as mo láimh agus thoisigh sé a léamh:

Religious Knowledge ....*Excellent*
Application to Study ....*Excellent*
Practice of Teaching ....*Excellent*

Conduct	*Excellent*
Theory of Method	*Excellent*
English and English Literature	*Excellent*
Irish	*Excellent*
Arithemtic	*Very Good*
Algebra and Geometry	*Very Good*
History and Geography	*Good*
Drawing	*Fair*
Instrumental Music	*Failure*

'Is mór an truaighe sin,' ar seisean, nuair a bhí an teastas léite aige. Agus iontas orm féin cá raibh an truaighe. 'Is mór an truaighe nach dtig leat seinn ar an *harmonium*. Dá dtigeadh leat, bhéarfainn duit an scoil — le cead an easpaig, ar ndóigh. . . . Nach iontach a d'fheall an brainse sin ort,' ar seisean, 'nó an dtug tú iarraidh ar a foghlaim?'

'Ní thug,' arsa mise. 'Níl maith ionam ag foghlaim rud ar bith nach bhfuil ionam ó nádúir.' agus chuir mé in amhail a inse dó go mb'fhéidir go rachainn ina cheann murab é go gcuala mé Pádraig Phadaí ag seinm ar an fliúit mhór tráthnóna samhraidh i Laighin Uí Eaghra. Ach bhí eagla orm gur a mhagadh a rachadh sé orm. Ba ghairid na blianta uilig roimhe sin ó bhí mé i mo ghasúr ar scoil Rinn na Feirste agus tháinig sé isteach lá amháin agus an t-ardrang ag léitheoireacht. Mé féin a bhí ag léamh ag teacht chun an tí dó agus sheasaigh sé dh'éisteacht liom:

> *'You have the Pyrrhic dance as yet,*
> *Where is the Pyrrhic phalanx gone?*
> *Of two such lessons why forget*
> *The nobler and the manlier one?*
> *You have the letters Cadmus gave,*
> *Think ye he meant them for a slave?'*

'*What does Byron mean by "the letters Cadmus gave"?*' ar seisean. Agus, ar ndóigh, ní raibh a fhios agamsa ach oiread le cúl mo chinn cad é a bhí Byron a mhaíomh nó sagart na paróiste ach oiread. Labhair sé go nimhneach liom agus bhí eagla orm roimhe riamh ina dhiaidh. Agus bhí an eagla seo ar fad orm d'ainneoin mo chuid *Excellents*.

'Bhail,' ar seisean sa deireadh, 'tá mé cinnte nach mbíonn tú i bhfad gan scoil. Agus ní fearr duit ar bith é ná gan a bheith ag teagasc i do pharóiste dhúchais. Múinteoirí as baile isteach an mhórchuid de mhúinteoirí na paróiste seo. Ní bhíonn meas ar aon duine fán bhaile. Sin an deárcadh atá agamsa, agus is minic a bíthear diomaíoch díom dá thairbhe. Tá cupla bliain ó shin thug mé cailín anuas as Tír Eoghain, an áit a raibh scoil Inis Mhic an Duirn folamh. Agus tógadh callán millteanach cionn is nach dtug mé an posta d'iníon a leithéid seo as Béal na Cruite.'

D'imigh mé ag tarraingt ar an bhaile agus mé tromchroíoch. Chonacthas domh go raibh cuid mhaith céille sa mhéid a dúirt sé fá mhúinteoir a bheith ag teagasc ina pharóiste dhúchais. Agus mura mbeadh ann ach sin be mhór an cúiteamh domh smaoineamh gurbh é an dearcadh seo ba chúis le mo Chailín Donn a bheith sna Rosa. Ach bhí mé ag déanamh nach raibh rún ar bith aige scoil a thabhairt choíche domh. Agus chuir mé ceist orm féin dá bhfealladh ábhar éigin eile orm seachas an ceol, arbh é sin an t-ábhar a bheadh riachtanach i bPoll an Mhadaidh?

Tháinig mé chun an bhaile agus mo chleiteacha síos liom. Chonacthas domh go raibh éagóir déanta orm. Bhí an loinnir ar shiúl as an ghréin. Bhí m'aisling ag imeacht mar d'imeodh sneachta an earraigh lá gréine.

'Bhail, cad é mar d'éirigh leat?' arsa mo mháthair.

'Dhiúltaigh sé mé,' arsa mise.

'Cad é a dúirt tú'? ar sise.

'Dhiúltaigh,' arsa mise. 'Dúirt sé nach dtabharfadh sé an scoil do mháistir ar bith nach dtiocfadh leis seinm ar an *harmonium.*'

'Harmonium!' arsa mo mháthair. *'Harmonium* i bPoll an Mhadaidh! Poll an Mhadaidh an rapáin. Tá gnoithe mór le *harmonium* acu!'

'Ní thabharfadh sé an áit domh ar scor ar bith, dá mbínn incheoil le Pádraig Phadaí,' arsa mise.

'Cad chuige a n-abair tú sin?' arsa mo mháthair.

'Tá,' arsa mise, 'bhí dhá leithscéal aige.'

Chaith mé seachtain sa bhaile agus mé iontach

tromchroíoch. Bhí mo chuid aislingí ina smionagar. Amanna
deirinn gur mhairg a bhuair mo cheann le léann riamh. Sa
deireadh fuair mé leitir ón Athair Maitiú Maguidhir as Cill
Scíre i dTír Eoghain, ag tairgint posta domh. D'éirigh mo
chroí nuair a fuair mé an leitir seo. Bhí cineál aithne agam ar
an Athair Maitiú. Casadh orm i gCloich Cheannaola an
samhradh roimhe sin é. Agus chuimhnigh mé gur dhúirt sé
liom an t-am sin go dtabharfadh sé an chéad áit domh a
bheadh fá réir ina pharóiste nuair a bheadh mo chuid léinn
críochnaithe agam.

Bhí mé ag brath imeacht ar maidin Dé Luain, agus tráth-
nóna Dé Domhnaith chuaigh mé siar a dh'amharc ar mo
Chailín Donn.

'An bhfuil a fhios agat cé a fuair scoil Pholl an
Mhadaidh?' ar sise, agus an bheirt againn ár suí ar laftán os
cionn na farraige. Dúirt mé féin nach raibh a fhios agam.

'Tá,' ar sise, 'a leithéid seo de stócach aniar as Condae
Liatroma. Ba chóir go mbeadh aithne agat air. Bhí sé i
nDroim Conrach i do chuideachta.'

'Bhí, cinnte,' arsa mise, 'agus chaith sé an dá bhliain ag
foghlaim ar an *harmonium*. Nach mairg nach dearn mise
an cleas céanna? Agus ní bheadh fiacha orm anois imeacht i
mbéal mo chinn agus seal na bliana a chaitheamh san áit
nach mbíonn tusa de mo chóir. Rinne sagart na paróiste
éagóir orm,' arsa mise. 'Ba mhó an ceart a bhí agamsa ar
scoil as na Rosa ná ag fear aniar as Condae Liatroma.'

'Chan as Condae Liatroma de cheart é,' ar sise, 'ach go
bhfuil a mhuintir thiar ansin le tamall blianta. As Bealach
Féidh thuas ansin a athair. Ach go bhfuil sé ina phíléar thiar
i gCondae Liatroma.'

D'imigh mé ag tarraingt ar an bhaile le coim na hoíche
agus mé tromchroíoch. Bhí mé ag scaradh le hainnir dheas
na gciabhfholt donn. Agus nárbh é an saol a bheadh dorcha
gan í bheith de mo chóir? Agus an posta a raibh mé ag dúil
leis ag mac píléir as Liatroim! Agus smaoinigh mé ar an
méid mac píléar a bhí sa choláiste i mo chuideachta, agus ar
an chineál oideachais a bhí i ndán don tír.

D'imigh mé ar maidin an lá arna mhárach ag tarraingt to
Tír Eoghain agus mo sháith cumha orm. Ní bheadh a

leathoiread orm murab é go raibh mé ag scaradh le mo Chailín Donn. Chonacthas domh gur chruaidh an chinniúint a bhí fá mo choinne. Bhí mé mar bheadh snámhaí ann a shnámhfadh isteach na mílte agus a dtiocfadh an báthadh air ar amharc an chladaigh. Dá mbeinn gan ainnir na gciabhfholt donn a fheiceáil riamh! Dá mbeinn gan aon lá léinn a fháil riamh! Dá mbeinn ag obair i mo dhoirneálach gharbh ghlas thall in Albain bheadh suaimhneas intinne agam nach bhfuil agam. Anois caithfidh mé cúl mo chinn a thabhairt leis na haislingí a chum mé domh féin. Amárach beidh mé i lár Thír Eoghain. Agus beidh an Straoille i bPoll an Mhadaidh.

AN SHOVEL-HATTED CARTHAGINIAN

Bhain mé Cill Scíre amach agus chuir an tAthair Maitiú Maguidhir fáilte charthanach romham. Bhí scoil mhór ansin. Ar scor ar bith bhí teach mór scoile ann. Is dóiche go raibh scoil mhór ann lá den tsaol. Ach nuair a chuaigh mise ansin ní raibh mór ach an teach; ní raibh os cionn cupla doisín páistí ann. Bhí mé iontach míshásta cionn is gur tharla ina leithéid d'ionad mé. Ach níor léir don Athair Maitiú go raibh ábhar ar bith míshásta agam.

'Thug mé aníos anseo thú,' ar seisean, 'cionn is go bhfuil an Ghaeilge mar is ceart agat. Dá bhfaighinn saol fada go leor ní bheadh aon mhúinteoir i mo pharóiste ach múinteoirí as an Ghaeltacht. Sílidh daoine as an áit seo gur mór an éagóir múinteoir coimhthíoch a thabhairt chun na paróiste, de roghain ar dhuine acu féin. Bhí stócach as an bhaile sin thall — sílim go raibh sé i nDroim Conrach i do chuideachta féin — bhí sin ag iarraidh na scoile orm. Agus ba mhian lena mhuintir callán a thógáil nuair a dhiúltaigh mé iad. Ach thug mise le fios dóibh gur mé féin an bainisteoir agus nárbh iadsan.'

Fíor-Ghael agus fíorshagart a bhí san Athair Maitiú. Rinne sé obair éifeachtach i bpobal Chill Scíre ar feadh tamall blianta. Agus dá mbeadh an mianach ceart ionamsa, agus an dóchas agam a bhí aigesean, d'fhanfainn aige. Ach ní raibh. Ba mhaith liomsa scoil mhór a bheith agam. Chonacthas domh go raibh sin tuillte agam. Ní raibh a oiread tuigse agam san am agus go mbeadh a fhios agam nach raibh a dhath tuillte agam. Nach raibh sé tuillte agam a bheith ar an tsaol ar chor ar bith. Dá mbeadh creideamh náisiúnta nó creideamh spioradálta agam thuigfinn nach só ach anró a bhí i ndán don té a dhéanfadh réalt eolais d'Éirinn. Agus bhí rud eile orm. Ba mhaith liom a bheith sna Rosa, an áit a raibh ainnir dheas na gciabhfholt donn. Bhí a fhios agam, ar ndóigh, nach bhfeallfadh sí orm agus mé i ngean uirthi. Ach ba chuma sin, bhí an saol dorcha gan í.

D'aithin an tAthair Maitiú nach raibh mé sásta le mo phosta.

'Ní bheidh tú i bhfad uilig ansin,' ar seisean liom lá amháin. 'Beidh a leithéid seo de scoil folamh fá cheann chupla bliain eile. Má fhanann tú agus foighid a bheith agat, ní bhfaighidh an dara duine i. Agus tá teach breá cónaithe ag a taobh, agus gan air ach cupla punt de chíos. . . . Agus tá cailín i mo shúile a d'fhóirfeadh i gceart duit.'

Níor labhair mé féin. Ach ar mo bhealach chun an bhaile tharraing mé orm seanamhrán de chuid na Rosann:

> 'Go mbreacaí mo dhá mhaile agus go liathaí mo cheann,
> Chomh geal leis an eala atá ar Shliabh Uí Fhloinn,
> Go dté mo bhean i dtalamh 'gus 'na dhiaidh sin mo chlann,
> Go mbeidh cuimhne agam ar ainnir dheas na gciabhfholt donn.'

Bhí trian de na páistí a bhí ar scoil agam ina nAlbanaigh, agus an chuid eile ina nGaeil. An lá a tháinig mé d'inis an tAthair Maitiú domh go raibh an dá chineál ann, agus d'iarr sé orm a bheith faichilleach agus gan a dhath a rá a ghoillfeadh ar thachrán ar bith. 'Bíodh an urnaí agus an Teagasc Críostaí agat ar leath i ndiaidh a dó,' ar seisean, 'agus thig leat cead a gcinn a thabhairt do na hAlbanaigh sula dtoisí tú. Tiocfaidh an ministir corrlá chugat,' ar seisean. 'Ach duine moiglí nach gcuireann chugat ná uait. Tá neart fairsingí agaibh araon ann. Bhéarfaidh seisean leis a thréad féin síos chun an tseomra íochtaraigh.'

Ní raibh mé sásta ar chor ar bith nuair a chuala mé gurbh Albanaigh cuid de na scoláirí a bheadh agam. Cá bhfuil mar thig le duine stair na hÉireann a theagasc agus, san am chéanna, é ar a fhaichill ar eagla go n-abóradh sé rud ar bith a ghoillfeadh ar Albanach? Cad é an cineál staire a bheadh agam? Cad é mar thiocfadh liom trácht ar Chromail is ar Bheití na Muice gan rud éigin a rá a ghoillfeadh ar a sliocht? Cad é mar thiocfadh liom scéalta a inse fán ghéarleanúint a

cuireadh ar Chlanna Gael nuair a bhí na sagairt ar a
seachnadh agus iad ag léamh Aifrinn i ngleanntáin sléibhe?
Fearg a chur ar na hAlbanaigh! Nárbh iadsan a bhí ag cur
feirge orainne nuair a bhí siad sa tír ar chor ar bith!

Agus bhain sin seanmóir mhór fhada as an Athair Maitiú.
Agus b'éigean domh aontú leis, siúd is nach raibh mé cinnte
(agus nach bhfuil go fóill) go raibh an ceart go hiomlán aige.

Cupla lá ina dhiaidh sin cé a tím chugam i dtrátha leath i
ndiaidh a dó ach an ministir. Tháinig sé chun an tí agus
chroith sé lámh go pléisiúrtha liom. Thug mé freagra air
chomh múinte agus a thiocfadh liom. Dúirt sé go raibh súil
aige go raibh an áit ag taitneamh liom. Agus mura raibh go
mbeadh nuair a gheobhainn aithne ar na daoine. Agus ansin
thug sé leis síos chun an tseomra íochtaraigh an méid den
scoil a bhí ag géillstean dó.

Dar liom féin, damnú ort! Sin mar a bhí do dhream riamh
gach aon áit dár shiúil siad. Sin an dóigh a bhí leo. Do
bhualadh agus do lot go dtí nach mbeadh bogadh ionat.
Ansin do thógáil as an lábán agus an fhuil a ní díot agus
ceiríní a chur leis na cneácha a d'fhág siad féin ort.

Bhí cuid mhaith luchóg i dteach na scoile — go háirid sa
tseomra íochtarach, nó is ann a bhíodh na scoláirí in am lóin
lá fliuch, agus bhíodh siad ag scileadh grabhar aráin ar an
urlár. Bhí an t-urlár lán poll. Agus, eadar na poill agus an
cothú, scoith áit luchóg a bhí sa tseomra chéanna. Ní raibh
mé i bhfad san áit go bhfuair mé amach go raibh an
dubheagla ar an mhinistir roimh na luchóga. Agus, dar liom
féin, beidh ábhar eagla aige. Roimh mhí ó inniu tiocfaidh
pláigh air a sheilgfeas amach as an pharóiste é!

Caithfidh mé a rá anseo nach raibh mioscas ar bith agam
don mhinistir de thairbhe creidimh. Ní raibh ná d'aon duine
eile. Tá mo chreideamh féin agam, ach ní raibh olc ná
urchóid agam riamh don fhear thall as a athrach sin de
chreideamh a bheith aige. Ní raibh ann uilig ach go dtugadh
an ministir an daorsmacht i mo cheann. Agus an chéad lá a
tháinig sé go teach na scoile smaoinigh mé ar an ainm a
bheireadh Mitchel ar an eaglaiseach ghallta a bhí mar chéad
fhear ceannais ar an *National Board* — *'the shovel-hatted
Carthaginian.'*

Murab é gur mhínigh mé an méid sin duit bheadh iontas ort dá bhfeicfeá máistir ag gabháil isteach i siopa ar a bhealach chun na scoile agus ag ceannacht builbhín aráin. Dúirt mé sin, agus b'fhéidir nach mbeadh. B'fhéidir go silfeá gur fear fuascailteach a bhí ann nár mhaith leis' tachrán bocht ar bith a bheith fá ocras. Ach dá bhfeicfeá é ag spíonadh an aráin agus a chur síos faoin urlár gach aon áit a raibh poll nó scoilt eadar dhá chlár, ba dóiche go silfeá gur ag déanamh pisreog a bhí sé, mura seachrán a bhí air. Ach ní raibh seachrán ar bith orm. Agus níor ghéill mé riamh do phisreoga. Ach bhí rún agam slua luchóg a tharraingt fán teach a chuirfeadh an tóir ar an *shovel-hatted Carthaginian*.

Cupla lá ina dhiaidh sin bhí an sagart istigh ar an tsráidbhaile, agus siúd isteach in oifig an phoist é. An bhean a raibh an oifig aici, bhí siopa beag aici lena chois agus is uaithi a cheannaigh mé an t-arán fá choinne na luchóg. Dá mbeadh an aithne cheart agam uirthi dhéanfainn mo cheannaíocht i siopa éigin eile. Nó bean a bhí inti nach gceilfeadh rud ar bith. Bhí an saol mór le meilt agus le cardáil aici.

'Is lách an fear an máistir sin a tháinig chugainn as Dún na nGall,' ar sise. 'Is é a bhí mé a rá le fear an tí inné gur méanair don mhuintir a fuair é mar mháistir scoile. Agus tá dúil mhór sa tír seo aige.'

'Níl mé cinnte de sin,' arsa an tAthair Maitiú. 'Tá eagla orm go bhfuil an leannán air a d'fhág Colm Cille ar bhunadh a thíre, mar atá cumha. Tá eagla orm nach bhfanann sé agam ach go raibh scoil le fáil fán bhaile aige.'

'Tá an aithne chontráilte agaibh air, a shagairt, ó chaithfeas mé a rá libh,' arsa bean an tsiopa. 'Níl cumha ar bith air. Deir sé go mbeadh sé beo choíche anseo i dTír Eoghain. Agus duine maith dea-chroíoch é. Thig sé isteach anseo ar maidin agus ceannaíonn sé toirtín aráin le rann ar na páistí ar eagla go mbeadh ocras orthu.'

'Níor shíl mé go raibh páistí ar bith ar an scoil sin nach mbeadh a muintir acmhainneach go leor le píosa aráin a chur mar lón leo,' arsa an sagart.

'Dá mbeadh a oiread eolais agaibh, a shagairt, agus atá againne,' ar sise, agus thoisigh sí a mhaíomh go raibh cuid

acu iontach bocht agus gur aicise a bhí a fhios, nó go raibh
fiacha troma amuigh aici. Ach níor fhan an tAthair Maitiú i
mbun comhráidh aici. Bhí barraíocht aithne aige uirthi. Agus
cheannaigh sé cupla stampa agus d'imigh sé, agus rún aige
labhairt leis an mháistir agus a chur ar a shúile dó nach raibh
airc ar bith mar sin ar na páistí. Nó, má bhí, nárbh é an
máistir ach eisean ba chóir dearcadh orthu.

An tseachtain ina dhiaidh sin tháinig an ministir go teach
na scoile mar ba ghnách leis. Thug sé leis a chuid scoláirí
síos chun an tseomrá íochtaraigh. Ach ní raibh sé os cionn
cupla bomaite thíos nuair a tím féin ag nochtadh i ndoras an
tseomra é agus é chomh geal san aghaidh le braillín.

'Ní thig liom seo a sheasamh, a mháistir,' ar seisean.

'Cad é atá cearr?' arsa mise.

'Tá an seomra seo beo le luchóga,' ar seisean.

Dúirt mé féin gurbh fheasach mé corrluchóg a bheith ar
na gaobhair, ach nár shamhail mé go raibh siad ach corr.

'Gabh anuas anseo go bhfeice tú,' ar seisean.

Chuaigh mé féin go doras an tseomra, agus gan bhréig ar
bith bhí na céadta acu ann agus iad ina rith thart go dána,
gan eagla orthu roimh mháistir ná mhinistir.

'Cad é a dhéanfaimid anois?' ar seisean.

'Níl a fhios agam faoin spéir,' arsa mise. 'Ní raibh a fhios
agam a leithéid de phláigh a bheith ann ar chor ar bith, ach
nach raibh mé istigh sa tseomra sin le seachtain.'

'Bheadh sé contúirteach féacháil le nimh a thabhairt
dóibh?' ar seisean.

'Ó, ní thiocfadh linn sin a dhéanamh,' arsa mise, 'gan a
fhios cén tachrán bocht a bheadh de gheall leis.'

Dhruid sé ar gcúl cupla coiscéim ó dhoras an tseomra,
agus dreach scáfar air. 'Cad é a dhéanfaimid ar chor ar
bith?' ar seisean.

Sheasaigh sé ansin tamall beag agus é i gcruachás má bhí
aon fhear riamh. Bhí sé ansin leis féin sa phobal, ina ionadaí
ag an impireacht ba láidire a bhí ar an domhan. Agus bhí
naimhde os a choinne a raibh eagla a bháis air rompu.
Naimhde a bhí chomh beag agus gur dheacair cogadh a chur
orthu, ach a bhí chomh cumhachtach agus go raibh sé ar
crith le heagla rompu. Dá mba ceithearn choilleadh a bheadh

ag bagar air b'fhurast gléas cosanta a fháil. Ní bheadh le déanamh ach scairteadh ar dhíorma de na Casóga Dearga, dá sáraíodh ar na píléirí. Dá mbeadh ceannairc i gceann de na coilíneachtaí ní bheadh le déanamh ach an cabhlach a thabhairt i gceann a chéile. Dá mbeadh muintir na hÉireann ag éirí rólíonmhar b'fhurast a mbás a ligean nuair a thiocfadh séasúr gortach. Dá mbeadh an Ghearmáin ag éirí láidir ní bheadh moill *entente* a dhéanamh leis an Fhrainc. Ach ní raibh rud ar bith sa stair againn le haithris a dhéanamh air nuair nach raibh inár n-aghaidh ach luchóga.

Sa deireadh d'iarr sé ar dhuine de na scoláirí a hata a thabhairt aníos chuige, agus d'imigh sé. Chuaigh mé féin suas go dtí fuinneog a bhí ann agus sheasaigh mé ansin ag amharc ina dhiàidh, agus mé ag iarraidh cluain a chur ar na gáirí. D'imigh sé suas an cabhsa agus siar an bealach mór agus coiscéim throm mhalltriallach leis. Mhair mé á choimhéad go deachaigh sé as m'amharc i gcoradh an bhealaigh mhóir. Agus nach amaideach an dearcadh a bhíos ag an óige corruair? Samhlaíodh domh nuair a chonaic mé an *shovel-hatted Carthaginian* ag teitheadh i ndúiche Chlanna Néill go raibh cúiteamh agam as gach éagóir dá dearnadh ar Thír Eoghain:

'Ó treaghdadh na treabha bhí in Eachdhroim 's, faraor, fan Bhóinn.'

Tráthnóna an lá arna mhárach bhí mé ag gabháil isteach chun an tsráidbhaile agus cé a bhí romham ag a theach féin ach an tAthair Maitiú. 'Siúil leat isteach,' ar seisean, 'go gcluine mé thú féin is fear atá istigh anseo ag comhrá.'

Chuaigh mé féin isteach ar an gheafta agus siar go cúl an tí. Bhí fear meánaosta ansin agus é ag cur bail ar bhalla a bhí ann. 'Suigh is dearg an píopa, a Ghobáin,' arsa an sagart leis, 'go ndéana tú féin is an fear seo bhur gcomhrá.' Ní raibh de dhíobháil ar an fhear eile ach an leideadh. Chaith sé uaidh an lián, shuigh ar cloich agus tharraing air a phíopa. Agus thoisigh sé a chaint liom féin i nGaeilge, go díreach mar dhéanfadh fear as Rinn na Feirste. Ba é sin an chéad uair a chuala mé cainteoir dúchais as Tír Eoghain ag caint. Agus ba bhreá amach an Ghaeilge agus an seanchas a bhí aige.

'Cá bhfuair tú an fear sin?' arsa mise leis an Athair Maitiú, tamall ina dhiaidh sin agus sinn istigh ag ól braon tae.

'Sin fear aníos as Binn an Phréacháin,' arsa an sagart. Tá sé fán dúiche seo le fiche bliain. Scoith saoir atá ann, agus tá lámh ar gach aon rud aige. Thiocfadh leis teach a dhéanamh ón dúshraith aníos, agus ansin ceann a chur air agus urlár agus comhlacha agus fuinneoga a chur air. . . . Ní raibh ag an fhear sin ach Gaeilge nuair a bhí sé ina ghasúr, do dhálta féin. Bhéarfaidh sin le fios duit gur gairid uilig ó mheath sí i dTír Eoghain.'

'C'ainm é?' arsa mise.

'Tá a sháith d'ainm air, Tarlach Ó Néill,' arsa an sagart. 'Ach níor tugadh aon ainm fá na bailte seo air leis na blianta ach an Gobán'.

'D'fhéadfaí úsáid mhaith a bhaint as an fhear sin ag na ranganna,' arsa mise.

''Bhfuil tú ag déanamh nach dtug mé iarraidh sin a dhéanamh?' arsa an sagart. 'Ach na múinteoirí a bhí agam ní raibh siad ábalta talamh ar bith a dhéanamh de an mhórchuid den am. Ní raibh sa phobal seo riamh, go dtáinig tú féin, ach aon fhear amháin eile a thuigfeadh an Gobán. Fear aníos as an tír s'agaibhse, Eoghan Ó Gallchóir as Anagaire.'

'Oweny Eoghain Chonaill,' arsa mise, 'Tá neart aithne agam air.'

'Bhail,' arsa an sagart, 'shíl Eoghan nuair a tháinig sé chugam anseo go mbeadh an Gobán aige mar sheanchaí mar a bhíos a mhacasamhail acu sna coláistí. Ach ní rabhthas i bhfad ag tuirsiú an Ghallchóirigh de. B'fhéidir go mbeadh sé ag rang anocht, scéal leathinste aige, agus é lena chríochnú an oíche arna mhárach. Agus go mí ón oíche sin ní fheicfí aon amharc ar an Ghobán i gCill Scíre. Tá aon locht amháin ar an duine bhocht. Tá sé tugtha don ghloine. Agus fear ar bith atá, bain dúil dá rath.'

Tamall ina dhiaidh sin, nuair a bhí mé ag brath imeacht, tharraing an sagart air gnoithe na scoile. Chuir sé ceist cad é mar bhíomar ag gabháil chun tosaigh, nó an raibh siad ag déanamh maith leis an Ghaeilge. 'Agus mo dhearmad,' ar seisean sa deireadh, 'bhi an ministir abhus agam tráthnóra inné.'

''Raibh?' arsa mise. 'Duine lách é.'

'Daoine lácha an t-iomlán acu, anois le fada,' ar seisean, 'mar a dúirt an bhean a bhí ag déanamh moladh mairbh ar fhear a bhí achrannach i dtús a shaoil. Ach deir sé go bhfuil teach na scoile beo le luchóga.'

'Tá luchóga ann ó dúirt tú é,' arsa mise.

'Deir sé,' arsa an sagart, 'nach raibh aon cheann ann go dtáinig tusa.'

'Agus an ag cur síos domhsa gur mé a thug ann iad atá sé?'

'Níl a fhios agam cad é atá ina cheann, ach tá sé ag maíomh gur le do linn a tháinig siad.'

''Déanamh go dtáinig mise aníos as Rosa Thír Chonaill mar thiocfadh píobaire péacach Hamelin agus scuad luchóg sna sála agam?'

'An mbíonn na páistí thíos sa tseomra sin?' arsa an sagart.

'Corruair in am lóin, nuair a bhíos an uair fliuch,' arsa mise.

'Sin an rud is cúis leis,' arsa an tAthair Maitiú. 'Barraíocht aráin acu, agus caitheann siad an fuílleach ar an urlár. Agus,' ar seisean, 'chluinim go mbíonn tú féin ag ceannacht aráin dóibh. Níl gnoithe ar bith lena leithéid sin. Má mheasann tú go bhfuil páistí ar bith ag teacht chun na scoile agus ocras orthu, inis domhsa é.'

Bhí mé sa dol agus gan bealach éalóidh agam. Bhí fianaise throm i m'éadan. D'inis bean an tsiopa orm go raibh mé ag ceannacht aráin agus á thabhairt go teach na scoile. Agus seachtain ina dhiaidh sin tháinig an ministir chuig an Athair Maitiú dh'inse dó go raibh an teach beo le luchóga. Thoisigh mé a gháirí, agus rinne an sagart é féin gáire. 'Dá ndéanadh an Gobán cleas den chineál sin,' ar seisean, 'déarfainn gur ar meisce a bhí sé. Nó dá ndéanadh tachrán é déarfainn nach raibh ann ach anmhailís páistí. Ach máistir scoile ag cothú luchóg leis an tóir a chur ar an mhinistir!'

Agus nuair a bhí an méid sin ráite aige thoisigh sé agus rinne sé a sháith gáirí. Agus nuair a bhí mé ag imeacht d'iarr

sé orm féacháil leis an phláigh a thógáil chomh maith is
thiocfadh liom.

An lá arna mhárach thoisigh mé a dhíbirt na luchóg.
D'iarr mé orthu, gasúr ar bith a raibh cat aige, a iasacht a
thabhairt domh ar feadh chupla lá. An lá ina dhiaidh sin bhí
ocht gcat sa tseomra íochtarach agus ba ghairid gur
bhánaigh ná luchóga. Nuair a fuair an ministir scéala óna
mhunitir féin go raibh an ruaig ar an namhaid tháinig sé ar
ais. Thug sé iarraidh labhairt go pléisiúrtha liom mar a níodh
sé roimhe sin. Ach bhí amharc nimhneach ina shúile, mar a
bheadh díoltas aige ina chroí domh cionn is go dtug mé
iarraidh a dhíbirt le pláigh luchóg. Thug sé leis a chuid
scoláirí síos chun an tseomra agus thoisigh sé á dteagasc.
Roimhe sin ní mó ná go gcluininn tuaim a chuid cainte. Ach
bhí a ghlór le cluinstin go soiléir an lá seo agam. Chonacthas
domh go raibh sé ag caint go dána borb, mar bheadh sé ag
maíomh go raibh sé i gCill Scíre romham agus go mbeadh sé
ansin nuair nach mbeadh iomrá ar bith ormsa. Seachtain
roimhe sin bhí mé chom hamaideach agus gur shíl mé go
raibh éacht millteanach déanta agam. Ach

> In áit bheith ar thaobh chnoic an Fheadha na féile
> Mar a ndéanfainn céilí is ceol fá aoibh,
> Sé fuair mé an méid sin i nglasaibh géibhinn
> Is Bhulaí ag méiligh mar leon i bhfíoch.

GOBÁN CHILL SCÍRE

Ní raibh mé ach cupla seachtain i dTír Eoghain nuair a chonaic mé ar an pháipéar maidin amháin gur maraíodh Diúc as an Ostair agus a chéile mná. Níor chuir mé mórán suime ansin. Dar liom féin, nach á marbhadh riamh a bhíothas? Agus níor smaoinigh mé ní ba mhó air go dtáinig an tAthair Maitiú isteach chugam cupla tráthnóna ina dhiaidh sin.

'Tá tú ag obair, beannú ort,' ar seisean, ag amharc ar na leabhra a bhí ar an tábla. 'Cad é atá tú a fhoghlaim anois?'

'Gearmáinis,' arsa mise, ag toiseacht is ag inse dó fán rún a bhí agam cuairt a thabhairt ar an Ghearmáin lá éigin sula n-éagainn.

'Bíodh ciall agat, a rún,' ar seisean, 'agus leag d'intinn ar obair éigin a rachas ar sochar don tír.'

'Tá ealaín na múinteoireachta go hiontach maith ag muintir na Gearmáine,' arsa mise.

'Seanscéal is meirg air,' ar seisean. 'Níl aon choláiste in Éirinn nach gcluinfidh tú iomrá ar an Ghearmáin iontu. An modh múinteoireachta atá acu. An cheardaíocht, an ealaín, an eagnaíocht. Ach ní modh múinteoireachta atá de dhíobháil orainn go hiomlán sa tír seo ach spiorad na seanscoltach. Oideachas atá a dhíth orainn in Éirinn agus ní modh múinteoireachta. Ar léigh tú seo riamh?' ar seisean agus tharraing sé leabhrán beag amach as a phóca agus shín sé domh é.

'The Murder Machine,' arsa mise, ag amharc ar an teideal. 'An féidir, a shagairt, gurb é sin an cineál litríochta atá tú a léamh?'

'Léigh sin,' ar seisean, 'agus léigh arís agus arís eile é. Agus nuair a bheas sé fite fuaite i do cheann bíodh geall air nach ar scoltacha na Gearmáine a bheas tú ag smaoineamh.'

Dúirt mé féin go léifinn, ar ndóigh.

'Nach leabhra Sasanacha a bhí agaibh sa choláiste?' ar seisean. Agus dúirt mé féin gurbh ea.

'Sea,' ar seisean, 'agus scríobhadh na leabhra sin san am a raibh siad mór leis an Ghearmáin. Le céad bliain anuas bhí ríocht éigin riachtanach acu leis an bhláth a bhaint den Fhrainc. Ach ní bheadh an port i bhfad ag athrach dá dtéadh siad féin is an Ghearmáin chun feirge le chéile.'

Cupla lá ina dhiaidh sin tháinig an scéala gur fhuagair an Ostair cogadh ar Serbia. Go gearr ina dhiaidh sin bhí an Rúis agus an Ghearmáin ann, agus ansin an Fhrainc.

'Nach gasta a las an tine?' arsa an tAthair Maitiú liom nuair a casadh orm é.

'Níl a fhios agam an mbeidh Sasain ann?' arsa mise. Nó bhí na páipéir ag rá na laetha sin go raibh Sasain ar shon an tsuaimhnis.

'Tá eagla orm go mbeidh an t-iomlán acu ann,' arsa an sagart. 'Agus tá eagla orm nach ar sochar d'Éirinn a théid sé. Dá mbeadh an tír seo ar thaobh amháin nó ar thaobh eile, ba chuma i dtaca le holc. Ach tá eagla orm, má théid Sasain chun cogaidh, go dtiocfaidh easaontas sna hÓglaigh. Sinn féin ag troid le chéile, agus ár namhaid ár gcloí san am chéanna.'

An tráthnóna sin, ar mo bhealach chun an bhaile, cé a casadh orm ach an Gobán agus braon measartha ólta aige. 'Maise, sé do bheatha agus do shláinte, a mháistir. Siúil leat isteach tigh Mhic Somhairle go ndéanaimid ár gcaint is ár gcomhrá.'

Chuamar isteach agus tarraingíodh deoch leanna. 'Tá mé mar bheadh fear ann a mbeadh glas ar an teanga aige le trí bliana,' ar seisean. 'Ní dhearn mé mo chomhrá i mo shásamh ó bhí Gallchóireach Dhún na nGall ina mháistir anseo. Ní tháinig an Béarla riamh liom i ndiaidh go bhfuil sé corradh le fiche bliain ó d'fhág mé Binn an Phréacháin.'

'Tá neart Béarla agat,' arsa mise.

'Á, 'dhuine!' ar seisean, agus tháinig coinnle ar a shúile. 'Nuair a bhíos an faobhar ceart orm ní thig liom a dhath a rá i mBéarla. Dhéanfainn mo chomhrá i mBéarla maith go leor — ním gach aon lá, nó níl ann ach sin nó a bheith i mo thost

— ach nuair atá buille trom le bualadh agam, buille a scoilt-
feadh blaosc na cloigne ag dobhrán mar a scoiltfeadh tua
chatha é, caithfidh mé an Ghaeilge a tharraingt orm.'

'Nach tobann a thoisigh an cogadh?' arsa mise, nuair a
bhíomar tamall istigh.

'Ní tobann ar chor ar bith,' ar seisean. 'Táthar ag
déanamh réidh fána choinne leis na blianta.'

'Do bharúil an mbeidh Sasain ann?' arsa mise.

'Sasain ann?' ar seisean. 'Nach í is cúis de? Nach ar
chogadh san Eoraip atá sí beo? Sin an saol atá i ndán
d'Impireacht na Sasana, go dtí an lá a bheas síocháin san
Eoraip. Is maith atá a fhios sin aici féin. Le dornán blianta tá
eagla uirthi go bhfuil an Ghearmáin ag éirí róláidir. Agus tá
conradh eadar í féin is náisiúin eile, sa dóigh a mbeidh
leithscéal aici a bheith sa chogadh nuair a thiocfas sé. D'fhág
Edward the Peacemaker an méid sin déanta. Shiúil sé an
Eoraip ag iarraidh síocháin agus suaimhneas a bhunú, má
b'fhíor do pháipéir na Sasana. Síocháin agus suaimhneas!
Chan ea ach ag cruinniú cuidithe le cogadh a chur ar an
Ghearmáin. Tá sí anois ag iarraidh ar na ríochtaí atá i
gcogadh breith ar a gcéill agus a ghabháil chun síochána. Ag
iarraidh orthu stad den bhruín a chothaigh sí féin. Agus
amach anseo fá cheann tamaill beidh sí de léim istigh ann, dá
hainneoin más fíor di féin. Ó, dá hainneoin riamh a chuaigh
Sasain chun cogaidh. Ní raibh neart aici air. Sin an
chinniúint chruaidh a bhí i ndán di. An solas a lasadh sa
dorchadas. Treabha garbha fiaine a thabhairt chun creidimh.
A cuid fola a dhortadh ar fud an domhain ar son na córach.
Ar ndóigh, chruinnigh sí cuid mhaith maoine a fhad is bhí sí
ag tabhairt an domhain chun creidimh. Ach ní raibh neart ar
sin aici. Ní raibh sa mhaoin ach taisme. Chan ar mhaithe le
maoin ná saibhreas a tháinig sí go hÉirinn, nó a chuaigh sí
chun na hIndia nó na hÉigipte. Ní hea ar chor ar bith ach de
gheall ar Dhia. . . . Rinne tíortha láidre eile slad is creach ar
an laige amanna,' ar seisean, ag cur dealán ar a phíopa. 'Ach
ní thug aon cheann acu iarraidh a chur i gcéill ach Sasain gur
ag comhlíonadh aitheanta Dé a bhí siad. Agus an chuid is
measa de, an dóigh ar éirigh léi a chur in iúil don mhuintir a
chuir sí faoi smacht gur lena leas a bhí sí.'

''Déanamh go bhfuil sin creidte ag munitir na hÉireann?' arsa mise.

'Ag an mhórchuid acu, faraor,' ar seisean. 'Níl mé ag caint anois ar an mhuintir bhuí — sliocht an ghadaí a tháinig i dtír ar an chreach — ach cuid dár muintir féin. Daoine a shíolraigh ó ghéaga glandaite Néill Fhrasaigh, agus tá siad chomh truaillithe sin ag an daorsmacht is go síleann siad gurb í Sasain réalt eolais an domhain. Nach millteanach an mearadh atá ar mhac Gaeil ar bith a bhfuil an dearcadh sin aige?'

'Bhail, níl an dearcadh sin agatsa ar scor ar bith,' arsa mise.

'Is fada uaim é,' ar seisean. 'Is é mo chreideamhsa, má tá ionadaí ar bith ar an tsaol seo ag an diabhal (agus tá) gurb é Impireacht na Sasana é.'

Ní raibh a fhios agam féin cad é a déarfainn. Bíonn tú mar sin nuair a bhíos duine os do choinne níos ceannláidre ná thú féin. Sa deireadh, arsa mise:

'Tá eagla ar an tsagart má théid Sasain chun cogaidh go mbeidh scoilt sna hÓglaigh.'

'Agus tá an eagla chéanna ormsa,' ar seisean. 'Ach má bhíonn sin amhlaidh ní ar na hÓglaigh a bheas an locht ach ar na cinn feadhna. Ní hionann sin is a rá nach bhfuil fir dhána neamheaglacha ar an dream atá i gceannas na nÓglach. Ach tá eagla orm nach bhfuil ceannasaí éifeachtach ar bith againn le tabhairt ar an iomlán a gcleas a imirt d'aon taobh.'

Dúirt mé féin, ar ndóigh, an rud a deirtear go minic ar ócáid den chineál, gur mhór an truaighe nach dtiocfadh linn teacht le chéile agus gurbh é ár n-easaontas féin a d'fhág smacht orainn.

'Ní hamhlaidh ar chor ar bith,' ar seisean. 'Níl ansin ach amaidí. Nílimid a dath níos measa ná tír ar bith eile. Ní tháinig an slua le chéile riamh agus ní thiocfaidh go Lá Bhreithe Dé, nó an lá sin ach oiread má bhíonn faill iomrascála acu. An amaidí is mó a d'fhabhair riamh in inchinn an duine a shamhailt go dtiocfadh le scaifte fear suí thart fá bhord agus a bheith ar aon intinn. Tá an aontacht riachtanach. Tá sí fíor-riachtanach. Ach ní mar sin a thig sí.

Thig sí nuair a bhíos fear ceannais ag tír a bhéarfas ar an tslua a ghabháil an bealach ceart de dheoin nó dh'ainneoin. Sin mar a dhéanfadh Brian Bóramha é. Sin mar a dhéanfadh Aodh Ó Néill é. Agus tá eagla orm go mbeimid ar an tseachrán choíche go gcuire Dia fear den chineál sin chugainn.'

Chuir sé thairis tamall fada ar an téid seo agus gan uchtach agam féin cur ina aghaidh, ná moladh leis ach oiread. Go dtí sa deireadh gur dhúirt fear an tábhairne go raibh sé in am againn a bheith ag baint an bhaile amach.

I dtús mhí na Lúnasa d'fhuagair Sasain cogadh ar an Ghearmáin. Mar mhaithe leis an Bheilg a chuaigh sí chun cogaidh, má b'fhíor di féin. Agus ansin ba í an Ghearmáin an t-ainchríostaí, an diabhal saolta, an rud ba duibhe agus ba mheasa agus b'fhiaine dá raibh riamh ann. Dá mbíodh sí ar an taobh eile bheadh athrach scéil ann. Céad bliain roimhe sin, chuidigh an Ghearmáin le neart Napoleon a bhriseadh i Waterloo. Ba é Napoleon an diabhal an t-am sin agus ba í an Ghearmáin an t-aingeal!

'Anois, an rachaidh tú go Berlin a chur an dlaíóg mhullaigh ar do chuid léinn?' arsa an tAthair Maitiú liom féin cupla tráthnóna ina dhiaidh sin. 'Níl léann ar bith anois acu. Níl cultúr ná ealaín acu. Níl iontu ach barbaraigh ghránna, an rud a bhí riamh anall iontu. Ach aingeal as na flaithis an Fhrainc. Níl iomrá ar bith anois ar gach scrios dá dearn Sasain uirthi ar feadh na gcéadta bliain. . . . Ar léigh tú an rud a dúirt Redmond inné?' ar seisean.

'Níor léigh,' arsa mise. 'Tá mé tuirseach de na páipéir.'

'Tá sé anseo,' ar seisean, agus thoisigh sé a léamh:

'I must not touch upon any controversial topic, but this I may be allowed to say: That a wider knowledge of the real facts of history has altered the view of the democracy of this country towards the Irish, and I honestly believe that the democracy of Ireland will turn with the utmost anxiety and sympathy to this country in every trial and danger with which she is faced . . .'

'Anois,' ar seisean, 'tá an tír scoilte, agus sin an eagla a bhí orm. Rachaidh cuid de na hÓglaigh le Redmond ach

rachaidh cuid eile ina éadan . . . Dá mbeadh Parnell againn.
Ach, ar ndóigh, nuair a bhí,' ar seisean, agus níor chuir sé an
scéal ní b'fhaide. Ní raibh a fhios agam riamh ó shin cé acu
ba mhian leis a rá, 'Nuair a bhí, ba bheag ár meas air.'

'Ach,' ar seisean, 'caithfimid déanamh réidh fá choinne na
Feise. Rinneadh neamart inti le cupla seachtain. Tar aníos
amárach i ndiaidh am scoile go dtuga tú lámh chuidithe
domh.'

Ar feadh naoi nó deich de laetha bhí scaifte againn ag
obair ar theann ár ndícill ag déanamh réidh fá choinne na
Feise. Bhí lá mór le bheith againn. Ceol agus damhsa agus
stair agus scéalaíocht. Ar ndóigh, bhí sin ag gach aon fheis
dá raibh ann riamh. Ach bhí ábhar uabhair lena chois sin
againn i dTír Eoghain an t-am seo. Bhí Óglaigh na condae le
bheith sa láthair ar thaobh an chnoic lá na Feise. Agus bhí
uchtach ag an Athair Maitiú nach mbeadh scoilt ar bith ann.
Ba é an dearcadh a bhí aige féin nár chóir go mbeadh leath-
bhróg ar na hÓglaigh le taobh ar bith, ach go mbeadh siad
uilig díleas don chuspóir a bhí ag an mhuintir a chuir ar bun
iad. Agus nuair a bhí an dearcadh sin aige féin bhí dóchas ag
teacht chuige go mbeadh an dearcadh céanna ag gach aon
duine.

Mhair mé féin rith seachtaine ag obair ar mo dhícheall fá
choinne na Feise. Casadh an Gobán cupla uair orm agus dar
liom go raibh uchtach aige fosta. Caithfidh mé a aidmheáil
anois go gcuireadh sé cineál de dhraíocht orm nár chuir aon
duine eile riamh roimhe orm. Oíche acu seo thug sé leis siar
mé go dtí an t-am a raibh Clanna Néill i dtreis i dTír
Eoghain. Thiocfadh leis an draíocht sin a chur orm agus é
creidte agam san chéanna go raibh sé ar meisce, agus boc
mearaidh air lena chois isn. Bhí lúcháir orm gur i dTír
Eoghain a bhí mé. B'fhearr liom Tír Eoghain an oíche seo ná
Tír Chonaill. Chonacthas domh gur mhó agus gurbh uaisle
agus gurbh éifeachtaí Niallaigh Thír Eoghain ná Dálaigh
Thír Chonaill. Ní lá Feise Chill Scíre a bhí ag tarraingt orm
ar chor ar bith ach lá oirirc an Átha Buí, nó lá bródúil na
Binne Boirbe, nó an lá sin ag Cluain Tiobrad nuair a bhí
Seagrave ar lár agus marcshlua Aodha Mhóir ag teacht
anuas ar na Sasanaigh mar a bheadh tonn an bharra ann. Ní

thug mé mórán teagasic do na scoláirí an tseachtain sin. Ní raibh rud ar bith i mo cheann ach lá na Feise. Agus b'fhada liom an t-am go dtí an Domhnach agus 'go dtaradh Clar na Néill eadar chlaidheamh agus each.'

Tháinig an lá agus bhí an slua cruinn ar an chnoc. Bhí Óglaigh Thír Eoghain ansin agus ba bhreá an scaifte fear iad. Tráthnóna breá fómhair ann agus grian an tsamhraidh ag dealramh ar chnoic is ar choillte. An ghrian chéanna a shoilsigh go lúcháireach ar Lámh Dhearg Uladh sna catha a cuireadh leo ag cosnamh críoch Éireann.

Bhí cainteoirí as baile isteach ansin agus iad ina suí ar an ardán. Tharla go raibh siad ar aon intinn le Redmond, agus níor cheil siad a mbarúil ar an phobal ach oiread. Dúirt fear amháin go raibh eolas aige féin ar Alsace-Lorraine, agus gur dhíbir na Gearmánaigh an Fhraincis as an dúiche sin nuair a chuir siad smacht uirthi dhaichead bliain roimhe sin. Agus go ndéanfadh siad an cleas céanna leis an Ghaeilge dá dtigeadh siad go hÉirinn. Dúirt an dara fear go raibh ár saoirse ag brath ar shaoirse na Sasana. *'We sink or swim with England,'* ar seisean, *'and the man who preaches the contrary doctrine is a fool.'* San am seo amharcaim féin thart agus tím an Gobán ina rith síos taobh na malacha an méid a bhí ina chnámha, mar bheadh fear ann a mbeadh eagla air go raibh aicíd thógálach ar an tslua agus dá bhfanadh sé ina gcuideachta gurbh é an bás a bhí i ndán dó.

Tháinig mé féin chun an bhaile tráthnóna agus mé tromchroíoch. An lá arna mhárach tháinig an tAthair Maitiú go teach na scoile chugam agus dreach brónach air. Bhí an rud ann a raibh eagla air roimhe. Bhí an tír scoilte san am ba mhó a raibh aontacht de dhíobháil uirthi. Bhí daoine in Éirinn san am sin a bhí trom ar an Athair Maitiú de thairbhe na Feise sin. Ach níorbh í Feis Chill Scíre a scoilt na hÓglaigh, ná na cainteoirí a labhair aici ach oiread. Bhí an scoilt ann sula raibh an Fheis ann. Agus caithfidh mé a cheart a thabhairt don Athair Maitiú. Ní raibh rud ar bith ar a intinn san am ach aontacht Gael. Agus b'fhearr a thuig sé feall na Sasana ná cuid dá bhfuair locht air ina dhiaidh sin.

''Bhfaca tú an Gobán le cupla lá?' ar seisean, nuair a bhí sé ag imeacht.

'Chonaic mé inné é,' arsa mise. 'An t-amharc deireanach a fuair mé air bhí sé ina rith síos taobh an chnoic ag tarraingt ar an bhealach mhór.'

'Má chastar ort é,' ar seisean, 'abair leis go bhfuil gnoithe agam leis. Tá giota coirce agam agus tá sé réidh le baint lá ar bith feasta.'

Dúirt mé féin go dtabharfainn an scéala sin dó an chéad uair a chasfaí orm é. Ach bheadh cuid coirce an tsagairt scilte agus roiste dá bhfanadh sé go dtaradh an Gobán agus go mbaineadh sé é. Ar feadh trí seachtaine ina dhiaidh sin ní fhacthas aon amharc sa pharóiste air. Ansin, tráthnóna amháin, casadh orm féin ar an tsráidbhaile é. Thug mé iarraidh a sheachnadh, nó chonacthas domh go raibh sé ar leathmheisce. Ach chonaic sé mé agus tháinig sé ionsorm.

'Tá deifre chun an bhaile orm agus níl faill comhráidh agam,' arsa mise.

''Bhfuil tú cinnte nach náire atá ort a bheith ag comrádaíocht le mo mhacasamhailse?' ar seisean.

Bhuail sé buille nimhneach orm. Bhí nimh ann, creidim, cionn is go raibh cuid den fhírinne ann. Agus ní thug mé freagra ar bith ach siúl isteach ina chuideachta.

'Anois!' ar seisean, nuair a bhí an chéad phionta fágtha thiar aige. 'Anois, cad é a dúirt mé leat an uair dheireanach a bhí mé ag caint leat? Anois, nach cruaidh atá fear ceannais a dhíobháil orainn?' Agus mhair sé ag cur thairis ar feadh leathuaire. Sa deireadh, ar seisean, 'An léann tú na páipéir?'

'Is annamh é,' arsa mise go fuarbhruite, nó chonacthas domh go raibh an t-ól ag gabháil ina cheann dó, agus b'fhearr liom gan a bheith ina chuideachta.

'Caithfidh tú an píosa seo a léamh,' ar seisean, agus tharraing sé amach liarlóg de pháipéar shalach. 'Seo óráid a rinne Lloyd George ar na mallaibh. Fan go gcluine tú,' ar seisean, agus thoisigh sé a léamh. Agus nuair a bheadh píosa léite aige d'fhágadh sé síos an páipéar ar thóin bairille agus chuireadh sé rabhán dá chuid féin thairis.

Mharbh na Gearmánaigh fir is mná ina mílte sa Bheilg. Dhóigh siad cathracha is bailte agus chreach siad an tír. D'aidmhigh siad féin sin. Ach is é an leithscéal a bhí acu to raibh daoine ag scaoileadh leo nach raibh éide saighdiúra orthu, agus go gcaithfeadh siad iad féin a chosnamh. Ach cad é an ceart a bhí ag na Gearmánaigh sa Bheilg ar chor ar bith? 'An ceart céanna a bhí ag Cromail in Éirinn,' arsa an Gobán. 'An ceart a bhí ag gach scriosadóir dá dtáining riamh anall. Ach eist leis seo, in onóir Dé leat:

"They (the Germans) could not comprehend the action of Britain at the present moment. France, they say, we can understand. She is out for vengeance, she is out for territory—Alsace-Lorraine. Russia, she is fighting for mastery; she wants Galicia. They can understand vengeance, they can understand you fighting for mastery, they can understand you fighting for greed of territory."

'Ach agraím thú is éist leis seo. Agus éisteadh gach aon mhac Gaeil in Éirinn leis:

'But they cannot understand a great Empire pledging its resources, pledging its might, pledging the lives of its children, pledging its very existence to protect a little nation that calls for its defence."

'Tá an Fhrainc agus an Rúis ag cuidiú leo. Má tá féin, tá na tíortha seo intuigthe. Tá siad d'aon taobh linn agus is maith a gcabhair. Ach níl an dearcadh uasal acu atá againne. Ag troid ar a son féin atá siadsan. Ach ag troid ar mhaithe leis an laige atáimid-inne. Ar mhaithe le náisiúin bheaga laga nach bhfuil a gcosnamh féin iontu.

'Agus anois éist leis seo, an rud is tréasúla a tháinig as Sasain ón chéad lá a thoisigh sí a chur náisiún beag faoi ansmacht:

"She (Germany) will only allow six-foot-two nations to stand in the ranks. But the world owes much to the little five-foot-five nations. The greatest art of the world was the work of little nations. The heroic deeds that thrill humanity through generations were the deeds of little nations fighting for their freedom. Ah, yes, and the salvation of mankind came through a little nation. God has chosen little nations as the vessels by which He carries the choicest wines to the lips of humanity . . . and if we had stood by when two little nations were being crushed and broken by the brutal hands of barbarism, our shame would have rung down through the everlasting ages!"

'Agus ní raibh aon fhear againn i Sasain a d'éireodh agus a déarfadh cupla focal a bhí ar shlí a ráite. Ní raibh le rá ach aon fhocal amháin — Éire — agus an focal sin ag scairtigh ionsar Dhia ag iarraidh díoltais. . . . Bhí mé ag an Fheis tá cupla seachtain ó shin,' ar seisean, 'agus b'éigean domh imeacht. Ní thiocfadh le mo chuid fola a sheasamh. Fear amháin ag inse dúinn go gcuirfeadh na Gearmánaigh deireadh leis an Ghaeilge in Éirinn dá bhfaigheadh siad treis. É á rá sin i mBéarla i dTír Eoghain, cionn is nach dtuigfí i nGaeilge é, ar an ábhar gur mharbh Sasain í. Agus ansin an fear eile: *"We sink or swim with England!"* '

D'éirigh sé ina sheasamh agus tháinig scíon faobhrach ina shúile. 'Agus,' ar seisean, 'nach dtig linn a theacht ar an tsnámh choíche go dté Impireacht na Sasana go tóin. Sin lomchnámh na fírinne. Ní thig leis an impireacht mairstean gan Éirinn. Agus beimid faoi chrann smola fad is bheas treis aici. Ní bheidh suaimhneas ná síocháin choíche againn fad is mhairfeas Impireacht na Sasana. Ní bheadh sin againn dá ngéillimis di go huile agus go hiomlán mar a rinne Albain. Nó beidh an impireacht ag troid fad is mhairfeas sí. Caithfidh sí troid. Níl an dara dóigh aici le mairstean. Ar throid atá sí beo. Agus rud beag eile de,' ar seisean, 'dá dtugadh sí saoirse iomlán dúinn ar béal maidine ní thiocfadh linn a coinneáil.'

'Cad chuige a n-abair tú sin?' arsa mise.

'Tá,' ar seisean, 'mar beifear ag cur troda uirthi choíche fad is bheas sí ann. Beidh tír éigin i gcónaí ag iarraidh éiric a bhaint aisti agus tiocfaidh cuid de na buillí orainne. Tá sé mar bheifeá thusa i do chónaí sa doras ag fear a raibh leath na paróiste goidte aige. Beifear ag cur troda go minic air ag iarraidh tabhairt air an toice lochtach a aisíoc. Beifear ag scaoileadh lena theach san oíche agus ag caitheamh chloch air, agus tusa atá i mbéal an dorais aige gheobhaidh tú do chuid de na hurchair. Anois, ina leithéid de chás an mbeadh suaimhneas agat?'

'Ní bheadh ar chor ar bith,' arsa mise.

'Cad é a bhéarfadh suaimhneas duit?' ar seisean.

'Duine nó daoine a theacht a bhainfeadh de an méid a bhí goidte aige,' arsa mise.

'Sin go díreach é,' ar seisean. 'Agus, anois, cuir i gcás go raibh an chuid ab fhearr de do chuid talaimh aige, agus an méid a bhí agatsa féin nach dtiocfadh leat barr de chineál ar bith a chur ann ach mar ba mhian leis-sean. Nach dtiocfadh leat díol ná ceannacht le duine ar bith ach leis-sean ar an luach ba mhian leis. Cuir i gcás gur chreach sé féin agus a bhunadh thusa agus do shinsear romhat. Anois ceist agam ort, nuair a thiocfadh lá na héirice, an mbeadh maith dó cuidiú a iarraidh ortsa? Cad é an aird a bhéarfá air dá n-abradh sé. "Cuidigh liom an fear damanta seo a bhualadh? Ainchríostaí atá ann. Ní ligfidh sé duit a ghabháil chun an Aifrinn má gheibh sé treis. Ní ligfidh sé duit labhairt i do theanga féin. Tá sé ar shiúl ar fud na paróiste ag cur smaicht ar an laige. Cuidigh liom a bhualadh agus nuair a bheas sé buailte agam, bhéarfaidh mé giota beag eile de do chuid talaimh féin duit." An gcuideofá leis?'

'Bheadh sé cruaidh orm,' arsa mise.

'Bhail, sin agat anois an rud atáthar ag iarraidh orainne a dhéanamh,' ar seisean. 'Cuireann siad as mo chrann cumhachta mé nuair a chluinim iad ag caint ar Éirinn a chosnamh, agus gan iomrá ar bith acu ar an aon namhaid atá aici agus a bhí aici leis na cianta. Níl ach dualgas amháin ar Éirinn,' ar seisean. 'Tá sé chomh soiléir le grian an tsamhraidh. Nílimid féin láidir go leor le treis a bhaint de Shasain fad is nach bhfuil sí i gcogadh le ríocht neartmhar. Ach am ar bith dá ndéanfadh a leithéid de ríocht ionsaí uirthi ba cheart dúinne a bheith de léim uirthi san am chéanna. Cad é a deir tú leis sin?'

'Is deacair do bhréagnú,' arsa mise. Agus san am seo bhí eagla orm roimhe. Bhí a shúile ag gabháil tríom. Chonacthas domh go bpollfadh na súile sin seithe chruach. Chonacthas domh gur léir dó go soiléir mo chroí agus m'anam. Go bhfaca sé an chloíteacht a bhí ionam agus an eagla a bhí orm roimh an fhírinne. Bhí mé féin i láthair lá na Feise agus níor labhair mé. Bhrisfí as mo phost mé. B'fhéidir gur i bpríosún a chuirfí mé. No b'fhéidir go dtiocfadh scaifte de chuid fear buí Charson agus go muirfeadh siad mé i mo luí ar mo leaba. Agus ainnir na gciabhfholt donn. ... Ní raibh ionam ach cladhaire meata gan fhearúlacht. Agus chonacthas domh go raibh dhá shúil thintrí ag amharc orm ar léir dóibh na smaointe ab uaigní i mo chroí.

In am luí bhí sé liom anoir go ceann mo chabhsa féin. Oíche dheas chiúin fhómhar a bhí ann agus an spéir breactha le milliúin réalt. Sheasaigh sé tamall ag ceann an chabhsa nuair a thángamar an fad sin. Sa deireadh d'fhág sé slán codlata agam agus d'imigh sé agus é ag gabháil cheoil. Amhrán de chuid Thír Eoghain a tharraing sé air agus chonacthas domh go raibh doimhne na síoraíochta sa bhrón agus sa chumha a bhí ann. Sheasaigh mé dh'amharc ina dhiaidh gur bhain coradh an bhealaigh díom é. Agus ansin féin bhí a chuid ceoil le cluinstin go soiléir agam i gciúnas uaigneach na hoíche:

'Sé mo ghéarghoin tinnis mar theastaigh uainn Gaeil
    Thír Eoghain
Agus oidhrí an Fheadha gan seaghais faoi liag dár
    gcomhair,
Géaga glandaite Néill Fhrasaigh nach dtréigfeadh an
    ceol
'S chuirfeadh éide fá nollaig ar na hollaimh bheadh
    'géilleadh dóibh.'

Chuaigh mé isteach agus chuaigh mé a luí. Ach b'fhada an seal a chaith mé i mo luí sular chodail mé. Is iomaí ceist achrannach a chuir mé orm féin an oíche sin. An bhfuil an Gobán ar mire? Agus, mura bhfuil, cad é a déarfas mé fá Redmond agus fána lucht leanúna? Má tá mearadh ar an Ghobán nach raibh an mearadh céanna ar a shinsir leis na céadta bliain? Sé chéad bliain cothrom ó lig Dónall Ó Néill uaidh an ceart a bhí aige ar ardríocht Éireann agus thug sé Edward Bruce anall as Albain. An mearadh a bhí air? An ar mire a bhí Aodh Ó Néill nuair a thug sé na Spáinnigh go Cionn tSáile? An seachrán a tháinig ar Aodh Rua Ó Dhónaill nuair a d'imigh sé chun na hEorpa 'a dhéanamh a gheáráin leis na ríthe?' An ar mire a bhí Tone, 'Lá an Bhriste Mhóir', nuair a thug sé cabhlach na Fraince go Béal Thoraí? An mearadh a bhí ar na Connachtaigh nuair a thug siad Humbert go Cill Ala? An raibh na Fíníní as a gcéill nuair a d'fhéach siad le cuidiú a fháil as Meiriceá? An mearadh nó meisce a bhí ar gach duine riamh dár dhúirt gurbh é caill Shasana faill na hÉireann?

Bhí an trian deireanach den oíche ann nuair a chodail mé, agus bhí mé marbh tuirseach an lá arna mhárach. Bhí cuma chomh tuirseach sin orm nuair a tháinig an tAthair Maitiú go teach na scoile agus go bhfuil mé ag déanamh gur shíl sé go raibh mé ag ól rith na hoíche i gcuideachta an Ghobáin. 'Mura raibh callán ag an bheirt agaibh aréir ag gabháil siar an bealach mór daoibh, ní lá go fóill é,' ar seisean. 'Mhuscail sibh amach as mo chodladh mé ag gabháil thart leis an teach daoibh. Cad é a bhí ag cur bhuartha air?' ar seisean.

'Bhí, céad rud,' arsa mise. 'An cogadh. Éire. Impireacht na Sasana. An *tIrish Party*. Feis Chill Scíre. Bhí an duine bocht ar meisce. Agus tá mé ag déanamh go mbíonn seachrán beag ar a intinn corruair le cois an ólacháin.'

'Deir siad,' arsa an sagart, 'go dtig tallanna mar sin air ó am go ham. Deir daoine gur titim ó scafall a rinne sé nuair a bhí sé ina stócach, gur loiteadh an chloigeann aige agus go bhfuil an inchinn corrach riamh ó shin aige. Duine iontach é. Duine diamhrach ar doiligh léamh air. Shíl tusa aréir go raibh sé ar meisce agus lena chois sin go raibh boc mearaidh air. Is deacair a rá corruair cé acu meisce nó mearadh atá air. Agus ceist eile: An bhfuil ceachtar acu air?'

AISLINGÍ I nDÚICHE UÍ NÉILL

Seachtain ina dhiaidh sin bhí mé thíos ag an stáisiún — Bundoran Junction — agus bhí an traen ansin agus slua mór saighdiúirí uirthi agus iad ar a mbealach go Baile Átha Cliath. Bhí siad ag gabháil cheoil go croiúil. Agus, ar ndóigh, ní raibh ábhar ar bith bróin acu, nó bhí sé sa tairngreacht go mbeadh siad i mBerlin fá Nollaig. Bhí scaifte mór ag an stáisiún agus iad ag cur a mbeannacht leis na fir a bhí ag imeacht a throid ar son tíre is creidimh. Bhí sagart óg as baile isteach ansin agus é féin agus an ministir s'againne ag comhrá go carthanach. Bhí aoibh bhreá ar an dá phearsa eaglaisigh seo. Shílfeadh duine nach raibh duifear ar bith dearcaidh eatarthu riamh. Bhíomar uilig d'aon leith sa deireadh. Chuirfí múineadh ar an Ghearmáin ar tús. Agus nuair a bheadh an t-ainchríostaí faoi smacht againn, ar ndóigh, b'fhurast socrú fá ghnoithe *Home Rule*.

An lá arna mhárach tháinig an *shovel-hatted Carthaginian* go teach na scoile agus aoibh iontach phléisiúrtha air. An t-athrach a bhí air, níl léamh ná scríobh air. Bhí sé ina Chaitliceach ach sa bheag. Bhí truaighe an tsaoil aige don Bheilg. Ba mhillteanach an gníomh leabharlann Louvaine a scrios. Agus an méid de lámhscríbhinní na hÉireann a bhí ann. Ní raibh Gaeilge aige féin, dúirt sé, ar an drochuair, ach bheadh. Nuair a bheadh an cogadh thart rachadh sé chuig ceann de na ranganna. Ar ndóigh, bhí ranganna sa pharóiste fá choinne an té nach raibh ach ag toiseacht? Bhí. Ba bhreá an fear an tAthair Maitiú. B'éifeachtach an obair a bhí sé a dhéanamh. . . . Á, ba tobann a tháinig an cogadh seo orainn. Ach ní mhairfeadh sé i bhfad. Nuair a rachadh *our lads* amach ní bheadh na *Huns* i bhfad ag teitheadh. Ní dhófadh siad an dara Louvaine. Bhí sé iontach buartha fán leabharlann sin, agus an méid lámhscríbhinní Gaeilge a bhí inti!

'Bhí sin inti,' arsa mise, 'de réir mar chluinim. Ach ní

raibh ann ach beagán le taobh an iomláin. Scrios Sasain an mhórchuid acu nuair a dhóigh sí ár gcuid mainistreach agus chuir sí géarleanúint ar ár gcreideamh. Agus an méid acu a bhí i Louvaine ní raibh ann ach an beagán a thug na sagairt is na bráithre leo gan fhios nuair ab éigean dóibh teitheadh as a dtír dhúchais agus imeacht chun na coigríche.'

Bhí mé go díreach ag teacht chun béil san am seo agus d'fheannfainn go dtí na cnámha é dá bhfanadh sé. Ach níor fhan. D'fheannfainn, nó níl ciall ar bith agamsa don rud a dtugann daoine eile múineadh air, agus ní raibh riamh nuair a chasfaí sionnach i gcraiceann caorach orm. Ach níor fhan sé i mbun comhráidh agam, agus ní dhearn sé caidreamh ar bith ní ba mhó liom.

Ní dheachaigh mé a luí an oíche sin go raibh sé mall san oíche ach mé i mo shuí ag iarraidh a bheith ag léamh, ach gan dul agam m'intinn a leagan ar rud ar bith. Thug mé anuas leabhar i ndiaidh an leabhair eile, d'fhoscail iad, thiontaigh cupla duilleog agus dhruid arís iad. Bhí dornán de leabhra Gearmáinise agam agus, nuair a d'amharc mé orthu, chuir siad cumha orm. D'fhoscail mé ceann amháin acu agus thoisigh mé dh'amharc ar phioctúirí a bhí inti. Koln agus na foirgnimh a bhí ann. An t-ardteampall agus a bharr ag sroicheachtáil in airde bealach na bhfhlaitheas. Nach iontach a leithéid a bheith i dtír nach raibh inti ach *Huns* bharbartha ó fhiorthús an tsaoil go dtí an lá inniu! D'fhág mé uaim an leabhar agus shuigh mé a chaitheamh tobaca agus a dh'amharc isteach sa tine. Sin dhá áit a mbíonn aislingí iontacha le feiceáil ag duine — sna néalta a bhíos os cionn luí na gréine tráthnóna ciúin fómhair agus sna béalóga eadar aibhleoga na tine agus tú leat féin go mall san oíche. Bhí mé ag seoladh suas an Réin, mé féin is ainnir dheas na gciabhfholt donn. Caisleáin ar gach taobh dínn agus loinnir óir ina gcuid táibhle ag grian an tráthnóna. Chuaigh an ghrian a luí agus d'éirigh an ghealach. Siúd an Lorelei eadar mé is léas:

> *'Ich weiss nich was soll es bedeuten*
> *Dass ich so traurig bin*
> *Ein Marchen aus alten Zeiten*
> *Das kommt mir nicht aus dem Sinn*

> *Die schönste Yungfrau sitzet*
> *Dort oben wunderbar,*
> *Ihr goldnes Geschmeide blitzet*
> *Sie kammt ihr goldenes Haar.'*

Ach nach raibh an scéal sin againn féin sa bhaile, nó a leathbhreac? Nach minic a chuala mé Néillín Sheáin Mhóir á inse? Banríon an Uaignis a bhí ina cónaí ar an Tor Ghlas. Bhíodh sí ina suí ar bharr na binne oícheanna gealaí agus í ag cíoradh a cinn. Agus nuair a thigeadh iascaire isteach an béal ina churach léimeadh sí de bharr na binne amach san fharraige, agus tífeá í ag éirí ar bharr toinne mar bheadh each mara ann agus a gruaig á siabadh taobh siar di. Oíche amháin acu seo bhí mac rí ina sheasamh ar thóin Rinn na Mart, agus chonaic sé ga solais ag teacht chuige aniar ón Tor Ghlas. Shín an solas é féin isteach go tír mór. Ansin d'éirigh sé ina dhroichead airgid a raibh dealramh ann a bhainfeadh an t-amharc as an tsúil agat. Amuigh ar bharr an Toir Ghlais nocht caisleán álainn agus Banríon an Uaignis ina suí ar na táibhle agus í ag cíoradh a cinn le cíor óir. Chuaigh mac an rí de léim ar an droichead agus tharraing uirthi. Nuair a bhí sé ag tarraingt isteach go bun an chaisleáin d'imigh an droichead, mar nach mbeadh ann ach tua cheatha, agus thit an t-óganach san fharraige.

Ansin tháinig mé ar scéal a bhain gáire asam, agus a chuir iontas orm. An caisleán i mBingen, an áit ar ith na luchóga an ministir. (Níl ag mé déanamh focal bréige leat). Duine gortach ceachartha a bhí ann nach roinnfeadh le aon duine. Lá amháin tháinig luchóg bheag isteach agus thug sí iarraidh grabhróg aráin a thit ón bhord a sciobadh léi. D'éirigh an ministir agus, in áit a rá mar a dúirt Burns,

> *'I'll get a blessing with the lave*
> *And never miss't',*

is é rud a chuir sé a chos uirthi agus mharbh í. An oíche sin líon an teach isteach de luchóga air. Níor fhág siad aon ghreim bídh aige nár ith siad. An oíche arna mhárach tháinig siad ar ais. Thoisigh siad a dh'ithe an trioc. D'ith siad na boird agus na cathaoireacha. D'ith siad na comhlacha de na doirse. D'ith siad cásaí na bhfuinneog. B'éigean don mhinistir teitheadh. Bhí caisleán ar carraig amuigh i lár na habhann agus rinne sé cónaí ann. Tháinig na luchóga go himeall an uisce agus chuaigh ar an tsnámh, na mílte agus na mílte acu. Shnámh siad trasna go bun an chaisleáin. Theith an ministir go raibh sé thuas ar an teach barr. Ach chuaigh na luchóga suas ina scaoite agus isteach. Cupla lá ina dhiaidh sin fuarthas cnámha an mhinistir ar tháibhle an chaisleáin.

Ní raibh an scéal seo acu i Rinn na Feirste. Ní chuala mé riamh roimhe sin é. Cad é a chuir i mo cheann na luchóga a chur sa tóir ar an mhinistir s'agam féin?

Agus ansin tháinig mé ar amhrán a chuir mo sháith iontais orm: Friedrich Barbarossa. Bhí an rí agus maithe agus móruaisle na Gearmáine in ainm a bheith marbh. Ach chan marbh a bhí siad ar chor ar bith ach fá gheasa i gcaisleán istigh faoi bhun an chnoic. Bhí siad i suan, agus nuair a mhusclaíodh an rí i gceann gach aon chéad bliain chuireadh sé abhac a bhí ann amach go bhfeiceadh sé an raibh an fiach sléibhe ag eiteallaigh os cionn an chnoic. Má bhí, ní tháinig an uair agus chodlódh siad céad eile bliain:

> *Er spricht im Schlaf zum Knaben:*
> *'Geh hin vors Schloss o Zwerg,*
> *Und sieh, ob noch die Raben*
> *Herfliegen um den Berg*
> *Und wenn die alten Raben*
> *Noch fliegen immerdar,*
> *So muss ich auch noch schlafen*
> *Verzaubet hundert Yahr'.*

Níl a fhios agam an bhfuil an uair ann? Níl a fhios an dtiocfaidh Féasóg Rua agus a chuid marcach amach as an chaisleán agus tarrtháil a thabhairt ar a dtír nuair atáthar ag brath a scrios? Agus nach bhfuil an scéal céanna againn féin? Macraí Ailigh ina gcodladh faoi bhun an chnoic, ag fanacht leis an uair. Níl a fhios agam an dtiocfaidh siad amach an iarraidh seo agus deargruathar a thabhairt ó Loch Súilí go Cionn tSáile? An bhfuil an uair ann? Ach cá bhfuil mar a bheadh agus an fear atá in ainm a bheith mar cheann urraidh orainn á rá sa *House of Commons* i Londain go

gcuideoimid le Sasain sa ghéibheann ina bhfuil sí? . . . Is mór
an gar nach gcuirtear an *Freeman's Journal* chuig macraí
Ailigh. Dá léadh siad é, thitfeadh siad i suan agus ní
mhuscóladh siad go Lá Bhreithe Dé!

Cupla lá ina dhiaidh sin casadh an tAthair Maitiú orm.
Bhí cuma air nach raibh sé sásta liom. Bhí ráithe caite sa
pharóiste agam agus ní raibh lorg mo láimhe le feiceáil aige.
Ní raibh Gaeilge ar bith le cluinstin aige de bharraíocht ar
an méid a bhí ann sula dtáinig mé. Bhí sé ag déanamh go
raibh mé ag ligean mo mhaidí le sruth agus labhair sé go
nimhneach liom. B'fhéidir nach labharfadh sé mar sin ar
chor ar bith murab é gur tharraing mé féin orm é. Thoisigh
mé dh'inse dó fá Rí na Féasóige Ruaidhe a bhí ina chodladh
i gcaisleán faoi chnoc sa Ghearmáin.

'Mar achainí ort,' ar seisean go míshásta, 'is caith an
amaidí as do cheann. Caith an Ghearmáin agus an Ghear-
máinis as do cheann, ar scor ar bith go dtí go raibh eolas ar
do thír agus ar sheanchas do thíre féin mar is ceart agat. An
bhfuil Éire siúlta agat? 'Raibh tú riamh i gCiarraí nó i
gConamara, i nGlinntí Aontroma, ar an Chorrshliabh nó i
nDroim Cliabh na gcros? An bhfuil stair agus litríocht na
hÉireann léite agat? Annála Ríochta Éireann? Foras Feasa
agus an chuid eile? An bhfuil eolas maith agat ar an tSean-
Ghaeilge? An dtuigeann tú an dlí agus an t-oideachas a bhí
in Éirinn nuair ba gheall le tír í? Ar chruinnigh tú an méid
ceoil is fíliocht is seanchais atá i do chontae dhúchais féin?
An dtug tú cuairt ar gach reilig agus cnámha seanmhain-
istreach dá bhfuil ó Urchill an Chreagáin go Gleann Dá
Loch? . . . Seo,' ar seisean, mar bheadh truaighe aige domh,
'tá mé ag gabháil rófhada le mo chuid ceastóireachta. Níl
ionat ach stócach agus tá mise ag brú anonn ar aois an
tseanduine. Ach, a Dhia, dá dtógfaí i Rinn na Feirste mé!
Ach bíodh aige, dhéanfaidh tú obair mhaith go fóill.'

Thug sé iarraidh an ghoimh a bhaint as a chuid cainte ach,
má thug féin, bhí mise gonta. Bhí mé gonta ag an fhírinne.
Nó ní ghoilleann rud ar bith ort mar a ghoilleas an fhírinne.
Ach dúirt sé rud amháin nár aontaigh mé leis — go ndéan-
fadh seisean an obair a bhí luaite aige dá dtógfaí i Rinn na
Feirste é. Ní dhéanfadh. Chaithfeadh sé an Béarla a

fhoghlaim agus ní thiocfadh leis sin a dhéanamh gan suim a chur sa Bhéarla a choinneodh faoi chrann smola é go dtí go mbeadh na blianta órga caite agus an inchinn maolaithe aige le litríocht a bhí díreach in éadan dhúchas ár gcine.

'Tugadh Shakespeare dúinn teacht dheirg an dá néal, agus in am eadra agus le neoin bheag agus deireadh an lae,' a ceir Seosamh Mac Grianna. 'Bhí sé istigh i mála linn agus fód aráin plúir lena thaobh nuair a bhíomar ar an scoil náisiúnta. Bhí sé eadar Caesar agus Xenophon againn ar an scoil eadarmheánaigh. Bhí sé i gcoláistí againn. Agus hinsíodh riamh dúinn go raibh sé os cionn locht a fháil air, gurbh é rífhile an domhain é. . . . Is cuimhin liom an chéad uair a chonaic mé Hamlet in amharclainn . . . Smaoinigh mé gur mhór an truaighe nach gcuala Shakespeare Oidhe Chlann Uisnigh agus nár scríobh sé dráma fán scéal. Dá ndéanadh, chruthódh sé don tsaol chomh tútach is a bhí sé mar fhile. Bhí an t-ádh air nár bhain sé le scéal ar bith de scéalta móra an domhain. Is deacair dúinne in Éirinn an méid sin a thuigbheáil, nó tugadh iarraidh é a chur in ionad ár ndúchais. Cá huair a tífimid an lá nach ligtear do mhac léinn ar bith in Éirinn amharc ar Shakespeare nó ar Horace nó ar Chicero go bhfoghlaime sé an Táin agus na Laoithe Fiannaíochta agus an Mheánlitríocht ar tús?'

Dá mbeadh an lá sin ann nuair a bhí mise i gceann léinn bheadh ciall do litríocht agam anois nach bhfuil agam.

Ach is fearr domh leanstan de mo sheanchas. Ní raibh mé i bhfad i gCill Scíre go dtáinig cigire chugam. Ba é sin an chéad fhear acu a casadh orm, agus chuaigh mé féin is é féin sa mhuineál ag a chéile an chéad lá in Éirinn. Agus b'fhada go mbeireadh an cath sin ar an cheann dheireanach a bhí agam leo. Nó mhair mé ag troid leo agus iad liom ar feadh na mblianta a chaith mé ag teagasc. Bhí drochmheas agam orthu, agus ní raibh a oiread céille agam ar mhaithe liom féin agus a choinneodh ceilte é. Bhí a shliocht orthu, bhí siad sa tóir ar fad orm.

'Ag sin, a bhéildearg ba bhinn
M'aon eagla ar tír is ar toinn,
Fionn is a Fhiann ar mo dhroim
Is mé liom féin i gcúil chumhaing.'

Sin an rud atá curtha síos do Gholl. Ach ba iad na cigirí a bhí ar mo dhroimsa, agus d'fhág siad saol corrach agam an seal a bhí mé faoina smacht.

Tháinig an fear seo ar scor ar bith go bhfeicfeadh sé an mé féin a bhí ann. Ba é sin ábhar a chuarta. Sa dóigh a dtiocfadh leis a inse dóibh i mBaile Átha Cliath gur mé a bhí ann agus go bhfaca sé lena shúile cinn mé. Mar bheifeá i bpriosún agus chuirfeadh an garda a cheann isteach in am luí sa chruth is go dtiocfadh leis a rá ar maidin go bhfaca sé aréir roimhe sin thú i do luí ar an chlár agus gan tú ag iarraidh do scornach a ghearradh ná an teach a chur le thine.

Bhí na céadta cigire ann san am sin. Thiocfadh scór acu seo chugat ar a laghad uair sa bhliain agus a chiall féin ag gach aon duine acu. An fear a tháinig an lá seo, *museums* a bhí ag cur bhuartha air. Chuala mé ina dhiaidh sin gur bheag an rud a dhéanfadh cúis. Cupla méaróg ón bhealach mhór, sligeáin má bhí tú a chois trá, ceap túirne nó fearsaid má bhíothas ag sníomhachán riamh sa cheantar. Ach ní raibh a dhath agamsa. D'amharc sé thart go géar agus níor fhág sé coirnéal ar bith gan bhreathnú.

'An bhfuil *museum* ar bith sa scoil?' ar seisean.

'Níl,' arsa mise.

'Caithfidh tú *museum* a chur sa scoil,' ar seisean.

'Ba chórtha i bhfad teach na scoile a chur sa *mhuseum*,' arsa mise.

Bhí mo sháith ráite. Dá gcuirinn ina aghaidh agus a rá gurbh é mo bharúil nárbh ábhar tairbheach léinn an *museum*, ba chuma leis. B'fhéidir gur aoibh a thiocfadh air. Bhéarfadh sé gléas cainte dó. Bhéarfadh sé áiméar dó lena chuid eolais a chur i mo láthair. Ach chuaigh mé a mhagadh air. Agus sin an rud is mó a ghoilleas ar dhuine shuarach. Bhí a shliocht air. Ní tháinig mí go raibh sé ar ais agam. Agus bhí locht le fáil ar gach aon rud aige. Ní raibh ann ach fear beag baoideach. Murab é sin b'fhéidir gur sna lámha a rachainn leis. Ach chuimhnigh mé gur mhinic a chuala mé m'athair á rá go mb'fhearr duine acu sin a ligean lena olc féin. Nó má fuair tú an bhua sa teagmháil níor chliú ar bith duit é. Agus má ba treise leis ort bhí tú náirithe le do sholas.

Chuir mé isteach an geimhreadh chomh maith is a tháinig

liom. Agus lá amháin i dtús an Mhárta fuair mé leitir ó
Pheadar Ó Dhónaill. 'Tá mé ag imeacht as Inis Fraoich,' ar
seisean. 'Deir sagart na paróiste go dtabharfaidh sé an scoil
duitse, más rogha leat a theacht. Fuair mé féin scoil thuas ag
taobh na Dúchoradh. Mholfainn duit a theacht go hInis
Fraoich agus áit do chos a fháil a chóir baile.'

An tráthnóna sin chuaigh mé isteach chuig an Athair
Maitiú, agus in éadan mo chos a chuaigh mé. Nó bhí eagla
orm go mbléascfadh sé orm nuair a chluinfeadh sé go raibh
mé ag iarraidh imeacht. Bhí náire orm. Sheasaigh mé tamall
beag ar an bhealach mhór sula bhfuair mé uchtach a
ghabháil isteach. Ach ní bhíonn fear náireach éadálach.
Chaithfinnse buaidh a fháil ar an náire má ba mhian liom a
bheith san áit a raibh an éadáil. San áit a mbeadh mo Chailín
Donn ar na gaobhair agam. Dar liom féin, bhéarfaidh mé ól
na dí seirbhe air, agus isteach liom.

'Fuair mé leitir inniu as Rosa Thír Chonaill,' arsa mise,
nuair a bhí tamall comhráidh déanta againn. 'Tá scoil le fáil
ansin agam. Tháinig mé féacháil an dtabharfá cead mo chinn
domh.'

'Nár shíl mé,' ar seisean, go grusach, dar liom, 'nach
dtabharfadh do shagart paróiste féin scoil duit nuair a bhí
ceann fá réir aige?'

'Ins na Rosa Uachtaracha atá an scoil seo,' arsa mise.
'As na Rosa Íochtaracha mise.'

'Tá dhá Rosa ann, mar sin?' ar seisean.

'Tá,' arsa mise.

'Thiocfadh liom do choinneáil trí mhí,' ar seisean.

Dar liom féin, is fíor sin. Agus má bheir tú orm an riail sin
a chomhlíonadh tá léim an dá bhruach caillte orm.

'Ach ní choinneod,' ar seisean go meabhrach. 'Ní raibh
do chroí riamh san áit seo. Agus má tá an aithne cheart
agamsa ort, ní fhanfaidh tú i bhfad in áit ar bith. Duine
seachránach tú agus tá an siúl i do chosa. Is glas na cnoic i
bhfad uainn. Agus sin na cnoic a bhfuil tusa ag stánadh ar
fad orthu. B'fhéidir gurb é sin an fáth nach dtug do shagart
paróiste féin scoil duit. Go mb'fhearr an aithne a bhí aige ort
ná a bhí agamsa ort. Shíl mé nuair a thug mé anseo thú go
raibh tús curtha agam ar an rud a bhí i m'intinn le fada. Ach

ní raibh ann ach brionglóid. Tá mé ag tabhairt cead na coise duit. Go gcuire Dia an t-ádh ort, a mhic.'

D'imigh mé uaidh agus mé gonta. Dá n-abradh sé, 'Fan an áit a bhfuil tú go ceann trí mí agus ná sil chugat féin go dtiocfaidh tú isteach chugamsa agus go n-abóra tú, "Tá mise ar shiúl," agus faighimse múinteoir i mo rogha áit' — dá n-abradh sé sin is é rud a bheadh fearg orm leis. Ach níor dhúirt. In áit sin a rá dúirt sé gur bhain mé mealladh as. Thug sé cead mo chinn domh agus d'iarr sé ar Dhia an t-ádh a chur orm.

An oíche sin scríobh mé leitir chuig sagart paróiste an Clocháin Léith agus dúirt mé go mbeinn in Inis Fraoich an tseachtain sin a bhí chugainn. Tháinig an oíche dheireanach agam i dTír Eoghain. Slán agus beannacht ag dúiche stairiúil Chlanna Néill. Tráthnóna amárach, le cuidiú Dé, tifidh mé dúiche atá lán chomh stairiúil léi — tír Cholm Cille agus Ghofraidh agus Aodha Ruaidh agus Thoirealaigh an Fhíona. Agus tím anois í i mbéalóga na tine. Beanna géara an Eargail, dumhchanna geala na Maol Fionn, reannacha fada na Rosann agus ciumhais de chúr gheal leo. An ga gréine os cionn na Mic Ó gCorra, agus caisleán sí Charraig na Spáinneach:

'Beir scéala uaim go hÁrainn ionsar Mháire Fheilimí Eoghain

'S ó sin go Poll an Mhadaidh mar a bhfuil mo chuid aois óig;

Aithris do na cailíní a d'fhág mé faoi bhrón

Go mbeidh mé sa bhaile acu Lá Fhéil' Pádraig ag ól.'

COMÓRADH LÁNÚINE AR NA hOÍLEÁIN

Ar madin an lá arna mhárach d'éirigh mé le teacht dheirg an dá néal, theann orm, agus d'imigh liom ag tarraingt go Rosa Thír Chonaill. Bhí maidin dheas ann, den chineál a thig corruair i dtrátha na Féil' Pádraig. Mar a deir an seanchaí:
    'B'aoibhinn teacht féir agus fonn
    Agus tormán na dtonn le Lios na Sí.'
Bhí na huain óga ag meadhar sna páirceanna agus ceiliúr na n-éan le cluinstin corruair sna crainn. Bhí an geimhreadh thart agus an saol mar bheadh sé ag éirí ó mharbh.

Tráthnóna, nuair a bhí mé ag tarraingt isteach go Leitir Ceanainn, nocht sléibhte Thír Chonaill chugam. Agus chonacthas domh nach bhfaca mé cuma chomh hálainn ná dreach chomh haoibhiúil riamh orthu. Siúd chugam an Mhucais agus leacht ar a fíormhullach atá ansin leis na mílte bliain agus gan a fhios cé a thóg é. Agus siúd thíos an tEargal ina rí ar an iomlán acu. Níl brat ar bith fána ghuaill-eacha inniu, ach é ina sheasamh ansin ceanntarnocht, ag amharc amach ar an fharraige mhóir . . . D'imigh an traen léi siar agus í ag caismirnigh fríd na hailteáin a bhí eadar na cnoic, go dtí sa deireadh gur fhág mé Dún Lúiche i mo dhiaidh agus gur nocht reannacha na Rosann amuigh thiar úd. Tháinig lúcháir ar mo chroí mar a thig i gcónaí nauir a bhím ag tarraingt chun an bhaile agus nochtas Uaigh agus Árainn agus na Reanna Liatha chugam. Lúcháir mar a tháinig ar Oisín nuair a nocht cladach na hÉireann chuige agus é ag pilleadh ar ais as Tír na hÓige.

Cupla lá roimhe sin casadh m'athair agus James Sheáin Mhóir* ar a chéile fán Chlochán liath, agus bhuail siad chur comhráidh.

'D'fhág do stócach Inis Fraoich,' arsa m'athair.

*Athair Pheadair Uí Dhónaill.

'D'fhág,' arsa James. 'Tairgeadh scoil dó thuas ag taobh na Dúchoradh. Agus chan sásta imeacht as an oileán a bhí sé, ach chuir mé comhairle air. Deir sé liom go bhfuil an fear s'agatsa ag teacht ina áit.'

'Tá,' arsa m'athair go brúite.

'Bhail,' arsa an fear eile, 'dá gcuireadh Peadar i mo cheadsa é ní rachadh scéala ar bith go Tír Eoghain fá choinne do stócaigh. Nó níl dúil ar bith sna hoileáin agam. Bhí an fear s'agamsa amach is isteach ansin le bád laetha garbha agus gan é eolach ar na sroite ná ar na creagacha. Is minic a sheasaigh mé féin is a mháthair sa doras ag urnaí agus ár gcroí amuigh ar ár mbéal le heagla. Bíodh a fhios agat gur ormsa a bhí an lúcháir an lá a d'fhág sé an t-oileán. Agus dá samhlóinn lá bán nó oíche go gcuirfeadh sé scéala chuig do stócach chrosfainn air é. Ach níor shamhail. Choinnigh sé an rún sin aige féin. . . . An bhfuil ciall ar bith do bhádaí nó do fharraige ag an fhear s'agatsa?'

'Tá agus níl,' arsa m'athair. 'An méid atá aige is mó an chontúirt dó é. Tá lámh mhaith go leor ar bhád aige istigh ar ghaoth Rinn na Feirste. Ach níl ciall ar bith aige do na sroite a bhíos fá na hoileáin. Agus an chuid is measa de, níl a fhios sin aige féin. Sílidh sé gurb é rud atá ann scoith fir farraige.'

'Bhí an fear s'agamsa mar an gcéanna,' arsa James, 'agus gan gar a bheith ag iarraidh comhairle a chur air. Dá dtuigeadh siad nach bhfuil iontu ach máistrí scoile b'fhurast comhairle a chur orthu. Ach ní thuigeann. Sílidh siad gur mairnéalaigh iad lena chois.'

'Bhail,' arsa m'athair, 'tá mise ag iarraidh ort gar a dhéanamh domh agus beidh mé buíoch díot as. An chéad uair a tífeas tú mo mhac ag gabháil amach nó isteach i mbád leis féin, cuir scéala chugam. Agus tiocfaidh mé anoir go dtuga mé liom chun an bhaile ar ghreim cluaise é, dá mbeadh sé gan aon lá teagaisc a dhéanamh lena sholas ina dhiaidh.'

'Maith go leor,' arsa an fear eile, agus rún daingean aige cur lena ghealltanas. Ba é a mhac a thug mise go hInis Fraoich. Agus, dá mbáthfaí mé, is air a bheadh an t-éileamh. Ach ní bháthfaí dá dtigeadh le James Sheáin Mhóir uair na contúirte a chur tharam. Ní raibh a fhios seo agamsa san am. Ní raibh a fhios agam go raibh fear amuigh ar an Mhín Mhóir ag breathnú na báighe maidin is tráthnóna, agus é réidh le scéala a chur chuig m'athair an chéad uair a tífeadh sé liom féin i mbád mé.

An lá i ndiaidh mé féin a theacht chun an bhaile chuaigh mé siar go Baile an Mhuilinn ag brath a ghabháil isteach go hInis Fraoich an tráthnóna sin. Sular imigh mé thug m'athair comhairle domh agus d'iarr sé orm a bheith ar m'fhaichill ar an fharraige. 'Tá sroite millteanacha siar an bealach sin,' ar seisean, 'sroite nach bhfuil ciall ar bith agat dóibh.'

'Bhail, tá,' arsa Jimmy Sheáinín, a bhí istigh ag cuartaíocht, 'agus cad chuige nach mbeadh? Tá sreangán oileán ansin sínte ó Chruach an Tearmainn go hÍochtar, agus gan eadar péire ar bith acu ach an caolas cúng. Bhí mé bliain amháin ag teacht as Árainn agus bhí cóir bhreá linn. Agus i ndiaidh dhá sheol a bheith uirthi ní rabhamar ábalta Sruth Snagáin a bhriseadh. Bhí fána leis an tsruth mar bheadh sé ag titim anuas le mala. Is é rud ab éigean do bheirt acu a ghabháil amach ar an chladach agus a tarraingt fríd an bhéal le rópaí. Agus neart a bhí le déanamh acu, i ndiaidh dhá sheol a bheith uirthi agus tréan córach linn.'

''Raibh tú riamh in Inis Fraoich?' arsa mo mháthair leis.

'Bhí,' arsa Jimmy. 'Chaith mé seal geimhridh ann nuair a bhíothas ag déanamh na cé.'

'Cad é an cineál daoine iad?' arsa mo mháthair.

'Daoine breátha lácha iad,' arsa Jimmy. 'Daoine a dhéanfadh gar duit ar uair an mheán oíche. Ach tá ciall aisteach ar dhóigh amháin acu: sílidh siad go raibh sé chomh maith agat bó a chur isteach i mbád le fear as tír mór. Bhí iontas an domhain orthu nuair a chonaic siad mé féin is Donnchadh Phadaí Sheáinín ag iomramh.'

'Dá gcluineadh m'athair an scéal seo ar ócáid ar bith eile thiocfadh rinn ar a shúile agus déarfadh sé gur shíl muintir Árann an rud céanna, go dtí an lá a chuir Hiúdaí Mór an bád ar cheathrar acu. Ach níor inis sé éacht ar bith de chuid Rinn na Feirste an lá seo. Bhí eagla air dá n-insíodh go mb'fhéidir go spreagfadh sé mise agus go mbeinn chomh hamaideach agus go bhféachfainn le cliú mo bhaile a sheasamh — agus gan ionam ach máistir scoile.

D'imigh mé féin liom ag tarraingt go Baile an Mhuilinn agus mé ag smaoineamh ar an rud a dúirt Jimmy Sheáinín. . . . Bhéarfaidh mise le fios dóibh nach bó ar bith i mbád fear as Rinn na Feirste. Bhéarfaidh mé le fios dóibh nach máistir mar gach máistir atá acu an iarraidh seo, ach fear a bhfuil lámh aige ar stiúir agus ar rámha agus ar shleán agus ar speil. Gheobhaidh mé bád beag domh féin nuair a bheas dormán airgid saothraithe agam. Ní thiocfadh liom fanacht ann gan bád a bheith agam. Tá mo chailín donn in Inis Mhic an Duirn agus beidh bád agam domh féin a bhéarfas síos mé dh'amharc uirthi gach aon tráthnóna sa tsamhradh. Gheobhaidh mé bád a mbeidh cíl domhain luaidhe uirthi agus seol a thig liom a chúnglú nuair a bheas géarbhach ann! Agus ansin chonaic mé an bád sin tráthnóna samhraidh agus í faoi iomlán seoil. Cóir bhreá ann agus mé ag roiseadh liom amach ag tarraingt ar cheann Árann. Mise i mo shuí ar an stiúir agus mo chailín donn ar an tafta os mo choinne agus loinnir ina haghaidh ag gaoth na mara agus ag grian an tráthnóna. Siúd amach sinn go dtí na Beanna Móra, thart faoi theach an tsolais, agus aníos an cuan le luí na gréine!

Bhí géarbhach cruaidh gaoithe ann nuair a tháinig mé go Baile an Mhuilinn. Chuaigh mé síos chuig Niall Dhonnchaidh Ruaidh, fear a raibh mé ag maíomh gaoil air, agus d'fhiafraigh mé de an dtabharfadh sé isteach go hInis Fraoich mé. 'Is géar liom an tráthnóna,' ar seisean, agus d'amharc sé amach ar bhun na spéire. 'Tá gaoth sna spéartha sin, agus níl a fhios cén bomaite a thiocfas sí. Tig sí go tobann as an aird sin tráthnóna den chineál seo fán am seo de bhliain. Fan san áit a bhfuil tú anocht,' ar seisean, 'agus fágfaidh mise istigh ar maidin thú.'

Ní raibh ní b'fhearr le déanamh agam féin, agus shuigh mé a chois na tineadh a chomhrá agus a chaitheamh tobaca. Le clapsholas cé a tháinig isteach ach Murchadh Beag Mhurchaidh Mhic Suibhne. 'Cá bhfuair sibh an strainséir?' ar seisean, ag teacht chun an tí dó.

'Sin máistir scoile Inis Fraoich,' arsa Niall Dhonnchaidh

Ruaidh. 'Mac do Fheilimí Dhónaill Phroinsis as Rinn na Feirste.'

'Bhí aithne mhaith ar d'athair agam,' ar seisean, ag croitheadh láimhe liom, 'agus ar d'uncal, Donnchadh Mór. Cad é mar tá sé ag cur isteach?'

'Mar a chonaic tú riamh é,' arsa mise.

'Bhí sé go maith i gceart domhsa nuair a bhíomar inár stócaigh fada ó shin in Albain,' ar seisean.

'Bhí, creidim,' arsa mise.

'Bhí,' ar seisean, 'ní thabharfadh sé leithead pionna ar ór díom. Agus, a mhic na n-anam, is leis a thiocfadh an dorn a bhualadh. Bhíomar oíche amháin i bPeebles agus chuir scaifte as Clochar na nGabhar troid orainn. Agus breithiúnas Dé ar m'anam gur chuir sé ceathrar mac Thaidhg Chrotaigh trasna ar a chéile fad is bheifeá do do choisreacadh féin.'

'Chuala mé go raibh an t-ádh inné oraibh,' arsa fear an tí le Murchadh, tamall beag ina dhiaidh sin.

'Cad é an dóigh?' arsa Murchadh.

'Go bhfuair sibh éadálacha troma in Inis Mhic an Duirn,' arsa an fear eile.

'Fuair cuid acu,' arsa Murchadh. 'Ach ní bhfuair mise ach dhá bhairille ola. Tháinig cuid mhór adhmaid isteach, ach bhí sé marcáilte ag muintir Bhaile Mhánuis sular éirigh aon fhear ar an oileán. Caithfidh sé go raibh siad amuigh i rith na hoíche.'

'Is breá an rud atá agat nuair atá dhá bhairille ola agat,' arsa bean an tí. 'An dtug tú amach iad go fóill?'

'Ní thug,' arsa Murchadh; 'tá siad istigh i sciobol Shéarlais Óig agam. Bhí rún agam a dtabhairt amach anocht murab é gur ghéaraigh sé teacht na hoíche.'

'Seo an fear a bhéarfas an t-*inspector* chugat,' arsa bean an tí liom féin.

'Is mé,' arsa Murchadh. 'Más fear thú a bhíos i bhfad ar na hoileáin is iomaí mallacht a chuirfeas tú ormsa.'

''Bhfuil an t-*inspector* ar na gaobhair?' arsa mé féin leis.

'Sin ceist nár fhuascail mise riamh,' arsa Murchadh. 'Chan é nár mhaith liom gar a dhéanamh do mháistrí scoile na n-oileán sin, ach ní thiocfadh leo scéal rúin a cheilt. Is cosúil gur fágadh de leannán orainn gur maith le gach aon duine a bheith ag inse fá gach gábhadh dá raibh sé ann. An chéad lá a chasfaí beirt acu ar a chéile déarfadh fear acu leis an fhear eile: "Maise, go gcumhdaí Dia Murchadh Beag bocht. Bhí mé i mo bhráighe an lá fá dheireadh murab é é. Chuir sé scéala chugam go raibh an t-*inspector* ag teacht chugam Dé Luain. Murab é gur chuir bhí mo chabhóg déanta. Nó, bhí nótaí thrí seachtaine gan scríobh agam." Agus rachadh an scéal sin ó bhéal go béal go gcluineadh an t-*inspector* é, agus bhí a dhá phunta dhéag sa bhliain de dhíobháil ar Mhurchadh Bheag. Ach dhéanfaidh Murchadh Beag a ghnoithe dó féin. Is binn béal ina thost.'

Eadar sin is tráthas chuaigh lánúin an tí amach chun an bhóithigh a ghiollacht na mbó agus níor fágadh istigh ach mé féin is Murchadh. 'Ná bíodh eagla ort,' ar seisean, go leathíseal, 'níl an t-*inspector* níos deise duit ná Leitir Ceanainn. Agus ní thiocfaidh sé go tobann ort fad is bheas mise i m'fhear báid aige, má tá amharc measartha súl agat. Tá dhá sheol agamsa, ceann acu a bhfuil paiste bán thrí gcoirnéal air ag an phíce. Níl seol ar bith eile dá chineál ó seo go Toraigh. An lá a bheas mé ag tarraingt go hInis Fraoich leis an *inspector* beidh an seol sin thuas agam, agus ní bheidh ar ócáid ar bith eile. Tá fuinneoga theach na scoile díreach os coinne na caslach sin thíos, agus tífidh tú an bád sula raibh sí a fad féin amach.'

'Bhail, tá mé fíorbuíoch díot,' arsa mise.

Thochais Murchadh Beag a cheann agus d'amharc sé isteach sa tine mar bheadh sé ag meabhrú go domhain. 'Agus,' ar seisean, 'más maith leat moill a bhaint as nuair a tífeas tú an bád ag fágáil na caslach bíodh haincearsan dearg agat agus croch amach ar an fhuinneoig é. Nuair a tífeas mise é ligfidh mé orm féin nach dtig liom port a dhéanamh gan cúrsa a chaitheamh síos go Scoilt na Loinge agus, ar ndóigh, ní bheidh a fhios aigesean nach bhfuil sin riachtanach. Anois,' ar seisean, 'ná cluineadh clocha an talaimh an scéal rúin sin. Agus chan duit féin atá mé á dhéanamh ach do d'uncal, Donnchadh Mór. Bhuailfeadh clann Thaidhg Chrotaigh mise an oíche úd i bPeebles murab é Donnchadh. Agus tá mé ag iarraidh a chúiteamh duitse.'

Dar liom féin, gura slán duit, a Dhonnchaidh Mhóir Dhónaill Phroinsís, agus go mbuanaí Dia buille trom ar do láimh. Na ceithre doirn sin a bhuail tú ar chlann Thaidhg Chrotaigh tabhóidh siad suaimhneas intinne domhsa a fhad is a bheas mé i mo mháistir scoile ar na hoileáin.

Leis sin isteach le fear an tí fá dheifre. 'Níl a fhios agam,' ar seisean, 'cad é is cúis leis na tinte atá ar na hoileáin?'

'Cá bhfuil na tinte?' arsa Murchadh Beag, agus baineadh cliseadh as.

'Ceann in Inis Mhic an Duirn, agus ceann eile thiar ar Chnoc Pholl an Mhadaidh in Árainn,' arsa Niall Dhonnchaidh Ruaidh.

'Cluin Dia féin seo,' arsa Murchadh beag, ag éirí de léim chun an dorais.

D'éirigh mé féin amach ina dhiaidh agus bhí dhá chraos mhillteanacha tineadh le feiceáil agam, agus an ceann a bhí in Inis Mhic an Duirn ag cur ga solais anall go tír mór.

'Comóradh na lánúine,' arsa bean an tí, agus í ag teacht trasna ó dhoras an bhóithigh agus canna bainne léi.

'Is fíor duit sin,' arsa Niall Dhonnchaidh Ruaidh.

'Damnú orthu féin is ar a gcuid tinte, nár agraí Dia orm é,' arsa Murchadh Beag. 'Beidh na píléirí istigh acu roimh am luí anocht agus beidh mo chuid ola acu.'

'Ní bheidh,' arsa Niall Dhonnchaidh Ruaidh, 'ní ligfidh an eagla dóibh a ghabháil trasna anocht.'

'Rachaidh siad trasna chomh cinnte is atá ceann ar do mhuineál,' arsa Murchadh beag. 'Is furast a ghabháil isteach, an bealach a bhfuil an ghaoth is an sruth. Sa teacht amach atá an chontúirt. Agus sin an áit a bhfuil an donas. Fanfaidh siad ar an oileán go maidin. Agus caithfidh siad an oíche ag cuartú éadálach. Agus gheobhaidh siad mo dhá bhairille ola.'

'Beidh obair acu a ghabháil chun na farraige anocht,' arsa bean an tí.

'Ní abórainn sin,' arsa Niall Dhonnchaidh Ruaidh. 'Anois a smaoinigh mé air, chuaigh siad go hÁrainn oíche a bhí falscaí sa chnoc. Agus ba trua liomsa an fear a gheofaí ciontach sa tine sin, nó ní chuirfeadh a dhath as ceann lucht an dlí nach ag déanamh an eolais do na *submarines* a bhíothas.'

'Rachaidh siad isteach cinnte anocht,' arsa Murchadh Beag, 'ach, le cuidiú Dé, beidh mise ansin rompu. Caithfidh mé mo chuid fear a chruinniú,' ar seisean.

'An ligfidh sibh mise libh?' arsa mé féin.

'Bhail, a mháistir,' arsa Murchadh, 'ní turas pléisiúir a bheas anseo, deirimsa leatsa. B'fhéidir go mbeadh na píléirí isteach sna sála agam agus go gcaithfinn troid a chur orthu.'

'Troid!' arsa mise. 'An bhfuil gunnaí agaibh?'

'Níl gunna ná piostal againn,' ar seisean, 'ach má bheirtear sa chúnglach ormsa anocht steallfaidh mé an taobh as bád na bpéas nuair a bheas sí istigh ar an tanálacht.'

'Beidh mé libh,' arsa mise.

'Tá sin is do chomhairle féin agat,' arsa Murchadh, agus d'imigh sé agus mé féin sna sála aige. Fuair sé beirt de fheara láidre as an chomharsain agus a bheirt mhac féin, agus bhaineamar an chaslaigh amach.

Cuireadh isteach cion láimhe baláiste, chuamar ar bord, thóg ár gcuid seolta agus shín linn. Nuair a bhíomar leath bealaigh trasna chonaiceamar dealramh solas ag teacht anuas bealach na Míne Móire.

'Cad é a dúirt mé libh?' arsa Murchadh Beag, agus é ina shuí thiar ar an stiúir. 'Sin carr na bpéas ag teacht anuas as an Chlochán Liath.'

'Ní rachaidh an tAlbanach chun na báighe anocht leo,' arsa fear den fhoirinn.

'Rachadh an tAlbanach céanna leath bealaigh go hifreann ach crág airgid a fháil as,' arsa Murchadh Beag.

Bhí géarbhach trom ann agus bord den ghaoth linn. Bhí an oíche dorcha agus shilfeá gur taibhsí a bhí sna fir a bhí sa bhád i do chuideachta. Ní raibh fear ar bith ag labhairt, ach gach aon fhear ina áit féin agus Murchadh Beag ina shuí thiar ar an stiúir agus a cheann crom anuas aige ag amharc amach faoi ruball an tseoil. Roiseamar linn tríd na tonna agus cúr ag gail thart le slat an bhéil aici. Agus sa deireadh thángamar chomh deas don chladach agus gur léir dúinn a chéile le solas na tineadh. Bhí mac Mhurchaidh Bhig ina sheasamh i dtoiseach agus greim daingean ar an chrann aige.

'Cuir díot rud beag í,' ar seisean. 'Mar sin . . . lig fút í. . . . Isteach mar sin. . . . Tá tú thar an Charraig Bhuí anois. . . . Isteach leat mar sin.' Agus thángamar chun an chladaigh.

Feistíodh an bád istigh ar an fhoscadh. Chuaigh fear suas chuig an mhuintir a bhí fán tine agus d'iarr orthu a cur as chomh luath géar is a thiocfadh leo, nó go raibh na píléirí ag tarraingt orthu agus go gcrochfaí an t-iomlán acu as a bheith ag déanamh comhartha do na Gearmánaigh. Ansin chuamar go dtí an áit a raibh an ola agus thug linn na bairillí gur chuireamar ar bord iad. Ansin theann uirthi ar ais agus thug aghaidh amach go tír mór. Ba deacaire a theacht amach ná a ghabháil isteach, nó bhí an ghaoth daor orainn. B'éigean do Mhurchadh bualadh chuige i rith an ama. Agus sin an rud a chuirfeadh an fhéacháil cheart ar fhear stiúrach. Is furast bád a stiúradh nauir atá cóir mhaith agus solas an lae agus fairsingeach mara agat. Ach níl gnoithe ag aineolaí ar bith ina cheann oíche dhorcha tríd shroite is charraigeacha agus an ghaoth daor air.

Ní raibh uchtach ag na píléirí a ghabháil chun na farraige i ndiaidh a theacht go Port Inis Míl. Phill siad ar ais chun na beairice agus d'fhág siad muintir na n-oileán agus na *submarines* ar lámh na cinniúna.

Baineadh mealladh asam féin nuair a chonaic mé nach dtáinig tóir ar bith orainn. Níor smaoinigh mé riamh go mbeadh gunnaí leo agus go scaoilfeadh siad linn. Shíl mé nach raibh le déanamh againn ach a theacht orthu amach as an dorchadas. Ní bheadh ann, dar liom, ach teacht orthu de lorg a dtaoibhe agus an stiúir a sciobadh linn le aon bhuille amháin. Níl a fhios agam cad é a dhéanfadh Murchadh Beag dá dtaradh air. Ach níor cuireadh an fhéacháil air an iarraidh sin.

Bhí sé ag teannadh suas le ham luí nuair a bhain mé féin teach Néill Dhonnchaidh Ruaidh amach, agus bhí scaifte istigh ag airneál.

'Bhí oíche chruaidh agaibh,' arsa fear an tí, nuair a tháinig mé isteach.

'Ní raibh cuideachta ar bith againn,' arsa mise. 'Ní tháinig tóir ar bith orainn.'

'Maise, chuaigh siad síos go Port Inis Míl,' arsa fear eile.

'Ach má chuaigh féin ní dhearn siad ach amharc amach ar na bristeacha garbha agus pilleadh ar ais chun an bhaile.'

'Bhail,' arsa duine eile, 'ba díchéillí an rud do mhuintir Inis Mhic an Duirn tine a lasadh amuigh ar an chnoc agus fios acu go raibh éadálacha i bhfolach ar an oileán.'

'Sin seanghnás atá ag lucht na n-oileán le cuimhne na ndaoine,' arsa Niall Dhonnchaidh Ruaidh. 'Níor pósadh aon lánúin as na hoileáin le céad bliain nach mbeadh tinte amuigh acu ag déanamh ollghairdis. Agus cad chuige a stadfadh siad anois cionn is Sasain is an Ghearmáilte a bheith i gcogadh le chéile?'

'Ar scor ar bith,' arsa duine eile, 'bhí barúil acu nach ligfeadh an eagla do na fir dhubha a ghabháil chun na farraige an oíche a bhí ann. Agus dar leo go gcuirfeadh siad fáilte roimh an lánúin mar be dual sinsear dóibh.'

'Bhail,' arsa bean an tí, 'tá fear amháin ar an bhaile seo nach dtug a bheannacht anocht don lánúin chéanna, mar atá Murchadh Beag.'

Dar liom féin, ní thug ach a mhallacht gach aon uair dá raibh sé i gcruachás. Nuair a bhris réabán sa tseol air, nuair a tháinig ceann de na bairillí sna cosa air agus bhrúigh sé an ladhar aige, nuair a shleamhain sé ar an leic ag teacht amach as an bhád dó, ní raibh ann ach, 'Damnú orthu féin is ar a lánúin, nár aifrí Dia orm é.'

'Tiocfaidh an péire céanna i dtír gan beannacht Mhurchaidh,' arsa Séarlas Naois.

'Is dóibh is fusa gan a bheith i muinín beannacht,' arsa Pádraig Liam Óig.

'Títhear domh féin,' arsa fear an tí, 'gur éagórach an rud ligean do bhean acu sin fanacht ag teagasc scoile i ndiaidh a pósta agus cailíní óga ag gabháil thart ina dtost.'

'Cé a pósadh?' arsa mise. Agus ní tháinig sé i mo cheann riamh an cheist sin a chur go dtí sin. Ba chuma liom cé a pósadh. Bhí tinte ar na hoileáin agus bhí oíche bhreá sheoltóireachta agam. Bhí súil agam go mbeadh a leithéid go minic ann, agus go bhfeicfinn coimhlint eadar Murchadh Beag agus na píléirí. Ach nuair a chuala mé Niall Dhonnchaidh Ruaidh á rá gurbh éagóir cead teagaisc a thabhairt do mhnaoi phósta chonacthas domh go raibh an

scéal ag tarraingt orm féin. Nó bhí sé tuigthe agamsa go
gcaithfeadh mo Chailín Donn seal blianta ag teagasc, sa
chruth is go gcuirfeadh saothrú na beirte againn ar ár
mbonnaí sinn mar ba cheart.

'Máistir scoile Pholl an Mhadaidh,' arsa Niall Dhonn-
chaidh Ruaidh, ag tabhairt freagra ar mo cheist. 'Buachaill
aniar as Condae Liatroma,' ar seisean, á ainmniú. 'Fear
caol fada drochdhaiteach.'

'Tá aithne agam air,' arsa mise. 'Bhí sé i mo chuideachta
sa choláiste.'

'Is cosúil,' arsa bean an tí, 'gur fíor an nathán, dá
mb'ionann ciall don duine go mb'ionann dath don éadach.
Nach sílfeá, cailín chomh dóighiúil léi, go mb'fhurast di fear
a fháil ab fheiceálaí ná Straoille Pholl an Mhadaidh?'

'Níl aithne ar bith agam féin uirthi,' arsa duine eile, 'ach tá
iomrá mór léi.'

'Tá agus é tuillte aici,' arsa bean an tí. 'An lá a chuaigh sí
go hInis Mhic an Duirn, tá cupla bliain ó shin, bhí sí istigh
anseo agam tamall agus í ag fanacht le bád. Agus
chonacthas domh nach bhfaca mé ar bhuille mo dhá shúil
riamh aon bhean ba dóighiúla ná í. Ní thiocfadh liom stad de
amharc uirthi. An aoibh a bhí uirthi, agus dreach a craicinn,
agus an loinnir a bhí ina súile, agus an ceann gruaige ab
fhíordheise a chonaic mé ar aon mhnaoi riamh! Shíl mé go
raibh cailíní dóighiúla anseo againn féin sna Rosa. Ach
bhain Nuala Ní Néill as Tír Eoghain an bláth den iomlán
acu.'

'Níl maith ionat ag comhrá, a mháistir,' arsa fear an tí
liom féin tamall ina dhiaidh sin.

'Níor lean sé an mhuintir a tháinig roimhe má tá nach
bhfuil comhrá aige.' arsa Séarlas Naois. 'Nó bhí Feilimí
Dhónaill Phroinsis ar chomhráiteach chomh breá is a
chasfaí ort i siúl lae.'

'Níl toil ar bith dár gcuid clabaireachta aige,' arsa bean an
tí. 'Is fearr leis ag léamh an pháipéir.'

Ach chan ag léamh an pháipéir a bhí mé ar chor ar bith
ach ag stánadh air le súile an daill. Ní raibh a fhios agam cad
é a bhí ann. Ní raibh ann ach go raibh sé mar leithscéal
agam sa dóigh nach mbeifí ag dúil le comhrá uaim.

Cupla oíche ina dhiaidh sin bhí mé i mo shuí istigh i seomra liom féin os cionn beochán beag tineadh. Bhí sé mall san oíche agus an saol mór ina gcodladh ach mé féin. Nár mhairg nár fhan i dTír Eoghain nuair a bhí mé ann? Dá mbeinn cupla céad míle ar shiúl ní fheicfinn rud éigin gach aon lá a bhéarfadh i mo cheann í. Ach bhí mé anseo sa doras aici, féadaim a rá. Ní raibh aon lá dá n-éireoinn amach nach bhfeicfinn an teach a raibh sí ina cónaí ann. Bhí sí ag mo thaobh agus san am chéanna i a fhad uaim leis an tsíoraíocht.

Bhí mé ar obair ag cumadh filíochta an oíche seo, agus bhí cuid den ualach ag éirí de mo chroí de réir mar a bhí sé ag teacht liom. Bhí roisteacha gaoithe móire ann. Thigeadh séideán agus shiabadh sé an gaineamh siabáin in éadan na fuinneoige. Ansin thigeadh snag agus ar feadh tamaill bhig shílfeá nach raibh gaoth ar bith ann. Ansin thigeadh an dara truilleán. Agus sin mar a bhí an fhilíocht ag teacht liomsa. Bhí spéartha an lae ann agus dath liathbhán ag teacht ar an fhuinneoig nuair a bhí mo mhairgneach críochnaithe agam:

Is cianach corrach a chodail mé an oíche aréir
Is ba bhrónach m'aigneadh ar maidin le spéartha an lae;
Tá ualach tuirse agus tinnis ar lár mo chléibh
Is, a Rí na cruinne, nach dona mar fágadh mé?

Thiar a chois toinne agus loinnir an lae ag fáil bháis
Sé chonaic mé an ainnir 'na seasamh i mbéal na trá;
A brágha is a muineál ba ghile ná an sneachta ar móin
'S a caoinroisc bharrúla a mhearaigh mo chiall go deo.

D'éirigh an ghealach is chealg sí an saol chun suain
Agus spréigh sí a solas mar fhallaing ar mhéilte an
    chuain;
Crónán an easa gur dheise ná glórtha píob
Agus tuaim na toinne gur bhinne ná ceolta sí.

Sé mo ghéarghoin tinnis mar d'imigh an aisling chaoin
'S tháinig néalta dorcha d'fholaigh uaim grá mo chroí;
In uaigneas an ghleanna úd ab ansa liom uair den tsaol
Is brónach a ghoilim tráth chluinim an chuach ar
    craobh.

Ó, 's a mhaighdean mhaiseach, tar seal do mo chóir ar
    cuairt
Is cóirigh mo leaba le scratha is le fóide fuar;
Cealg mé a chodladh le glórtha do bhéilín bhinn
In uaigneas an ghleanna inar casadh le chéile sinn.

Nuair a tháinig bean an tí isteach chun an tseomra le
greim bídh chugam ar maidin fuair sí i mo luí i mo chodladh
sa chathaoir mé agus iomlán mo chuid éadaigh orm.

AN OÍCHE A CARTADH LE SRUTH SNAGÁIN MÉ

Bhí teach scoile Inis Fraoich déanta ar bharr binne os cionn na farraige. Bhí na fuinneoga ar thaobh na farraige, agus an bháigh amach go tír mór ina luí faoi mo shúile. Trasna díreach os mo choinne bhí Port Inis Míl, an áit a mbíodh bád Mhurchaidh Bhig feistithe. Bhí, ar ndóigh, bádaí amach is isteach ansin go minic. Ach ní raibh contúirt ar bith ormsa riamh go nochtadh bád a mbeadh seol fána phaiste geal bán uirthi. Agus nuair a tífinn sin féin, mura raibh mo sháith faill agam leis an scoil a chur in ordú de réir dlí, ní raibh le déanamh agam ach mo haincearsan dearg a chrochadh amach ar an fhuinneoig. Agus ligfeadh Murchadh Beag air féin nach dtiocfadh leis a leithéid seo de ghob ná de charraig a thógáil gan cúrsa eile a chaitheamh. Agus, dá mbíodh sé riachtanach, ligfeadh sé air féin nach dtiocfadh leis port a dhéanamh gan an dara cúrsa.

I lár an Aibreáin tháinig mé chun an bhaile tráthnóna amháin Dé hAoine, agus é geallta ag fear as an oileán go dtiocfadh sé amach fá mo choinne ar a leithéid seo de uair tráthnóna Dé Domhaigh sin a bhí chugainn. Chaith mé féin deireadh na seachtaine sa bhaile. Agus bhí mé mall ag teacht go hAilt an Chorráin tráthnóna Dé Domhnaigh. Agus an fear a tháinig amach as an oileán fá mo choinne bhí deireadh dúile bainte díom aige agus é ar shiúl isteach chun an bhaile ar ais.

Bhí sé ag toiseacht a dh'éirí dorcha san am agus ceo dlúth ina chnapanna amuigh ag bun na spéire. Bhí mé ag brath baint fúm ar tír mór go maidin, nó tá daoine muinteartha siar an bealach sin agam, ach casadh máistir scoile an Chéididh orm agus d'inis sé domh go raibh an cigire ar an Chlochán Liath, go dtáinig sé tráthnóna le carr as Leitir Ceanainn. 'Ag sin, a bhéildearg ba bhinn,' arsa mise liom féin, agus d'imigh mé liom suas ag tarraingt ar Phort Inis

Míl, féacháil an bhfaighinn fear ar bith a bhéarfadh pasáid go hInis Fraoich domh.

Nuair a bhí mé ag tarraingt suas ar an phort cad é a chonaic mé ach bád feistithe den chladach. Gearrbhád nach raibh rómhór a bhí inti, nach mbeadh moill ar aon fhear amháin a hiomramh. Ach bád beag maith acmhainneach a d'iompródh éadach cothrom agus a raibh cosnamh measartha farraige inti fosta. Bhí seolta agus rámhaí agus iomlán inti. Bhí an tráthnóna chomh ciúin is nach mbogfadh ribe ar do cheann, agus bhí Inis Froaich le feiceáil anonn uaim agam. Dar liom féin, tá nótaí seachtaine gan scríobh agam. Bhéarfaidh mé liom an bád seo, ó tharla gur chuir Dia i mo bhealach í, agus tiocfaidh cupla stócach as an oileán amach agus fágfaidh siad ar ais í.

Chuaigh mé síos leacacha, scaoil an feistiú agus chuaigh ar bord. Shuigh mé ar mo dhá rámha, thug mo thoiseach le muir agus mo dheireadh le tír agus d'imigh liom. Bhí go maith agus ní raibh go holc to raibh mé tuairim ar leath bealaigh trasna. Ach ansin tháinig rud nach raibh súil ar bith agam leis. Tháinig an dorchadas go tobann orm, agus an ceo a shíl mé a bheith na mílte uaim leathuair bheag roimhe sin chruinnigh sé ina chnap thart orm agus luigh sé anuas os mo chionn. Ní raibh a oiread is réalta ar an aer. Ní raibh a fhios agam cad é an aird ghaoithe a bhí ann. Ní raibh rud ar bith le mo chur ar an eolas.

D'iomair mé liom ar mo shuaimhneas ar feadh tamaill. Ansin thug mé fá dear go raibh an sruth ag éirí láidir agus gur liom a bhí sé. D'aithin mé air sin gur ag trá a bhí sé agus bhí mé ag déanamh, mura deachaigh mé i bhfad as mo chúrsa, go gcartfadh an sruth trá siar go hInis Fraoich mé. Stad mé dh'iomramh ar feadh tamaill bhig, nó ní raibh a fhios agam cad é ab fhearr. Ach leis sin féin cad é a tím ach carraig a raibh barr géar uirthi ina rith thart le taobh mo bháid mar bheadh saighead ann. D'aithin mé ansin go raibh mé in áit éigin a raibh sruth éagsamhalta agus carraigeacha Tháinig eagla orm nach raibh a leithéid riamh roimhe ná ina dhiaidh orm. Eagla a chuir ar crith mé ó mhullach mo chinn go barr mo choise. Dar liom féin, má bhuailim ceann de na carraigeacha sin rachaidh mo bhád thar a corp mar bheadh blaosc ruacain ann. Agus an dorchadas agus an t-uaigneas agus gan fhios cén bomaite a thiocfadh an báthadh orm!

Chuir mé bosa mo chuid rámhaí san fharraige, agus lig mé di imeacht léi leis an tsruth. Agus ar feadh cheathrú uaire deirimsa leatsa gur agair mé Dia agus an Mhaighdean Muire go dúthrachtach le mo shábháil ar mo bháthadh. Sa deireadh thoisigh an sruth a dh'éirí marbh agus d'aithin mé go raibh mé ag teacht amach ar an fhairsingeach. Smaoinigh mé ansin ar an áit a raibh mé nuair a tháinig an ceo agus an dorchadas go tobann orm. Ní bheadh faill agam a ghabháil amach ag an cheann uachtarach de Inis Fraoich, nó amach an ceann íochtarach de Inis Mhic an Duirn ach oiread. Ní raibh agam ach aon bhealach amháin le theacht — amach Sruth Snagáin.

Bhí rud beag uchtaigh ag teacht chugam. Bhí mé amuigh ar an fhairsingeach, an áit nach raibh sruth trom ná contúirt mhór go mbeadh carraigeacha i mo bhealach. Bhí an oíche marbh ciúin, agus ní raibh le déanamh agam ach luí ansin go maidin. Ach nárbh fhada go maidin! Agus dá dtéadh an ghaoth chun an talaimh agus géarbhach a theacht bheinn as amharc na hÉireann nuair a thiocfadh solas an lae. Las mé sponc go bhfeicfinn cad é an t-am a bhí ann. Bhí dhá uair go leith caite agam ar an fharraige, amuigh liom féin sa dorchadas, agus gan a fhios agam cá raibh mé.

Sa deireadh tháinig feothan beag gaoithe agus scanraigh mé go millteanach. Dar liom féin, má tá an ghaoth ón talamh agus má ghéaraíonn sé ní bhfaighfear beo ná marbh choíche mé. Agus ba é sin an chéad uair a smaoinigh mé ar mo mhuintir sa bhaile. An dóigh a n-éireoidh an scéala amach amárach. Tiocfaidh fear an bháid anuas chun an phoirt agus ní bhfaighidh sé an bád ansin fána choinne. Toiseoidh an cuartú agus toiseoidh na scéalta. Ní bheidh an bád le fáil thíos ná thuas, nó máistir scoile Inis Fraoich ach oiread. Agus chonacthas ag teacht go Port Inis Míl é tráthnóna Dé Domhnaigh le coim na hoíche. Sa deireadh cuirfear scéala soir go Rinn na Feirste chuig m'athair agus chuig mo mháthair!

'A Mhuire, a réalt na mara, cuir ar an eolas mé agus sábháil mo mháthair ar chrá croí.' Má dúirt mé sin uair dúirt

mé céad uair é. Sa deireadh chonacthas domh go gcuala mé
mar bheadh ceol ann i bhfad uaim. Stad sé i gceann bomaite.
An rud a samhlaíodh domh a bhí ann nó tuaim toinne i
mbéal barra i bhfad uaim. Chuala mé arís é. Thoisigh mé
dh'iomramh ar theann mo dhíchill ag tarraingt ar an talamh
ar mheas mé a raibh sé ag teacht as. Fá cheann tamaill bhí
sé le cluinstin go soiléir agam.

Dar liom féin, bheir sin i mo cheann seinm a chuala mé
am éigin in áit éigin. Cá háit a gcuala mé é? Nó cá huair?
Dar fia, tá sé agam. Má tá mé beo, sin *harmonium* Pholl an
Mhadaidh!

Tharraing mé liom go láidir agus níorbh fhada go dtáinig
mé isteach go bun beann agus chonaic mé solas uaim tríd an
cheo. D'aithin mé teach an phobail ina thoirt dhorcha eadar
mé is léas ar bharr na binne. Bhí mé cinnte ansin den áit a
raibh mé agus chuimhnigh mé go raibh misean i bPoll an
Mhadaidh le seachtain roimhe sin. Bhí an cór ag cantain
agus an ceol le cluinstin go soiléir agam:

Ave, maris stella, Dei Mater alma
Atque semper Virgo, Felix caeli porta,
Solve vincla reis, Profer lumen caecis
Mala nostra pelle, Bona cuncta posce

Thug mé míle altú do Dhia agus don Mhaighdean Mhuire
as mo shábháil ar an bhás. Ach cad é a deir tú leis an óige
agus le díth na céille? In áit scairt a chur asam féin a
tharrónadh orm daoine a d'fheisteodh mo bhád agus a
bhéarfadh fá theach mé, is é an chéad rud a tháinig i mo
cheann go mbeinn náirithe go deo dá mbeadh sé le rá liom
gur scoitheadh mé agus go dtáinig mé fá thír i bPoll an
Mhadaidh ar mo bhealach go hInis Fraoich. D'iomair mé
síos a chois na mbeann go dtí go dtáinig mé a fhad le háit a
raibh camas agus béal trá. Bhí scoith leaba ancaire ansin
agam agus rinne mé amach go bhfanfainn ann go maidin.

Tamall ina dhiaidh sin ghlan an ceo agus thoisigh na
réaltaí a nochtadh. Bhí na solais a bhí ar na hoileáin bheaga
agus ar tír mór le feiceáil isteach uaim agam. Tháinig am luí
agus chuaigh na solais as ceann i ndiaidh an chinn eile.
Chonacthas domh go raibh na beanna agus na huamhacha

beo le taibhsí. Bhí Balar na mBéimeann ann agus é i ndiaidh
a theacht as Toraigh a thógáil creach. Tháinig Gráinne Ní
Mháille isteach an Poll Dubh ar a bealach chun na Rosann a
bhaint géilliúint de na Baollaigh. Bhí na taibhsí uilig ann.
Loingeas an Armada á siabadh ar na creagacha taobh
amuigh díom. Humbert ag gabháil thart ag an cheann
amuigh de Árainn faoi iomlán seoil agus é ar a bhealach go
Cill Ala. La Hoche ar scoite lasrach ag na Mic Ó gCorra.
Tone agus Napper Tandy agus an chuid eile acu!

Tamall i ndiaidh an mheán oíche chuaigh an ghaoth
amach go raibh sí aniar aduaidh. Ach níor chuir sin imní ar
bith orm. Bhí seol agam agus bheadh an chóir liom chun an
bhaile ar maidin. Thoisigh an oíche a ghéarú eadar sin is
tráthas. Bhí foscadh maith ag mo bhád istigh ag bun na
mbeann, agus ní raibh bogadh uirthi. Ach i dtrátha a
ceathair a chlog ar maidin thoisigh an fhearthainn agus
thoisigh sí ar fónamh. Chas mé an seol thart orm féin agus
luigh mé ar urlár an bháid. Ach níor choinnigh an seol an
fhearthainn uaim ach tamall beag, agus ní tháinig uair an
chloig go raibh mé fliuch go craiceann. Bhí an fuacht ag
gabháil go dtí an croí ionam agus shíl me nach dtiocfadh an
mhaidin choíche. Sa deireadh tháinig stáid liath sna spéartha
thoir os cionn an Eargail. Ach b'fhada ina dhiaidh sin féin
gur ghlan an lá. Ba é an dorchadas é ba righne a chonaic mé
riamh. Bhí sé mar bheadh sé ag spairn le solas an lae agus ag
diúltú imeacht. Ach sa deireadh, go mall pianmhar i
gcosúlacht, tháinig an mhaidin.

- Bhí sé ag cur leis i rith an ama, agus bhí géarbhach
cruaidh gaoithe ann agus an fharraige ina cáir gheal bhán ar
gach taobh díom. Bhí an ghaoth amuigh os mo chionn san
am seo agus bheadh cóir bhreá liom chun an bhaile. Ach ba
gharbh liom é. Bhí eagla orm nach raibh mo bhád
acmhainneach go leor leis na tonna a bhí ann a mharcaíocht
go hInis Fraoich. Agus rud beag eile, bhí mo cheacht
foghlamtha ó oíche agam. Bhí eagla orm imeacht as an áit a
raibh mé gan ceist a chur ar eolaí an raibh contúirt ar bith
orm. Ina dhiaidh sin ba náir liom a ghabháil suas fá na tithe
fliuch báite i ndiaidh an oíche a chaitheamh sa chladach.

Bhí mé eadar dhá chómhairle, ach leis sin féin chuala mé

an scairt thuas os mo chionn. 'Cé thú féin nó c'as a dtáinig tú?' D'amharc mé suas agus tím an fear ina sheasamh ar bharr na mbeann. Fear mór trom a bhí ann agus culaith dhíonmhar air ó hata go bróig, agus péire gloiní ína láimh aige. Amuigh ag cuartú éadálach a bhí sé fán am seo ar maidin. Nó bhí an domhan adhmaid ag teacht fá thír san am.

D'inis mé féin dó an siúl a bhí fúm aréir roimhe sin agus an taisme a bhain díom. 'Bhail,' ar seisean, ag tarraingt orm anuas, 'níl trí splanc chéille agat. Agus ní díobháil céille go hiomlán ach díobháil eolais a thug amach Sruth Snagáin thú Ach díobháil céille a thug ort an oíche a chaitheamh amuigh faoin fhearthainn in áit a theacht fá theach. Ar ndóigh, ni chuirfeadh aon duine amach thú ar ócáid mar sin. Tarraing isteach í,' ar seisean, 'go bhfeistí mé abhus anseo í, agus rachaimid fá theach.'

D'fheistigh sé an bád, agus tháinig mé féin amach ar an chreig agus mé creapalta ag an fhuacht agus ag an fhliuchlach. 'Tá tú báite go craiceann,' ar seisean, nuair a bhíomar ag tarraingt suas ar an teach. 'Is mór an gar gur chuir mé síos an tine sula deachaigh mé amach. Nó tá tú conáilte caillte.'

Ar a ghabháil isteach dúinn bhí craos breá tineadh thíos agus gan neach beo le feiceáil sa teach ach madadh a bhí ina luí ar leic an teallaigh. Chuir sé an madadh as an chosán agus tharraing sé cathaoir isteach chun na tineadh. 'Suigh ansin,' ar seisean, agus bhuail sé cnagán ar dhoras seomra a bhí ann. 'Éirigh, a bhean úd,' ar seisean, 'agus déan réidh greim bídh don fhear seo.' Ansin d'fhoscail sé prios a bhí ann agus tháinig sé chugam le gloine biotáilte.

Níorbh fhada gur nocht an bhean i ndoras an tseomra, bean mhór ard a raibh ceann rua gruaige uirthi. 'Faoi Dhia,' ar sise lena céile, 'cá bhfuair tú an fear seo?'

'Fuair thíos i bPort na hInse, i ndiaidh an oíche a chaitheamh ansin,' ar seisean, ag toiseacht is ag inse di.

Rinne an bhean réidh tráth bídh domh. Thug siad éadach domh agus chuir sise mo cheirteach féin ar cathaoireacha os coinne na tineadh.

Eadar sin is tráthas cuireadh na páistí ina suí agus

thoisigh an mháthair á ndéanamh réidh fá choinne na scoile. Beirt ghasúr agus triúr girseach a bhí aici ag gabháil chun scoile. Nigh sí a n-aghaidh agus chíor sí a gceann agus chuir sí coiléar geal ar gach aon fhear de na gasúraí.

'Tá saol greannmhar anois ann,' arsa fear an tí. 'Nuair a bhí mise ag gabháil chun scoile ní raibh mórán iomráidh ar choiléir.'

'Ní raibh ná anseo,' arsa an bhean, 'go dtí go dtáinig an máistir seo chugainn. Eisean a chuir tús ar ghnoithe na gcoiléar. Chomh luath géar is rachas na páistí sin isteach go teach na scoile anois amharcfaidh sé go bhfeice sé an bhfuil a n-aghaidh agus a lámha agus a gcluasa nite mar is ceart. Ach, mar a dúirt mise go minic, dá mbeadh cúigear acu le cur amach chun na scoile gach aon mhaidin aige, cupla duine eile le coinneáil as an tine agus an duine atá sa chliabhán ag caoineadh, ní bheadh a oiread amaidí ag cur as dó is atá.'

'Ní hé féin is ciontaí leis, de réir mo bharúla,' arsa fear an tí. 'Eagla atá air roimh an *inspector*. Thig fear amháin thart corruair agus níl cuma air go bhfuil a dhath eile le déanamh aige ach ag amharc go bhfeice sé an bhfuil na scoláirí nite is cíortha agus a gcuid iongan bearrtha mar is ceart. Silim gur eagla atá ar an mháistir roimhe agus gurb é sin an rud is cúis leis an ghlainíneacht.'

'Tá aithne aige ortsa,' arsa an bhean. 'Chuala mé é ag rá nuair a tháinig tú go hInis Fraoich go raibh sé i gcoláiste i do chuideachta.'

'Bhí,' arsa mise.

'Cad é do bharúil de?' arsa bean an tí.

'Duine marbh gan chasadh é,' arsa an fear, 'nuair a bhéarfas sé iarraidh gach aon rud dá n-iarrfaidh glagaire de *inspector* air a dhéanamh. B'fhearr dóibh go mór rud beag léinn a fháil na cupla bliain bheaga a bheas siad ar scoil, b'fhearr dóibh sin ná a bheith ag caitheamh coiléar geal is ag bearradh a gcuid iongan.'

'Is cuma cad é chomh marbh leis,' arsa bean an tí, 'thiocfadh leis na mná a mhealladh.'

''Bhfuil sin amhlaidh?' arsa mise.

'An ea nach bhfuil aithne agat ar a mhnaoi?' ar sise.

'Cailín anuas as Tír Eoghain, agus an bhean is dóighiúla a chonaic mé riamh ar bhuille mo dhá shúl.'

'Cá bhfuair sé í?' arsa mise, mar nach mbeadh aithne ar bith agam uirthi.

'Tá sí ag teagasc in Inis Mhic an Duirn,' ar sise. 'agus tá áit geallta anseo di ar an bhliain seo chugainn.'

'Sílim, in ainm Dé, go rachaidh mé chun na báighe,' arsa mé féin. 'Tá sé ag tarraingt ar a deich a chlog.'

'Is mór a shocair an lá, míle altú do Dhia. Ach nach bhfuil tú in am go leor?'

Dúirt mé féin go raibh an cigire ar tír mór agus nach raibh a fhios cén bomaite a bheadh sé sa tóir orm.

'Bhail,' arsa fear an tí, 'is fearr domh cupla cloch bhaláiste a chur isteach duit, ar eagla go dtiocfadh an ghaoth daor ort sula mbeifeá sa bhaile.'

Thug sé leis na gloiní agus amach linn ár mbeirt. 'Tá an fharraige ag iompar craicinn agus an chóir leat,' ar seisean. 'Thig leat a theacht i dtír ar an taobh chúil den oileán, sa chruth is nach mbíonn agat le ghabháil isteach Sruth Snagáin.'

Nuair a bhí mé réidh le himeacht d'amharc mé amach bealach thír mór agus tím bád ag teacht amach as Port Inis Míl. 'Amharc cad é an seort báid í siúd,' arsa mise. Chuir sé na gloiní lena shúile agus d'amharc sé soir.

'Bád cabhantair, de ghearrbhád mhaith mhór,' ar seisean.

'Cad é an t-éadach atá uirthi?'

'Seol is jib.'

'Cad é an dath atá ar an tseol?'

'Seol a bhí donn lá den tsaol, agus cuid mhór den dath caillte anois aige. Agus paiste bán thrí gcoirnéal ag an phíce ann.'

Ní dhearn mé féin ach lámh a chur i mo phóca agus mo haincearsan dearg a tharraingt amach agus a cheangal de bharr an chrainn.

'Cad chuige a bhfuil té de sin?' ar seisean, agus cuma air go raibh iontas air.

'Le mo shábháil ar mo namhaid,' arsa mise, ag cur an phíce sa tseol. 'Slán agat agus go raibh céad míle maith agat féin is ag do chéile mná.'

Ag sin, a bhéildearg ba bhinn,
M'aon eagla ar tír is ar toinn
Fionn is a Fhiann ar mo dhroim
Is mé liom féin i gcúil chumhaing.

Sheasaigh sé ar an chladach ag amharc i mo dhiaidh agus an dubhiontas air. Ní raibh a fhios aige cad é an tallann a bhuail mé nuair a d'fhuaigh mé bratach dhearg do mo chrann agus d'imigh mé chomh luath géar is a tháinig liom.

Bhí cóir bhreá linn, solas lae agus gan eagla orm go raibh contúirt ar bith orm. Mar a déarfá, ní raibh eagla ar bith orm roimh an fharraige ach bhí eagla orm nach mbeinn i dteach na scoile in Inis Fraoich roimh an chigire. Cinnte, bhí an ghaoth daor ar Mhurchadh Bheag. Ach bhí a thrí oiread farraige le tomhas agamsa. Dar liom féin, an bhfeicfidh sé mo bhratach dhearg gan fiacha a bheith orm teacht ródheas dó? Tífidh sé cinnte í, ach an smaoineoidh sé choíche gur mise atá sa bhád? Ar fhuinneog theach na scoile a bheas sé ag amharc nuair a phillfeas sé aníos ar an dara cúrsa.

Bhí mo bhád ag treabhadh léi go galánta agus bhí Murchadh Beag ag bualadh chuige go maslach agus cuma air go raibh sé ag brath tiontó os coinne an Phoill Duibh agus an dara cúrsa a chaitheamh suas go cladach na Míne Móire. Mura dtuga sé fá dear mé sula dtiontaí sé tá mo ghnoithe déanta.

Ach an dara rud a tím féin Murchadh ag tiontó. Ansin rith sé cupla cúrsa gairid mar bheadh sé ag brath an bealach a bhualadh go hÁrainn. Ach chan ar Árainn a bhí sé ag tarraingt agus seol Inis Fraoich thuas aige, cinnte le Dia! Ach leis sin féin cad é a tím ach a scód scaoilte agus a sheol ag lúbarnaigh sa ghaoth. Bhí sé ina shuí ar oitir Inis Sionnaigh. D'éirigh sé agus thug sé iarraidh a cur ón oitir le geá, ach ní raibh gar ann. Bhí sí suite sa ghaineamh agus cuma uirthi go mbeadh sí ansin go bhfaigheadh sí tuilleadh láin mhara.

Rois mé féin mo bhealach liom anall agus tháinig i dtír in Inis Fraoich. Bhí seanduine de chuid an oileáin ina sheasamh os cionn na caslach nuair a tháinig mé isteach. 'Faoi Dhia, a mháistir,' ar seisean, 'c'as a dtáinig tú, nó cá bhfuair tú an bád?'

'Bhail,' ar seisean, 'tá fad ar do shaol. Nó, ní raibh agat ach aon seans amháin as an chéad san am a deachaigh tú amach Sruth Snagáin aréir. Ach,' ar seisean, 'caithfidh sé gur cuireadh geasa ar dhaoine diomaite duitse. Tháinig Murchadh Beag aníos ansin tá leathuair ó shin agus, i ndiaidh chomh heolach leis, reath sé isteach ar oitir Inis Sionnaigh i agus beidh sé ansin anois go dtara an líonadh.'

D'imigh mé i mo rith go teach na scoile agus mé ag beannachtaigh i mo chroí le Murchadh Beag. Bhí an lá chóir a bheith caite nuair a tháinig an cigire chugam. Bhí mo chuid nótaí réidh agam. Ach ní raibh a fhios aige riamh gur scríobh mé iad nuair a bhí seisean ina shuí ar oitir Inis Sionnaigh ag fanacht le líonadh. Agus ní raibh a fhios aige ach lán chomh beag gur de gheall ar moill a bhaint as a thug Murchadh Beag an bealach sin é.

Chuir an oíche sin deireadh le mo chuid seoltóireachta. D'inis James Sheáin Mhóir orm é, cé gur agair mé go cruaidh é an iarraidh sin a ligean liom. Agus bhain m'athair gealltanas diom nach rachainn i mbád liom féin choíche arís ina dhiaidh sin.

An Satharn ina dhiaidh sin bhí mé amuigh i dtigh James Sheáin Mhóir agus bhí Peadar sa bhaile. Agus, ar ndóigh, tarraingíodh an comhrá ar an ghábhadh ina raibh mé an Domhnach roimhe sin.

'Is tú a rinne i gceart é,' arsa Peadar. 'Níl dóigh ar bith le tabhairt ar lucht na n-oileán meas a bheith acu ort ach a bheith inchurtha leo féin ar farraige is ar talamh. Thuas sna cnoic, an áit a bhfuil mise, síleann siad an dúrud d'fhear cionn is go bhfuil crothán beag léinn aige de bharraíocht orthu féin. Ach ní hé sin do mhuintir na n-oileán é. An fear nach bhfuil sracadh ann, fá na hoileáin níl meas ar bith air.'

'Nó mórán ach oiread ar an té nach bhfuil ciall aige,' arsa an t-athair.

Is iomaí uair ó shin a smaoinigh mé ar an oíche úd agus ar an dóigh a dtáinig striongán ceoil chugam amach as an dorchadas nuair a shíl mé nach raibh fá mo choinne ach an bás. Is iomaí cineál ceoil a chuala mé ó shin. I measc gléasraí ceoil eile chuala mé orgán Ard-Teampall Naomh Peadar sa Róimh agus é ag líonadh na spéire le ceol amach in airde, dar leat, go dtí na réaltaí. Ach níor chuala mé aon ghléas ceoil riamh leath chomh binn le *harmonium* Pholl an Mhadaidh.

AN TAOBH CHONTRÁILTE DEN CHARDA
AMUIGH

As a chéile shocair mé mé féin i Scoil Inis Fraoich. Bhí scoláirí géarchúiseacha agam agus bhí mé ar mo dhícheall ag iarraidh a bheith ag tabhairt oideachais dóibh, ach ní raibh mé i bhfad ar an oileán go raibh mé féin is na cigirí in adharca a chéile. An té ar mhian leis mórán teagaisc a dhéanamh de réir céille, ní bheadh sé i bhfad ar obair go mothódh sé an *Murder Machine* ag teannadh air. Bhí clár ama agat agus chaithfeá coinneáil leis lá i ndiaidh an lae agus bliain i ndiaidh na bliana. Chaithfeá toiseacht ar gach ceacht ar an bhomaite agus stad mar an gcéanna. B'fhéidir go raibh an leathuair rófhada, go raibh cuid de na páistí tuirseach agus nach raibh suim ar bith acu ann. Nó b'fhéidir, os a choinne sin, gur róghairid a bhí an t-am, nach raibh na scoláirí ach ag muscladh agus an múinteoir ag teacht chun béil nuair a bhí an leathuair caite agus b'éigean duit stad. Ansin bhí agat le 'nótaí' a scríobh roimh ré ar gach rud dá raibh leagtha amach agat le haghaidh na seachtaine. B'fhéidir go mbeadh sin maith go leor ag leathbhalbhán nach raibh lúth na teanga leis. Ach chonacthas domhsa riamh gur mhór an éagóir orm féin é.

D'fhág sin corrach san intinn mé, agus nuair a thigeadh na cigirí chugam ní thugainn sotal ar bith dóibh. Tháinig fear acu chugam lá amháin sa tsamhradh agus ní raibh sé i bhfad istigh go raibh mé féin is é féin i riocht a chéile a sceanadh. Ní tháinig sé orm go tobann an mhaidin sin. Nó chonaic mé bád Mhurchaidh Bhig agus seol an chigire ag teacht amach as Port Inis Míl. Lena chois sin bhí sruth is gaoth daor ar Mhurchadh, mar a bhíodh go minic nuair a bhíodh sé ag tarraingt go hInis Fraoich, agus chaith sé tamall fada sa bháigh sula deachaigh aige port a dhéanamh ar an oileán. Mar sin de bhí mé réidh fá choinne an chigire, nó shíl mé féin go raibh. Ach cluinfidh tú.

Am urnaí is Teagasc Críostaí a bhí ann nuair a tháinig sé
isteach. D'amharc sé ar an am agus ar an chlár, agus bhí sin
ceart go leor. San am sin bhí carda i ngach teach scoile a
raibh *Secular Instruction* ina litreacha móra ar thaobh
amháin de agus *Religious Instruction* ar an taobh eile. Ba é
do cheart an carda sin a thiontó nuair a bheifeá ag toiseacht
ar an Teagasc Críostaí, agus a thiontó ar ais nuair a bheifeá
réidh. Bhí sin ag comhlíonadh an *liberty of conscience clause*
a bhí sa Leabhar Ghorm. Ní raibh ag páistí Inis Fraoich
agus agamsa ach aon chineál amháin creidimh, agus níor
smaoinigh mé riamh go raibh sé de fhiacha orm an carda a
thiontó. Ach ní mó ná go raibh an cigire taobh istigh den
doras nuair a thug sé fá dear an carda agus an taobh
chontráilte amuigh de.

'Cad é an t-ábhar atá anois agat?' ar seisean.

'Teagasc Críostaí is urnaí.'

'Tá an taobh chontráilte den charda amuigh agat.'

'Is cuma cé acu taobh de a bheas amuigh'.

'Ní cuma ar chor ar bith. Is é do cheart fuagra a thabhairt
do na scoláirí sa chruth is nach mbíonn fiacha ar aon duine
nach bhfuil ag géillstin do do chreideamh fanacht istigh.'

'Níl aon duine ar an oileán seo ach Caitlicigh — chan dá
éileamh,' arsa mise.

Tháinig rinn ar a shúile sa bhomaite, agus d'aithin mé gur
chuir na cupla focal deireanach tochas ann. 'Caithfidh tú
rialacha an Bhoird a chomhlíonadh, tú féin agus gach aon
mhúinteoir eile chomh maith leat,' ar seisean, agus tharraing
sé an leabhar dearg amach as a mhála.

Thoisigh sé a scrúdú na scoláirí ina dhiaidh sin agus
chonacthas dó nach raibh mórán maith iontu ag líníocht.
Agus bhí cuma air féin go raibh spéis mhór san ábhar sin
aige. Is é mo bharúil gur shíl sé gur ceard a bhí ann cionn is
go raibh dornán measartha léite aige fá dhathadóirí éifeach-
tacha an domhain.

'Níl maith iontu, ar ndóigh,' arsa mise, 'ar an ábhar,
creidim, nach bhfuil maith ionam féin. Tá mé ar mo
dhícheall ach níor éirigh an obair sin riamh liom.'

Tháinig aoibh chineálta air nuair a chonaic sé an
umhlaíocht a bhí ionam, agus thoisigh sé a thabhairt

comhairle mo leasa domh. 'Thig le gach duine foghlaim a dhéanamh ach suim a chur ann,' ar seisean, 'agus nuair nach bhfuil pioctúirí ar bith le feiceáil agat níl a dhath eile le do spéis a spreagadh ach leabhra a léamh. Má léann tú cupla leabhar maith cuirfidh tú a oiread suime sa líníocht is go mbeidh tú ar obair ag déanamh pioctúirí gach aon fhaill dá bhfaighidh tú.'

"B'fhéidir go bhfuil an ceart agat,' arsa mise go múinte. 'Cén leabhar a molfá domh toiseacht léi?'

'Leabhar galánta,' ar seisean. 'Is í a spreag mo spéis-sa sna pioctúirí ar tús. Go dtí gur léigh mé í bhí do dhálta féin orm, féadaim a rá. Shíl mé gur buaidh a bhí ann a tháing chun an tsaoil le duine. Agus nach raibh foghlaim e déanamh uirthi. Leabhar a scríobh Ruskin,' ar seisean. *'The Two Paths* is ainm di. Agus tá Béarla galánta inti le cois uile a bhfuil inti. Gheobhaidh tú ceann beag deas ar chupla scilling a thig leat a iompar i do phóca, *Collins' Illustrated Pocket Classics.'*

'Léigh mé an leabhar sin fiche uair,' arsa mise.

'Fiche uair!' ar seisean agus iontas air, mar bheadh sé ag déanamh má léigh gurbh iontach mé a bheith a fhad ar gcúl is a bhí mé.

'Bhí sí againn sa choláiste,' arsa mise.

'Cad é a chonacthas duit di?' ar seisean.

'Céillí go leor in áiteacha, dar liom,' arsa mise, 'ach ni thiocfadh le Sasanach rud ar bith a scríobh gan é a bheith ar maos i *bpropaganda.'*

'Cá bhfuil an *propaganda?'* ar seisean, ag tarraingt an leabhair amach as a mhála.

'Tá sé ansin ar a chumraíocht,' arsa mise.

'Cá háit?' ar seisean.

'Níl i bhfad agat le a ghabháil á chuartú,' arsa mise. 'Níl a dhath eile ach é sa chéad chaibidil, *The Deteriorative Power of Conventional Art over Nations.'*

Agus, ceart go leor, bhí sé ansin, mar a dúirt mé, ar a chumraíocht. Agus bhí an cigire iontach maol mura bhfaca sé é. Ba é bun agus barr na haiste, na tíortha a chleachtas ealaín mar mhaithe le healaín go n-éiríonn siad brúidiúil, cruachroíoch, míthrócaireach. Agus os a choinne sin na tíortha nach mbíonn ealaín ar bith acu ar fiú trácht air go mbíonn siad lách, cineálta, fearúil, gaisciúil, ionraic. Agus leis sin a chruthú tharraing sé air Albain agus an India. Cupla bliain roimhe sin thug muintir ná hIndia iarraidh úim mhallaithe na hImpireachta a chaitheamh díobh, agus bhí saighdiúirí Albanach ar na fir a chuir Sasain i mbearna an bhaoil ina n-éadan. Agus sin a raibh riachtanach le dlithe na healaíne a athrú agus dúshraith úr a chur fúthu. Dá mba i Albain a bheadh ag troid ar son a saoirse agus saighdiúirí na hIndia ag troid do Shasain, ar scilling sa lá, bheadh scéal eile ag Ruskin. Déarfadh sé nach raibh ciall ar bith do áilleacht ag muintir na hAlban (mar dúirt siad go minic roimhe). Nach raibh acu ach bothóga fód agus salachar agus ainbhios. Agus gurbh é sin an fáth a raibh siad ina ndúnmharfóirí mar a bhí siad.

'B'fhéidir,' arsa an cigire, 'nár mhiste leat cuid den rud a dtugann tú *propaganda* air a léamh domh.'

'Ní bheidh moill orm sin a dhéanamh,' arsa mise, ag breith ar an leabhar as a láimh is ag toiseacht a léamh:

'So then you have in these two great populations, Indian and Highland — in the races of the jungle and of the moor — two national capacities distinctly and accurately opposed. On the one side you have a race rejoicing in art, and eminently and universally endowed with the gift of it; on the other you have a people careless of art and apparently incapable of it, their utmost efforts hitherto reaching no further than to the variation of the positions in the bars of colour in square chequers. And we are thus urged naturally to enquire what is the effect on the moral character, in each nation, of this vast difference in their pursuits and apparent capacities, and whether those rude chequers of the Tartan, or the exquisitely fancied involutions of the Cashmere, fold habitually over the noblest hearts? We have had our answer. Since the race of man began its course of sin on this earth, nothing has ever been done by it so significative of all bestial and lower than bestial degradation, as the acts of the Indian race in the year that has just passed by. . . . And among all the soldiers to whom you owe your victories in the Crimea and your avenging in India, to none are you bound to closer bonds of gratitude than to the men who have been born and bred among those desolate Highland moors. . . . Out of the peat cottage come faith, courage, self-sacrifice, purity and piety, and whatever else is fruitful in the work of Heaven; out of the ivory palace come treachery, cruelty, cowardice, bestiality — whatever else is fruitful in the work of Hell'.

''Bhfuil do sháith ansin?' arsa mise, agus nuair a d'amharc mé air bhí dath bán san aghaidh air.

'Bhí muintir na hIndia mar a deir sé', ar seisean, agus crith ar a ghlór le feirg.

'Ach,' arsa mise, 'mar a dúirt Lloyd George nuair a tháinig na Gearmánaigh chun na Beilge agus bhí siad ag gearán go mb'éigean dóibh mórán daoine a chur chun báis as a bheith ag scaoileadh amach as na tithe lena gcuid saighdiúirí, "Cad é", ar seisean, "an ceart a bhí ag na Gearmánaigh ar a bheith sa tír sin ar chor ar bith?" Cad é an ceart atá ag Sasain ar an India, nó ar Éirinn nó ar na tíortha eile a chuir sí faoi smacht le tine is le harm? Ach,' arsa mise, ag éirí tarcaisneach, 'ní mhaireann na tréithe sin ach tamall. B'fhéidir go dtiocfadh an lá a mbeadh an ealaín ag Albain agus an easpa ar an India. Is gairid uilig ó bhí na Gearmánaigh ar na daoine ab fhearr cultúr ar an domhan – ach Sasain féin. Anois níl iontu ach daoine barbartha gan chiall gan chreideamh gan choinsias. Is measa arís iad ná muintir na hIndia. Nó ní raibh *corpse-factory* ar bith acusan.'

Nuair a bhuaileas tallann acu sin mise ní thig liom stad go raibh deireadh ráite agam. Is cuma cad é an cháipéis a bheas orm dá thairbhe caithfidh mé leanstan liom go raibh mo rabhán rite. Lean mé liom an lá úd agus dúirt mé a dtáinig chun an bhéil chugam. Níl de bhuaireamh orm anois ach nach raibh buaidh na fáidheadóireachta agam. Dá mbeadh, déarfainn gur dhual don Rúis a bheith ar an náisiún ainchríostaithe ba mhó a bhí riamh ar an domhan. Go mbeadh sí ar feadh scór bliain agus nach mbeadh inti ach marfach agus ansmacht agus diamhaslú. Gur dhual di a bheith mar sin le luí na gréine oíche shamhraidh, agus ar maidin an lá arna mhárach le bánú an lae, nuair a chuirfeadh

an Ghearmáin cogadh uirthi, go dtuirlingeodh an Spiorad
Naomh uirthi agus nach amháin go mbeadh sí ar staid na
ngrásta ina dhiaidh sin ach go gcuirfí ar ceal a dearn sí riamh
de olc. Ach ní raibh tíolacadh na tairngreachta agam agus
b'éigean domh a bheith sásta leis an méid a bhí sa stair.

Ach ba leor sin. Bhí a oiread le rá agam is a chuir an
cigire sna céadéaga. Níorbh fhada ina dhiaidh sin gur
tharraing sé amach an leabhar dearg ar ais, agus mhair sé ag
scríobh ar feadh leathuaire. San am sin gheobhadh múinteoir
ardú beag tuarastail i gceann gach aon thrí mblian. Ach ní
bhfaighfeá gan cuntas fábhrach ó na cigirí na trí bliana i
ndiaidh a chéile. B'fhéidir gur éirigh leat maith go leor an
chéad dá bhliain. Ach an tríú bliain tháinig cigire chugat
maidin amháin agus gan an dea-ghnúis air. B'fhéidir go
raibh an sclábhaí a bhí os a chionn ag cur cruaidh air.
B'fhéidir gur tinneas cinn a bhí air i ndiaidh póite. Nó
b'fhéidir gur mioscas a bhí aige duit cionn is nach raibh tú
díleas i do chroí do shíol Chromail is Bheití na Muice. Má
bhí sin amhlaidh b'éigean duit toiseacht ag bun go húrnua.
Sin mar d'éirigh domhsa an lá seo. Seachtain i ndiaidh an
cigire a bheith agam fuair an bainisteoir cáiteach de pháipéar
mhór ghorm anuas as an Oifig ag fuagradh do gach duine
dar bhain sé leis nach raibh méadú tuarastail ar bith daite do
mháistir Inis Fraoich os coinne na bliana sin. Chuir an
cuntas céanna bréag orm. Dúirt sé nach raibh mé ródhích-
eallach ag teagasc, agus go raibh mo scoil ar deireadh ag
líníocht agus ag tíreolas agus ag cupla ábhar eile. Ach, ar
ndóigh, ní bheadh duine ag súil go n-abóradh siad: 'Táimid
ag teannadh ar an fhear seo cionn is nach gcreideann sé go
bhfuil ceart ó Dhia ag Sasain ar an domhan mhór go huile,
agus gur ainchríostaí an té a chuirfeas ina aghaidh sin.'

Tráthnóna an lae sin bhí mé ag cuartaíocht ag Mánus Rua
Ó Dónaill, seanduine de chuid an oileáin. Bhínn ag
cuartaíocht is ag airneál go minic ag Mánus. Comhráiteach
breá a bhí ann, agus bhí ginealach a shinsear aige siar a fhad le
Donnchadh Scoite.

'Cad é mar chuir tú féin is an tAlbanach an lá inniu?' arsa
Mánus, nuair a bhí mé tamall beag istigh.

'Bhí mé ag déanamh gurbh Albanach é,' arsa mise.

'Chonacthas domh go dtáinig cuil air nuair a dúirt mé leis nach raibh Albanaigh ar bith in Inis Fraoich agus nárbh ábhar gearána sin againn.'

'Albanach cinnte é,' arsa Mánus. 'Níl aon uair dá dtig sé an bealach nach dtugann sé cuairt ar mhinistir na Machaire agus ar Hammond.'

'Bhail, brisfidh sé mise i ndiaidh an lae seo,' arsa mé féin, 'nó dúirt mé a dtáinig chun a bhéil chugam,' arsa mise, ag toiseacht is ag inse dó.

'Má bhriseann, briseadh,' arsa Mánus, ag teannadh ar a bhata go cruaidh. 'Ach caor thineadh máistir a thig i d'áit dá mba i ndán don scoil a bheith folamh go ceann fiche bliain o inniu.'

Bhí a fhios agam nach raibh anseo ach tallann, agus nach mbeadh mo sheanduine in inmhe cosc a chur ar an mháistir a chuirfí i m'áit. Ach mar sin féin shásaigh sé mé. Tallann fearúil a bhí ann. Tallann Dálach. Bhí an drithleog ansin ar fad, cé go raibh an bladhaire múchta leis na cianta. Ach lá an Chorrshléibhe iar gcloí na nGall, ní thiocfadh béalastán buí ar bith chun na Rosann agus Ruskin i mála leis.

'A Dhia,' arsa Mánus, 'is iad atá dubh droch-chroíoch. Agus tá an chuid is pléisiúrtha acu amhlaidh i ndiaidh an béal bán a bhíos acu. Ach mar dúirt d'fhear muinteartha leis an chat:

"Mo mhallacht go dtara sa tóin ar a dtáinig den phór anall".'

SHAKESPEARE I SCOIL LEITIR CATHA

Thoisigh mé dh'obair ar theann mo dhíchill tamall ina dhiaidh sin. Dar liom féin, tá mé anseo anois agus caithfidh mé mo bheatha a shaothrú ann. Murab é go raibh an cogadh ar fud an domhain d'imeoinn go Meiriceá, mar a d'imigh cuid de mo bhunadh romham. Ach mar a bhí an scéal ní raibh bealach éalóidh agam. Corruair thigeadh taom bhróin orm nuair a smaoiním go raibh mé ar chomhairle na gcigirí agus go raibh an *Murder Machine* do mo lúbadh. Ach ní raibh neart air.

Sa deireadh stad mo dhóigh de ghoilleadh orm. Ní fhacthas domh go raibh éagóir ar bith á déanamh orm. D'éirigh liom go maith ag an dara scrúdú cheann bliana. Agus bhí mé sásta go leor liom féin. Dá gcaithinn cúig nó sé de bhliana ar an oileán is dóiche go mbeinn i mo mháistir scoile go fóill. Bheadh mo mhothú caillte agam ag deireadh an ama sin agus ní ghoillfeadh mo dhóigh ar chor ar bith orm. Bheinn cosúil le fear a thoiseodh dh'ól, agus a rachadh ón bhraon bheag go dtí an phóit mhór, agus sa deireadh a shilfeadh gurbh í an mheisce ba dhúcha dó. Sin an rud a d'éireodh domhsa dá bhfanainn ar an oileán. Ach tharla rud a chuir cor i mo chinniúint.

Sathran amháin, ar a theacht amach as an oileán domh, tháinig bean a fhad liom ar an Clochán Liath agus d'inis sí i modh rúin domh go raibh scoil Leitir Catha folamh agus gur cheart domh an áit a iarraidh. 'Níor fuagraíodh go fóill í,' ar sise. 'Gabh suas agus cuir d'iarratas i láthair an tsagairt.'

Ba mhaith liom a bheith ar tír mór. Bhí mé tuirseach ar oileán mara, go háirid nuair nach raibh cead bádóireachta agam. Chuaigh mé isteach chuig an tsagart agus d'iarr mé an scoil air.

'Bhail,' ar seisean, 'tá mé sásta mura n-iarra fear ar bith í is sine ná thú. B'fhéidir gur mhaith le fear Mhín an Tóiteáin athrach a dhéanamh. Fan go ceann seachtaine eile agus socóraimid na gnoithe.'

D'fhan mé féin go ceann seachtaine, agus Dé Sathairn fuair mé leitir ó shagart an Chlocháin Léith á rá liom, má ba mhian liom é, a bheith i Leitir Catha ar maidin Dé Luain. Chuir an scéala seo lúcháir orm. Chruinnigh mé mo chuid éadaigh is mo chuid leabhar agus tháinig amach go tír mór. Chuaigh mé soir chun an bhaile an oíche sin agus d'inis mé do mo mhuintir go raibh mé ag gabháil go Leitir Catha ar maidin Dé Luain. Agus bhí a sáith lúcháire orthusan nuair a chuala siad go raibh mé réidh leis na hoileáin.

Tháinig an Luan. D'éirigh mé go luath ar maidin, thug liom mo rothar agus amach an bealach mór liom ag tarraingt go Leitir Catha. San earrach a bhí ann agus bhí an uair maith. Bhí mé iontach sásta leis an athrach. Bhí mé ar tír mór. Lena chois sin ní raibh scoil Leitir Catha ach seacht míle as Rinn na Feirste, agus thiocfadh liom a theacht chun an bhaile gach aon oíche, ach b'fhéidir ceithre mhí den bhliain.

D'imigh mé liom. Soir Mín na leice, suas an Coradh Mór, thart ag Léim an tSionnaigh agus siar Mín an Scámhaill. Nuair a tháinig mé a fhad leis an chrois i Loch an Iúir ní raibh mé róchinnte cé acu bealach a bhéarfadh chun na scoile mé. Agus chuir mé ceist ar fhear a casadh orm. 'Suas díreach romhat,' ar seisean, 'go dté tú go barr na malacha agus tífidh tú teach na scoile soir uait ar do chlí.' D'imigh liom suas ag teach Dhónaill Tharlaigh Uí Bhaoill agus amach mala Chlasaidh na gCnámh. B'ansin a smaoinigh mé go raibh mé oíche amháin ag damhsa i dteach scoile Leitir Catha cúig nó só de bhliana roimhe sin.

Nuair a thóg mé an airdeacht ag barr na malacha nocht teach na scoile chugam. An scoil a raibh an Máistir Ac Comhail inti lá den tsaol! Níl a fhios cá bhfuil sé inniu? Cad é a déarfadh sé dá mbeadh a fhios aige go raibh mé ag teacht ina áit. Ach tá ciall ag teacht anois chugam, agus ní dóiche go ndéanaim aithris air. Tá mé féin is na cigirí cairdiúil go leor le chéile. Bainfidh mé fúm anseo agus is dóiche gur ann a chaithfeas mé mo shaol!

Chuaigh mé soir go teach na scoile agus isteach. Bhí an cúntóir ansin romham agus tine bhreá thíos aici. D'amharc

mé thart ar theach na scoile. Ansin chuaigh mé amach agus
bhreathnaigh mé uaim. Bhí an teach ar fhód an bhealaigh
mhóir agus seascann thíos ar a chúl. Eadar an seascann agus
an balla cúil bhí díog mhór leathan, i lán uisce go dtí na
bruaigh agus coiscreach is biolar ag fás inti. Baineadh stad
asam nuair a d'amharc mé ar an díg. Sheasaigh mé á
breathnú ar feadh tamaill. Ba mhaith liom cúl mo chinn a
thabhairt léi agus pilleadh isteach chun an tí. Ach ní
thiocfadh liom mo shúile a thógáil di. Bhí mé mar bheinn
greamaithe den talamh san áit a raibh mé i mo sheasamh,
agus mé ag stánadh ar an díg agus ag cur ceiste orm féin ar
dhual di cor a chur i mo chinniúint.

An raibh tú riamh i do sheasamh ar thalamh stairiúil? Ag
Brugh na Bóinne, ar Chnoc Sláine, in Eamhain Mhacha, in
Aileach, i gCluain Mhic Nóis nó i nGartán? Agus má bhí,
cad é a bhí tú a rá leat féin? 'Sin an áit a bhfuil seanrithe na
hÉireann ina luí ag fanacht leis an aiséirí. Sin an áit ar
fhuagair Naomh Pádraig an Soiscéal do fhearaibh Éireann.
Sin ansin, go díreach, an talamh a bhfuil mé i mo sheasamh
air, an áit a mbíodh fleá is féasta ag Curaí na Craobh-
ruaidhe. Sin an áit a raibh an scoil chéimiúil iomráiteach
nuair ba gheall le tír Éire. Agus sin an áit ar rugadh Colm
Cille, ar an leic sin ag mo chosa.' A mhacasamhail sin a
dúirt mise maidin earraigh agus mé i mo sheasamh ag
amharc ar an díg a bhí taobh amuigh de theach scoile Leitir
Catha. 'Sin ansin,' arsa mise liom féin, 'an áit ar chuir Padaí
Shéamais Ic Comhail an cigire go dtína dhá shúil san uisce.
Amach ar an dóras sin a tharraing sé é. Sin an áit ar chaith
sé amach é. Isteach ar an bhruach sin a tharraing sé ar ais é.
Siar an bealach mór sin a d'imigh an sclábhaí bocht agus an
t-uisce is an clábar ag sileadh as a cheirteach.'

Bhí an díog sin ag déanamh meadhráin domh gach aon lá a
rachainn chun na scoile. Bhínn á breathnú go minic, agus sa
deireadh shíl cuid de na comharsana gur eagla a bhí orm go
mbáthfaí duine de na scoláirí inti. 'Ná bíodh eagla ar bith ort
roimh ag díg sin, a mháistir,' arsa Antain Eoghain liom lá
amháin. 'Tá an scoil sin ansin le trí fichid bliain agus níor thit
aon duine de na scoláirí inti, nó duine ar bith eile ach
inspector a tháinig an bealach aon uair amháin. Agus chan

titim féin a rinne seisean, ach máistir a bhí againn a chaith amach é.'

Dar liom féin, tá cuimhne anseo ar éacht an mháistir sin. Agus tá meas air as an fhearúlacht a bhí ann. An mbeidh drochmheas ormsa mura raibh mé inchurtha leis? Is iomaí uair a tháinig an smaoineamh sin i mo cheann nuair a bhíodh scaifte istigh ag airneál i dtigh Phadaí Dhonnchaidh, an teach a mbínn ar lóistín seal an gheimhridh ann. Teach mór airneáil a bhí i dteach Phadaí na blianta sin. Bhíodh Hiúdaí Thomáis agus Séamas an Bhurdáin agus Niall Shéarlais agus Antain Ghráinne Ní Shearcaigh againn go mion is go minic. Chonacthas domh gur dhaoine breátha lácha muintir na gCnoc. Bhí siad uilig go maith domh, agus nuair a bhíodh lucht an airneáil cruinn bhíodh mo chuid den chomhrá i gcónaí agam. Bhí mé mar dhuine acu féin. Ach, ar ndóigh, duine acu féin a bhí ionam. Thiocfadh leo a gcaint is a gcomhrá a dhéanamh liom i nGaeilge. Bhí cuid Fiannaíochta Dhonnchaidh Chathail agam mar a bhí acu féin. Bhí seanchas na mbailte agam, nó ba mhinic a chuala mé m'athair ag scéalaíocht ar Phádraig Ac Comhail is ar Chathal Óg.

Bhí siad carthanach lách liom agus b'iomaí uair a dúirt duine acu nach raibh aon mháistir tíriúil riamh sna Cnoic ach an bheirt — mé féin is Padaí Shéamais Ic Comhail. Tharraingíodh sin an comhrá ar Mhac Comhail, agus déarfadh duine amháin gur bhreá an fear é, agus go raibh tallann tintrí Chlainn Mhic Comhail ann. Thug sé le fios go raibh, an lá a chuir sé an cigire sa díg! Chuireadh an cineál sin cainte i gcónaí smúid orm féin. Bhíodh eagla orm go raibh siad ag maíomh nach raibh an mianach céanna ionamsa. Agus cad chuige nach mbeadh tallann tintrí ionamsa chomh maith le mac Shéamais Ic Comhail? Ní raibh mé, ar ndóigh, chomh mór ná chomh láidir leis, ach nach dtáinig mé de dhream daoine a bhí chomh tintrí le Clainn Mhic Comhail aon lá riamh? Mhairinn seal fada ag meabhrú ar an dóigh sin i ndiaidh a ghabháil a luí san oíche. Agus ar maidin an lá arna mhárach bhí an díog ansin os mo choinne mar a bhí sí riamh. Amanna shamhailtí domh go raibh sí ag cogarnaigh liom. 'Tá mé anseo agus a oiread uisce ionam is a dhéanfadh baisteadh tuata ar an chigire is toirtí in Eirinn. Níl de dhíobháil ach máistir a mbeidh tallann fir ann, mar a bhí i bPadaí Shéamais Ic Comhail.'

Ní raibh mé i bhfad i Leitir Catha gur thoisigh na cigirí a theacht chugam chomh tiubh le míoltóga. Cár bith ceann corr a thóg siad domh, bhí siad agam go mion is go minic. Agus bhí an dúscaifte acu ann san am sin. Tháinig triúr acu chugam aon seachtain amháin, agus bhí fiomh ag máistrí na paróiste liom, ag déanamh gur mé a bhí á dtarraingt an bealach, agus dá ndéanainn mo chuid oibre mar ba cheart nach mbeadh siad ag teacht chomh minic is a bhí siad.

Fear na glainíneachta an chéad fhear acu a thug cuairt orm. D'amharc sé ar ingne na bpáistí. D'amharc sé isteach ina gcluasa. D'amharc sé go géar orm féin, fosta, nó bhí conlach fhéasóige orm agus brollach mo léineadh stróctha. Ní raibh sé leathshásta linn, agus mhaoigh sé go mbeadh daor orm an dara huair a thiocfadh sé thart mura mbeadh coiléir gheala ar na gasúraí agus iomlán na scoláirí glan gleoite. B'fhada uathu a bheith glan an dara huair a tháinig sé. Ach tiocfaidh an chuid sin den scéal ina am féin.

Mí ina dhiaidh sin tháinig cigire eile chugam agus murab é gurt fear mór láidir a bhí ann chuirfinn sa dig é, cár bith a dhéanfadh Dia liom. Sa tsamhradh a bhí ann agus bhí mé i ndiaidh leabhra úra a fháil. An bhliain sin cuireadh leabhar léitheoireachta le haghaidh na n-ardrang i gcló. Agus is cosúil nach raibh na foilsitheoirí faichilleach go leor, agus lig siad cupla rud tharstu nach raibh an Bord sásta leo agus ní ghlacfadh siad leis an leabhar go mbaintí dhá phíosa aisti. Ceathrú as gach dán de dhá dhán a chuir tochas iontu. Ceann acu as *Dawn on the Irish Coast,* agus ceann eile as *Lament for the Princes of Tír Eoghain and Tír Chonaill.* Seo an dá cheathrú a raibh an nimh iontu:

1

Oh! often upon the Texan plains,
  When the day and the chase were over,
My thoughts would fly o'er the weary wave
  And around this coastline hover.

And the prayer would rise that some future day-
  All danger and doubting scorning—
I'd help to win for my native land
  The life of young Liberty's morning.

2

Look not, nor sigh, for earthly throne
  Nor place thy trust in arm of clay
    But on thy knees
Uplift thy soul to God alone,
  For all things go their destined way
    As He decreed.
Embrace the faithful Crucifix,
  And seek the path of pain and prayer
    Thy Saviour trod;
Nor let thy spirit intermix
    With earthly hope and worldly care
    Its groans to God!

Bhí líne i ngach ceathrú acu nach raibh ceadaithe do pháistí na hÉireann. Ní bheadh sé óraice labhairt leosan ar *young liberty's morning*. Bheadh sé maith go leor ag aos óg as tír eile. Ach ní raibh sé sa chinniúint ag páistí na hÉireann. Agus i dtaca leis an Chroich Chéasta de, ní raibh cead labhairt uirthi ach nuair a bheadh an taobh sin den charda amuigh. Agus ní cuimhneach liom gur chuir duine údarásach ar bith in aghaidh na masla a tugadh dár dtír, nó in aghaidh na masla a tugadh dár gcreideamh ach oiread. San am sin bhí Sasain ag troid ar son na Beilge, tír bheag Chaitliceach. Ba tír bheag Chaitliceach eile Éire. Agus nuair a bheadh an cogadh thart agus smacht ar an ainchríostaí, bheadh an uile chineál saoirse againn ar aghaidh boise!

D'amharc an cigire ar na leabhra a bhí agam agus dúirt sé nach raibh an ceann seo ceadaithe go mbaintí aisti an dá cheathrú ina raibh an tréas.

'Ní raibh a fhios sin agamsa nuair a cheannaigh mé iad.'

'Is cuma sin,' ar seisean, 'caithfidh tú rudaí eile a chur ina n-áit.'

'Nach dtiocfadh liom píosa de pháipéar bhán a ghreamú os cionn na línte atá crosta?' arsa mise. Ach dobhránta is mar a bhí sé sháraigh orm a chur sa dol seo. 'Sin an uair a dhéanfá é,' ar seisean. 'D'fhéadfá do mhionna a thabhairt go bhfoghlaimeodh an t-iomlán acu na línte a bhí folaithe agat.'

'Maith go leor,' arsa mise. 'Gheobhaidh mé leabhar éigin eile, má tá aon cheann le fáil.'

'Tá neart acu,' ar seisean.

'Beidh mé cinnte an iarraidh seo,' arsa mise. 'Tá corradh le scór acu seo ceannaithe agam ar scilling an ceann. Sin corradh is punta caillte agam orthu, nó ní thig liom ordú do na páistí a gcuid leabhar a cheannacht athuair. Scríobhfaidh mé go Baile Átha Cliath inniu agus iarrfaidh mé orthu leabhar a chur nach bhfuil ainm Dé ná ainm na hÉireann luaite inti.'

Chuir sé dathanna de féin le feirg. Agus niorbh ionann sin is a rá go raibh sé ag aontú leis an dearcadh a bhí ag an Bhord ar na línte a bhain siad amach. Bhí an creideamh céanna aige féin a bhí agamsa agus é cráifeach go leor. Agus sílim gur mhaith leis saoirse na hÉireann a theacht, fosta, dá mbéadh sé cinnte go dtiocfadh sí gan coiscriú ar bith a chur faoi féin. Ach bhí eagla ar an sclábhaí bhocht, dá ligeadh sé an choir seo thar a shúil, go dtiocfadh fear ab airde céim ná é agus gurbh eisean a bheadh thíos leis. Mar sin de bhí fearg air liom cionn is nach raibh mise i mo sclábhaí aigesean mar a bhí seisean ag an fhear a bhí os a chionn féin. Bhí a shliocht air. Fuair sé fiche locht ar mo chuid oibre uaidh sin go dtí gur imigh sé. Bhí mé cupla bomaite mall ag marcáil na rollaí. Bhí cupla giobóg de pháipéar caite ar an urlár. Ní raibh na fuinneoga foscailte mar ba cheart agam, agus fiche rud beag suarach eile den chineál sin. Siúlann cladhaireacht agus tíorántacht le chéile ar an dóigh seo go minic.

An lá arna mhárach fuair mé liosta de na leabhra a bhí ceadaithe agus thug mé fá dear go raibh cupla dráma de chuid Shakespeare ina measc. Dar liom féin, gheobhaidh mé *Julius Caesar* agus foghlaimeoidh siad é mar a d'fhoghlaim mé féin *The Merchant of Venice* ó Bhílí na mBuailtín nuair a bhí mé i mo ghasúr. Tháinig na leabhra i gceann seachtaine, ach chaith mé an beairtín isteach sa phrios gan na sreangáin a scaoileadh de. Bhí mo dhóigh féin agam lena theagasc, agus thoisigh mé. D'inis mé an scéal i nGaeilge. D'inis mé arís agus arís eile é. Ansin thug mé ar na páistí a inse. Ina dhiaidh sin thug mé orthu a scríobh. Nuair a bhí ábhar an dráma fite fuaite istigh iontu chuir mé Gaeilge air. Ní raibh ansin ach an chéad chuid den obair. Bhí an chuid ba chruaidhe romhainn, mar a bhí an dráma a léiriú. Ina ghiotaí a thug mé liom é, agus ba é an tríú gníomh an chéad chuid a chuir mé ar an ardán.

Chaitheamar seachtain ag soláthar an éide, agus chuidigh mná na comharsan linn lena gcuid snáthad. Fuair mé scrathóg agus chuir mé a lán de uisce dhearg inti. Bhí scian chnáimh agam in ionad miodóige. Chuir Caesar mála na 'fola' faoina léine, agus shuigh sé ar stól ag bun dhealbh Phompey. Tháinig Cassius agus Brutus agus an chuid eile acu agus rois siad an brollach ag Caesar. Thit an fhuil ina srutháin go talamh (agus tharla rud ansin nach raibh mé ag súil leis. Scanraigh na páistí miona go raibh Tom Phadaí Dhonnchaidh marbh ag Diní agus thoisigh siad a screadaigh chaointe). Ansin labhair Brutus agus d'inis dóibh gur dhoiligh leis arm a dheargadh ar Chaesar, ach go mb'éigean dó a dhéanamh ó bhí sé dlisteanach don Róimh. Dúirt sé leo go raibh Marcus Antonius ag teacht chun a thórraimh, agus d'iarr sé ar an tslua cead cainte a thabhairt dó agus éisteacht leis. Tháinig Marcus Antonius isteach agus sheasaigh sé ar chathaoir. Dúirt sé nach a mholadh Chaesar a tháinig sé ach á adhlacadh. Ansin thoisigh sé a mholadh Bhrutus agus na codach eile acu agus a ghlór at éirí tarcaisneach de réir a chéile, go dtí sa deireadh go n-aithneodh daoine dalla an domhain gurbh é Caesar an fear ab uaisle a bhí sa Róimh riamh, agus gur dúnmharfóirí mallaithne a bhí sa mhuintir a mharbh é. Thóg sé an fhallaing a bhí dearg le fuil agus chuir sé i gcuimhne dóibh an chéad lá a chuir Caesar air í. Bhí an gol ag briseadh air an t-am seo. Ansin léigh sé an tiomna dóibh. Agus nuair a chonaic siad an cion a bhí ag Caesar orthu d'éirigh siad amach a loscadh na cathrach. (Leis an fhírinne a dhéanamh bhí siad chomh díbhirceach sin agus gur leag siad suíocháin agus gur chaith siad na leabhra ar an urlár. Shíl mé go mbrisfeadh siad teach na scoile orm. Ach sin mar ab fhearr é, má dhearcann tú ar ghnoithe teagaisc agus gan dearcadh ar rud ar bith eile).

Ba Marcus Antonius an t-aithriseor ab fhearr a bhí agam. Ba é ab fhearr dá aois a chonaic mé riamh. Ach bhí sé chomh crosta agus go raibh mo chroí briste aige. Corruair bhuailinn smitín air, agus ar feadh seachtaine ina dhiaidh sin ní bhíodh sásamh ar bith le fáil as.

I gceann chupla mí tháinig an cigire ar ais agus chuir sé ceist cén leabhar léitheoireachta a fuair mé don ardrang. D'inis mé dó. Dúirt sé go raibh Shakespeare ródheacair ag páistí na Gaeltachta. Dúirt mise nach raibh nuair a theagascfaí mar ba cheart é. Dúirt seisean, ar ndóigh, go mbeadh le féacháil, agus d'iarr sé orthu píosa a léamh agus a mhíniú dó.

'Níor thoisigh siad a léamh an leabhair go fóill,' arsa mise.

'Níor thoisigh, an ea?' ar seisean, 'agus suas le trí mhí den bhliain caite.'

'Murar thoisigh féin,' arsa mise, 'geallaim duit gur fearr a thuigfeas siad an dráma ag deireadh na bliana ná a thuigfeas aon rang eile é istigh sa chondae.' Agus mhínigh mé dó fán obair a bhí déanta againn. 'Slogfaidh siad gach aon fhocal dá bhfuil sa leabhar i gcupla mí,' arsa mise.

Ach ní raibh sé sásta leis sin ar chor ar bith, agus chuir sé scéala chun na hOifige nach raibh leabhar léitheoireachta ar bith ag an ardrang agus nár léigh siad aon fhocal Béarla le trí mhí roimhe sin.

Bhí mí-ádh orm an lá sin ar scor ar bith. Nó dá mbeadh sé sásta féin le mo mhodh oibre agus dá n-iarradh sé orthu píosa den dráma a léiriú, níorbh fhéidir a dhéanamh nó bhí an chuid ab fhearr de m'fhoirinn as láthair. Bhí Cassius ar an Lagán agus bhí Brutus ar fostó i mBun an Bhaic. Bhí Portia ag bogadh an chliabháin dá máthair sa bhaile, agus bhí Caesar ina luí sa bhruitínigh agus gan aon duine chomh botht is go mbeadh urraim aige dó. Ní raibh fágtha den chuid ab fhearr acu ach Marcus Antonius. Ach ní raibh aoibh rómhaith airsean. Ní raibh sé ach inné roimhe sin ó bhain mé de phíopa cailce a bhí aige, an áit a dtáinig mé air i gcúl an tí

ag caitheamh grabhar mónadh. Agus bhí díobháil an phíopa
ag cur chomh mór sin air is nach mbeadh fonn ar bith air
óráid a dhéanamh a spreagfadh clocha na Róimhe chun
ceannairce.

LÁ OIRIRC AN ÁTHA BUÍ

Bhí dóigh domh féin agam le stair agu tíreolas a theagasc agus ní raibh an dóigh sin ag teacht leis na rialacha a bhí ag 'Oifig an Oideachais.' Ba é mo dhearcadhsa gur cheart an dá ábhar seo a theagasc i gcuideachta a chéile. Agus, rud eile, gur cheart toiseacht leis an eolas a bhí ag na páistí roimh ré. Sin an chéad rud ba cheart do mhúinteoir a thabhairt dá aire. Sin an chéad cheist ba cheart dó a chur air féin. Cad é an t-eolas atá ag na scoláirí ar an ábhar seo ar a bhfuil mé ag brath toiseacht? Chuir mise na ceisteanna seo orm féin i Leitir Catha. An bhfuil seanchas ar bith san áit a chuideos liom dúshraith a chur ina shuí le stair is tíreolas a theagasc?

Fan go bhfeice mé. Tá scéal Chúchulainn acu, ar ndóigh. Chuala siad trácht go minic ar Eamhain Mhacha agus ar Chruachain. Tá neart Fiannnaíochta acu, agus nuair atá chuala siad iomrá go minic ar Almhain Laighean agus ar Theamhair agus ar áiteacha taobh amuigh de Éirinn. Críoch Lochlann na gceol caoin, Cathair na Beirbhe, Inis Orc agus Inis Tuile agus Tír na Sorcha. Lena chois sin tá cnoc Leitir Catha amuigh ar ár gcúl. Níl againn le déanamh (má táimid cinnte nach bhfuil cigire ar bith ar na gaobhair) ach a ghabháil suas go barr an chnoic lá breá samhraidh nuair a bheas spéir ghlan ann. Amharc amach bealach na farraige agus tífidh tú na hoileáin ó Árainn go Toraigh. Tá eolas againn ar Thoraigh mar atáimid. Sin an áit a raibh Balar seal den tsaol. Trasna an béal sin a tháinig a iníon i mbád sí agus í ag cuartú céile. Sin an áit a raibh Colm Cille na céadta bliain ina dhiaidh sin. Amharc soir agus tífidh tú barra na gcnoc soir uait, an tEargal agus an Mhucais agus an chuid eile acu. Thoir i gcúl na gcnoc sin atá Tobar an Dúin. Níl duine ar bith sna Rosa nár chuala iomrá ar an tobar seo. Níl trí tithe sa phobal, b'fhéidir, gan braon den uisce bheannaithe seo. Tá Carraig an Dúin ag taobh an tobair, agus bhéarfaidh an charraig sin ábhar seanchais dúinn amach anseo. Ansin amharc an na háiteacha atá ag do thaobh. An baile a bhfuilimid ann. Leitir Catha. An áit ar throid Dálaigh agus Niallaigh cath millteanach na céadta bliain ó shin. Clasaidh na gCnámh, an áit ar cuireadh na coirp, agus Tulaigh an Leachta, an áit a bhfuil carn cloch i gcuimhne na bhfear a thit sa ghleo.

Sin mar ba ghnách liomsa toiseacht ar stair agus ar thíreolas. Agus nuair a bheadh seanchas na háite críochnaithe againn bheadh píosa mór de Éirinn siúlta againn. Mura mbeadh ann ach seanchas Cholm Cille féin bhainfeadh sé siúl asainn. As Gartán go Doire, agus as sin síos ó dheas go Baile Átha Claith agus siar go Connachta.

Ní raibh anseo, ar ndóigh, ach fíorthoiseach na staire. Ach nuair a théinn isteach ní ba doimhne ná sin ann agus thoisíodh sé dh'éirí deacair ba ghnách liom dráma a dhéanamh de, dá mb'fhéidir é ar chor ar bith. Bhí cupla mionchath againn taobh amuigh de theach na scoile ar tús. Ach ní raibh ann ach dhá scaifte bheaga ag caitheamh túrtóg ar a chéile trasna an bhealaigh mhóir. Ach sa deireadh rinne mé amach go mbeadh cath mór againn. Cath a mbeadh intleacht agus ealaín riachtanach ag na taoisigh, agus uchtach agus fearúlacht lán chomh riachtanach ag na saighdiúirí. Cath Bhéal an Átha Buí a bhí leagtha amach agam, agus bhí mé ag fanacht leis an áiméar le a ghabháil ina cheann.

Bhí na scoláirí ag déanamh réidh fá choinne an lae éifeachtaigh sin. Bhí cruacha túrtóg ansiúd is anseo acu, agus an talamh breathnaithe acu ó dhoras theach na scoile suas go Poll Chró Bheithe. Ach bhíomar ag fanacht leis an fhaill. Níorbh fhéidir an cath seo a chur sa leathuair a bhíodh fá réir againn i lár an lae. Bhainfeadh sé dhá uair asainn ar an cheann chaol de. Agus ansin, dá dtaradh an cigire orainn, bhí mo ghnoithe déanta. Chaith mé tamall fada ag iarraidh an t-achrann seo a réiteach. Agus sa deireadh bhuail smaoineamh mé. Dar liom féin, níl air ach aon dóigh amháin, fanacht, fada gairid é, go dtuga an cigire cuairt orainn agus Lá Oirirc an Átha Buí a bheith againn an lá arna mhárach ina dhiaidh sin.

Bhí go maith is ní raibh go holc go dtí lá amháin a fuair
mé scéala faoi choim go raibh an cigire sna Rosa, agus cé a
bhí ann ach fear na glainíneachta. Bhí a fhios agam nach
n-imeodh sé as an pharóiste gan cuairt a thabhairt orm, agus
bhí rún agam a chur tharam chomh suaimhneach is ab
fhéidir é, sa chruth is go gcuirfinn thar a choimhéad é agus
nach mbeadh sé ag teacht chugam rómhinic. D'iarr mé ar na
scoláirí a n-aghaidh agus a lámha agus a gcosa a ní go maith
an lá arna mhárach agus thaobh mé leis na gasúraí a gcuid
coiléar geal a chuartú. Dé hAoine a tháinig sé chugainn agus
bhí sé sásta go leor linn, nó bhíomar glan ordúil fána
choinne, mé féin is na páistí.

'Tá tú ar shiúl anois, agus bliain mhaith i do dhiaidh,' arsa
mise, tráthnóna nuair a d'imigh sé. 'Agus,' arsa mise leis na
gasúraí, 'níl gnoithe ar bith le coiléir gheala agaibh Dé
Luain. Má bhíonn an lá maith, le cuidiú Dé, beidh cath
Bhéal an Átha Buí againn.'

Tháinig an Luan agus bhí an lá maith. Tamall beag roimh
an mheán lae chuir mé mo chuid fear in ordú catha. Thuas
ar leataobh an chnoic bhí cró a mbíodh caoirigh ag Antain
Eoghain sa gheimhreadh ann. Dhéanfadh an cró seo ionad
dhún an Phoirt Mhóir dúinn. Chuir mé cúigear gasúr isteach
sa chró agus d'iarr mé orthu an Port Mór a chosnamh. Ní
thiocfadh leo a theacht amach, nó bhí barraíocht os a
gcoinne. Ach d'inis mé dóibh go raibh Bagenal ag tarraingt
orthu lena bhfuascladh. Ansin roinn mé an chuid eile ina dhá
leith agus rinne mé dhá cheannfort de bheirt de na gasúraí
móra.

'Anois, a Thomáis,' arsa mise le Tomás Ac Suibhne, 'tusa
Bagenal. Gabh féin agus do chuid saighdiúirí go Baile Átha
Cliath — siar ansin i gcúl an Aird Mhóir tá a fhios agat.
Gheobhaidh tú scéala amach anseo go bhfuil scaifte de na
Sasanaigh faoi léigirt sa Phort Mhór agus bhéarfaidh tú
tarrtháil orthu.'

D'imigh siad mar a hiarradh orthu.

'Anois, a Dhonnchaidh,' arsa mise le Donnchadh Ó
Baoill, 'tá Bagenal ag teacht ó dheas agus cúig mhíle
saighdiúir leis, ag brath dún an Phoirt Mhóir a fhuascladh.
Rachaidh tusa agus do chuid fear amach roimhe ag Béal an

Átha Buí, agus má rinne tú riamh é déan an iarraidh seo é. Ná lig do Bhagenal guala an chnoic a thógáil cár bith a dhéanfas Dia leat. Brúigh síos iad eadar cahbsa Fheilimí Shéamais agus an seascann. B'fhéidir gur iarraidh a bhéarfadh sé a ghabháil suas ar do dheis fosta. Cosain an dá eite agus teann air i lár báire go gcuire tú amach sa tseascann é. Agus anois ná caithigí clocha nó móin chruaidh ar a chéile, nó a dhath ach túrtóga. Caithfimid rialacha idirnáisiunta cogaidh a chomhlíonadh.'

D'imigh Aodh Ó Néill agus a chuid fear go Béal an Átha Buí. Bhí a fhios aige go raibh Bagenal ag tarraingt air le tine is le harm. Níorbh fhada go raibh a fhios sin ag an iomlán againn, nó chualamar rosc catha na Sasana thiar i gcúl an aird. Ba ghairid ina dhiaidh sin go bhfacamar chugainn iad agus a gcuid bratach ag lúbarnaigh go haerach sa ghaoth. Shiúil siad leo go bródúil móruchtúil. Agus nuair a bhí siad ag tarraingt aníos ar 'Bhéal an Átha Buí' thit cith túrtóg orthu nach raibh súil ar bith acu leis. Cad é a bhí ann ach cipe saighdiúirí a bhí i luíochán rompu ag Aodh Ó Néill i bhfolach ar leataobh an bhealaigh. Bhain seo stad as na Sasanaigh, agus ba é an chuma a bhí orthu go raibh siad ag brath teitheadh gan a ghabháil chun catha ar chor ar bith. Ach thug Bagenal chucu féin iad. *'St. George for Merry England,'* ar seisean, seanard a chinn, agus thug sé aon rúid amháin chun tosaigh. Tháinig siad go himeall an tseascainn, agus ansin thug siad iarraidh na heití a thiontó agus taobh an chnoic a thógáil. Níor chuir Bagenal mórán fear dh'ionsaí na heite clí. Chuir sé meáchan a chuid fear ar an taobh eile. Agus cad é do bharúil nár thoisigh na Gaeil a dhruidim ar gcúl. Bhí eagla ag teacht orm féin go mbeadh an bhuaidh leis na Sasanaigh agus go mbeadh mo cheacht millte. Nó ba é an chuma a bhí ar an dá dhream go raibh dearmad déanta acu gur ag aithris a bhí siad. Dar liom go raibh fonn díbhirceach ar gach taobh acu buaidh na bruíne a bheith leo féin.

Sa deireadh buaileadh na Sasanaigh ar gcúl ar an dá eite. Bhí siad ansin agus arm acu ag gach taobh den tseascann agus iad ag caitheamh túrtóg ar a chéile. Ach mura raibh cleas ar bith eile le himirt ag ceachtar acu bheadh siad san eagar sin go luí gréine agus ní bheadh an bhuaidh le taobh ar bith acu. Ach leis sin féin thug na Sasanaigh iarraidh a ghabháil trasna. Bhí an seascann bog, ach má bhí féin bhí siad ag streachailt leo go dtína nglúine sa chlábar. Díobháil túrtóg ba mheasa a bhí ag cur orthu. Ach níorbh fhada go bhfaca mé go raibh Bagenal ag brath an t-achrann seo a réiteach. Chuir sé scaifte fá choinne túrtóg agus bhí siad ag brú ar aghaidh.

Thochais mé féin mo cheann agus d'amharc mé sna ceithre hairde fichead. Bhí fear an phoist ag teacht aniar droim Phadaí Davey agus cuma air go raibh deifre air. Tháinig sé go teach na scoile mar bheadh leitir leis. Ach ní raibh ann ach go raibh faill aige a bheith istigh mar ba cheart nuair a tím an cúntóir ina rith amach agus thoisigh sí a chroitheadh anuas orm le haincearsan geal bán. Bhí mé ag déanamh nárbh é an dea-scéala a bhí le fear an phoist chugainn. Bhí mé chóir a bheith cinnte go raibh mo namhaid ar na gaobhair. Ach ba chuma liom. Bhí mé ag éirí tuirseach de mo dhóigh. Agus ba mhinic le tamall roimhe sin a smaoinigh mé nach dtiocfadh liom mo shaol a chaitheamh i mo mháistir scoile, agus go mb'fhéidir gurbh é mo leas imeacht sula mbeinn ró-aosta le obair éigin eile a chuartú. Ar scor ar bith bhí Béal an Átha Buí ag gabháil in éadan na staire. Ní thiocfadh liom a fhágáil mar a bhí sé, ba chuma cad é an scéal a bhí leis an chúntóir chugam.

'Faoi Dhia, a mháistir,' ar sise, nuair a tháinig sí fá fhad scairte domh, 'cad é atá ag teacht ort? Tá Mr X ar an Chlochán Liath. Tháinig sé ar ais tráthnóna aréir.'

'Seasaigh amach, a bhean, agus ná bí ansin sa bhealach,' arsa mise. 'Níl a fhios cén bomaite a thiocfas marcshlua Thír Eoghain tríd an bhearna sin.'

'Is réidh agat é, mar mhagadh,' ar sise. 'Ach tá sé ag tarraingt ar a dó a chlog agus tá na scoláirí amuigh agat ó bhí an meán lae ann. Rud eile de, tá siad salach cáidheach ó mhullach go sáil. Agus ní thug rud ar bith ach aon rud amháin an cigire ar ais chun na Rosann aréir i ndiaidh imeacht Dé hAoine. Tá sé ar dhroim duine éigin. Is fearr duit scairteadh chun an tí orthu go dtuga mé iarraidh cuid den lábán a bhaint díobh.

'Scairteadh chun an tí ar na scoláiri,' arsa mise, 'agus Aodh Ó Néill ag teitheadh as Béal an Átha Buí! B'fhada a bheinn ag smaoineamh air. Ní bheidh sé le rá le mo shliocht ná le sliocht mo shleachta i ndiaidh mo bháis gur shéid mé gairm teite agus géaga glandaite Néill Fhrasaigh i ndeabhaidh lainne le Gallaibh. Gabh síos go leataobh na malacha agus tabhair aire don mhuintir atá loite. Is neamartach an mhaise duit é gan seirbhís Croise Deirge a bheith agat, mura mbeadh ann ach deoch uisce don té atá ag fáil bháis. Nach bhfeiceann tú Ball Dearg Ó Dónaill thíos udaí agus é go dtína mhuineál i bpoll maide. Gabh síos agus féach an rachadh agat a tharraingt.'

'A mháistir, agraim thú—'

'Ná bí ag caint liom, a bhean chléibh, agus na Gaeil i ngéibheann ag Béal an Átha Buí,' arsa mise. Agus siúd thart mé go dtí an áit a raibh Tír Eoghain ag iarraidh na Sasanaigh a choinneáil ar gcúl.

''Aoidh Mhóir Uí Néill,' arsa mise, 'an mar seo a fuarthas thú? In ainm Néill Fhrasaigh agus Sheáin an Díomais, cad é atá at teacht ort? Cuimhnigh ar do shinsir atá ina luí thart fá bhun na gcnoc seo. Cuimhnigh go bhfuil na sléibhte ag amharc anuas ort. Na sléibhte a chonaic éachtaí glórmhara na ríochta ó bhí aimsir Chúchulainn ann. In ainm Dé agus shluaite na marbh, déan an seascann a ionsaí, breith nó fág.'

Leis sin cuiridh Aodh Ó Néill uaill as féin a bhain macalla as beanna na gcnoc. 'Lámh Dhearg Abú,' ar seisean, agus siúd trasna an tseascainn é ar thoiseach a chuid fear. Amach i scraith loinge leis go dtína ghlúine, anonn thairsti agus na túrtóga ag baint na súl as. Níorbh fhada gur thoisigh na Sasanaigh a dhruidim ar gcúl. Ar ndóigh, ba é seo an t-am teannaidh a bhí ag na Gaeil, agus cuireadh an teitheadh ar na Sasanaigh, uilig ach Bagenal. Sheasaigh seisean an fód go dtáinig Ó Néill a fhad leis, agus níor luaithe a tháinig ná fuair siad dhá ghreim sceadamán ar a chéile. Agus ba é an dara rud a chonaic mé féin an bheirt acu ina luí san abar agus iad ag cnagadh a chéile lom dáiríribh. Rith mé trasna tríd an tseascann, chuir ó chéile iad, agus chuir ar a mbonna iad. Bhí súil dhubh ag Ó Néill agus bhí Bagenal ag cur fuil shróna. Bhí siad a mbeirt salach ó mhullach a gcinn go barr a gcoise. Agus má b'fhearr mé féin, nó b'éigean domh a ghabháil amach go dtí mo ghlúine sa tseascann agus an dá cheann feadhna a scothadh as greamanna a chéile. Le cois go bhfuair mé mo chuid féin de na hurchair a fhad is mhair an cath. Nó bhí mé go minic san áit ar thréine teagmháil agus ar thibhe buillí.

'Tí Dia féin seo, a mháistir,' arsa an cúntóir liom nuair a tháinig mé anall go dtí an bruach i ndiaidh eadairiscín a dhéanamh eadar na taoisigh. 'Tí Dia féin seo inniu!'

'An aon duine atá marbh, a bhean fuair faill ar an bhfeart?' arsa mise.

> 'Lá oirdhearc an Átha Buidhe
> Inar ladh leacht sochuidhe
> Dá dtuiteadh uainn Aodh Ó Néill
> Don taobh thuaidh do budh toirléim.'

'In ainm an Athar Shíoraí is fág uait an amaidí agus amharc siar,' ar sise.

D'amharc mé féin siar, agus gan bhréig ar bith bhí bratóg dhearg ar chrann sluaiste ar Ard Thomáis Eoin. Bhí Tomás i ndiaidh comhartha a fháil ó Phárthalán Óg as an Tulaigh. Dar liom féin, tá an cigire ag tarraingt orm. Tá sé aniar thar an Tulaigh. Más ag rothaíocht atá sé beidh faill agam an gharbhchuid den phortach a scuabadh díobh agus b'fhéidir a n-aghaidh is a lámha a ní sula dtara sé. Ach más carr atá leis beidh sé sa mhullach orm.

Scairt mé chun an tí ar na páistí. Ach ní mó ná go raibh a ndeireadh istigh thar mhaide an tairsigh nuair a nocht an carr chugam aniar an bealach mór. Ní raibh le déanamh agam ach mé féin a chur fá mhuinín Dé, agus fanacht go foighdeach le cár bith a bhí fá mo choinne.

Tháinig an cigire isteach. Bhí na gasúraí ina gcuid áiteacha agus gan súil ná béal le feiceáil iontu leis an lábán, agus an t-uisce ag sileadh astu anuas ar an urlár. D'amharc an cigire go hiontach orainn, mar bheadh eagla air gur léaspáin a bhí ar a shúile. Bhain stad de agus thost sé ar feadh tamaill mar bheadh sé ag cur ceist air féin, dálta Mhacbeth, an raibh na súile ina n-eala mhagaidh ag na céadfaí eile. Sa deireadh fuair sé uchtach labhairt.

'Cad é a shalaigh na páistí mar seo?' ar seisean.

'Ní beag sin, a dhuine uasail,' arsa mise. 'Tá siad i ndiaidh Cath Bhéal an Átha Buí a chur, agus ní hiontas ar bith iad a bheith aimlí i ndiaidh na troda.'

Níor labhair sé ach gáire beag tirim a dhéanamh agus tharraing air an leabhar dearg. Nuair a bhí sé tuairim is ar dheich mbomaite ag scríobh dhruid sé an leabhar. Bhí an t-ardrang in ainm a bheith ag foghlaim geograife san am agus tháinig sé anall agus chuir sé cupla ceist orthu. Ach bhí sé chomh maith aige ceist a chur ar Chnoc na nAgall. Ní raibh aon rud ar bith i gceann na scoláirí ach Béal an Átha Buí. Ní raibh maith ar bith dó ceist a chur fá na Straits of Bab El Mandib ar

dhá mhac rí den fhréimh sin Choinn
bhí ar gach taobh d' Ó Dhónaill.

'Cad é a thug ort sin a dhéanamh, nó an é rud a chaill tú do chiall?' ar seisean i gceann tamaill. 'Tá na páistí salach cáidheach agat, agus gan tú féin mórán níos fearr,' ar seisean ag amharc síos ar mo bhróga. 'Is náireach amach duit é, tusa ar cheart duit dea-shompla a thabhairt uait. An bhfeiceann duine ar bith na bróga atá ort?'

Bhí a fhios agam go raibh mo bhreith tugtha aige agus an t-iomlán sa leabhar dearg. Agus bhí mé ag déanamh nach bhfaighinn laigse ar bith i mo phionús le linn a bheith múinte leis.

'Tá mo bhróga is mo bhríste fliuch salach,' arsa mise, 'ach ní raibh neart air sin agam. B'éigean domh a ghabháil go dtí m'ascaillí sa tseascann ar eagla go loitfeadh Aodh Ó Néill is Bagenal a chéile. Tá an t-iomlán againn úcaiste i ndiaidh na bruine, cinnte go leor,' arsa mise. 'Ach ba mhaith ab fhiú ár saothar é. Ní dhéanfaidh na páistí dearmad choíche den lá inniu.'

D'amharc sé orm tamall beag mar bheadh sé ag déanamh gur seachrán a bhí orm. Ach bhí cuma orm chomh céillí is a bhí riamh orm. Sa deireadh, ar seisean, 'Níl a fhios agam cá fhad a choinneos na páistí cuimhne ar an lá inniu. Ach ní dheanfaidh tusa dearmad i dtoibinne de nuair a bheas mise réidh leat.'

B'fhíor dó. Seachtain ina dhiaidh sin tháinig an sagart

ionsorm agus cáiteach de leitir mhóir leis a fuair sé as an 'Oifig,' ag fuagradh nach raibh méadú tuarastail ar bith tuillte agam ar son na bliana sin, agus ag inse go mbrisfí mé mura 'n-athrainn béasa.

Ní raibh a fhios ag na scoláirí gur cuireadh an pionús seo orm as Lá Bhéal an Átha Buí, agus bhí siad ar theann a ndíchill ag déanamh réidh fá choinne na Binne Boirbe. Bhí cruacha túrtóg cruinn ar na hairde acu, agus an talamh tomhaiste acu síos go dtí cumar an dá uisce, an áit a gcuirfeadh Eoghan Rua Munro sa phionsúr nuair a thiocfadh an ghrian ina súile tráthnóna.

Maidin amháin tháinig gasúr isteach agus beairtín mór leis faoina ascaill.

'Cad é atá leat, a Dhonnchaidh?' arsa mise. Scaoil sé an beairtín agus spréigh sé amach braillín gheal bhán ar a raibh lámh dhearg fuaite.

'Cé a rinne an obair seo duit?' arsa mise.

'Mo mháthair,' arsa an gasúr. 'Bhí sí ina suí aréir go raibh scairt an choiligh ann ag fuáil Lámh Dhearg Uladh,' ar seisean go háthasach. 'Beidh lá mór againn Lá na Binne Boirbe. Nach mbeidh, a mháistir?'

'Bhail, a Dhonnchaidh,' arsa mise leis, 'deirimsa gur maith do mháthair. Agus tá mé fíorbhuíoch di. Ba mhaith liom cead a thabhairt daoibh gach cath dá bhfuil luaite sa tseanchas a throid dá mba ar mo mhian a bheadh. Ach dá gcaillinn *increment* os coinne gach aon am dá raibh Gaeil is Gaill i ndeabhaidh a chéile, bheinnse i dteach an mbocht i bhfad sula mbeadh na Francaigh i gCill Ala.'

LÁ CHILL MHIC NÉANÁIN

Lá breá fómhair a bhí ann i mbliain a 1920. Bhí na scoláirí ina suí thart agus iontas orthu nach raibh mé ag toiseacht ar obair an lae. Thug mé liom cupla leabhar a bhí agam agus rinne mé beairtín díobh. Ansin chuartaigh mé an prios go bhfeicfinn an raibh leitreacha nó páipéir ar bith ann nach mbeadh gnoithe ag aon duine eile leo. Ansin labhair mé leis na páistí: 'Tá mise ag imeacht agus beidh máistir eile anseo i m'áit fá cheann seachtaine. Slán agaibh,' arsa mise, agus shiúil mé orthu agus chroith mé lámh leo ó dhuine go duine. Tháinig na deora le cuid acu agus bhí mo sháith cumha orm féin ag scaradh leo.

Nuair a bhí an t-iomlán acu ar shiúl líon mé mo phíopa agus dhearg é. Dhruid mé an doras agus chuir an glas air agus shuigh mé ar túrtóig taobh amuigh de theach na scoile agus mé ag meabhrú orm féin is ar mo chinniúint.

Sé bliana gus an t-am seo a thoisigh mé a theagasc. Tháinig mé chun an bhaile as Droim Conrach agus bród an tsaoil orm. Tá mé ag sleamhnú síos an mhala gach aon lá ó shin. Na fir a bhí sa choláiste i mo chuideachta tá postaí móra anois acu. Agus an chuid ba dobhránta acu an t-am sin is iad is airde céimíocht anois. Ach tá cuid eile acu i bpríosún agus fuair fear nó beirt acu bás ar son na hÉireann. Níl rud ar bith fearúil déanta agamsa. Níor ghéill mé go hiomlán don daorsmacht mar a rinne an mhuintir a bhfuil *Excellents* agus *Carlisle and Blake Premiums* anois acu. Agus níor dhiúltaigh mé go hiomlán don daorsmacht ach oiread, mar a rinne na fir atá i bpríosún dhubh dhorcha anois. Ní dhearn mé rud ar bith mar ba cheart. Bhí mé fuarbhruite nuair a bhí mé ag iarraidh rialacha an Bhoird a bhriseadh agus fuarbhruite nuair ba mhian liom a gcomhlíonadh. Tá me ag troid le cigirí ón chéad lá a thoisigh mé a theagasc. Chaith mé corradh le ceithre bliana anseo i Leitir Catha agus níor chuir mé an cigire riamh sa díg mar a rinne Padaí Shéamais Ic Comhail. Agus sílim go bhféachfainn leis an lá fá dheireadh nuair a bhí sé anseo murab é go raibh an sagart anseo ina chuideachta. Ní thiocfadh liom rud ar bith a dhéanamh a chuirfeadh aiféaltas ar an tsagart chéanna. Nó bhí sé ina chúl taca agam ón lá a tháinig mé go dtí an lá inniu. Is iomaí leitir a scríobh sé agus is iomaí díospóireacht a bhí aige le cigirí ag iarraidh ceart a bhaint amach domh. . . . Ar scor ar bith, b'fhéidir nach raibh sé i ndán do chigire a ghabháil sa díg an dara huair. Is annamh a tharlaíos rud mar sin dhá uair le linn saol duine. . . . Ar scor ar bith tá mé ar shiúl. Slán ag páistí beaga lácha na gCnoc. Slán ag na fir a bhíodh ag airneál i dtigh Phadaí Dhonnchaidh. Agus slán ag na mná a shuífeadh i gceann snáthaide go mbeadh scairt an choiligh ann agus a chuirfeadh bratach Chlanna Néill go teach na scoile chugam le gasúr ar maidin.

Bhí a Rialtas féin curtha ar bun ag muintir na hÉireann na blianta seo. Bhí sé ann le ceart, *de jure,* ach ní raibh sé ann go hiomlán le neart, *de facto.* Bhí an ceart againn de réir thoil na ndaoine. Dhá bhliain i ndiaidh a chéile d'fhuagair muintir na hÉireann ag toghchán nár mhian leo cumhacht dá laghad a bheith ag tír ar bith eile orthu. Ar ndóigh, chuirfeadh sin ina dtost an mhuintir ar mhian leo a rá gur ar thoil na ndaoine a bhí saoirse tíre ag brath, agus nach raibh ceart ag dream ar bith féacháil leis an tsaoirse sin a bhaint amach go dtí go mbeadh formhór na ndaoine ar a chúl. Ach sílim gur féidir barraíocht meáchain a chur ar thoil na ndaoine. Rud neamhbhuan dearcadh an tslua i dtír ar bith. Níl sa tslua ach de réir mar a bheas lucht ceannais acu. Agus an pobal a déarfadh i mbliana gur saoirse iomlán a bhí de dhíth orthu, b'fhéidir ar an bhliain seo chugainn go n-abóradh siad go mb'fhearr dóibh gan í. Agus bheir sin cupla ceist eile chun an bhéil chugainn. Cad is náisiúntacht ann? An féidir le líne amháin ar bith daoine a rá gurb iad féin a rinne an náisiún? Más féidir leo sin a rá go fírinneach tá go maith. Ach mura féidir an bhfuil sé de cheart acu náisiúntacht a ligean uathu nach dearn siad féin ? Nó an bhfuil sé de cheart acu a cur de dhíth ar na línte atá ag teacht ina ndiaidh?

Ach ar scor ar bith bhí toil na ndaoine againn na blianta seo, agus bhí sí ar an taobh cheart. Ní bheadh, is dóiche, murab é gur éirigh an Piarsach agus iad amach cupla bliain roimhe sin.

Bhí aireachtaí agus ranna rialtais ag Dáil Éireann agus iad ag iarraidh a ndícheall a dhéanamh. Bhí neart le déanamh ag cuid de na ranna sin. Aireacht an Airm, cuir i gcás, bhí caoi acu neart oibre a dhéanamh, nó bhí na hÓglaigh ag éirí neartmhar san am. Bhí cúirteanna na Dála breá beo fosta, ar an ábhar go raibh daoine i ngach cearn den tír ag tabhairt a ngnoithe le socrú do chúirteanna na Dála. Ach ansin cuireadh Aireacht Oideachais ar bun agus toghadh daoine le scéim na Dála a chraobhscaoileadh ar fud na tíre.

Chuaigh mé féin ina cheann i dTír Chonaill. Agus má chuaigh féin ní dhearn mé talamh a dhath ní b'fhearr de ná a rinne mé roimhe sin den mhúinteoireacht faoi rialtas na namhad. B'fhéidir nárbh fhurast mórán a dhéanamh. Nó bhí ceart agus neart os coinne a chéile anseo, má bhí siad in aon áit riamh. Bhí na múinteoirí ag fáil a dtuarastail ón neart agus gan agatsa le tairgint dóibh ach an ceart agus toil na ndaoine. Ansin bhí an chléir ann, agus ba mhaith a gcuidiú dá mbíodh siad inár leith. Ach ní raibh. Bhí an mhórchuid de shagairt Ráth Bhoth ar nós chuma liom sna gnoithe. Agus bhí fáth leis sin nár tuigeadh mar ba cheart sa chuid eile d'Éirinn. Na blianta roimhe sin chuir cléir Thír Chonaill feis ar bun agus scar siad le Conradh na Gaeilge. Is é mo bharúil gur ar Choiste Gnótha an Chonartha a bhí an chuid ba troime den locht. Nó ní raibh rud ar bith i bhFeis Thír Chonaill a bhí in aghaidh bhunreacht an Chonartha. Bhíodh an fheis acu i gcónaí lá saoire, agus bhíodh an tAifreann acu sa pháirc ar maidin. Ach níor pháirt ar bith den fheis an tAifreann. Agus ní mheasaim go raibh bacáil ar lucht creidimh ar bith eile seirbhís dhiaga a bheith acu sa cheann eile den chuibhreann, dá mba mhian leo é. Ar ndóigh, b'fhéidir an fheis a bheith ann tráthnóna mar a bhíodh na feiseanna eile. Ach bhí gnoithe polaitíochta sa scéal fosta. Bhí greim mór ag *Hibernianism* ar an chondae san am sin.

Agus gach rud leis an rud eile, ní raibh fonn rómhór ar an Chonradh ná ar Thír Chonaill a theacht chun socraithe le chéile. Níl a fhios agam cad é an manadh a bhí ag muintir Bhaile Átha Cliath dúinne na blianta sin. Ach tá a fhios agam gur minic a chuala mé rudaí mí-ionraice á rá leis an Chonradh. Ní raibh *Communism* ina bhuailtín chomh trom na blianta sin agus a bhí sé uaidh sin go Féil' Eoin, 1941. Dá mbeadh, déarfaí gur *Communists* muintir an Choiste Gnótha. Chuala mé go minic gur ainchríostaithe a bhí iontu, agus nach nglacfadh siad le Feis Thír Chonaill go gcuirtí deireadh leis an Aifreann.

Ba doiligh do fhear ar bith ach fear a mbeadh éadan dána air, ba doiligh dó éirí amach sa chondae s'againne agus toiseacht a chaint ar oideachas is ar Ghaeilge in ainm na cumhachta a scuab *Hibernianism* leo ina gcosa ó Mhálainn go bruach Easa Ruaidh. Agus ní raibh mise ag déanamh maith. Is annamh fear de na sagairt a bhéarfadh cuidiú ar bith domh. Agus i dtaca leis na múinteoirí de ba é an dearcadh a bhí ag an mhórchuid acu, máistir scoile a bhriseadh go raibh sé iontach dána aige teacht chucusan agus féacháil lena gcur ar bhealach a n-aimhleasa mar a chuaigh sé féin.

Bhí lá aonaigh Chill Mhic Néanáin ag tarraingt orm agus rinne mé amach go rachainn soir agus go labharfainn le lucht an aonaigh. Dar liom féin, ní thiocfadh liom ionad cruinnithe ab fhearr ná Cill Mhic Néanáin a fháil ó cheann go ceann na condae. Istigh eadar Gartán agus Carraig an Dúin. Toiseoidh mé le Colm Cille agus beidh buntáiste agam nach mbeadh agam dá mba ar Chúchulainn nó ar na Fianna a bheinn ag seanchas. Ní bheidh sé le rá acu liom nach bhfuil dúshraith ar bith ag an Ghaeilge ach an phágántacht, rud is minic a deir lucht mailíse agus lucht ainbheasa.

Bhain mé Cill Mhic Néanáin amach an tráthnóna roimh an aonach. Agus teacht dheirg an dá néal ar maidin d'éirigh mé agus chuaigh amach ag brath cuairt a thabhairt ar Charraig an Dúin sula gcruinníodh an t-aonach. Bhí maidin bhreá ann nuair a tháinig mé go Carraig an Dúin. Chuaigh mé suas ar mhullach na Carraige agus dhearg mé an píopa.

Thoisigh aislingí an tsean-tsaoil a theacht chugam. Agus bhí siad ag éirí soiléir agus ag éirí soiléir go dtí sa deireadh gur samhlaíodh domh go raibh mé ag amharc orthu le mo shúile cinn. Síos uaim bhí Gartán, an áit ar rugadh Colm Cille. Agus bhí ballóg Dhoire Eithne ansin ag mo thaobh, an áit 'do ghnáthaidis na leinbh do bhíodh ag súgradh ris colam ón chill do rádh ris,'

> 'Ansin adubhradh ón chill
> Leath m'ainme, nocha cheilim,
> Cill Mhic Néanáin naomhphort domh,
> Nochar aontaigh mé a thréagan.'

Samhlaíodh domh go raibh na sluaite síoraí ag teacht chugam as gach cearn. Bhí siad ag cruinniú ionsorm anoir agus aniar. Tháinig Gofraidh as Creadrán Cille agus buaidh na bruíne leis. Tháinig Cafarr ón Chorrshliabh, agus tháinig Aodh Rua i ndiaidh éaló as Caisleán Bhaile Átha Cliath. Smaoinigh mé ar chupla líne cheoil a rinne file de mo bhunadh féin i Rinn na Feirste tá céad bliain ó shin:

> 'Beir scéala 'soir Aodh go bhfuilmid 'ár suí
>   Is nár briseadh ár gcroí i gCionn tSáile,
> Is beidh cabhlach an rí ag teacht chugainn i dtír
>   Ó Chaisleán Dhún Buí go Fánaid.'

Sa deireadh, nuair a bhí cúig phíopa tobaca caite agam agus an ghrian amuigh in airde sa spéir, rinne mé amach go mbeadh an t-aonach cruinn agus go raibh an t-am a ghabháil agus labhairt leo. Ní bheidh moill ar bith orm sin a dhéanamh. Tá lúth na teanga agam, ar ndóigh, glóir do Dhia ar a shon. Agus is furast domh labhairt agus na samhailteacha atá i mo cheann. Tá mé lán de dhóchas agus de mhisneach. Agus, ansin, an áit a bhfuil mé! An talamh beannaithe a choisreac naoimh is ríthe. Ní féidir dóibh gan éisteacht liom nuair a chluinfeas siad

> 'Ó, is a thír Chlann Chonaill, a rí nach dona
>   mur' mian linn a coinneáil ó éaló,
> an coirnéal beannaithe ar throid na clanna
>   is ar ghuigh na manaigh ar Éirinn?

Tír ghlas na gcuradh a raibh bláth agus toradh
agus meas agus urraim ar Ghaelaibh,
an dtréigfidh sinne ceol caoin a clainne
ba mhíle binne ná an Béarla?'

Tháinig mé isteach go sráid an aonaigh agus d'amharc mé uaim. Bhí slua mór cruinn ansin agus iad ag diol is ag ceannacht. Shiúil mé síos an tsráid, féacháil an bhfeicfinn aghaidh fhearúil nó aghaidh fhiliúnta sa chruinniú. Ach bhí siad uilig cosúil le chéile. Mangairí beaga suaracha i gcosúlacht, steafóga coill leo, éadach smolchaite orthu nach raibh poll ná paiste air, agus aoileach bó ar a mbróga. Sheasaigh mé ansin tamall agus níorbh fhiú le aon duine amharc orm. Chonaic mé bairille anonn uaim ag doras theach tábhairne. Dá dtéinn suas ar an bhairille sin agus toiseacht a chaint níl a fhios agam an éistfeadh mórán acu liom? Ach ní thiocfadh liom. Níor fhan misneach ná dóchas ionam. Agus chan a dhath ní ba lú ná tuirlingt an Spioraid Naoimh a bhéarfadh uchtach domh toiseacht a chaint leis an tslua seo ar Chonall Gulban is ar Cholm Cille.

Chuir mé mo chos ar mo rothar agus d'imigh liom mar bheadh an ghaoth Mhárta ann. Isteach chun an Chraoslaigh agus anoir tríd na Tuatha agus uaidh sin chun na Rosann, agus mé ag teitheadh mar bheadh mo dheargnamhaid sa tóir orm.

'IT'S ULSTER IRISH WE HAVE HERE'

Shocair Aireacht na Gaeilge go mbronnfaí corn ar an mheánscoil ab fhearr i ngach cúige, is é sin an scoil ab fhearr ag an Ghaeilge. Agus cuireadh scéala chugam féin ag iarraidh orm a ghabháil go Baile Átha Cliath go dtéinn i gcomhairle le lucht na hAireachta fá ghnoithe an scrúdaithe. Chuaigh mé go Baile Átha Cliath, ar ndóigh, agus hinsíodh domh cad é mar a bhí. Bhí an oiread seo scoltacha sásta a ghabháil isteach ar an chomórtas agus cead a thabhairt d'oifigeach na Dála na scoláirí a chur faoi scrúdú.

'Tosóimid le Cúige Mumhan,' arsa an fear a thug mo chuid orduithe domh. 'Ansin rachaidh tú go Connachta agus go Cúige Uladh. Gheobhaimid duine éigin de chóir baile a bhéarfas cuairt ar scoltacha Chúige Laighean. Tabhair aire mhaith duit féin ar an bhealach, nó tá an saol atá ann corrach. Agus anois ná bí róchruaidh ar na scoláirí. An mhuintir a bhíos i meánscoltacha, ní bhíonn mórán cleachtaidh acu ar Ghaeilge na Gaeltachta.'

D'imigh mé agus mé ag smaoineamh ar na focla deireanacha a dúirt sé liom. An mhuintir a bhíos i meánscoltacha ní bhíonn mórán cleachtaidh acu ar Ghaeilge na Gaeltachta. An mar sin a bheas an scéal, arsa mise liom féin, nuair a bheas ár gceart go hiomlán bainte amach againn, agus cead againn oideachas náisiúnta a bheith againn mar is mian linn?Tá an Ghaeltacht agus an bhochtaineacht ag siúl le chéile cos ar chois. Tá muintir na Gaeltachta róbhocht le oiread scoile a thabhairt dá gcuid páistí agus a bhéarfadh chun coláiste iad. An amhlaidh a bheas nuair a bheas Poblacht Éireann in ardréim? An bhfuilimid rófhada faoi chrann smola? An dtuigtear an Ghaeltacht mar is ceart? An deachaigh an sclábhaíocht go smior ionainn a fhad is go sílimid gur den Ghalltacht is ceart dúinn dúshraith an oideachais a dhéanamh? Cá mhéad duine a bhí i gConradh

na Gaeilge ó cuireadh ar bun é nach bhfuil fuath acu ina
gcroí ar an Ghaeltacht, nuair a théid an chúis go cnámh na
huilleann? Ní thiocfadh liom, ar ndóigh, freagra a thabhairt
ar na ceisteanna seo a bhí mé a chur orm féin. Ní thiocfadh
liom a rá ach gur mhaith an scéalai an aimsir, agus go
mbeadh a fhios agam nuair a thiocfadh lá na saoirse cé acu a
bhí an Ghaeilge inleighis, nó ar buaileadh buille marfach
uirthi lá géibheannach Chionn tSáile.

D'imigh mé liom agus níor stad mé go raibh mé ina
leithéid seo de scoil sa Mhumhain. Cuireadh fáilte romham
agus tugadh i láthair na scoláirí mé. Thoisigh mé ag iarraidh
comhrá a bhaint astu. Ach bhí sé chomh maith agam a
bheith ag caint leis an ghealaigh. Sa deireadh labhair duine
de na múinteoirí. 'Ní thuigeann siad Gaeilge Chúige Uladh,'
ar sise liom i mBéarla. 'Agus ni raibh sé ceart ná cóir acu
Ultach a chur chugainn ar chor ar bith. Gaeilge na Mumhan
atá ag na scoláirí anseo, agus a bhí acu ó tosaíodh a
mhúineadh Gaeilge corradh le fiche bliain ó shin.'

D'imigh mé agus mé mishásta. Ní raibh dul agam rud ar
bith a dhéanamh mar ba cheart. Ní raibh rud ar bith ag éirí
liom. B'fhíorolc a d'éirigh mo chuid oibre liom nuair a bhí
mé i seirbhís na Sasana i mo mháistir scoile. Agus ní fearr
ná sin atá mé ag déanamh gnoithe anois i seirbhís na
hÉireann. B'fhéidir nach í an Éire seo an Éire a bhi in allód
ann. Nó b'fhéidir, mar a dúirt m'fhear muinteartha, gur
rugadh mé faoin chinniúint nach dtiocfadh mo thabhairt in
éifeacht!

Tháinig mé ar ais go Baile Átha Cliath le mo thuairisc.

'Bhail,' arsa fear ionaid an Aire, 'cuirfimid duine éigin
chun na Mumhan. Gabh siar amárach go Connachta.
Tuigfear ansin thú. Níl mórán duifir eadar Gaeilge
Chonnacht agus an Ghaeilge atá agat féin.'

Ar maidin an lá arna mhárach thug mé m'aghaidh siar.
Ar ndóigh, bhí mé cinnte go dtuigfeadh scoláirí Chonnacht
mé. Ba mhinic roimhe sin a casadh daoine as an Ghaeltacht
thiar orm. Nach raibh mé seal samhraidh, nuair a bhí mé i
mo stócach, i gcuideachta scaifte as Condae Mhaigh Eo in
Albain? Agus dhéanfainn mo chomhrá leo mar thógfaí sa

doras ag a chéile sinn. Bhí lúcháir orm go raibh mé ag tarraingt ar dhaoine a thuigfeadh mé.

Chuaigh mé go dtí an chéad scoil a bhí ar mo liosta agus tugadh i láthair na scoláirí me. Chuir mé cupla ceist orthu ach níor tugadh freagra ar bith orm. Ansin labhair duine de na múinteoirí. 'Ní thuigeann siad Gaeilge na Mumhan agus ba chóir go mbeadh a fhios ag an mhuintir a chuir anseo thú mach dtuigeann. Níl rud ar bith i d'aghaidhse go pearsanta agam, a dhuine uasail, nó in aghaidh Chúige Mumhan ach oiread. Ach ní raibh sé ceart ná cóir acu Muimhneach a chur anseo chugainn le scrúdú a chur ar scoláirí nach bhfuil acu ach Gaeilge Chonnacht. Le fiche bliain táimid cráite ag cigirí ag teacht anseo agus gan acu ach Gaeilge na Mumhan. Ach Dáil Éireann! Rialtas na Poblachta! Nach luath a thoisigh siad a dhéanamh aithrise ar an chineál oideachais a bhfuil siad in ainm a chur ar ceal?'

I mBéarla a chuir sí an rabhán seo thairsti agus d'éist mé féin go foighdeach léi. Nuair a thost sí dúirt mé léi gur dhóiche go gcuirfí Connachtach chucu nuair a rachainnse ar ais chun na cathrach le mo thuairisc. Agus d'imigh mé.

Ar theacht go Baile Átha Cliath domh d'inis mé mo scéal. 'Níl neart air,' arsa an fear a bhí ansin. 'Shíl mé nach mbeadh moill ar bith ar na Connachtaigh do chuid Gaeilge a thuigbheáil. Níl fágtha anois agat ach Cúige Uladh. Is mór an gar go bhfuil aon chúige amháin in Éirinn a thuigfeas thú. Tá sé chomh maith agat a ghabháil go Cúige Uladh amárach.'

Maidin dheas ghrianmhar shamhraidh a bhí ann. Nuair a d'fhág mé Sráid Amiens bhí lúcháir orm. Bíonn lúcháir orm i gcónaí ag gabháil ó thuaidh. Ach bhí an dúlúcháir orm an mhaidin seo. Bhí mé ag tarraingt ar dhaoine a thuigfeadh mo chuid cainte. Chaith mé bunús na maidine ag cumadh óráide. Óráid a dhéanfainn i ngach aon scoil ar a dtabharfainn cuairt. Óráid, dar liom, ina raibh filíocht agus dóchas agus tírghrá. Nuair a bhí sin déanta agam d'amharc mé amach ar fhuinneog an traen agus bhí sléibhte Uladh ag nochtadh chugam. Tháinig aoibhneas ar mo chroí. Aoibhneas mar a thiocfadh ar dheoraí nuair a nochtfadh cladach na hÉireann amach as an cheo chuige agus é ag pilleadh ón choigrích. Chonacthas domh gur nocht glóir agus mórtas Chúige Uladh chugam. Ní raibh aon dúiche riamh ann cosúil léi, le laochraí agus le naoimh agus le filí ó aimsir Chúchulainn anall,

> Ná dún faoin spéir chomh huasal aerach
> Le húrchnoc Chéin Mhic Cáinte.

B'éadrom mo chroí agus mo choiscéim ag tarraingt ar mo scoil an lá arna mhárach. Chuir an t-ardmhúinteoir fáilte charthanach romham agus i gceann tamaill tugadh isteach i halla mé, an áit a raibh na scoláirí cruinn fá mo choinne. Ar a theacht isteach domh d'éirigh an t-iomlán acu ina seasamh le hurraim domh. Chuir sin áthas orm. Ba mhaith an tús é. Bhí urraim acu domh féin agus don obair a bhí eadar lámha agam.

Nuair a shuigh siad ar ais thoisigh mé féin a chaint leo. Ba mhaith liom óráid bheag a thabhairt dóibh a bhéarfadh uchtach agus dóchas dóibh, sa chruth is go ndéanfadh siad a ndícheall ag an scrúdú agus gurbh acu a bheadh corn luachmhar na Dála. 'A scoláirí breátha Gaelacha,' arsa mise, 'tá lúcháir orm go bhfuil mé anseo ar an ócáid seo. Tá bród orm ag amharc oraibh agus tá uchtach agus dóchas agam as na blianta atá le theacht. Tháinig mé anseo inniu ó Dháil Éireann lena rá libhse, in ainm na mbeo agus na marbh . . .'

'Pardon me, sir,' arsa an múinteoir, *'but they don't understand you. It's Ulster Irish we have here.'*

Bhí mé lá amháin ar imeall Thír Chonaill agus tháinig mé a fhad le teach pobail. Dar liom féin, rachaidh mé isteach go n-abraí mé cupla paidir urnaí. Chuaigh. Agus nuair a bhí mé ag teacht amach cé a casadh orm ach an sagart. Bhí an sagart céanna sna Rosa nuair a tháinig mé ar an tsaol. Agus, an t-am a bhfuil mé ag caint air, bhí sé anonn go maith in aois agus é ina shagart paróiste sa taobh eile den chondae. Bhí aithne aige orm, nó casadh orm cupla uair é seal a chuarta sna Rosa nuair a bhí mé i mo mháistir scoile.

'Cad é an siúl atá anois ort?' ar seisean, go searbh, dar liom.

'Mé i ndiaidh cupla paidir a rá,' arsa mise.

'Deir tú níos mó ná an phaidir,' ar seisean, 'má táthar ag cur na fírinne ort.'

'Is annamh sin duine nach n-abhraíonn, ar an drochuair,' arsa mise.

''Bhfuil a fhios agat gur mé a bhaist thú?' ar seisean.

'Tá a fhios agam,' arsa mise.

'Is trua nár bháith mé thú nuair a bhí tú baiste.'

'Níor bháith is dá mbáfá.'

'Siúil leat síos chun an tí go ndéanaimid ár gcomhrá is go dtuga mé comhairle duit.'

Chuamar isteach agus d'iarr sé orm suí.

'Líon do phíopa go bhfaighe mé braon beag a thógfas an tuirse díot,' ar seisean.

'Bhí aithne mhaith agam ar d'athair is ar do mháthair,' ar seisean. 'Daoine fiúntacha a bhí iontu. Ach is cosúil gur fíor go sciordann éan as gach ealt.'

'Tá sin canta, a shagairt,' arsa mise.

'Agus is fíor é,' ar seisean. 'Fear fírinneach ionraic d'athair. D'oibir sé go cruaidh as allas a mhalacha go dtug sé scoil agus léann duit. Agus nuair ba chóir duit cuidiú leis is é rud a chaith tú uait post maith agus d'imigh tú leat gan dóigh. Is iontach an mírath a tháinig ar an tír seo le cupla bliain. Anois níl cuma ar na daoine go síleann siad gur peacadh ar bith scaoileadh le péas nó le saighdiúir as cúl claí.'

'Bhail,' arsa mise, 'mar a dúirt a leithéid seo, má bheir Sasain na heitealláin agus na tancanna agus na gunnaí móra dúinn bhéarfaimid-inne dóibsean na claíocha ar a son.'

'Ó, an fear sin!' ar seisean. 'An fear a chuir an t-iomlán agaibh chun an diabhail. Ní cosúil daoibh go bhfuil a fhios agaibh nach bhfuil cead scaoilte agaibh ar chor ar bith.'

'Tá údarás an Rialtais leis.'

'Cá bhfuil an Rialtas?'

'Dáil Éireann'.

'Cé a thug údarás do Dháil Éireann?'

'Na daoine. Muintir na hÉireann.'

'Ní hamhlaidh ar chor ar bith,' ar seisean. 'Tháinig siad i láthair na ndaoine agus dúirt said dá dtoghfaí iad go bhfaigheadh siad éisteacht ag Comhdháil na Síochána agus go bhfaigheadh Éire a saoirse gan buille de scin ná de chlaíomh.'

Tháinig seo go tobann orm féin agus, in áit féacháil le mé féin a chosnamh mar a d'fhéadfainn, is é rud a thug mé léim as an bhealach.

'Ar scor ar bith,' arsa mise, 'níl ceart náisiúnta na hÉireann i muinín thoil líne ar bith daoine.'

'Ní ghéilleann tú do thoil na ndaoine, mar sin. Níl agat ann ach leithscéal.'

'Mura mbeadh sé againn ba mhaith an leithscéal a dhíobháil ag an mhuintir atá inár n-aghaidh.'

'Níl cuma ort go dtuigeann tú gur rud riachtanach rialtas. Caithfidh na daoine riail agus ordú a choinneáil orthu féin. Tá sé sa tsaol mhór. Tá an saol mór umhal dó. An ghrian, an ghealach, na réaltaí, éaló mara agus trá. Caithfidh duine nó daoine éigin an pobal a rialú. Agus tá sé de oibleagóid ar an phobal a bheith umhal den riail sin.'

'Mar sin de dá mbeinnse agus tusa ann tá cupla céad bliain ó shin, agus tusa a bheith ag léamh an Aifrinn i ngleanntán sléibhe le héirí gréine, bheadh sé de dhualgas ormsa a ghabháil go dtí an bheairic ba deise domh agus scéala a dhéanamh ort.'

'Géarleanúint a bhí ansin.'

'Agus cad é eile atá anois againn, nó a bhí riamh againn ach géarleanúint ó chuir Sasain faoi smacht sinn?'

Theith seisean an iarraidh seo. 'Sin an chuid is measa den dearcadh atá agaibh, an fuath atá agaibh ar Shasain,' ar seisean. 'Ní thuigeann sibh na Sasanaigh. Chaith mise cúig bliana thall nuair a bhí mé i mo shagart óg. Agus is iomaí rud a chonaic mé ar feadh an ama sin a mb'fhiú dúinne aithris a dhéanamh orthu.'

'Chuala mé iomrá ar shagart eile,' arsa mise, 'agus chuaigh sé anonn nuair a bhí sé óg. Chaith sé seacht mbliana thall agus is é rud a bhí cumha air ag teacht ar ais chun an bhaile dó. Ba é an dearcadh a bhí aige go mbeadh muintir na hÉireann faoi chrann smola choíche go ndéanadh siad aithris ar na Sasanaigh. Ach fuair sé ábhar aithreachais roimh dheireadh a shaoil.'

'Luke Delmege?' ar seisean.

'Luke Delmege,' arsa mise.

'Ar léigh tú mórán dar scríobh an Canónach Ó Síocháin?' ar seasean. 'Nó cad é do mheas air?'

'Léigh mé cuid mhaith dar scríobh sé,' arsa mé féin, 'agus ní bheinn tuirseach choíche de.'

'Bhail, ' ar seisean, 'níl feidhm orainn níos nó ama a chaitheamh ag díospóireacht fá ghnoithe polaitíochta. Thig linn ár gcomhrá a dhéanamh fá rud atá in aice leis an chroí ag an bheirt againn. Tá ardmheas agamsa ar an Chanónach Ó Síocháin mar scríbhneoir. Thaitin *Luke Delmege* leat?'

'As miosúr,' arsa mise. 'Is maith is cuimhin liom an chéad uair a léigh mé é. Agus an t-aoibhneas a bhí orm agus mé ag léamh fán lá a chuaigh sé ar dinnéar chuig scaifte seoiníní. Shílfeá go raibh Éire marbh agus nár dhual di bogadh go Lá an Bhreithiúnais. Ansin, amach as lár an chiúnais, chuala tú an sagart óg ag toiseacht ar amhrán. Agus chonaic tú sluaite na bhFiann ag teacht anuas malacha Shliabh na mBan.'

'Thaiteonadh sin leat,' ar seisean.

'Agus ansin nuair a chuaigh sé go Sasain. An drochmheas a bhí aige orthu. An dóigh a n-abraíodh sé leo go raibh creideamh agus oideachas in Éirinn nuair a bhí muintir na Sasana ar shiúl leath-tharnochta tríd na coillte. Agus an dóigh a n-abraíodh sé leo gur choinniomar an creideamh in Éirinn d'ainneoin na géarleanúna ba mheasa a bhí riamh ar an tsaol. Agus an dóigh a mbaineadh sé an gus astu nuair a théadh siad a dhéanamh mórtais. Ní cuimhin liom gur léigh mé rud ar bith riamh a chuir ola ar mo chroí mar a chuir an rud a dúirt sé fá lá Waterloo: *"The victory of stupidity and bully beef over genius and starvation".'*

Thost mé bomaite beag. 'Inis leat,' arsa an sagart, 'tá tú ag gabháil ar aghaidh go breá.'

'Bhail, tháinig smúid orm nuair a chonaic mé an dóigh ar thoisigh sé a chló le dóigheanna agus le dearcadh na Sasana. Agus nuair a tháinig sé ar ais go hÉirinn ní raibh rud ar bith ina shásamh. Bhí muintir na hÉireann falsa. Bhí siad salach. Bhí siad neamartach. Iad féin ba chúis leis an staid ina raibh siad. Ní mó ná go raibh an creideamh mar ba cheart féin acu. Ní raibh siad sásta na mairbh a chur sa reilig ghlan ordúil a rinne Bord na Condae ar imeall an bhaile mhóir. Bhí siad a fhad ar gcúl agus go raibh sé creidte acu go raibh naomh curtha sa tseanbhallóig a bhí amuigh ar uaigneas an tsléibhe, agus an té a chuirfí ansin go mbeadh sé i gcuideachta an naoimh ar dheasláimh Dé Lá an Bhreithiúnais. Agus na créatúir bhochta nach raibh riamh i Sasain, ní ligfeadh siad a gcnámha a shíneadh sa reilig dheas ghlan a rinne Bord na Condae dóibh de chóir baile. B'fhearr leo an tseanmhainistir agus cál faiche agus an naomh agus an Aiséirí.'

'Sin buille trom,' arsa an sagart.

'Ach tháinig an saol thart go bhfuair sé ábhar aithreachais,' arsa mise. 'Agus nuair a fuair d'aidmhigh sé don tsaol gurbh é an lá dubh dó an lá a chuaigh sé go Sasain.'

'Ar léigh tú *The Blindness of Dr. Gray?*' ar seisean.

'Níor léigh,' arsa mise.

D'éirigh sé agus thoisigh sé a chuartú. 'Shíl mé go raibh sí agam anseo,' ar seisean. 'Á,' ar seisean, 'anois a chuimhnigh mé air; thug mé ar iasacht í dá leithéid seo,' ar seisean, á ainmniú. 'Tá aithne agat air, is dóiche. "Teachta Dála" mar a bheir sé féin air féin.'

'Tá aithne mhaith agam air,' arsa mise, 'ach shíl mé go raibh sé ar a sheachnadh.'

'Tá, ar ndóigh, sé ar a sheachnadh. Thig sé anseo ó am go ham. Ní smaoineodh siad choíche ar a theacht ar a thóir. Tá mé ag dúil leis anocht. Agus más mian leat fanacht go maidin dhéanfaidh aon seomra amháin cúis don bheirt agaibh.'

'Sin scéal iontach,' arsa mise.

'Cad é an t-iontas atá ann?' ar seisean.

'Tá,' arsa mise, 'tusa didean agus foscadh a thabhairt do dhúnmharfóir, nuair ba cheart duit scéala a chur chuig na píléirí nó chuig saighdiúirí na Sasana.'

D'amharc sé orm go tobann agus tháinig cuil air. ''Bhfuil tú ag déanamh gur spiadóir atá ionam?' ar seisean go confach.

SCÉALAÍOCHT MHÁNUIS MHÓIR

Bhí scaifte beag de na hÓglaigh ag baint fúthu i dteach atá in áit chomh hiargúlta is atá sa chondae. Ach iargúlta is mar a bhí sé níor mhothaigh siad go dtáinig slua mór de shaighdiúirí na Sasana orthu. Marbhadh fear amháin. Loiteadh fear eile agus beireadh air. Loiteadh Peadar Ó Dónaill, fosta, ach chuaigh aige imeacht orthu.

'Caithfidh tú a ghabháil in áit éigin nach gcuirtear coiscriú ar bith fút go ceann tamaill,' arsa an dochtúir leis, cupla lá ina dhiaidh sin.

'Níl áit ar bith ann ach na hoileáin,' arsa Peadar. 'Rachaidh mé go hÁrainn.' Agus d'iarr sé orm féin a ghabháil chuig Murchadh Beag agus a rá leis an bád a bheith réidh aige a leithéid seo de am.

Chuaigh mé féin chuig Murchadh agus chuir sé céad fáilte romham.

''Bhfuil an paiste geal ar an tseol ar fad agat?' arsa mise.

'Níl,' ar seisean. 'Níl gnoithe ar bith agam leis. Na máistrí atá ar na hoileáin anois níl gnoithe ar bith le seol paisteáilte acu. Tá ciall agus stuaim acu. Rud nach raibh agatsa ná ag mac James Sheáin Mhóir. Na máistrí atá anois ann, ní siad a gcuid oibre mar atá ordaithe dóibh. Agus is cuma leo cén t-am sa lá a dtiocfaidh an t-*inspector* chucu.'

An oíche a chuamar go hÁrainn bhí sí ar oíche chomh deas agus tháinig ó shin. D'fhágamar Port Inis Míl le tiortó an tsrutha. B'éigean dúinn iomramh i rith an bhealaigh, nó ní raibh a fhios agat cén aird a raibh an ghaoth ann. Bhí an ghealach iomlán agus ciúnas iontach ar muir agus ar tír.

'Creidim gur cuimhin leat an chéad uair a chuaigh tú amach an béal seo' arsa Murchadh Beag liom féin, nuair a bhíomar ag tarraingt ar Shruth Snagáin.

'Ní dhéanfaidh mé dearmad choíche de,' arsa mise.

'Bhí fad ar do shaol nuair nár báitheadh an oíche sin thú,' arsa Murchadh.

'Bíodh sé buíoch de *harmonium* Pholl an Mhadaidh,' arsa Peadar Ó Dónaill. 'Bhíodh sé ag magadh ar an Straoille is ar a chuid ceoil nuair a bhíomar sa choláiste. Ach d'fhoghlaim an Straoille a oiread is chuir eisean ar an eolas.'

'Ach murab é mise bhí sé san fhaopach ar maidin an lá arna mhárach,' arsa Murchadh.

'Níl agam ach leath an scéil, mar sin,' arsa Peadar.

'Ní cosúil duit go bhfuil,' arsa Murchadh. 'Ach seo an leath eile de. Ar maidin go luath tháinig an t-*inspector* chugamsa agus dúirt liom go raibh sé ag gabháil go hInis Fraoich. D'aithin mé air go raibh sé ar shon gnoithe. Ach dar liom féin, beidh mise inchurtha leat. Bhí an ghaoth daor orm agus bhí rún agam cúrsa fada a chaitheamh aníos is síos an béal agus gan mórán talaimh a dhéanamh le ceann ar bith acu. Rith mé amach an béal go dtí go raibh mé trian an bhealaigh go hÁrainn. Leis sin féin tím an bád chugam aniar as Poll an Mhadaidh agus bratóg dhearg i mbarr an chrainn. Dar liom féin, a mháistir Inis Fraoich, sin ansin thú, cár bith cearn den domhan ar sheol tú as! Thug mé thart í agus lig mé a ceann léi agus níor stad mé gur chuir mé go dtí na guailleacha sa ghaineamh ar oitir Inis Sionnaigh í. B'éigean dúinn luí ansin gur shnámh sí le líonadh eadar sin is tráthnóna.'

'Is dubh sin ar d'anam, a Mhurchaidh,' arsa Peadar Ó Dónaill.

'Más dubh, cé a chuir i mo cheann é an chéad lá riamh?' arsa Murchadh.

'Cén teach a bhfuilimid ag tarraingt air?' arsa mise le Peadar tamall ina dhiaidh sin.

'Tá tú ag tarraingt ar dhuine ghreannmhar,' arsa Peadar. 'Fear a dtugann siad Mánus Néill Thoirealaigh air.'

'Tá boc mór mearaidh ar an Mhánus chéanna,' arsa Murchadh. 'Níl léamh ná scríobh ná inse béil ar na rudaí a shamhailtear dó. Amanna deir sé gurb é féin oidhre Dhonnchaidh Scoite agus gur leis sé ceathrúnacha déag na Rosann.'

'Nach mbeadh contúirt dúinn baint fúinn ina leithéid de theach?' arsa mise.

'Cá bhfuil mar bheadh?' arsa Peadar.

'Bhail,' arsa mise, 'dá mbuaileadh tallann mearaidh é agus é a shilstean gurbh iad a namhaid a bhí aige, agus gur lena dhíbirt as oidhreacht a shinsear a thángamar go hÁrainn, ríl a fhios cad é a dhéanfadh sé.'

'Ná bíodh eagla ort,' arsa Peadar. 'Ní thiocfaidh mearadh ar bith den chineál sin air, is cuma cad é an amaidí a bhíos ag cur as dó. Agus tá tuilleadh ann le cois na hamaidí. Thig amanna' air agus tá sé ar fhear chomh céillí agus a chasfaí ort i siúl lae. De iaróibh Dhonnchaidh Scoite é gan bhréig ar bith. Tá an ginealach aige ar bharr a theanga.'

'B'fhéidir sin,' arsa Murchadh Beag. 'Ach is cuma cén dream ar de é, gheobhaidh tú comhrá aige nach bhfaighfeá ag duine ar bith ina chéill.'

'Geobhaidh,' arsa Peadar, 'ach amach as lár na hamaidí déarfaidh sé rud éigin a bhfuil ciall agus tuigse an domhain ann. Is iomaí uair a chuir sé mo sháith iontais ormsa. Tá sé mar a bheadh duine ann a mbeadh ceo ar a intinn ar feach tamaill. Agus ansin mar a thiocfadh dealramh solais corruair agus nochtfadh sé ciall mhór agus tuigse dhomhain.'

An oíche arna mhárach bhiomar ár suí thart fán tine i dtigh Mhánuis Néill Thoirealaigh. Bhí Mánus ina shuí ansin agus gan é ag labhairt. Níor labhair sé a oiread is focal ar feadh dhá uair. Ní aithneofá ciall ná díth céille air. Sa deireadh tráchtadh ar fhoireann as na hoileáin a dtáinig scoitheadh orthu agus a siabadh go Gob an Aird Dealfa an geimhreadh roimhe sin. Agus chuir sin Mánus ar obair.

'Grásta ó Dhia ar m'athair mór,' ar seisean, 'siabadh go hAlbain é féin is triúr eile oíche amháin. Bhí siad amuigh ag iascaireacht scadán. Agus go díreach nuair a bhí na heangacha curtha acu tháinig an stoirm mar bhuailfeá do dhá bhois ar a chéile. Ní raibh le déanamh acu ach teitheadh roimh an tsíon agus féacháil le stiúradh tirim a thabhairt di chomh maith is thiocfadh leo. Shiúil leo i rith na hoíche, agus nuair a tháinig an mhaidin ní raibh a oiread is carraig ar a n-amharc, agus bhí an ghaoth chomh tréan is a bhí sí riamh. Tráthnóna an lae sin nocht talamh chucu agus le coim na hoíche tháinig siad i dtír. B'éigean dóibh rith cladaigh a thabhairt di agus ní raibh ann ach é nár báitheadh iad.'

'Bhail, ba mhillteanach an gábhadh é, a Mhánuis,' arsa duine éigin.

'Maise, ní raibh ansin ach a thús,' arsa Mánus. 'Briseadh an bád ina smionagar ag teacht i dtír dóibh. Agus ní raibh le déanamh acu ach tarraingt ar an chéad teach a casadh orthu agus dídean na hoíche a iarraidh ann. Ach an chéad teach a deachaigh siad isteach ann ní raibh ann ach go dtug siad a mbeo as. Toisíodh orthu le tine is le harm agus b'éigean dóibh teitheadh lena n-anam.'

'Cá raibh siad?' arsa mise.

'Bhí thall sna Híleans,' arsa Mánus.

'Níor shamhail mé riamh go raibh muintir na Híleans chomh doicheallach ná chomh naimhdeach is go ndéanfadh siad a leithéid sin,' arsa duine eile.

'Bhí fáth leis,' arsa Mánus. 'Díoltas a bhí do m'athair mór acu.'

'Cad é an aithne a bhí ar d'athair mór acu le go mbeadh díoltas acu dó?'

'Cluinfidh tú,' arsa Mánus. 'Bhí m'athair mór cupla bliain roimhe sin ag seilg rónta thíos sna huamhacha. Cheap siad cupla ceann. Ach bhí rón mór liath ann nach raibh dul acu talamh ar bith a dhéanamh de. Bhuail m'athair mór trasna na cloigne é le buille de spáid, a dtiocfadh leis a tharraingt. Ach d'imigh an rón orthu i ndiaidh an iomláin. Sin an rud a thabhaigh an díoltas dóibh sna Híleans na blianta ina dhiaidh sin.'

'Cad é an dóigh ar thabhaigh sin díoltas dóibh?' arsa mise.

'An teach a deachaigh siad isteach ann,' arsa Mánus, 'bhí scaifte fear istigh agus seanduine mór láidir ina shuí sa chlúdaigh. Bhí gruaig agus feasóg liath air agus colm mhór dhearg trasna i gclár an éadain ann. Chuir sé fáilte rompu ar a theacht chun an tí dóibh. Ach nuair a tháinig siad aníos ar sholas na tineadh stán sé go géar ar m'athair mór agus tháinig dreach confach air. "Nach dána an mhaise duit teacht isteach chun mo thí i ndiaidh an ainíde a thug tú domh nuair a fuair tú ar lagchuidiú mé i bhfad ó mo dhaoine eadar dhá dtír?" ar seisean. Dar le m'athair mór, do mo thógáil ar son duine éigin eile atá tú. "Mo phardún, a dhuine

mhodhúil," ar seisean, "ach tá an aithne chontráilte agat. Ní
fhaca mé riamh thú go dtí anocht, i mo thír féin ná i dtír ar
bith eile." "An ea nach bhfuil cuimhne agat ar an oíche a
bhuail tú buille de spáid orm in Uamhach na Rón in
Árainn?" arsa an fear eile, agus leis sin d'éirigh sé de léim
ina sheasamh agus fuair greim sceadamáin ar m'athair mór.
Bhí teagmháil chruaidh ann ar feadh tamaill agus ní raibh
ann ach é gur imigh muintir Árann lena n-anam.'

'Sin scéal chomh hiontach is a chuala mé riamh,' arsa mé
féin. Agus níorbh é sin an rud a bhí i mo cheann ach go raibh
sé ar phíosa cumraíochta chomh maith is chuala mé riamh.

Ach ní raibh ansin ach tús. Thoisigh sé ina dhiaidh sin a
dh'inse fá na hiontais a chonaic sé féin.

'Chonaic mé eachraí mara,' arsa seisean, 'na mílte agus
na mílte acu. Maidin amháin fada ó shin a bhí mé amuigh ag
cuartú éadálach. Bhí gála trom gaoithe ann agus an
fharraige ag éirí ar an fhéar. Bhí mé i mo sheasamh ar bharr
binne agus mé ag amharc síos ar na huamhacha, ag féacháil
an raibh a dhath ag teacht fá thír. Leis sin féin chuala mé
seitreach capaill. Shíl mé gur beathach de chuid an oileáin a
bhí ann a d'éalaigh. Ach nuair a d'amharc mé siar tím
amuigh sna bristeacha an beathach capaill ba mhó a chonaic
mé riamh. Ní raibh mé i bhfad ag amharc air gur nocht an
dara ceann acu. Agus ina dhiaidh sin an tríú ceann agus an
ceathrú ceann. Is cuma cé acu, le scéal fada a dhéanamh
gairid ní tháinig dhá bhomaite go raibh an fharraige beo leo,
amach go bun na spéire. Tífeá ag éirí ar bharr na dtonn iad
agus a gcuid mong á siabadh taobh siar díobh agus cúr geal
ag éirí roimh a mbrollach. Bhí siad ag tarraingt ar an oileán
as gach aon aird, agus ba é an chuma a bhí orthu go raibh
siad ag brath a theacht i dtír. Dar liom féin, teannfaidh mé
suas ar an airdeacht san áit a mbeidh gléas teite agam, má
thig orm. Suas go mullach an aird liom. Agus nuair a
d'amharc mé arís amach bealach na farraige ní raibh le
feiceáil agam ach bristeacha geala bána amach go bun na
spéire.'

'Chuala mé féin iomrá ar dhaoine a chonaic iad,' arsa fear
na comharsan, 'ach shíl mé gur léaspáin a tháinig ar a súile.'

'Níl a leithéid de cheol ann,' arsa Mánus. 'Bíonn an

chomhchosúlacht ann ach nach do gach aon duine a
thaispeántar í. Ar ndóigh, chan léaspáin a tháinig ar shúile
na gcéadta a chonaic Tír na hÓige?'

"Bhfaca tú Tír an hÓige riamh?' arsa Peadar.

"Bhfaca mé Toraigh, Uaigh, Ára agus an tEargal?' arsa
Mánus. 'An bhfeicim sibhse anseo anois, nó an léaspáin atá ar mo
shúile? Is iomaí maidin shamhraidh a chonaic mé an t-oileán
agus é chomh deas domh is atá Toraigh do Mhachaire Uí
Rabhartaigh. Is minic a chonaic mé beanna an chladaigh
agus na tonna ag briseadh i mbéal na trá. Ach bhí dath
uaigneach i gcónaí air. Dath a bhéarfadh le fios duit nach
oileán saolta a bhí ann.'

Thoisigh sé ansin agus d'inis sé fá fhear cine dó féin a thug
leis bád maidin amháin agus a d'imigh ag tarraingt go Tír na
hÓige. 'Bhí cóir bhreá leis agus ciúnas farraige ann, nó bhí
an ghaoth ón talamh. Bhí mé féin i mo sheasamh ar an ard
sin amuigh agus an bád agus an t-oileán, ar ndóigh, faoi mo
shúil. Dá mba oileán saolta a bheadh ann tífinn fear an bháid
go mbaineadh sé an cladach amach. Sheol sé leis agus tréan
siúil leis go dtí go raibh sé anonn eadar thú is leath bealaigh.
Ansin dar leat nach raibh sé ag teacht a dhath ní ba deise
don oileán. I gceann tamaill thoisigh an bád a éirí beag. Sa
deireadh ní raibh sí ach mar bheadh féileacán fána chuid
eiteog geal ann amuigh i lár na báighe. Sa deireadh d'imigh sí
as ár n'amharc mar a shlogfadh an fharraige í, agus ní
fhacthas an Dálach beo ná marbh ón lá sin go dtí an lá
inniu.'

Nuair a bhí sé tamall ar obair ag scéalaíocht chonacthas
domh nár de chuid an tsaoil seo ar chor ar bith é féin nó
sinne. Bhí an t-iomlán againn faoi gheasa. An draíocht a
chuir a chuid scéalta orm, beidh cuimhne le mo shaol agam
air. Chonacthas domh go raibh mé i dToraigh nuair a
tháinig Colm Cille i dtír agus d'iarr sé áit lena fhallaing a
spréadh ar an chladach. Chonaic mé an fhallaing sin ag
spréadh gur chumhdaigh sí an t-oileán agus gur theith na
draoithe amach ar an fharraige. Agus tím go fóill an cú
nimhe a dhreasaigh siad i gColm. A ruball san fharraige, na
crúba i bhfostó sa chladach aici ag iarraidh seilbh a
choinneáil ar an oileán a fhad is ab fhéidir é.

'Ar báitheadh an t-iomlán acu?' arsa mise.

'An t-iomlán léir acu ach triúr,' ar seisean. 'Na trí Mic Ó gCorra. Sin amuigh ansin go fóill iad, na carraigeacha a dtugtar Stacaí Uaighe orthu. Bheir siad iarraidh seoladh go Toraigh lá i gceann gach aon seachtú bliain. Agus má théid acu Toraigh a bhaint amach rachaidh siad ar ais i riocht daoine agus gheobhaidh siad seilbh ar an talamh. Ach caithfidh siad a theacht ar Thoraigh gan fhios. Má tí aon duine de mhuintir an oileáin iad caithfidh siad pilleadh. Is iomaí uair a chonaic mise 'faoi sheol iad. Bhí mé ag amharc orthu ón ard sin thuas maidin Lá Bealtaine nuair a bhí mé i mo stócach. Bhí an ghaoth aniar agus bhí seolta orthu chomh hard leis an Eargal, de sheolta a bhí chomh geal le canach an tsléibhe. Bhí siúl millteanach fúthu agus iad ag roiseadh na farraige agus ag siabadh cúir seacht míle sa spéir. Soir leo go deachaigh siad as m'amharc i gcúl an Toir Ghlais. Agus níorbh fhada gur nocht a gcuid eiteog geal arís amach ag an cheann thoir de Ghabhla. Soir agus soir agus soir. Shíl mé féin cinnte go raibh Toraigh acu an mhaidin sin. Ach leis sin féin d'éirigh ceo agus doineann agus chuaigh siad as m'amharc. Sin an t-am a bhfacthas as Toraigh iad. Mhair an ceo i rith an lae sin, agus nuair a d'éirigh mé amach ar maidin an lá arna mhárach bhí na trí carraigeacha amuigh ansin mar a chonaic tú riamh iad.'

Lean sé leis ar an téid seo go ham luí. D'fhéadfainn leabhar iomlán a scríobh agus gan mórán eile a bheith inti ach na scéalta a chuala mé aige an oíche sin agus an oíche arna mhárach. Ach ní thráchtfaidh mé ach ar aon cheann amháin eile acu an iarraidh seo.

'Bhí mé oíche amháin ag teacht as Albain,' ar seisean, 'agus ní raibh traen ná carr an t-am sin ann. Ní raibh ann ach nuair a tháinig tú den bhád an bealach a shiúl as Doire chun na Rosann. Tráthnóna le coim na hoíche rinneamar port i nDoire. An mhuintir a bhí liom rinne siad amach baint fúthu an oíche sin i nDoire, agus tús lae a bheith leo ag gabháil i gceann an astair an lá arna mhárach. Ach ní fhanfainn féin. Bhí oíche bhreá ghealaí ann. Agus bhí mé i mo neart san am agus mé dóchasach neamheaglach. Chuaigh mé isteach chuig Cassie Dally a bhí i Sugarhouse

Lane go bhfuair mé greim le hithe. Agus tamall i ndiaidh a ghabháil ó sholas dó shin liom ag tarraingt go Leitir Ceanainn. Nuair a bhí mé cupla míle taobh amuigh de Dhoire, chonaic mé solas romham ag coradh an bhealaigh mhóir. Sheasaigh mé agus stán mé air tamall beag. Agus tháinig critheagla orm cé gur mhóruchtúil mé san am. Dar liom féin, pillfidh mé agus bainfidh mé fúm i nDoire go maidin. Ach ar thiontó thart domh bhí solas den chineál chéanna eadar mé is Doire. Sheasaigh mé ansin tamall beag i lár an bhealaigh mhóir. Agus leis sin féin thug mé fá dear an dá sholas ag druidim le chéile. Bhí siad ag druidim le chéile go dtí nach raibh os cionn dhaichead slat eatarthu. Sa deireadh tháinig siad chomh deas domh agus gur léir domh cabhsa a bhí ag teacht chun an bhealaigh mhóir anuas taobh malacha. D'imigh mé suas an cabhsa agus nuair a bhí cupla céad slat siúlta agam d'amharc mé thar mo ghualainn agus bhí an dá sholas aníos i mo dhiaidh. Shiúil mé liom ar feadh leathuaire. Agus ansin tháinig mé go bun binne. Ní raibh cuma ar an chabhsa go raibh sé ag gabháil ní b'fhaide. Agus ní raibh le déanamh agam ach seasamh ansin, nó pilleadh síos ar ais in éadan na solas. Ach leis sin féin d'fhoscail an bhinn agus fuair mé mé féin ag doras caisleáin. Thug doirseoir isteach mé. Agus d'éirigh fear a raibh coróin rí air agus chuir sé fáilte romham.

"Gabhaim pardún, a dhaoine uaisle," arsa mise. "Ar mo bhealach chun an bhaile a bhí mé agus chuaigh mé ar seachrán."

"Tá fáilte agus céad romhat, a Dhálaigh," arsa an rí. "Ní raibh fleá is féasta againne le seacht mbliana go dtí anocht. Agus ní bheidh go ceann sheacht mblian eile. Fanfaidh tú againn go maidin. Agus ansin thig leat imeacht. Nó chomh luath is nochtfas ball bán ar an lá tiocfaidh suan codlata orainne. Agus beimid sa tsuan sin go ceann sheacht mblian eile. Níl a fhios cá mhéad seacht mbliana atá i ndán dúinn a chodladh anseo. Ach caithfimid fanacht go dtara an uair. An oíche a mhuscólaimid agus tífimid tine ar an Eargal éireoimid amach ar mhuin ár gcuid eachraí agus ní fhágfaimid aon Ghall beo sa tír ó Mhálainn go Cionn tSáile."

'Chaith mé féin an oíche go maidin acu agus fuair mé

aithne ar chuid mhaith de mo mhuintir féin. Tháinig siad chugam fear i ndiaidh an fhir eile. Toirealach an Fhíona agus Gofraidh agus Mánus. An Calbhach agus Aodh Rua agus Donnchadh Scoite. Chaitheamar an oíche go maidin agus níl léamh ná scríobh ná inse béil ar an aoibhneas a bhí orm. Ba é mo mhian fanacht acu agus a bheith mar dhuine acu féin. Ach tamall beag roimh an lá ar maidin thoisigh na súile a dhrud orthu. Chas siad a gcuid fallaingeacha tharstu agus shín siad iad féin thart ar urlár an chaisleáin. Dar liom féin, is é an t-imeacht é, agus thug mé iarraidh éirí. Ach bhí mé chomh tuirseach is nach dtiocfadh liom seasamh. Shín mé mé féin ar mo shleasluí. Ansin thoisigh an codladh a theacht orm. Codladh millteanach nach raibh buaidh le fáil air. Ní thiocfadh liom fanacht muscailte dá mbeadh a fhios agam nach raibh sé i ndán domh mo shúile a fhoscladh choíche arís ón uair amháin a chodlóinn sa dún seo. Thoisigh na solais a éirí fann de réir mar a bhí an lá ag glanadh. Agus sa deireadh thit mé i mo chnap chodlata. Nuair a mhuscail mé bhí an ghrian ar an spéir, agus cá háit a raibh mé ach i mo luí ar thaobh an chnoic ag bun Ghrianán Ailigh.'

Tháinig mé amach go tír mór ar maidin an lá arna mhárach. Agus b'fhada liom nó go dtéinn isteach ar ais go bhfaighinn oíche eile scéalaíochta. Naoi nó deich de laetha ina dhiaidh sin chuaigh mé isteach athuair. Bhí Peadar Ó Dónaill romham i bPort na hInse. 'Is maith liom go dtáinig sibh,' ar seisean. 'Tá mé ag éirí tuirseach anseo.'

''Bhfuil biseach maith ar do sciathán?' arsa mise.

'Tá sí cneasaithe,' ar seisean. 'Ach go bhfuil sí cineál creapalta go fóill. Rachaimid go tír mór le tiontó an tsrutha.'

'Fad mo choise is ní rachaidh mé ag tarraingt go tír mór anocht,' ara mise.

'Cad chuige?' ar seisean.

'Tá,' arsa mise, 'ní imeoidh mé go bhfaighe mé oíche eile scéalaíochta.'

'Ní bhfaighidh tú scéalaíocht ar bith ó Mhánus Mhór anocht,' arsa Peadar.

'Cad chuige?' arsa mise. 'An tinn atá sé?'

'Ní hea,' arsa Peadar, 'ach níl fonn scéalaíochta ar bith air. Ina thallann a thig sé air. Agus go dtí go mbuaile an tallann é bheadh sé chomh maith agat a bheith ag dúil le scéalaíocht ó charraig chloiche.'

'Fanfaimid go maidin ar scor ar bith,' arsa mise. 'b'fhéidir gur tallann a bhuailfeadh é eadar seo is am luí.'

'Maith go leor,' arsa Peadar, agus shiúil an bheirt againn siar an t-oileán agus sinn ag comhrá.

'Chluinim,' arsa Peadar, 'go bhfuil fear an ghearráin bháin gaibhte ag na hÓglaigh. Beireadh air taobh amuigh de Dhoire, agus tá cruthú cinnte gur spiadóir a bhí ann. 'Bhfuil a fhios agat cé é féin?' ar seisean.

'Cá bhfuil mar a bheadh?' arsa mise.

'Mac píléir atá ann. Fear darbh ainm Mac Claitsí. Bhí a athair ar an Chlochán Liath nuair a bhí mise i mo ghasúr.'

'Seoirse Mac Claitsí?' arsa mise. 'An gasúr a thug mé fá bhrón an lá fada ó shin a bhí an scrúdú ann.'

'Ní hé,' arsa Peadar. 'Shíl tú go raibh ábhar scéil agat. Ní hé Seoirse atá ann ach deartháir is sine ná é. Bhí sé ar shiúl ar fud na condae le gearrán bán ag ceannacht bratóg. Ach siúd an obair a bhí air i rith an ama.'

'Níl a fhios agam cad é is bealach do Sheoirse?' arsa mise. Nó ó chuala mé ainm an teaghlaigh luaite ar chor ar bith ba mhó mo shuim i Seoirse ná i bhfear an ghearráin bháin.

'Chaith Seoirse seal i gCambridge,' arsa Peadar. 'Fuair sé céim ansin agus bhí post mór aige ar feadh tamaill. Nuair a thoisigh an cogadh chuaigh sé san arm. Ní chuala mé iomrá ar bith ó shin air. Ach tá mé ag déanamh anois gurb é fear an ghearráin bháin a tharraing na saighdiúirí orainn an lá a tháinig siad orainn ar Chnoc na Searradh. Ach níl ann ach mo bharúil. Agus ní thig le duine scéal a dhéanamh dá bharúil. Is dóiche go bhfuil a sháith in éadan an duine ghránna mar atá sé.'

Tháinig an oíche agus chuamar fá theach. Bhí scaifte de na comharsana istigh ag airneál agus Mánus Mór ina shuí sa chlúdaigh mar ba ghnách leis. Ach ní raibh fonn ar bith scéalaíochta air. Fiche uair thug mé féin iarraidh a chur ar obair. Ach ní raibh gar ann. Sa deireadh rinne mé neamhiontas de agus thoisíomar a chaint fán chogadh. An chuid ab óige againn, bhíomar lán de chroí is d'aigneadh is de dhóchas, agus sinn ag socrú ghnoithe na Poblachta. Bhí

an tsaoirse againn ar aghaidh boise, agus ní raibh le
déanamh le hÉirinn againn ach deis a chur uirthí. Sa
deireadh labhair Mánus agus, dar leat, glór searbh aige.

'Tá sibh ag troid le Sasain anois,' ar seisean, 'nuair atá sí
ar an neamhacra agus an saol mór faoina cosa aici. Ní
bheidh moill uirthi a oiread airm a spáráil anois is a
choinneos an tír seo faoi shlait,'

'Éireoidh sí tuirseach de,' arsa Peadar Ó Dónaill.

'Éire an chéad tír a thuirseofar,' arsa Mánus.

'Ní thig léi an tír a rialú le tine is le harm is le príosúin,'
arsa mise.

'Ní fhéachfaidh sí leis ach oiread,' arsa an seanduine.
'Dhéanfaidh sí an rud a rinne sí i ngach aon tír riamh dár
smachtaigh sí. Buailfidh sí sinn go dtí go mbímid
leathchloíte. Ansin imeoraidh sí an seanchleas agus
dhéanfaimid féin an chuid eile.'

'Ag déanamh go gcuirfidh sí sinn féin a throid le chéile?'
arsa Peadar Ó Dónaill.

'Sin an eagle atá orm,' arsa Mánus, agus d'amharc sé go
géar isteach sa tine, mar bheadh sé ag iarraidh fios a bhaint
as na haibhleoga. 'Nuair a bheas scrios trom déanta aici
tairgfidh sí socrú dúinn. Cineál de *Home Rule*. Rud éigin
nach mbíonn maith go leor le glacadh agus a bheadh
rómhaith le diúltú. Rachaidh cuid ar gach taobh agus tá an
lá le Sasain.'

'Ní éireoidh an cleas sin léi an iarraidh seo,' arsa mise.

'Tá sé i dtairngreacht Cholm Cille,' ara Mánus. 'An
tSíochaimh Bhradach a chuirfeas an t-athair in aghaidh an
mhic. Ach,' ar seisean, 'dá mbeadh feara Éireann dh'aon
taobh agus a bualadh le hiomlán a gcuid urraidh nuair a bhí
sí i ngéibheann chruaidh tá cupla bliain ó shin, bheadh scéal
eile inniu againn. Níor cheart dúinn choíche troid a chur ar
Shasain nuair a bheadh lámh scaoilte aici lenár mbualadh.
Agus níor cheart dúinn ach lán chomh beag faill ar bith a
ligean thart gan a bheith de léim uirthi am ar bith a mbeadh
sí i gcogadh agus a sáith os a coinne.'

Níor labhair sé an dara focal go ham luí. Níor labhair an
chuid eile againn mórán ach oiread. Nó d'fhág an beagán a
dúirt sé an t-iomlán againn faoi smúid.

AN CANÓNACH Ó SÍOCHÁIN AGUS AN SAGART
Ó MUIRÍ

Is iomaí cineál daoine a bhí i leith saoirse na hÉireann na blianta sin. Agus b'éagosúil a ndearcadh go minic ar mhórán rudaí. Chasfaí fear amháin ort agus ní raibh aird ar bith ar an Ghaeilge aige, nó meas ar bith aige uirthi. Chasfaí corrdhuine ort agus gheobhadh siad seacht mbás ar shon saoirse na hÉireann, dá mba dual dóibh é, agus bhí drochmheas acu ar an Ghaeilge. Gheofá fear eile agus gan ar a aird ach a cheart a thabhairt don oibrí agus cosc a chur le smacht an airgid. Agus chasfaí fear ort ar chuma leis fán éagóir a bhíothas a dhéanamh ar na bochta, fear nach ngoillfeadh a n-anás air, ach san am chéanna grá a chroí don *'chemical combination of elements he was pleased to call Ireland.'*

Chonacthas domh féin, agus títhear domh go fóill, go raibh an soiscéal iomlán ag Pádraig Mac Piarais. D'fhág sé an soiscéal sin againn ina chuid scríbhinní. Agus theann sé isteach i mbeagán focal é ar uaigh Dhiarmada Uí Dhonnabháin Rosa. Ní raibh aige ach ciall amháin le saoirse. Chuirfeadh an tsaoirse sin Sean-Éire agus Éire Óg in aithne dá chéile. Agus ní bheadh i ngnoithe talaimh ná tráchtála ná oibre ach rudaí a bheadh ar shlí a réitithe nuair a bheadh na glais scaoilte.

Bhínn féin agus fear a raibh aithne agam air ag díospóireacht nuair a chastaí ar a chéile sinn. Eisean ag rá gur bhain Sasain an talamh agus a ngléas beatha de mhuintir na hÉireann, agus nach raibh dóigh ar bith le ceart a bhaint de Shasain ach seilbh a fháil ar ais orthu. Agus mise ag rá nárbh fhéidir sin a dhéanamh a fhad is mhairfeadh Sasain ag déanamh dlí dúinn. Is minic a bhíomar searbh go leor le

chéile sa tseanchas. Dúirt mise leis lá amháin nach raibh ciall
ar bith aige do náisiúntacht ach an méid bídh is dí a bhí le
fáil dá thairbhe.

'Troisc thusa cupla lá,' ar seisean, 'agus ní bheidh mórán
aird agat ar Lon Leitreach Laoi ná ar Fhia Droma Deirg ná
ar Thonn Rúraí ag buain le tráigh.'

Tháinig an samhradh, 1921, agus bhí cead siúil ag na
daoine. Bhí samhradh galánta ann agus bhí dóchas ag
mórán daoine go raibh an drochuair thart agus go mbeadh
suaimhneas ag Éirinn go brách arís. Chuaigh mé go Baile
Átha Cliath chuig Comhdháil Chonradh na Gaeilge. Ba é sin
an chéad uair riamh a bhí mé sa láthair ag comhthionól den
tseort. Agus ó tharla ag siúl ar an fhírinne mé, caithfidh mé a
rá nach bhfacthas domh mórán díobh. Chaith mé rith
tráthnóna ag cur ceiste orm féin cé acu ba mhó an dochar
nó an sochar gnoithe na comhdhála a chaibidil i mBéarla. Bhí
mé féin is fear eile ag díospóireacht fán scéal ar feadh
tamaill. Dúirt seisean dá mbeadh cead Béarla a labhairt ag
an chomhdháil go mb'fhéidir go mbeadh lámh an uachtair
ag daoine nach raibh suim ar bith sa Ghaeilge acu. Agus
dúirt mise go bhfacthas domh gur chuma le cuid mhaith acu
ach a bheith in inmhe tamall cainte a dhéanamh i nGaeilge,
ba chuma cé acu a bhí brí ar bith sa chaint sin nó nach raibh.
Ach níor chuir na rudaí seo mórán buartha orainn. Bhí slua
breá ansin agus dóchas againn as cinniúint na hÉireann.
Casadh Micheál Mag Ruairí orm lá de na laetha seo. B'fhiú
éisteacht leis mar mhaithe leis an eolas a bhí aige ar an
Phiarsach. Ach, taobh amuigh de sin, is iomaí seanchaí agus
is iomaí cainteoir Gaeilge ab fhearr ná é a raibh aithne agam
orthu. Bhí Cathal Brugha agus Micheál Ó Coileáin agus
Éamon de Valera ansin. Go ndéana Dia trócaire ar an méid
acu atá marbh. Dá mbeadh fios ag fear ar bith acu an lá sin
is dó ba chóir a rá:

'Dá mbeinnse agus mo Chonla caoin
ag imirt ár gcleasa dh'aontaoibh,
ar fhearaibh an domhain ó thoinn go toinn
dar liom gur linn ba treise.'

Ach ní raibh a fhios agam féin ar scor ar bith go raibh

achrann ar bith romhainn a chuirfeadh na fir chalma seo in éadan a chéile. Agus nuair nach raibh a fhios, ar ndóigh, ní raibh sé ag déanamh buartha domh. Chaith mé seachtain i mBaile Átha Cliath. Agus dar liom féin, ó tharla ar mo chois mé, bhéarfaidh mé cuairt ar Óméith. Agus ba mhaith liom an áit a fheiceáil nuair a bhí an aimsir maith.

Nuair a bhí mé ag stáisiún na traenach i Sráid Amiens rinne mé amach go gceannóinn páipéar an lae. Tá sé ina chineál de ghnás ag daoine. Agus bhí an gnás sin agamsa san am sin, cé go dtáinig an lá ó shin orm nach léifinn páipéar nuaíochta dá bhfaighinn díolaíocht as. Anonn liom go dtí an stalla, agus nuair a bhí mo pháipéar ceannaithe agam thoisigh mé dh'amharc ar leabhra a bhí ann. Dar fia! Sin an leabhar* a raibh an sagart a bhaist mé ag caint uirthi an lá úd. An leabhar a bhí sé ag brath a bhronnadh orm. Níl a fhios agam cad chuige ar mhaith leis agam í, arsa mise liom féin. Cinnte níl rud ar bith inti a chuirfeadh in aghaidh an dearcaidh atá agam! Sa deireadh chuir mé lámh i mo phóca go bhfeicfinn an raibh a luach le spáráil agam, agus cheannaigh mé í.

Thoisigh mé a léamh nuair a d'imigh an traen agus léigh mé liom go raibh mé i nDún Dealgan, agus uaidh sin arís go dtáinig mé go hÓméith. Bhí tráthnóna galánta ann ag teacht an fad sin domh. Agus ní bréag a rá go raibh aoibhneas ar muir agus ar tír. Tráthnóna shiúil mé amach bealach Chairlinne agus mé ag smaoineamh ar na laochraí agus ar na filí a bhí sa dúiche seo ó bhí aimsir na Tána ann go dtí an t-am a raibh Peadar Ó Doirnín ag mairgnigh fán Bheirneach Mhór agus ag rá gur

> Cosúil nach raibh 'fhios aige go raibh a ghaolta dá ruaigeadh
> Nuair nár éalaigh sé san oíche sular díoladh faoina luach é.

An oíche sin bhí céilí sa choláiste agus chuaigh mé chuige. Ar a ghabháil isteach domh fuair mé sagart óg ina sheasamh taobh istigh den doras agus é ag caitheamh tobaca as píopa a raibh cloigeann air chomh mór le do dhorn. Ní tháinig liom

---

*The Blindness of Doctor Gray.

gan sonrú a chur sa tsagart seo. Bhí méid bhreá fir ann agus aghaidh fhearúil intleachtach air. Gruaig chomh dubh le cleite an fhéich, agus súile a raibh loinnir aoibhiúil iontu. Agus bhí sin air aoibh bhreá an oíche chéanna. Ba ghairid gur thoisigh sé a bhroslú an aois óig chun damhsa. Agus nach iomaí uair, na blianta ina dhiaidh sin, a chualamar an broslú céanna aige i Rinn na Feirste? 'Amach libh. . . . Síos ansin libhse. . . . Beirt eile. . . . Ná ligidh an oíche amogha. Amach libh.' Cé a bhí ann, ar ndóigh, ach an Sagart Ó Muirí!

Eadar sin is tráthas tháinig sé ionsorm agus chuir sé fáilte charthanach romham. Rinneamar tamall mór comhráidh. Agus nuair a bhí mé ag imeacht chuir sé ceist orm cá raibh mé ar lóistín.

'I dtigh Mhic Cuarta,' arsa mise.

'Rachaidh mé suas tráthnóna amárach,' ar seisean. 'Beidh mé fá réir i ndiaidh a ceathair a chlog. Rachaimid amach go Coillidh Choim go gcluine tú cupla cainteoir dúchais atá ansin.'

Dúirt mé féin, ar ndóigh, go rachainn. Ar maidin an lá arna mhárach, nuair a bhí greim bídh caite agam, thug mé liom mo leabhar agus suas liom go raibh mé ar mhullach cnoic os cionn Loch Chairlinne. Dhearg mé mo phíopa agus thoisigh mé a léamh. Ba duine aisteach Dr. Gray. Fear éifeachtach a bhí ann. Ach ar dhóigh éigin ní raibh dul ag mo chroí téamh leis. Bhí mar bheadh eagla orm roimhe. Ní raibh sé cosúil leis na sagairt eile a bhíodh ina chuid scéalta ag an Chanónach Ó Síocháin. Ba neamhionann é agus an sagart a bhí in *Uaigheanna Chill Moirne*, an fear a bhíodh ag iarraidh ciall a thabhairt do na Fíníní agus ag déanamh ceoil molta dóibh san am chéanna.

Sa deireadh tháinig mé a fhad le caibidil darbh ainm *Reminiscences*. Líon mé an píopa agus dhearg mé é. Thóg mé an leabhar agus thoisigh mé a léamh arís. Ní raibh mórán léite agam go dtáinig áthas ar mo chroí. Bhí an seansagart ag caint ar an tsaol a bhí ann nuair a bhí sé féin óg, agus ar an athrach a tháinig ar dhearcadh na ndaoine ó shin. 'San am sin', ar seisean, *"Ireland for the Irish,"* an rosc catha a bhí ag muintir na hÉireann. Ach ansin tháinig lucht polaitíochta orthu agus in áit *"Ireland for the Irish,"* tháinig *"The Land for the People."* Tá an talamh acu anois, agus is cuma leo fá Éirinn. . . .

'Is maith is cuimhin liom', ar seisean, 'oíche amháin a bhí mé ar airteagal nuair a bhí mé i mo shagart óg. Bí sé ag cur go trom agus bhí mé fliuch go craiceann sula raibh mé leath bealaigh síos an tsráid. Leis sin chuala mé an guth breá fearúil agus níorbh fhada go dtáinig mé a fhad leis an cheoltóir. Bhí sé ina sheasamh os coinne fuinneog siopa agus scaifte stócach cruinn thart air. D'amharc mé ar an fhear a bhí ag gabháil cheoil agus d'aithin mé ar a dheilbh agus ar a ghnúis nach fear siúil a bhí ann den chineál a bhíos ag gabháil cheoil ar na haontaí. Chuaigh mé isteach chun an tsiopa agus tháinig fear an tí ionsorm. "Ná labhair liom go fóill beag, a Thomáis," arsa mise, "go gcluine mé an t-amhrán seo." Agus, ceart go leor, b'fhiú éisteacht leis an amhrán chéanna:

> *See who comes over the red-blossomed heather,*
> *their green banners kissing the pure mountain air.'*

'Ar chuala tú riamh é?'
'Níor chuala,' arsa an sagart óg.
'Ó, níor chuala. Ach chuala tú
> *Röslein, Röslein, Röslein roth,*
> *Röslein auf der Heiden.'*

'Ach is cuma, bhí spiorad na saoirse agus spiorad na hÉireann san amhrán a bhí ann fá choinne fear a raibh aisling álainn ina gcroí. Agus samhlaíodh domh go bhfaca mé an t-iomlán agus mé i mo sheasamh sa tsiopa bheag dhoiléir sin. Na sluaite ag teacht anuas droim an tsléibhe agus a gcuid bratach ag lúbarnaigh go huaibhreach sa ghaoth. Na ceannfoirt ag marcaíocht ar eachraí slime sleamhaine. Na píobairí ag seinm, na sluaite ag cruinniú anoir si aniar. Ní raibh ann ach aisling, ar ndóigh, ach aisling ghlórmhar. Agus ina dhiaidh sin bhí tuilleadh ann. Nó bhí spiorad an amhráin sin ag spreagadh na ndaoine ó dhuine liath go leanbh. . . . Cupla oíche ina dhiaidh sin bhí mé ag teacht chun an bhaile agus tháinig mé ar scaifte de na Fíníní ag druileáil sa choill. Bhí mé ag brath siúl liom nuair a scairteadh liom seasamh agus an focal a rá. *"Sarsfield is the word and Sarsfield is the man,"* arsa mise. "Ní hé sin an focal," arsa an fear a bhí romham sa bhealach. Agus nuair a labhair sé d'aithin mé é. Stócach as an chomharsain nach raibh sé ach cupla bliain roimhe sin ó thug mé croitheadh dó fána chuid Teagasc Críostaí. Sin an chuid ab iontaí den scéal. Bhí aithne mhaith agam ar na buachaillí seo, an búistéir agus an fuinteoir agus an gréasaí. Agus ní raibh a leithéid de mheas agam orthu. Ach an oíche seo bhí draíocht éigin ag baint leo. Bhí, cionn is gur Fíníní a bhí iontu.'

Dar liom féin, is maith seo. Caithfidh mé an t-amhrán seo a chuartú agus Gaeilge a chur air, má tá sé i mo chroí nó i m'inchinn! Bhí mé iontach sásta. Ach arsa mise liom féin, nár fhéad mé a bheith cinnte gurbh é sin an dearcadh a bhí ag an Chanónach Ó Síocháin? Bhí mé cinnte gurbh é a bharúil féin a bhí ann. B'fhurast sin a aithne, an té a bhí eolach ar a chuid scríbhneoireachta. . . . Chuir mé béal an leabhair faoi ar an fhéar agus aoibhneas ar mo chroí. Bhí mé mar bheadh duine ann a mbeadh braon de fhíon bhlasta aige agus ar mhian leis fad a bhaint as. Ba mhian liomsa fad a bhaint as an bhraon seo. Bolgam anois agus bolgam arís, sa chruth is go mbeadh pléisiúr fada agam. . . . I gceann tamaill d'fhoscail mé an leabhar go bhfaighinn bolgam eile den íocshláinte.

'Conradh na Gaeilge,' ar seisean. 'Tá eolas maith agam ar an Chonradh chéanna. Tá siad ag iarraidh focla Gaeilge a athbheo, ach cá bhfuil an grá tíre nó an spiorad náisiúnta? Thug Conradh na Gaeilge Cúchulainn agus Oisín agus Niamh chugainn aniar ón tsean-tsaol, agus bhí sé chomh maith acu seanchas Homer a thabhairt dúinn. Chuaigh siad siar a fhad leis an aimsir chianaosta agus rinne siad neamart san aimsir atá de chóir baile. Ní hé sin amháin é ach rinne siad neamhshuim den naoú haois déag agus de na daoine éifeachtacha a bhí ann lena linn. Tá drochmheas acu ar an mhuintir ar a dtugann siad *Anglo-Irish writers*. Tá a shliocht ar an óige. Níl eolas dá laghad acu ar Tone, ar Emmet, ar Thomás Dáibhis, ar Mhitchel, ar Chiceam, ná ar an chuid eile de na fearaibh éifeachtacha a bhí ann ar na mallaibh. . . . Tabhair cuairt ar na scoltacha, agus gheobhaidh tú amach

gur agam atá an fhírinne. Tá na páistí ag foghlaim na
Gaeilge. Iarr ar dhuine acu amhrán de chuid Thomáis Uí
Mhórdha a cheol. Níor chuala siad iomrá riamh ar na ceolta
binne seo a raibh brón agus áille na hÉireann iontu. Labhair
leo ar Mhitchel nó ar Thomás Ó Meachair. Níor chuala siad
aon iomrá riamh ar a n-ainm. Abair leo *Clare's Dragoons nó
Fontenoy* a rá. Bhí sé chomh maith agat a iarraidh orthu dán
Gréigise a aithris. Mar a dúirt mé leat cheana féin, fuair na
daoine a gcuid talaimh agus chuir siad a máthair go teach na
mbocht. Tá siad anois ag fáil na Gaeilge agus ag déanamh
neamhiontais den chuid is uaisle agus is beannaithe de stair
na tíre. Ach mar atá a fhios agat, tá mise ag éirí aosta. Ná
tabhair aird orm, a Hanraí. Déan do dhícheall ar do dhóigh
féin. Ach tá mo chuid aislingí agam agus ní thig liom
scaradh leo.'

Agus ansin bhuail sé an buille deireanach. Buille trom
mar a bhuailfeadh gabha buille dh'ord ar inneoin. Buille a
chuir mearbhallán i mo cheann agus a d'fhág mé gan
creideamh, dóchas ná grá:

> 'I'd rather have one strand of the rope that hanged
> these poor boys over there in Manchester than all the
> "collars of gold" which the ancient Irish robbed from
> each other after spoiling the proud invader.'

Bhí mé tromchroíoch an tráthnóna sin nuair a tháinig an
Sagart Ó Muirí chugam. Thug sé suas go Coillidh Choim mé
go dearn mé mo chomhrá le seanmhnaoi a bhí ansin.
Bheadh lúcháir an tsaoil orm am ar bith eile tamall de lá a
chaitheamh i gcuideachta na seanmhná seo agus a bheith ag
éisteacht léi ag ceol amhrán de chuid an Daill Mhic Cuarta
nó Pheadair Uí Dhoirnín nó Airt Mhic Cumhaí. Ach ní
raibh suim ar bith agam an tráthnóna seo sna filí seo ná ina
gcuid ceoil. Dá dtigeadh Naomh Pádraig chugam ón tsaol
úd eile agus a rá liom nach raibh sa chreideamh a bhí agam
ach amaidí ní bheadh mo ghruaim mórán ní ba troime ná a
bhí sí ar an ócáid seo.

Nuair a bhíomar ag teacht ar ais, tamall beag roimh luí
gréine, sheasaigh an Sagart Ó Muirí agus d'amharc sé uaidh.
'Nuair a thig tráthnóna den chineál seo,' ar seisean, 'bheir sé

an seansaol i mo cheann chomh soiléir sin agus go bhfeictear domh go bhfuil mé ag amharc air le mo shúile cinn. Is iontach an bhuaidh a bhíos ag an tsamhailt ar dhuine corruair. Amanna nuair a amharcaim ar na sléibhte úd thall, tráthnóna mar seo, samhailtear domh go gcluinim Donn Chuailgne ag géimnigh, agus Cúchulainn ag tarraingt ar an áth a chosnamh ríocht Uladh.'

Níor labhair mé féin.

'A dhuine chroí' ar seisean, agus tháinig coinnle ar a shúile, 'is millteanach an scéal scéal na Tána. Ní raibh a leithéid eile ar an tsaol riamh. Agus sin rud nach bhfuil tuigthe mar is ceart ag muintir na hÉireann. Níl sé tuigthe ag cuid den mhuintir is dúthrachtaí a d'oibir le dhaichead bliain ag iarraidh an Ghaeilge agus litríocht na Gaeilge a fhoghlaim. Tá mé ag déanamh nach raibh ach aon fhear amháin in Éirinn lenár linn a thuig mar ba cheart an soiscéal atá i litríocht na Craobhruaidhe, is é sin Pádraig Mac Piarais. Agus má gheibhimid cineál ar bith saoirse oideachais an iarraidh seo ba cheart dúinn dúshraith a dhéanamh de litríocht na Craobhruaidhe i scoltacha na hÉireann.'

'Níl a fhios agam,' arsa mise.

'Níl a fhios agat, an ea?'

'Is deacair a bheith cinnte de rud ar bith.'

'Cad é an seachrán atá ar d'intinn inniu?' ar seisean.

Agus ní thiocfadh liom féin an rud a bhí ar mo chroí a choinneáil ceilte ní b'fhaide.

'Him,' ar seisean, 'Más é sin a bhfuil ag cur bhuartha crt!' Agus rinne sé draothadh gáire, ionann is a rá, nach beag do chiall is do thuigse nuair atá rud mar sin ag cur imní ort? Agus sheasaigh sé arís mar bheadh sé ag éisteacht le Cú na gCleas ag tarraingt go hur an átha agus sluaite Mhéibhe ag bailiú ionsair. Ach ní raibh mise ag brath suaimhneas a thabhairt dó. Trí huaire thrácht mé ar an rud a dúirt an Canónach Ó Síocháin ina leabhar, agus gach uair acu rinne an Sagart Ó Muirí neamhshuim de mo chomhrá, mar bheadh sé ag maíomh nárbh fhiú a bheith ag caint air. Ach ní raibh suaimhneas aige le fáil uaim. Agus ar seisean sa deireadh, go giorraisc, chonacthas domh, 'Suigh ansin bomaite beag,' agus shuigh sé féin ag mo thaobh.

'Tá barúil an Chanónaigh Uí Shíocháin ag cur imní ort?' ar seisean.

'Tá,' arsa mise.

'Bhail,' ar seisean, 'chomhairleoinnse duit gan aird a thabhairt ar rudaí mar sin agus ní thiocfadh trí lá go mbeadh dearmad déanta agat díobh. Mura ndéana tú sin níl ann ach a ghabháil síos go dtí an dúshraith agus fírinne an scéil a chruthú.'

'Sin an rud ab fhearr liom,' arsa mise.

'Maith go leor,' arsa an Sagart Ó Muirí, 'rachaimid go smior ann.'

Chumail sé a bhosa dá chéile cupla uair agus rinne sé draothadh gáire. Ansin ar seisean, 'Cad é a chuir i do cheann gur chóir duit géillstean do gach rud dá n-abair an Canónach Ó Síocháin fán Ghaeilge agus fá Éirinn?'

'Éireannach maith a bhí ann,' arsa mise.

'Éireannach maith. Is trua nach raibh míle sagart dá chineál againn.'

'Fear intleachtach a bhí ann.'

'Gan bhréig gan amhras. Bhí scoith eagna chinn aige agus bhí sé ar scríbhneoir chomh maith agus a bhí in Éirinn, is é sin an mhuintir a scríobh i mBéarla.'

'Bhí léann trom aige.'

'Cad é an cineál léinn?'

'Bí fealsúnacht agus stair aige. Bhí Laidin agus Gréigis agus Fraincis agus Gearmáinis aige agus eolas domhain ar litríocht na hEorpa.'

'Agus tá tú cinnte gur fear léannta a bhí ann, agus go raibh sé oilte le breithiúnas a thabhairt ar litríocht Gael is Gall sa tír seo?'

'Ba é sin a cheart, dar liom.'

'Bhail, mar a dúirt Mitchel, *"you are not yet emancipated, for all your Clare elections"*. 'Raibh Gaeilge aige?'

'Ní fios domh é.'

'Ní raibh. Ach is cuma fá sin. Ní labharfadh duine ar bith ar litríocht na Fraince gan Fraincis a bheith aige. Nó dá labhradh is beag an meas a bheadh againn ar a bharúil. Ach is féidir le fear a rogha rud a rá fán Ghaeilge agus fá litríocht na Gaeilge, cé acu atá an teanga aige nó nach bhfuil. Agus má bhí sé ina Ghael chomh maith sin nach iontach an rud gur chaith sé na blianta fada ag foghlaim teangacha iasachta, agus nár fhoghlaim sé riamh teanga a'thíre féin? Bhí litríocht agus ceolta na Fraince agus na Gearmáine ar bharr a mhéar aige. Thiocfadh *La Marseillaise* nó *Deutchland uber Alles* leis chomh réidh leis an Phaidir, ach cé riamh a chuala é ag caint ar *Róisín Dubh* nó ar *Chath Chéim an Fhéidh?* Bhí imní air cionn is nach raibh amhrán Tommie Moore ag na páistí sna scoltacha. Bheadh lúcháir air dá gcluineadh sé *'Tis the last glimpse of Erin* acu. Ach níl a fhios agam cad é a déarfadh sé dá n-insítí dó nach raibh ann ach *An Chúileann* ag siúl le croisíní? Ach sin an dearcadh a bhí aige. Bhí *chansons* na Fraince agus *Volkslieder* na Gearmaine aige, ach níor chosúil dó gur chuala sé riamh an *Droimeann Donn Dílís* nó *Úna Bhán*. Agus shíl tusa go raibh a sháith léinn is eolais aige le breithiúnas ceart a thabhairt ar litríocht Gael. Bíodh ciall agat, a dhuine. Bhí litríocht ag Éirinn nuair ba gheall le tír í. Agus níl aici i mBéarla ach rud nach bhfuil ceangal ar bith eadar é féin agus an rud ba dual dúinn. Buaileadh an buille deireanach ar Éirinn Lá na Bóinne agus Lá Eachdhroma. Ansin tháinig oíche mhór fhada dhorcha. Agus nuair a nocht léaró de sholas na maidine go fann fadálach, agus chualamar glórtha fearúla ag cur in aghaidh an daorsmaicht, bhí a oiread áthais orainn is nár smaoiníomar riamh gur glórtha coimhthíocha a bhí iontu.'

Thost sé tamall beag agus chuir sé dealán ar a phíopa.

'Ach,' arsa mise, 'tá ár moladh agus ár mbuíochas tuillte ag na fir seo, agus nach bhfuil an chontúirt ann go ndéanfar dearmad díobh cionn is nach raibh an Ghaeilge acu?'

'Níl,' ar seisean, 'má bhíonn ciall againn. Caithfimid Gaeilge a chur ar scríbhinní Mhitchel agus Thomáis Dáibhis agus ar an chuid eile acu, sa dóigh a bhfaighidh an t-aos óg aithne agus eolas orthu agus nach bhfoghlaimíonn siad Béarla lena linn. Tugaimis a gceart do na feara breátha seo, agus sin a mbeadh siad féin a iarraidh. Dúirt an Canónach cóir go raibh Conradh na Gaeilge ag iarraidh Cúchulainn is

Oisín a thabhairt ar ais. Agus baineadh an chiall ba mheasa
as an chaint seo. Dúirt seoiníní beaga ainbhiosacha go
rabhamar ag iarraidh an phágantacht a thabhairt ar ais agus
cúl a thabhairt dár gcreideamh. Ní raibh a fhios ag na
créatúir seo go raibh baint ar bith ag an Ghaeilge leis an
chreideamh. Shílfeadh an té a bhéarfadh aird orthu nach
raibh creideamh ar bith againn go dtáinig na Sasanaigh;
gurbh í Beití a bhaist sinn agus gurbh é Cromail a theagasc
an Phaidir is an tÁivé Máiria dúinn. Níl eolas ar bith acu seo
ar Cholm Cille, an fear a raibh grá Dé agus grá tíre fite fuaite
le chéile ina chroí. Thiocfadh leis a bheith ina rí ar Éirinn
agus lig sé an chéimíocht sin uaidh mar mhaithe leis an
Chreideamh. Agus san am chéanna an grá a bhí aige do
Éirinn níl léamh ná scríobh ná inse béil air. Ba é scaradh an
anama leis an chorp aige imeacht as Éirinn. Dá bhfaigheadh
sé seilbh ar Albain ó cheann go ceann b'fhearr leis ná an
t-iomlán áit tí ar chomhchlár Dhoire. Bhí an oiread sin grá
aige ar Éirinn agus ar na daoine agus gur shíl sé go
bhfaigheadh sé bás den chumha ar an choigrích.

> A fhir théid a nÉirind siar
> As briste mo chroidhe am chliabh;
> Dá ro go hécc ndála damh,
> Is ar mhéad grádha Gaedheal.

'A dhuine chléibh,' ar seisean, 'bíodh ciall agus creideamh
agat. Cuir do dhóchas in Éirinn agus i gColm Cille agus ná
cuirtear dallamullóg choíche ort le rudaí beaga atá maith go
leor ina ndóigh féin ach nach bhfuil an dúshraith cheart
fúthu. Is mór mo mheas-sa ar Mhitchel, agus ba trom a
ghoillfeadh sé orm dá lifgí a ainm agus a shoiscéal chun
dearmaid. Ach dá fheabhas an *Jail Journal* b'fhearr liom
Beatha Coluim Chille ná é. B'fhearr liom *Dia Libh, a
Laochradh Gaedheal* ná an méid *Fontenoys* is *Clare's
Dragoons* a cumadh riamh. Agus b'fhearr liom Eimhear ag
caoineadh Chúchulainn ná lasta loinge de bhruinneala
cianacha ag criongán i nglórtha coimhthíocha
> *Far from the land where their young hero sleeps
> And lovers around them sighing.'*

MAR A THÁINIG AN CÉITINNEACH CHUN AN CHAMPA GÉIBHINN

An samhradh sin sin a bhí chugainn bhí fir stáit na Sasana sásta ina n-intinn, agus a ábhar acu. Bhí saighdiúirí na hÉireann iad féin ag marbhadh a chéile agus an tír á creach *with an economy of English lives.*

An bhliain sin bhí mé i mo phríosúnach i gCill Dara agus bhí neart ama agam le machnamh ar an bhail a bhí orainn. Is minic a smaoinigh mé ar an chaint a dúirt an seanduine in Árainn le scaifte againn cupla bliain roimhe sin. 'Tairgfidh siad rud éigin nach mbíonn maith go leor le glacadh agus a bheas rómhaith le diúltú. Rachaidh cuid ar gach taobh agus tá an lá le Sasain.'

Bhí corradh le dhá mhíle againn sa champa sin agus corrdhuine greannmhar ina measc. Bhí corrfhear ann nach raibh mórán dúile agam iontu, ach corr a bhí siad. Bhí an mhórchuid acu ina ndaoine breátha fiala. Thuigfeá sin go maith nuair a bheadh ocras tobaca ort agus gheobhadh fear acu toitín nó giobóg thobaca. Is fiorannamh fear acu a d'imeodh i leataobh agus a ligfeadh an éadáil lena ghrásta. Ina áit sin d'fhuagóradh sé do chách é agus gheobhadh gach aon fhear dhá thoit a fhad is mhairfeadh sé.

Níl mórán cuimhne agam ar an tsaol a bhí agam sa champa. Bhí gach aon lá cosúil leis an lá eile. Shílfeadh an té atá tugtha do léamh nó do scríobh go ndéanfadh sé mórán oibre in áit den chineál seo. Ach ní dóigh liom go ndéanfadh. Ar scor ar bith ní thiocfadh liomsa a dhath a dhéanamh ach ag comhrá is ag caitheamh tobaca. Nuair a bhíodh fairsingeach tobaca agam ní raibh coir ar mo dhóigh, i dtaca le holc. Ach nuair nach mbeadh ní raibh mo shaol inmhaíte orm. Ina dhiaidh sin níor chaith mé riamh coirt crainn ná duilleoga tae mar a níodh cuid eile acu. B'fhearr liom troscadh dubh ná mo phíopa a mhilleadh le conamar den chineál sin.

Tá dearmad déanta agam den mhórchuid dá raibh ansin i mo chuideachta. Ní aithneoinnn fear as an chéad acu dá gcastaí orm anois iad. Ach tá cuimhne ghlinn agam ar bheirt acu go fóill. Bhí an bheirt ag tarraingt anonn ar leathchéad bliain agus sin an fáth a bhfuil siad i mo chuimhne. Ar ndóigh, bhí fiche fear eile ann a raibh an chuid ab fhearr dá saol caite. Ach ní chuirfeá sonrú ar bith iontu. Ní raibh siad féin ag déanamh iontais ar bith dá n-aois. Níor choir ar bith, dar leo, a theacht chun an tsaoil a leithéid seo de am. Ach an bheirt a luaigh mé, ba mhian leo na blianta a shéanadh. Ba mhian le gach fear den bheirt scór bliain a bhaint dá aois. Agus sin an fáth ar choinnigh mé cuimhne orthu.

Bhí a dhóigh féin ag gach aon fhear acu le 'a ghabháil arís in óige.' Ar ndóigh, ní abóradh ceachtar acu, 'Deich mbliana fichead m'aois-sa gan lá chuige ná uaidh.' Bhí dóigh ní b'ealaíonta ná sin acu. Nó ar scor ar bith shíl siad féin go raibh. Le dátaí a chuirfeadh fear acu a aois i gcéill duit. Ar ndóigh, níor dhúirt sé riamh, 'A leithéid seo de dháta a rugadh mise.' Ach má bhí maith ar bith ionat féin ag cuntas d'fhágfadh sé fút go soiléir nach raibh sé ach deich mbliana fichead. 'A leithéid seo de bhliain a tharla sé,' a deireadh sé nuair a bhíodh an comhrá ar obair. 'Is maith mo chuimhne air. Bhí mé i gceann mo chúig mblian san am. Mar sin de i mbliain a 1897 a tharla sé.' Is iomaí uair a thug mé cluas dó, féacháil an bhfaighinn lúb ar lár ina chuid cuntais. Ach ní bhfuair riamh. Is minic a bhíodh cúig nó sé nó seacht de dhátaí aige. Ach nuair a bheadh an cuntas iomlán déanta agat ba sa bhliain 1892 a tháinig m'ógánach chun an tsaoil.

Ní labhradh an fear eile ar aois ná ar bhlianta ná ar dhátaí ar chor ar bith. Ach bhí sé 'ar chéill na bpáistí,' nó bhí sé ag ligean air féin go raibh. Bhí scaifte de Fhianna Éireann sa champa, gasúraí nach raibh os cionn sé nó seacht déag de bhliana. Agus, ar ndóigh, bhí siad lán de chroí is d'aigneadh. Bhíodh siad ag léimnigh agus ag coraíocht agus ag cleasaíocht. Is iomaí uair a chonaic mé scaifte acu ag ciceáil bratóige i rith tráthnóna thart an campa. Amanna eile gheofá canna nó seanbhucaeid acu agus, b'fhéidir, cupla fideog. Bhíodh siad ag siúl thart ag séideadh na bhfideog agus ag greadadh na bucaeide agus iad ar a sáimhín suilt.

Ach ba chuma cad é an caitheamh aimsire a bhíodh acu bhí mo dhuine i gcónaí ina measc. Amanna, nuair a bhíodh siad ag coraíocht, gheofá ina luí ar an talamh é agus ceathrar nó cúigear acu ina mhullach. B'fhéidir go mairfeadh an streachailt seo ar feadh leathuaire. Agus ansin d'éireodh sé agus a mhuinchille síos leis agus gach aon racht gáire aige.

Bhí truaighe agam don fhear seo. Níor mhaith liom é a bheith ag gabháil anonn in aois. Bhí croí óg aige, agus bhí sé ag iarraidh cúrsaí na gréine a chur ar ceal le cleasaíocht na hóige. Agus b'fhéidir gurbh é a rinne i gceart é. Bhí sé cosúil le fear a bhainfeadh fad as na blianta. Nó ní raibh sé ag ligean bomaite ar bith sa dul amú. Ach ní raibh truaighe ar bith agam do fhear na ndátaí, siúd is go measaim gur mhó an díol truaighe é ná an fear eile. Bhí na blianta ag goilleadh air. Agus ní raibh uchtach aige caitheamh aimsire ar bith a chur ina n-aghaidh ach gréasán dátaí, ag cur i gcéill gur i mbliain a 1892 a rugadh é. Cibé a tí an bheirt acu anois, tá an aois ag luí orthu. Agus chomh dóiche lena athrach go bhfuil fear acu ag coraíocht le gasúraí. Agus an fear eile ag rá gurb é a sheanchuimhne an t-éirí amach a bhí i mBaile Átha Cliath i mbliain a 16. Go raibh sé i gceann a trí mblian san am, ach mar sin féin gur maith is cuimhin leis an brón a bhí ar a mháthair nuair a tháinig an scéala gur cuireadh an Piarsach chun báis.

Chuala mé iomrá ar dhaoine a fuair 'léann príosúin,' ach chaith mise bliain go leith istigh agus níor fhoghlaim mé rud ar bith. Thug mé iarraidh bríste a dhéanamh aon uair amháin, ach ní raibh ann ach an iarraidh. Bhí mo bhríste caite agus bhí ceann eile de dhíth go cruaidh orm. Thug mé liom plaincéad agus ghearr mé ábhar an bhríste. Ansin thug mé liom snáthaid agus snáth agus thoisigh mé a fhuáil. Bhain an fhuáil seachtain asam, nó ní raibh lámh rómhór ar an tsnáthaid agam. Nuair a bhí sé fuaite agam d'amharc mé air. Bhí an fhuáil iontach cnapánach, na greimeanna ag marcaíocht ar a chéile in áiteacha, agus in áiteacha eile leathorlach eatarthu. Ach níor chuir sin mórán inmí orm, nó ní raibh mé riamh nósúil i ngnoithe éadaigh. Ach nuair a chuir mé orm an bríste — agus ní hé sin féin é ach nuair a thug mé iarraidh a chur orm — bhí sé chomh cúng is nach

dtiocfadh liom a tharraingt aníos thar mo ghlúine dá mbeadh
mo bheo de gheall leis. Chaith mé uaim é go míshásta agus
chas mé sreangáin ar an tseanbhríste. Ach bhí an aimsir fuar
agus bhí mé do mo chonáil. Fuair mé plaincéad eile ach ní
dheachaigh mé féin i gceann an dara ceann. Bhí fear dea-
lámhach ar na gaobhair. Thomhais sé mé agus ghearr sé
ábhar an bhríste. Ansin thug sé leis a shnáthaid agus
d'fhuaigh sé é, agus thug chugam é, tráthnóna amháin,
déanta réidh. Bríste beag trom a bhí ann agus bhí áthas an
domhain orm go raibh sé agam, nó bhí fuacht polltach ann.

Bhí go maith agus ní raibh go holc go dtí go raibh mé ag
gabháil a luí an oíche sin agus, dar liom féin, féachfaidh mé
orm thú. D'fhéach, agus bhí sé ag cur liom go measartha
maith de thairbhe leithéid, ach bhí sé tuairim ar dheich
n-orlaí rófhada sna hosáin agam. Tharraing mé aníos orm é a
fhad is thiocfadh liom, ach bhí ceann na n-osán faoi mo
chosa ar an urlár.

Nuair a dhéanfas duine gar mar seo duit ní maith leat, ar
eagla go gcuirfeá aiféaltas air, tormas a fháil ar a chuid
oibre. Ní thiocfadh liomsa a ghabháil chuig an fhear seo
agus mé ag tarraingt mo chuid osán i mo dhiaidh ar an
talamh. Ach, dar liom, rud atá ann nach deacair a leigheas.
Tá sé ag cur liom go maith ar gach aon dóigh eile.
Gearrfaidh mé píosa de cheann na n-osán agus ní bheidh a
fhios aige choíche nach é a thomhas féin atá ann! Thug mé
liom an bríste an oíche arna mhárach agus ghearr mé deich
n-orlaí de cheann de na hosáin. Ansin chuir mé fáithim leis
agus bhí mé iontach sásta le mo chuid oibre. Fuair mé
saothar mór ón fháithim, ar eagla go n-aithneodh mo
tháilliúir lorg mo láimhe. Ansin rinne mé mo scíste agus
chaith mé píopa tobaca. Nuair a bhí sin déanta agam
tharraing mé orm an bríste ar ais agus ghearr mé deich
n-orlaí eile. Chuir mé fáithim leis, agus nuair a bhí sin déanta
agam bhí am luí ann.

Ar maidin an lá arna mhárach, nuair a mhuscail mé agus
d'amharc mé amach, bhí sé ag plúchadh shneachta agus
siorradh polltach gaoithe ann. Dar liom féin, is mór an gar
go bhfuil mo bhríste úr inniu agam. Murab é go bhfuil ní
bheadh ann ach fanacht i mo luí. Chaithfinn fanacht sa leaba

go n-imíodh an sneachta agus an fuacht, bíodh sin fada nó gairid!

An fear a bhí sa leaba ba deise domh d'éirigh sé ins shuí. Ba é mo shealsa é an mhaidin seo leis an bhricfeasta a thabhairt isteach. 'Rachaidh mise síos i d'áitse inniu,' ar seisean. 'Luigh ansin is déan do scíste.'

'Cad chuige a rachfá amach i m'áitse,' arsa mise, 'nuair a thig liom féin a ghabháil?'

'Amharc amach,' ar seisean. 'Chonálfaí thú, dá dtéitheá amach inniu sa tseanbhríste sin agat.'

'Tá bríste úr agam,' arsa mé féin.

'Shíl mé nach raibh sé críochnaithe,' ar seisean.

'Tá agus dea-chríochnaithe, eadar chnaipí is lúbóga,' arsa mise, ag éirí de léim amach as an leaba agus ag tarraingt orm an bhríste. Ach bhí ábhar iontais agam féin agus ábhar gáire ag an chuid eile nuair a chuir mé orm é. Bhí ceann de na hosáin chomh fada is bhí sé riamh, agus an t-osán eile go díreach ag teacht go capán mo ghlúin.

Ní fhaca aon duine snáthaid ná siosúr i mo láimh ón lá sin ó shin.

Amach eadar thú is an Fhéil Bríde bhí me i mo luí tinn i gcineál d'ospidéal a bhí ann. Lá amháin tháinig Seosamh Ó Dónaill (deartháir do Pheadar) isteach agus shuigh sé ag colbha na leapa ag comhrá liom. 'Ní thomhaisfeá choíche cé atá sa champa inniu?' ar seisean.

'Ina phríosúnach?' arsa mise.

'Ní hea,' ar seisean, 'ach ina oifigeach faoi iomlán éide is órshnáithe.'

'Ba doiligh domh a thomhas agus a oiread acu is atá ann,' arsa mise.

'Deartháir do fhear an ghearráin bháin,' arsa Seosamh.

'An fear a bhí in arm na Sasana?' arsa mise.

'An fear ceanann céanna,' arsa Seosamh. 'Ach, ar ndóigh, ní hábhar iontais ar bith sin. Ach dá gcluinfeá an Béarla galánta atá aige!'

''Raibh tú ag caint leis?'

'Bhí. Casadh orm thíos ansin é. Agus beidh tusa ag caint fosta leis mura gceile tú do chomhrá air. Tá dáimh aige, deir sé, le muintir na Rosann, agus d'inis mise dó go raibh tú anseo.'

''Raibh aithne agat air roimh re?' arsa mise le Seosamh.

'Ní raibh,' ar seisean. 'Bhí sé ar shiúl as na Rosa sula dtáinig cuimhne chugam.'

'Ba é mo cheartsa aithne a bheith agam air,' arsa mise.

'Cár casadh ort e?'

'Ar an Chlochán Bhán, lá scrúdaithe* nuair a bhíomar inár ngasúraí. Rinne sé ciolar chiot den iomlán eile againn an lá sin. Chuaigh sé chun coláiste, agus i gceann na haimsire cuireadh go Cambridge é go bhfaigheadh sé léann galánta.'

'Ba é an *school tie* a sheasaigh dó nuair a tháinig an cogadh,' arsa Seosamh. 'Chaith sé an t-am uilig i Sasain. Tháinig sé chun na tíre seo nuair a bhí an cogadh thart. Deirtear go raibh sé ina oifigeach sna *Black and Tans* thíos sa Mhumhain. Ach níl cruthú ar bith leis sin agam. Ach scéal cinnte go raibh an deartháir ag spiadóireacht orainn.'

Eadar sin is tráthas tháinig an t-oifigeach galánta seo isteach chun an ospidéil agus shiúil sé aníos eadar na leapacha. Bheannaigh sé go pléisiúrtha do na hothair de réir mar a bhí sé ag teacht. Nuair a tháinig sé a fhad le mo leaba féin d'amharc sé ar an uimhir agus chuir sé ceist orm cárbh ainm mé.

D'inis mé féin dó. Shuigh sé ar cathaoir ag colbha na leapa agus thoisigh sé a chomhrá. Agus an Béarla a bhí aige! Chuala tú an cineál go minic má bhí tú i mBaile Átha Cliath i bhfad, nó má tá raidió agat. Níor chosúil le Béarla Sasanaigh é, cé gur ar an tSasanach a bhí sé ag iarraidh aithris a dhéanamh. An conamar atá ag na Sasanaigh thig sé go réidh nádúrtha leo. Ach an tÉireannach a bheir iarraidh aithris a dhéanamh orthu, ní bhíonn aige ach snagarsach bheag ghránna nach mó ná gur canúint duine ar chor ar bith í. Dúirt sé gur chuala sé gur scríobh mé leabhar. Gur mhór an truaighe nach i mBéarla a scríobh mé í. Go raibh an Béarla fada leitheadach agus nach raibh an Ghaeilge ach ag lán doirn de dhaoine suaracha den chineál nach raibh riamh ina ndúshraith ag litríocht.

*Féach *Nuair a Bhí Mé Óg*.

'Ní thiocfadh liom scríobh i mBéarla dá mba mhian liom féin é,' arsa mise.

Dúirt sé nach raibh ansin ach amaidí. Ní bheadh Béarla maith de dhíth orm. Ar thuathánaigh na hÉireann a bheinn ag scríobh. Daoine a mbeadh dúdóga cailce is bataí draighin acu agus iad féin is na muca ag ithe i gcuideachta a chéile. Ní bheadh an oiread sin Béarla riachtanach agam. Bheadh a oiread *bejabers* agus *begorras* sa leabhar agus nach mbeadh mórán eile riachtanach! Ar ndóigh, ní mar sin a dúirt sé é ach sin an rud a bhí ina cheann. Tháinig sé chun an bhéil chugam a rá nach raibh Béarla ar bith agam, agus go bhfuair sé féin cruthú air sin an lá a bhíomar ag coimhlint le chéile ag míniú *Lycidas* nuair a bhíomar inár ngasúraí. Ach níor dhúirt. Ní raibh maith liom a inse dó gur casadh ar a cheile sinn roimhe. Fuair sé buaidh orm sa chéad teagmháil a bhí eadrainn. Agus níor mhian liom m'aithne a ligean a fhad leis choíche, mura gcasfaí san áit sinn a dtiocfadh liomsa an dara buaidh a bheith agam. Mar sin de, d'éist mé go foighdeach lena chuid meigeadaí.

'Bliain mhaith i do dhiaidh agus neamhchoireach,' arsa mise liom féin nuair a d'imigh sé, agus tharrang mé orm mo phíopa go gcaithfinn a oiread tobaca agus a bhéarfadh sólás domh.

Bhíomar ar ár ndícheall ag iarraidh na soipeacháin agus na bratóga a bhí againn a choinneáil glan. Ach d'ainneoin an díchill sin ní rabhamar saor ó airnéis. Lá amháin dúirt fear a bhí ann go raibh *Keating's powder* iontach maith á gcur i leataobh. D'fhéach sé féin é cupla uair ina shaol agus bhí dóchas mór aige as. Ach cá bhfaighfí é? Dá scríobhfá amach fána choinne chuig duine de do mhuintir nó de do chairde, b'ionann sin agus an scéal a reic go raibh na príosúin salach agus go raibh drochshaol ag na príosúnaigh. Agus níor dhóiche go ligfí an leitir chun siúil. Ach tháinig smaoineamh cliste i mo cheann féin. I nGaeilge a scríobhainn mo chuid leitreacha chuig duine ar bith de mo lucht aitheantais a raibh an Ghaeilge aige. Agus bhí mé inuchtaigh go dtiocfadh liom leitir a chur go Rinn na Feirste nach dtuigfeadh an *censor*, agus i gceann seachtaine ina dhiaidh sin go bhfaighinn meascán ime as an bhaile agus cupla bocsa beag den phúdar luachmhar istigh ina chroí. Nó an fear a bheadh ag léamh na leitreach, ba bheag a shamhóladh sé gur tochas a thug orm trácht ar an Chéitinneach agus ar an treas leitir déag den 'aibidil a chuir Cadmus i mbéal an tslua.'

Lá arna mhárach bhí mé ag siúl liom féin aníos is síos an chearnóg agus mé ag cumadh leitreach a chuirfinn chuig m'athair fá choinne an phúdair. Leis sin féin tháinig saighdiúir de chuid an tSaorstáit amach as cúl bothán agus tharraing anall orm. Bhí sé ag amharc go scaollmhar ar gach taobh de mar bheadh eagla air go bhfeicfí ag caint le príosúnach é. Bhí rud beag Gaeilge aige, agus i nGaeilge a chuir sé forrán orm.

'An tusa Máire?' ar seisean go leathíseal.

'Is mé,' arsa mé féin.

'Ar scríobh tú *Mo Dhá Róisín?*' ar seisean.

Thug mé freagra air sa chineál Gaeilge a bhí aige féin, leisc aiféaltas a chur ar an duine ghránna. Leis sin féin nochtaidh oifigeach ag an gheafta. Bhí sé ag teacht aníos i gcúl na stáblaí agus i gceann bomaite bheadh sé sa mhullach orainn.

'Is éigean domsa bheith ag imeacht,' arsa an saighdiúir, agus dhruid sé cupla coiscéim amach uaim. 'An dteastaíonn aon rud uait? Más ea, abair é agus tabharfadsa chugat é.'

Tá leannán ar dhaoine nach mbíonn acu ach beagán Gaeilge. Má chuireann tú in úsáid a oiread is focal amháin de theanga ar bith eile tiocfaidh fearg orthu leat. Caithfidh tú Gaeilge a chur ar gach aon fhocal dóibh. Is cuma leo cad é an cruth a bheas ar an abairt, ach an focal a bheith ina Ghaeilge. Bhí a fhios seo agamsa. Bhí mé breá cleachta leis an chineál seo daoine. Ní raibh agam ach aon áiméar amháin agus, dá n-abrainn *'Keating's powder,'* chomh dóiche lena athrach gur fearg a thiocfadh air liom, nó go sílfeadh sé gur ag cur síos dó a bhí mé nach raibh a sháith Gaeilge aige fá mo choinne. Agus ansin ní raibh an fhaill ann le míniú an scéil a thabhairt dó. Bhí an t-oifigeach ag teannadh linn. Bhí tormán a bhróg le cluinstin againn ag teacht aníos i gcúl an stábla. Fiche coiscéim acu seo agus bheimis ar a amharc.

'Púdar an Chéitinnigh,' arsa mise.

'Pardún?' arsa an saighdiúir, agus dhruid sé cupla coiscéim eile amach uaim.

'Púdar. Céitinn!'

Rinne sé comhartha lena láimh is lena chloiginn domh go raibh mo scéal tuigthe aige agus d'imigh sé. Bhí sé deich slata uaim agus cúl a chinn liom nuair a nocht an t-oifigeach.

'Ar scríobh tú an leitir chun an bhaile fá choinne an phúdair?' arsa fear de na buachaillí liom eadar sin is tráthas.

'Níor scríobh,' arsa mise, ag toiseacht is ag inse dóibh. 'Ach ná cluineadh clocha an talaimh an scéal sin. Nó thabhódh sé achasán trom don duine ghránna dá bhfaighfí amach air é.'

Chuaigh lá agus dhá lá agus trí lá thart, agus ní raibh cosúlacht ar bith ar mo shaighdiúir a bheith ag teacht chugam leis an phúdar. Bhí mé ag breathnú go minic ag féacháil an bhfeicfinn é ag cromadaigh thart fán áit ar casadh orm é. Ach ní raibh sé le feiceáil thoir ná thiar agam. Sa deireadh dúirt mé liom féin gurbh amaideach mé a thug aird air, nó nach raibh sé ach ag magadh orm.

Maidin amháin, seachtain ina dhiaidh sin, thug an posta beairtín chugam a seoladh ionsorm as siopa leabhar i mBaile Átha Cliath. D'fhoscail mé é agus cad é a fuair mé agam ach *Dánta Sheathrúin Céitinn*. Dar liom féin, faoin spéir cé a chuir an leabhar seo chugam? Ach nuair a d'fhoscail mé í bhí nóta istigh inti:

'Saighdiúir de chuid an Stáit a d'íoc luach an leabhair seo agus a d'iarr orainn a cur chugat. Níor inis sé a ainm dúinn. Tá súil againn go gcuirfear an beairtín chugat gan moill ar bith a bhaint as.'

Rinneadh eadra gáirí faoin chuid de shaothar an Chéitinnigh a cuireadh chugam. Agus chaith mé féin bunús an lae go tráthnóna ag iarraidh a dhéanamh amach cad é mar a bhain sé an chiall a bhain sé as mo theachtaireacht. B'fhéidir gur shíl sé gur 'údar' a dúirt mé in áit 'púdar.' Níl a fhios sin agam, nó níor casadh orm riamh ó shin é. Níl aithne ná eolas agam air, nó fios agam an bhfuil sé beo ar chor ar bith. Ach, *soldat inconnu,* má tá tú ar an taobh seo abhus den uaigh go fóill, agus má léann tú an scríbhinn seo, bíodh a fhios agat go bhfuil mé buíoch díot as do dhea-rún.

An oíche sin bhí mé do mo thochas féin i ndiaidh a ghabháil a luí agus mé ag aithris ceathrú de chuid an Chéitinnigh:

Óm sceol ar ardmháigh Fáil ní chodlaim oíche
Is do bhreoigh go brách mé dála a pobail dílis;
Gidh rófhada atáid 'na bhfál re broscar bíobhadh
Fá dheoidh gur fhás a lán den chogal tríothu.

FEIS AN TEMPERANCE

San earrach i mbliain a 1924 toghadh mé mar rúnaí don Fháinne agus tháinig mé go Baile Átha Cliath. Bhí Conradh na Gaeilge gan bhrí san am sin. Dúirt an Piarsach i 1914 nach raibh ann ach *spent force*. Má b'fhíor sin is maith mar a bhí sé deich mbliana ina dhiaidh sin. Ach bhí lá agus bhí misneach maith sa Chonradh. An mhuintir a chuir ar bun é agus a rinne Conradh de, bhí an mhórchuid acu gann i nGaeilge. Bhí a shliocht ar an Chonradh. Níor shábháil sé an Ghaeilge agus níor chuir sé ar shlí a sábhála í. Ach rinne sé rud éifeachtach. Mhuscail sé Éire as an tsuan ina raibh sí leis na blianta fada roimhe sin, agus rinne sé a hathbhaisteadh i gcreideamh na bhFíníní.

D'fhadaigh Conradh na Gaeilge tine a raibh teas agus bladhaire uirthi. Briseadh an cath orainn, agus bhí an tine chóir a bheith dóite nuair a bhí an cogadh thart. Ní raibh ann ach moll luatha agus aibhleog. Bhí, ar ndóigh, corrphíosa connaidh fána himill agus bladhaire lonrach orthu, ach nach raibh mórán solais astu. Ach bhí croí na tineadh múchta. An mhuintir a d'fhadaigh í agus a rinne tine di lá den tsaol bhí cuid acu ar shlua na marbh, cuid ar an choigrích, agus cuid dallta ag dealramh a bhí ag teacht ón iasacht. Agus ansin bhí dream nár chuir aon fhód ná aon chipín riamh uirthi nuair ba gheall le tine í, agus iad ag plódú isteach ag féacháil an bhfaigheadh siad an *'torch that would lead them through dignity's way'*.

Bhí galar an bháis ar an náisiún na blianta sin. Agus creidim gurb é sin an fáth a bhí leis an dearcadh a bhí ag cuid mhaith de Ghaeilgeoirí Bhaile Átha Cliath. Nuair a bhí an Conradh ina neart ní raibh ann ach ag síorchuartú focal is abairt is amhrán sa Ghaeltacht. A leithéid seo de scéal a bhí i Rosa Thír Chonaill; an t-amhrán a bhí i Rosmuc; an rann úd a bhí ag muintir na nDéise. Ach nuair a tháinig mise go Cearnóg Pharnell is é rud a bhíothas ag iarraidh an Ghaeilge a thabhairt 'suas chun dáta,' nó a cur 'ar aon dul le teangacha na hEorpa.' Agus cuid mhór dá raibh an port seo acu gan teanga ar bith acu ach an Béarla, agus gan an chuid ab fhearr de sin féin.

Chuir an dearcadh sin mo sháith iontais agus imní orm ar theacht go Baile Átha Cliath domh. Shíl mé gur lúcháir a bheadh roimh mo leithéid ag daoine a bhí ag foghlaim na Gaeilge agus nach bhfuair í ó ghlún a máthara mar a fuair mise í. Sin an dearcadh a bhí agamsa. Dá mbeinn féin ag foghlaim Gearmáinise nó Fraincise shiúlfainn ar mo ghlúine as tóin Rinn na Feirste go Bearnas Éamoinn Bhradaigh dá mbeinn cinnte go gcasfaí Gearmánach nó Francach orm ag deireadh m'astair. Shíl mé go mbeadh a mhacasamhail de dhearcadh ag Gaeilgeoirí Bhaile Átha Cliath. Is é rud a bhí eagla orm go mbeadh siad i mo dhiaidh de lá is d'oíche ag iarraidh Gaeilge a bhaint asam. Agus nuair a shíl ba mhór an t-iontas agus an imní a bhí orm nuair a cinntíodh domh nach raibh suim ar bith i mo ghlórtha acu.

An mhuintir seo a shíl gur cheart dóibh an Ghaeilge a thabhairt suas chun dáta, ba é an dearcadh a bhí acu nach raibh sé riachtanach mo chuid Gaeilge a thuigbheáil. Rud ar bith nach raibh intuigthe acu, ní raibh le rá ach gur 'canúint' Chúige Uladh a bhí ann. Bhí 'canúint' Chonamara agus 'canúint' Chiarraí mar an gcéanna acu. Ní raibh maith ar bith iontu. Ní raibh iontu ach *patois* a bhí ag doirneálaigh gharbha ghlasa. Agus ní dhéanfadh siad cúis ar chor ar bith do dhaoine galánta ar fhág béal na huaighe iad gléasta i mbeagán de cheannas bheag shealadach.

Is maith is cuimhin liom uair amháin a tháinig scaifte cailín as ollscoil de chuid na Gearmáine ar cuairt go Baile Átha Cliath. Bhíomar carthanach leis na Gearmánaigh an tráth sin. Bhí Sasain féin carthanach leo agus ag éileamh go mór ar an Fhrainc as a bheith ag teannadh róchruaidh orthu. Nuair a bhí sin mar sin bhí lúcháir orainn nuair a tháinig an slua ban óg seo ar cuairt chugainn. Bhí cuid acu ar scor ar bith ar chailíní chomh dóighiúil is a chasfaí ort i siúl lae, agus bhí lúcháir orm féin rompu.

Bhí céilí againn an tseachtain sin i gCearnóg Pharnell

agus tugadh cuireadh dóibh. Bhain mé féin an fhéasóg díom
an tráthnóna seo agus chuartaigh mé léine nach mbeadh poll
ná paiste uirthi. Ní raibh mé róluascánach do mo chóiriú
féin, díobháil an chleactaidh, agus bhí an slua cruinn agus an
céilí ar obair nuair a shroich mé an halla. Bhí bean de na
cailíní ag gabháil cheoil ar a theacht chun an tí domh. Bhí
guth breá aici agus í ar chailín chomh hálainn is a choraic
mé dhá uair riamh. D'éist mé féacháil an dtuigfinn cuid
bheag ar bith den amhrán. Ach ní raibh a oiread is focal de
intuigthe agam. Bhí an mhórchuid Gearmáinise caillte agam
an t-am seo. Agus bhí mé buartha cionn is go raibh. Bhí mé
ag gabháil chun tosaigh go maith leis an teanga sin aon uair
amháin. Is mairg nár lean di. Dá leanainn bheadh a oiread
anocht agam is go dtiocfadh liom breac-chomhrá a thabhairt
don spéirbhean mhaiseach sin! Ansin smaoinigh mé go raibh
beagán beag fágtha agam. Níor sciob na blianta agus na
trioblóidí leo an t-iomlán. Bhí conamar beag fágtha agus
b'fhéidir go mb'fhearr é ná a bheith folamh. D'fhéadfadh
duine, dar liom, beagán comhráidh a dhéanamh i dteanga
agus ceol na teanga sin a bheith dothuigthe aige san am
chéanna.

Dar liom féin, tógfaidh mé a dhamhsa í amach anseo agus
nuair a bheimid ar an urlár cuirfidh mé comhrá uirthi.
B'fhéidir nach mbeadh a dhath ar shon mo shaothair agam.
Ach ba chuma. Agus b'fhéidir go mbeadh. Mar a dúirt an
duine aosta, níor cailleadh leath dá deachaigh i gcontúirt.
Ach ansin bhí mé san fhaopach go húrnua. Ní raibh maith ar
bith ag damhsa ionam. Ní raibh agam ach aon chúrsa
amháin, Droichead Átha Luain, agus ní bheadh sin féin
agam ach nach raibh le déanamh ann ach siúl aníos is síos
an t-urlár. B'fhada liom ná go dtigeadh an cúrsa seo. Agus
nuair nach raibh cuma ar bith orthu a fhuagairt, chuir mé
ceist ar stócach a bhí ag mo thaobh.

''Raibh Droichead Átha Luain go fóill agaibh?' Dúirt sé
liom nach raibh, agus bhí mé sásta. Thoisigh mé ag iarraidh
cuimhniú ar mo bheagán Gearmáinise, agus féadaim a rá go
raibh sí chomh gann agam is a bhí an Spáinnis ag Niall Buí
Ac an tSacánaigh nuair a tháinig an chailleach mhaol odhar
chuige ar an choigrích. Fan go bhfeice mé, arsa mise liom

féin. 'Tá a oiread agam is a bhéarfas cuireadh chun an urláir
di. Nuair a thoiseos sí a chaint liom déarfaidh mé *Spreche
langsamer, bitte*. Tamall ina dhiaidh sin nuair a bheas greim
láimhe agam uirthi déarfaidh mé *Kan ich Sie nach Hause
gegleiten?* Agus má bheir sí uchtach ar bith domh déarfaidh
mé, *Du bist vie eine Blume*.

'Ballaí Luimnigh,' arsa an giolla, agus d'éirigh scaifte acu
amach chun an urláir. Ach b'éigean domh féin fanacht mar a
bhí mé. Ansin canadh amhrán nó dhó. Agus ina dhiaidh sin
fuagraíodh Cor na Síóg. Bhí mé féin ag éirí iontach
míshuaimhneach.   Thoisigh eagla a theacht orm nach
mbeadh Droichead Átha Luain ann ar chor ar bith. Níor
dhamhsa ró-ealaíonta é, agus b'fhéidir gur rún a bhí acu gan
bacadh leis go n-imíodh na strainséirí.

Shuigh siad thart leis na ballaí nuair a bhí an cúrsa déanta
acu. Agus i gceann tamaill bhig ina dhiaidh sin d'éirigh an
giolla ina sheasamh. 'Droichead Átha Luain', ar seisean, ag
ligean a sheanscairt as féin. Dar liom féin, a Jimmy, seo
d'am. Seo uair na cinniúna. Agus mar a dúirt a chéile caoin
leis an tseanduine dhóite, 'Mura ndéana tú anois é ní
dhéanfaidh tú choíche é?' Shiúil mé caol díreach go dtí mo
chailín agus chuir ceiliúr damhsa uirthi sa Ghearmáinis ab
fhearr agam.

'Wollen Sie mit mir tanzen, Fraulein?'

'Tá brón orm, a Mháire,' ar sise. 'Ní thuigim Gaeilge
Chúige Uladh.'

Shuigh mé thall i leataobh agus smúid orm. D'éirigh
Fraulein a dhamhsa le fear éigin eile. Sa deireadh, arsa mise le
stócach a bhí ag mo thaobh, 'Cén cailín í sin thíos? An
cailín fionnbhán a bhfuil an chulaith gheal uirthi?'

'Ag déanamh nach bhfuil aithne agat uirthi?' ar seisean.

'Níl,' arsa mise. 'Shíl mé gur Gearmánach a bhí inti go dtí
gur labhair sí liom.'

'Sin a leithéid seo de chailín as Rath Maonais,' ar seisean.
'Níl aon chailín sa halla anocht chomh dóighiúil léi,
Gearmánaigh nó eile. Agus dá gcluinfeá ag gabháil cheoil í!'

Ní raibh an saol a bhí agam na blianta seo i gcónaí
dorcha. Bhíodh corrléaró solais ann. I rith an tsamhraidh
bhíodh feiseanna ar fud na tíre, agus bhíodh lúcháir orm i

gcónaí ag gabháil chun feise. Is iomaí tamall pléisiúrtha a bhí agam ar shiúl mar seo. Bhíodh fáilte i gcónaí ag muintir na tuaithe fá choinne an té a thiocfadh anuas as an chathair a chuidiú leo. Agus le cois fáilte charthanach, togha gach bídh agus rogha gach dí. Ní raibh mé ach ag aon fheis amháin i mo shaol nár tairgeadh fliuchadh mo bhéil domh. Ach cluinfidh tú.

Aimsir bhreá shamhraidh a bhí ann agus chuaigh mé síos go Caiseal Mumhan. Bhí fáilte ríúil romham ansin, agus chaith mé trí lá ann. Ar theacht ar ais domh casadh fear aitheantais orm agus chuamar a chomhrá. 'Ba bhreá an óráid a rinne tú i gCaiseal Dé Domhnaigh,' ar seisean. 'Léigh mé ar an *Star* í agus thaitin sí as miosúr liom. Bhí dóchas agus misneach i do chuid cainte, rud atá annamh ar na saolta deireanacha seo.'

'Níl mé cinnte go bhfuil mo dhóchas ná mo mhisneach chomh mór is a lig mé orm,' arsa mise. 'Ach bhí siad chomh lách carthanach sin liom is go bhfacthas domh gurbh é mo cheart mo dhícheall uchtaigh a thabhairt dóibh.'

'An daoine forbháilteacha iad?'

'Níor casadh a leithéid riamh orm,' arsa mise. 'Bhí Séamas Bric agus scaifte acu i m'araicis ag an stáisiún agus uaidh sin gur fhág mé iad, trí lá ina dhiaidh sin, níor mhór leo a gcaithfeadh siad liom. Is iomaí áit a bhfuair mé mo sháith le hithe agus ar tairgeadh deoch domh. Ach níor casadh macasamhail mhuintir Chaisil riamh orm. Is cuma cén siopa a rachainn isteach ann, a cheannacht pionta leanna nó cupla unsa tobaca, ní ghlacfaí airgead ar bith uaim. Ní raibh ann ag an iomlán acu ach, "Socóraidh coiste na feise an cuntas seo".'

'Nach breá a bhí aithne acu uilig ort?' ar seisean, mar bheadh obair aige mo chreidbheáil.

'Sílim go raibh mo phioctúir acu,' arsa mise. 'Nó mura raibh bhí mo chosúlacht ag an iomlán acu. Haithníodh mé i ngach aon teach a deachaigh mé isteach ann.'

'Nár mhéanair a bheadh ann?' ar seisean. Agus tháinig sin óna chroí air, nó bhí dúil sa ghloine aige.

Seachtain ina dhiaidh sin scríobhadh chugam as baile de bhailte Éireann ag iarraidh orm a theacht ionsorthu an

Domhnach sin a bhí chugainn agus labhairt ag feis, agus cainteoir eile a bheith liom, dá mb'fhéidir a fháil. Níorbh fhurast sin cainteoir a fháil san am sin, nó bhí an saol Gaelach gnoitheach. D'iarr mé cupla fear, ach bhí focal orthu in áit éigin eile. Sa deireadh smaoinigh mé ar mo dhuine. Agus rinne mé amach go rachainn chun cainte leis agus go bhféachfainn lena mhealladh. Chuaigh.

'A Chonaill,' arsa mise, 'tá feis ina leithéid seo de bhaile Dé Domhaigh seo chugainn. Fuair mé scéala ag iarraidh orm a ghabháil agus fear eile a bheith liom. 'B'fhéidir go rachfá?'

''Bhfuil aithne agat ar lucht na feise?' ar seisean.

'Ar chuid acu,' arsa mise.

'Caithfimid éirí go luath agus a ghabháil chun an Aifrinn roimh am traen?' ar seisean.

'Níl an dara dóigh ann,' arsa mé féin. 'Ach is cuma. Tá an aimsir maith agus, nuair atá, tá sláinte sa mhochéirí.'

Bhí sé eadar dhá chómhairle agus bhí eagla ag teacht orm féin nach mbeadh sé liom ar chor ar bith. 'B'fhéidir go mb'fhiú do shaothar é,' arsa mise. 'Tá an tír álainn agus an uair maith agus, de réir mo bharúla, na daoine fial flaithiúil.'

''Bhfuil siad chomh fial le muintir Chaisil?' ar seisean.

'Ní thiocfadh liom mo mhionna a thabhairt nuair nár chuir mé féacháil orthu. Ach tá mé cinnte go bhfuil. Cad chuige nach mbeadh? Tá a ndúiche féin chomh céimiúil agus chomh stairiúil le Caiseal Mumhan lá ar bith. Agus daoine a thógtar i ndúiche den chineál sin, bíonn an fhéile sa dúchas acu. An chuid acu nach mbíonn amhlaidh féin bíonn a oiread de bhród a gcine iontu is go ndéanfadh siad féile leat, mura mbeadh ann ach ar mhaithe le cliú a sinsear.'

'Beidh mé leat,' ar seisean.

D'éiríomar go luath ar maidin Dé Domhnaigh agus i dtrátha a hocht a chlog chuamar ar an traen. Bhí lá marfach te ann, agus an fear a bhí liom bhí cuma leathghruama air mar bheadh aithreachas air cionn is go deachaigh sé i gceann an astair ar chor ar bith. 'Drochlá an Domhnach,' ar seisean. 'Tá na tithe uilig druidte, agus ní tháinig liom féin labhairt riamh mura bhfaighinn fliuchadh mo bhéil a chuirfeadh faobhar orm.'

'Nach cinnte go bhfaighidh tú fliuchadh do bhéil!' arsa mise. Agus san am chéanna ní raibh a fhios agam cé acu a gheobhadh nó nach bhfaigheadh. Ach ba mé a thug liom é agus, dar liom féin, bhéarfaidh mé uchtach duit ar scor ar bith. Nó más cuireadh gan deoch é is leor a bheith ag amharc ar do ghnúis ghruama agus ag éisteacht leat ag criongán ar an bhealach chun an bhaile tráthnóna.

I dtrátha a haon déag a chlog thángamar go bun an rása. Bhí gasúr ag an stáisiún inár n-araicis agus thug sé síos tigh an tsagairt sinn. Bhí bord bídh ansin fánár gcoinne a chuirfeadh aoibhneas ar shúil ocraigh. An chuid ab fhea-r den mhuiceoil agus uibheacha ina gcruacha, agus arán is im is uachtar chomh blasta is a d'ith tú riamh.

'Anois,' arsa an cailín aimsire, 'ithigí greim, nó tá mé cinnte go bhfuil ocras oraibh. Tá an sagart i dteach an phobail ag léamh an Aifrinn. Beidh sé isteach i gceann leathuaire.'

Shuíomar chun boird, agus gan bhréig ar bith b'fhurast dúinn ár sáith a ithe, nó bhí ocras orainn agus bhí an bia thar a bheith maith. Bhí Conall ina shuí os coinne na fuinneoige, agus bhí teach an phobail ar a amharc thall ar an ard.

'Sin an tráth bídh is blasta a fuair mé riamh,' arsa mise. 'B'fhada go bhfaighfeá im is uibheacha is bainne mar sin sa chathair.'

'Caithfidh sé nár iarr sé uirthi aon deor a thabhairt dúinn,' arsa Conall.

'A dhuine chléibh,' arsa mise, 'nach bhfuil a fhios agat nach bhfágfadh sé suáilce mar sin le rann ag seirbhíseach? Beidh sé féin isteach i gceann chupla bomaite.'

Bhí Conall ag amharc ar theach an phobail. 'Nach fada atá siad?' ar seisean sa deireadh.

'Ní mó ná go bhfuil faill aige an tAifreann a bheith léite aige,' arsa mise. 'Agus is dóiche gur gnách leis seanmóir a dhéanamh.'

'An ndéan sé seanmóir fhada Dé Domhnaigh?' ar seisean.

'Níl a fhios agam,' arsa mise, 'nó ní raibh mé riamh ag an Aifreann ar an bhaile seo. Ach tá mé cinnte gur fear céillí é.'

'Fuist,' arsa Conall, 'seo amach toiseach an phobail.'

Agus ní raibh i bhfad ina dhiaidh sin gur nocht an sagart chugainn. Tháinig sé aníos an cabhsa agus coiscéim éadrom leis. Ar a theacht chun an tí dó chroith sé lámh linn go carthanach.

'Bhí sibh ag an Aifreann, creidim?' ar seisean.

Dúramar féin go raibh.

'Nach dona mé nár chuimhnigh mé air,' ar seisean. 'Dá gcuimhnínn d'iarrfainn oraibh néal a chodladh ar maidin agus thiocfadh liom bhur dtabhairt siar sa charr go Mín an Iolair chuig Aifreann a dó dhéag.'

Rinne Conall méanfach.

'An dtug sí bhur mbricfeasta daoibh?' ar seisean.

'Thug,' arsa mise, 'agus togha bricfeasta.'

'Thaobh mé léi tráth blasta a chur in bhur láthair,' ar seisean. 'nó bhí mé ag déanamh go mbeadh ocras oraibh i ndiaidh a theacht rith an bhealaigh as Baile Átha Cliath. Bhí gach aon rud agaibh dá raibh de dhíobháil oraibh?' ar seisean.

Conall a thug freagra ar an cheist seo. 'Bhí,' ar seisean go stodach.

'Is maith sin,' arsa an sagart. 'Tá neart tobaca ansin agus bíodh toit agaibh, go bhfaighe mise greim le hithe. Ansin rachaimid amach go bhfaighimid bolgam de aer na spéire sula dtoisímid a dh'obair.'

Nuair a bhí a chuid déanta ag an tsagart agus toit thobaca caite aige d'iarr sé orainn a bheith ag teacht amach. Chuaigh an triúr againn amach agus síos an tsráid. Bhí Conall iontach tostach agus mé féin ag iarraidh comhrá a choinneáil leis an tsagart chomh maith is a thiocfadh liom.

'Creidim,' arsa mise, 'go raibh do sháith eadar lámha agat ag cur na feise seo ar bun.'

'Bhí agus tuilleadh is mo sháith,' ar seisean. 'Ní bheadh, dá mbeadh gan a dhath eile a bheith le déanamh agam. Ach thoisigh mé anuraidh ar obair eile agus deirimsa libhse go raibh mé gnoitheach i rith na bliana. Is iomaí oíche a d'fhan mé i mo shuí go raibh na coiligh ag scairtigh, ag socrú agus ag leagan amach cad é an dóigh le airgead a chruinniú agus na fir óga a mhealladh le clocha is gaineamh a sholáthar domh. Agus tá seachtain ó shin chríochnaigh mé é.

Rachaimid suas anseo go bhfeice sibh m'obair bliana.'

'Teach pobail úr?' arsa Conall.

'Ní hea,' arsa an sagart, 'ach teach atá chóir a bheith chomh riachtanach le teach pobail, mar atá *Temperance Hall.'*

CÚITEAMH LYCIDAS

Nuair a bhí cupla bliain caite agam i mBaile Átha Cliath bhuail tallann mé agus thoisigh mé a fhoghlaim Fraincise. Tallann tobann a bhí ann, ach féadaim a rá gur le toibinne a rinne mé gach aon rud riamh dá dearn mé — gan fiú pósadh. Bhí mé aon oíche amháin i láthair ag léacht i mBaile Átha Cliath. Bhí stócach óg a raibh brollach geal agus ceann slíoctha gruaige air ag caint ar litríocht. Ar an ghearrscéal a bhí sé ag caint, agus bhí an domhan go deo eolais aige má b'fhíor dó féin. Labhair cúigear nó seisear acu ina dhiaidh agus aon phort amháin acu. I litríocht na Fraince a bhí tús agus deireadh an ghearrscéil. Agus ní raibh ach amaidí do dhuine ar bith féacháil le gearrscéal a scríobh ach an té a raibh staidéar trom déanta aige ar litríocht na Fraince. Bhí mé féin ag gail le feirg. Fearg liom féin cionn is nár fhoghlaim mé beagán Fraincise, agus ba bheag an beagán a bheadh de dhíobháil orm le freagra a thabhairt ar na 'réaltaí' seo — is é sin má bhí siad chomh gann i bhFraincis agus a bhí siad i nGaeilge. Agus bhí barúil agam go raibh.

Sa deireadh hiarradh orm labhairt. Ach ní labharfainn. D'fhéadfainn a rá, ar ndóigh, go raibh litríocht na Gaeilge breactha le ábhar gearrscéalta chomh maith is a scríobhadh riamh. Ach ní bheadh gar ann. Ní raibh ionam ach doirneálach ainbhiosach as an Ghaeltacht nach raibh an chéad duilleog de Ghraiméar Uí Mhóráin aige, gan trácht ar *Senior Honours*. Tháinig mé chun an bhaile an oíche sin agus mé mishásta. Ach mar sin féin ní dóiche go dtoiseoinn lom láithreach ar an Fhraincis murab é rud a tharla domh cupla lá ina dhiaidh sin. Cuireadh scéala chugam as baile áirithe ag iarraidh orm cuairt a thabhairt ar lucht Chonnradh na Gaeilge agus léacht a thabhairt dóibh. Tráthnóna fuar geimridh d'fhág mé an chathair agus i dtrátha a seacht a chlog

san oíche shroich mé ceann scríbe. Bhí oíche dhubh dhorcha
ann agus ní raibh eolas an bhealaigh agam. Lena chois sin
bhí mé ar crith leis an fhuacht. Agus an chéad teach biotáilte
a casadh i mo shlí chuaigh mé isteach go bhfaighinn deor
bheag a théifeadh mé. Ní raibh istigh ach aon fhear amháin
agus é ag ól gloine leanna agus ag comhrá le fear an
tábhairne. Fuair mé féin braon beag cruaidh agus chuir mé
ceist ar fhear an tábhairne cá raibh a n-áras ag lucht
Chonradh na Gaeilge.

'Níl mé cinnte,' ar seisean. 'B'fhéidir go mbeadh a fhios
agatsa, a dhochtúir.'

'Tá a fhios agam, ar ndóigh,' arsa an fear eile. 'Tá mise ar
mo choiscéim síos an bealach sin anois agus beidh mé leat go
dtí an doras.'

Ar an bhealach síos thoisigh sé a chaint ar an Ghaeilge.
Ba é an bharúil a bhí aige nárbh fhéidir a sábháil. 'Agus an
bhfuil a fhios agat cad chuige?' ar seisean (i mBéarla, ar
ndóigh).

'Níl a fhios agam,' arsa mise.

'Tá,' ar seisean, 'cionn is nach bhfuil litríocht ar bith sa
Ghaeilge. Thug mise iarraidh ar a foghlaim aon uair amháin
ach sháraigh orm. Rinne mé iarraidh dhúthrachtach, nó ba é
an dearcadh a bhí agam san am gur cheart do gach
Éireannach a bheagán nó a mhórán di a fhoghlaim. Agus tá
an dearcadh céanna go fóill agam, cé nach n-aontaím le
Compulsory Irish. Ach thoisigh mé dh'fhoghlaim agus
d'oibir mé go cruaidh ar feadh bliana. San am sin bhí mé a
fhad chun tosaigh agus go dtiocfadh liom toiseacht ar an
litríocht dá mbeadh a leithéid ann. Ach ní raibh. Agus
b'éigean domh stad. Dá mbeadh neart le léamh agam an
t-am sin bhí liom. Sin an locht atá ar an Ghaeilge. Sin an áit
a bhfuil sí fágtha. Nuair a bhí mise ag foghlaim na Fraincise
ní raibh moill ar bith orm, ar an ábhar go raibh litríocht na
Fraince agam le taca a bhaint aisti nuair a tháinig mé amach
as coláiste.'

An lá arna mhárach tháinig mé féin ar ais go Baile Átha
Cliath agus rún daingean agam toiseacht a fhoghlaim
Fraincise an chéad áiméar a gheobhainn. Ach cá bhfaighinn
múinteoir? Sin an rud a bhí ag déanamh buartha domh.

B'fhurast domh, ar ndóigh, freastal ar rang dá raibh sna ceardscoltacha. Ach Fraincis na Fraince a bhí de dhíth orm. Agus ní bheinn sásta le múinteoir ar bith ach Francach.

Cupla lá ina dhiaidh sin bhí mé ag teacht anuas Sráid Ghrafton agus thug mé fá dear clár os cionn dorais nach bhfaca mé riamh go dtí sin: *Berlitz School of Languages*. Shiúil mé caol díreach isteach. Francach a bhí ina mháistir ar an scoil sin, fear darbh ainm M. Caperon. Agus cé go raibh blianta fada caite i mBaile Átha Cliath aige bhí snas trom Fraincise ar a chuid Béarla. D'ainmnigh sé na táillí domh agus d'fhiafraigh sé domh cá mhéad tráthnóna sa tseachtain a bheinn fá réir.

'Sé lá na seachtaine,' arsa mise, agus bhí cuma air go raibh sé iontach sásta. Is dóiche gur mheas sé go raibh mé dáiríribh.

'Inis seo domh,' ar seisean, nuair a bhí na táillí íoctha agam agus na huaireanna socair, 'ar fhoghlaim tú riamh an rud ar a dtugtar *Intermediate French* sa tír seo?'

'Níor fhoghlaim,' arsa mise.

'Is maith sin,' ar seisean. 'Dhéanfaidh tú cúis anois má tá inchinn mheasartha agat. Sin an crá croí is mó a gheibhimse anseo ó cheann go ceann na bliana, ag iarraidh Fraincis a theagasc do dhaoine a chaith tamall á foghlaim i gcoláiste. Murab é go bhfuil mo bheatha le saothrú agam ní ghlacfainn le duine ar bith ach an té nár chaith aon lá riamh ag foghlaim *Intermediate French*.'

Bhí mé iontach sásta nuair a chuala mé seo. Chinntigh sé domh barúil a bhí agam féin leis na blianta roimhe sin. Chaith mé bliain iomlán ag tarraingt ar Mh. Caperon sé lá na seachtaine. Agus ag deireadh an ama sin thiocfadh liom mo chomhrá a dhéanamh ar chineál de dhóigh. Bhí mo chuid Fraincise, ar ndóigh, cnapánach agus bhí sí gan snas. Ach ina dhiaidh sin thiocfadh liom an rud ba mhian liom a rá, agus thuigfinn a n-abóraí liom.

Thoisigh mé a léamh ansin agus léigh mé dornán maith de na gearrscéalta is mó cáil sa Fhraincis. Ba é Alphonse Daudet an fear ab fhearr liom den iomlán acu — an fear nach dearn 'rialacha an ghearrscéil' a chomhlíonadh ar chor ar bith. Níor chuir Guy de Maupassant riamh a bhrionglóidigh mé. Agus an scéal* is iomráití dá chuid, chonacthas domh nach raibh sé inchurtha le scéalta a scríobh Pádraig Ó Conaire.

Nuair a bhí mé i bpríosún tháinig *bronchitis* orm agus lean sé domh riamh ó shin. Ní bhím chomh holc anois leis is a bhínn, ach chuir sé go doras an bháis mé aon uair amháin i mo shaol. Lá amháin casadh fear as Doire orm a raibh aithne mhaith agam air. D'aithin sé dreach na breoiteachta orm agus chuir sé ceist cad é a bhí ag caitheamh orm. D'inis mé féin dó. 'Tá mé ón tsaol aige,' arsa mise, 'agus tá eagla orm nach bhfuil mé inleighis. Níl aon chineál cógaisí ar an domhan nár chaith mé, agus bheadh sé chomh maith agam steall de uisce na Life a ól.'

'Ná buair do cheann leis na cógaisí,' ar seisean. 'Níl maith ar bith iontu. Ach ná síl nach bhfuil tú inleighis. Bhí mise i bhfad Éireann ní ba mheasa ná atá tú, agus leigheasadh mé. Do dháltasa, chaith mé céad cineál cógaisí agus ní dhearn siad maith ar bith domh'.

'Agus cad é a leigheas thú?' arsa mise.

'Ineosaidh mé sin duit,' ar seisean. 'Chuaigh mé anonn go Londain chuig dochtúir atá ansin agus leigheas sé mé. Rinne sé poll anseo ag bun na sróna, agus níor mhothaigh mise aon lá galair ó shin. Sa tsróin atá máthair an oilc. Agus níl an dara dóigh lena leigheas ach mar a d'inis mé duit.'

'Sin scéal iontach,' arsa mise. 'Níor chuala mé riamh go mb'fhéidir a leithéid a dhéanamh.'

'Ní chluinfinnse ach oiread é murab é mo bhean,' ar seisean. 'Bhí sí ina banaltra i Sasain le linn a hóige agus chaith sí tamall san ospidéal is céimiúla i Londain. Chuala sí iomrá ar an leigheas seo nuair a bhí sí thall ansin, agus nuair a d'éirigh mise go holc chomhairligh sí domh a ghabháil anonn. Ní raibh mé toilteanach ar a ghabháil ar feadh fada go leor. Ach suaimhneas ní raibh le fáil agam uaithi go ctí gur ghéill mé di. Chuaigh mé anonn, mar a dúirt mé leat, agus níor mhothaigh mé a dhath den ghalar ó shin.'

'Féadann tú a bheith buíoch de do mhnaoi,' arsa mise.

'Ó, gan bhréig gan amhras,' ar seisean, 'bhí mé faoi na fóide inniu murab é í. Agus chomhairleoinn duitse anois a

**La/Parure*

ghabháil anonn chomh luath géar is thig leat,' ar seisean, agus scríobh sé ainm is seoladh an dochtúra ar ghiota de pháipéar agus thug domh é.

'An mbaineann sé táille throm amach?' arsa mise.

'De réir d'acmhainne,' ar seisean.

'Mar sin de ní bheidh sé daor liomsa,' arsa mé féin. Thoisigh mé ina dhiaidh sin a chur mo chuid airgid i dtaisce, go dtí go raibh a oiread agam agus a mheas mé a dhíolfadh mo bhealach go Londain agus táille an dochtúra. Ach eadar an dá am chaill mé an páipéar a raibh an t-ainm is an seoladh air. Ach ba chuma. Bhí mé ag brath a ghabháil chun an bhaile ar laetha saoire agus nuair a bheinn i nDoire b'fhurast domh bualadh isteach chuig mo dhuine agus an t-eolas a fháil a bhí de dhíobháil orm.

D'imigh mé as Baile Átha Cliath le traen an tráthnóna, sa chruth is go mbeinn i nDoire nuair a thiocfadh an fear seo isteach óna chuid oibre. I dtrátha a seacht a chlog shroich mé Doire agus chuaigh mé caol díreach go teach mo charad. Bean a d'fhoscail an doras domh. Bean mheánaosta a raibh culaith dhubh uirthi agus dreach brúite brónach uirthi.

''Bhfuil Seán fá bhaile?' arsa mise.

''Raibh aithne ar Sheán agat?' ar sise.

'Bhí, aithne mhaith,' arsa mise.

'Fuair an duine bocht bás tá seachtain ó shin,' ar sise.

'Bás!' arsa mise.

'Fuair,' ar sise, 'seachtain go Luan s'chuaigh thart. Gabh isteach, mura miste leat é.'

Chuaigh mé féin isteach agus mo sháith iontais orm. 'An a dhath tobann a bhuail é?' arsa mise.

'Ní hea,' ar sise; 'is fada breoite é.'

'Maise, casadh ormsa i mBaile Átha Cliath anuraidh é,' arsa mise, 'agus cuma bhreá fholláin air.'

'Leoga, ní raibh sé folláin an t-am sin, cé go raibh cuma mhaith go leor air. Ní raibh aon lá sláinte ag an duine bhocht ó tháinig *bronchitis* air tá cúig bliana déag ó shin. Tá trí bliana ó shin chuaigh sé go Londain gur cureadh faoi scin é. Agus dá olcas dá raibh sé roimhe sin ba mhíle measa ina dhiaidh é. Bheadh sé beo go ceann tamaill, b'fhéidir, dá bhfanadh sé uathu.'

Chuir sí a bos le clár a héadain agus tháinig na deora go fras léi.

'Agus nár chuma liom, i dtaca le holc,' ar sise, 'ach gur mé féin a chomhairligh dó a ghabháil go Londain?'

Dar liom féin, ní rachaidh mise go Londain ar· an tséala, cár bith a dhéanfas Dia liom. Chuir mé isteach an samhradh agus an fómhar maith go leor, ach nuair a tháinig fuacht agus taisleach an gheimhridh tháinig an galar bradach orm arís. Chuaigh mé chuig dochtúir i mBaile Átha Cliath agus d'inis mé mo scéal dó.

'Bhail,' ar seisean, 'níl ach aon rud amháin le faoiseamh a thabhairt duit, athrach aeir. Más féidir leat ar chor ar bith é, bain síos Deisceart na Fraince amach agus fan ansin go tús an tsamhraidh seo chugainn.'

D'inis mé barúil an dochtúra don mhuintir a bhí ar Ard-Chomhairle an Fháinne, agus dúirt an uile dhuine acu gur cheart domh imeacht chomh tiubh géar is a thiocfadh liom. Dúirt siad go n-íocfadh siad leath mo thuarastail liom a fhad is bheinn ar shiúl. Agus thairg duine nó beirt acu iasacht airgid as a bpóca féin domh, scéal is maith liom agam le hinse.

Fuair mé pas agus rinne réidh le himeacht. Lár mhí na Samhna a bhí ann agus bhí drochaimsir ann ag an té a raibh mo ghalarsa ag ruaig air. Aimsir shalach cheoch a bhí ag baint na hanála díom. An lá a d'fhág mé Baile Átha Cliath bhí mé go holc. Shíl mé nach mbainfinn an stáisiún amach beo. Ach nuair a bhí mé i mo shuí istigh sa traen tháinig uchtach chugam. Dar liom féin, tá mé ag teitheadh roimh an diabhal agus cuirfidh mé cor air roimh an Chéadaoine seo chugainn. Ní dhéanfaidh mé stad mara ná mórchónaí go raibh mé thíos ar chladach ghrianmhar na Mara Meáin. Beidh mé ar thalamh na Fraince eadar meán oíche is lá amárach.

Shroich mé Dún Laoire agus chuaigh mé ar bord. Ní raibh mórán daoine ar an bhealach an mhaidin sin. Chuaigh mé ar bord agus isteach chun an chábáin, nó bhí an mhaidin fuar agus an ceo ag goilleadh go trom orm. Bhí fear is bean ina suí ag an tine agus a gcúl liom. Theann an fear i leataobh ar a theacht chun na tineadh domh. Agus cé do bharúil a bhí

ann ach Seoirse Mac Claitsí! Chroith sé lámh liom agus
chuir sé in aithne dá mhnaoi mé. Bean bheag éadrom a raibh
aghaidh dhóighiúil uirthi agus dreach anbhann.

'Ag gabháil go Sasain?' ar seisean.

'Agus giota beag eile lena chois,' arsa mise. 'Tá mé ar mo
bhealach go Deisceart na Fraince.'

'An t-astar a bhfuilimid féin air,' ar seisean. 'An a dhath
atá cearr le do shláinte?'

'Murab é gurb ea,' arsa mise, 'ní dóiche go rachainn ann.'
Agus d'inis mé dó cad é a bhí ag caitheamh orm.

'Tá tú ag tarraingt ar an áit is fearr ar an domhan ag fear
do ghalair,' ar seisean. 'Cén chuid den Riviera a bhfuil tú ag
tarraingt uirthi?'

'Menton,' arsa mise.

'Go Cap Martin atáimid-inne ag gabháil,' ar seisean, 'áit
atá leath bealaigh eadar Menton is Monte Carlo. Tá teach
ósta galánta ansin. Ba ghnách le cuid de na hoifigigh
s'againne baint fúthu ansin agus bhí moladh mór acu air.'

'Ní raibh a fhios agam gur ghnách le hoifigigh an
tSaorstáit cuairt a thabhairt ar an Riviera,' arsa mise.

'Oifigigh Shasanacha atá mé a mhaíomh,' ar seisean, agus
rinne sé gáire beag tarcaisneach, dar liom.

'Creidim,' arsa mé féin, 'gur minic a bhí tusa sa
Fhrainc?'

'Ní raibh mé riamh sa Fhrainc, más iontach le rá é,' ar
seisean. 'B'éigean domh an chéad dá bhliain de aimsir an
chogaidh a chaitheamh i Sasain ag teagasc saighdiúirí óga.
Agus nuair a ligeadh ar shiúl féin mé, chun na hÉigipte a
cuireadh mé. . . . Seo tús duit féin?' ar seisean.

'Seo tús domh,' arsa mise.

''Bhfuil mórán Fraincise agat?' ar seisean.

'Níl, leoga,' arsa mise, 'agus creidim gur achrannach go
leor a bheas mé ag iarraidh mo bhealach a dhéanamh.'

'Ná cuireadh sin buaireamh ar bith ort,' ar seisean.
'Beimid-inne leat go ceann na scríbe. Agus más daor leat
teach ósta Chap Martin cuartóimid áit éigin eile.'

'Tá an Fhraincis ar do mhian agat, is dóiche,' arsa mise.

'Fuair mé an chéad áit in Éirinn san *Intermediate,*' ar
seisean, 'agus léigh mé an domhan go deo Fraincise ó shin.'

Smaoinigh mé féin ar an rud a dúirt M. Caperon fá Fhraincis na hÉireann, ach níor labhair mé.

'A dhuine, is breá an litríocht atá sa Fhraincis,' ar seisean. 'Is mór an truaighe go raibh lucht rialta an tSaorstáit chomh dallintinneach is gur chuir siad an Ghaeilge san áit a raibh an Fhraincis nuair a bhí mise i mo ghasúr. Nár chóir go mbeadh a fhios acu nach bhfuil maith ar bith sa Ghaeilge, agus go dtuigfeadh siad gur mór an peacadh cultúr na hEorpa a cheilt ar aos léinn na hÉireann agus gan a thabhairt dóibh ina ionad ach *patois* nach bhfuil in áit ar bith ach ag lán doirn de dhaoine gan oideachas, agus nach bhfuil litríocht ar bith inti ach scéalta sí agus dornán ramás fá Chúchulainn is fá Oisín?' Ach is cuma cad é a tháinig chun an bhéil chugam, níor dhúirt mé é. Rinne mé amach go ligfinn lena olc féin é mura dtigeadh liom buille a bhualadh air a scoiltfeadh go dtí an cnámh é. B'fhéidir go mbeadh an buille sin ar shlí a bhuailte nuair a thiocfaimid a fhad le lucht na gCustam i Dieppe ar maidin amárach. Mura raibh, abraíodh sé a rogha rud fán Ghaeilge. Ach má bhíonn gheobhaidh sé é fána líon séasúir!

'Is fiú do dhuine ar bith an Fhraincis a fhoghlaim,' ar seisean. 'Tá a oiread litríochta inti is choinneodh ag léamh thú céad bliain, dá bhfaighfeá saol.'

'Sin a rud a chluinim,' arsa mise, ag moladh leis. 'Chuala mé lucht ollscoile aon oíche amháin ag caint ar chuid de filí na Fraince, André Chenier agus Béranger agus iad.'

'Tá eagla orm go bhfuil siad gann in eolas,' ar seisean. 'Caithfidh tú a ghabháil siar a fhad le Racine sula dtara tú ar phlúr na litríochta.'

'Ní chuala mé riamh aon duine acu ag caint ar Racine,' arsa mise.

'Bheadh iontas orm dhá gcluinfeá,' ar seisean.

> *Racine is the poet of an artistic élite! What few words he needs to render an almost inexpressible sentiment! Just as in Bach's music the grace or the majesty of the whole soars above the simple means which produce it, so Racine's words, chosen by a divine artist, project their picture into a world far*

*beyond the ordinary domain of art, and it is this
beauty "beyond," discernible only to the naked eye, that
makes him unique and so unapproachable to most.'*

Tháinig rabhán casachtaí orm féin agus ba mhaith an
leithscéal agam é le a ghabháil amach as an chábán.
Bhíomar as amharc na hÉireann an t-am seo agus gan le
feiceáil agam ach fáinne beag farraige thart orm, nó bhí an
ceo iontach dlúth. Ach ní raibh ceo ar bith eadar mé féin is
na blianta a bhí caite. Bhí siar uaim corradh le scór bliain le
feiceáil agam, scaifte gasúr i ngreamanna le *Lycidas*, agus
fear acu ag teacht orainn le rabháin a bhí aige ar a theanga.
Nárbh fhada a mhair an leannán? Tá smachladh den chineál
chéanna ar bharr a theanga inniu.

Tráthnóna an lae sin shroicheamar Londain. Ní
dhearnamar moill ar bith ansin, ach a ghabháil ar thraen a
bhéarfadh síos go Deisceart na Sasana sinn, agus thángamar
go Newhaven i dtrátha an mheán oíche. Bhí dhá halla ansin,
áit a rachfá isteach go ndéantaí do phas a scrúdú. Bhí an
focal *Foreigners* ar cheann de na doirse agus *British
Subjects* ar an cheann eile. Chuaigh mé féin isteach san áit a
bhí daite do na *Foreigners* agus níorbh fhada go dtáinig fear
ionsorm agus gur iarr sé mo phas orm. Shín mé chuige é
agus d'fhoscail sé é.

'Tá tú san áit chontráilte,' ar seisean liom go stuama. 'An
doras eile. Taobh na láimhe deise.'

'Ní *British Subject* mise,' arsa mé féin.

'Agus cad é rud thú?' ar seisean, agus dar liom cuil ag
teacht air.

'Éireannach,' arsa mise.

'Agus,' ar seisean, 'cad é rud Éireannach ach *British
Subject?'* Agus thoisigh sé gur léigh sé an pas:

*'We, Patrick McGilligan, Esquire, Minister for External
Affairs of the Irish Free State, request and require, in the
name of His Majesty George V, King of Great Britain,
Ireland, and the British Dominions beyond the Seas,
Emperor of India, all those whom it may concern to allow
the bearer to pass freely without let or hindrance, and to*

*afford him every assistance and protection of which he may
stand in need.'*

Ní raibh gabháil taobh anonn den scríbhinn seo. Ní raibh
le déanamh agam ach mo chár a theannadh ar a chéile go
cruaidh agus a gabháil isteach ar an doras eile.

I dtrátha a ceathair a clog ar maidin rinneamar port i
Dieppe: 'Coinnigh i m'aice,' arsa Mac Claitsí liom nuair a
bhíomar ag teacht amach ón loing, 'go ndéana mé teanga
duit i dTeach na gCustam. Ansin cuirfidh mé faisnéis cá
huair a bheas traen Pharis ag imeacht.'

Shiúil mé féin agus MacClaitsí agus a bhean linn go
dtángamar a fhad le lucht na gCustam. Eisean a chuaigh
isteach ar tús agus chuir sé a mhála suas ar an bhinse. Bhí
mé féin i mo sheasamh taobh thiar de. I gceann tamaill bhig
tháinig an t-oifigeach anall a fhad leis, agus labhair.

'Avez vous quelque chose a déclarer, Monsieur?'

Jay voo demongd pardong,' arsa   Mac Claitsí.

'Vous n'avez rien a déclarer?' arsa an t-oifigeach agus
deifre an tsaoil air, dar leat.

Tháinig ceathraí ar Mhac Claitsí bhocht agus níor fhan
focal ann.

'Rien'? arsa fear na gCustum an dara huair. *'Pas de
tabac? Pas d'allumettes? Et vous, Madame, avez vous du
parfum?'*

*'Jay ong petty — ong petty — jay ong petty bot day – day
—'*

'Du diable si je comprends ce qu'il dit,' arsa an Francach,
mar bheadh sé ag caint leis féin.

Dar liom féin, tá an uair ann. 'É ag fiafraí díot,' arsa mise
le Mac Claitsí, 'an bhfuil a dhath le fuagairt agat.' Agus
réitigh mé an t-achrann ina raibh sé.

'Merci, Monsieur,' arsa an t-oifigeach, agus ansin labhair
sé le Seoirse. *'But one must remember him that we
understand not the English here.'*

'Je vous demande pardon,' arsa mise, *'mais il vous a parlé
en bon Francais.'*

'Oui, comme une vache espagnole,' arsa na t-oifigeach, ag

imeacht anonn go dtí an áit a raibh duine eile ag cur a mhála ar an bhord.

'Ní raibh dul aige féin is agat féin maith a dhéanamh le chéile,' arsa mise le Mac Claitsí ar a theacht amach dúinn.

'Níl an Fhraincis cheart ag an fhear sin ar chor ar bith,' arsa Seoirse. 'Níl aige ach *patois*'.

'Nach breá gur thuig an duine uasal seo é?' arsa an bhean agus faobhar ar a glór.

'Fraincis Chúige Uladh atá aige,' arsa mé féin. 'Is dóiche gurb é sin an fáth ar thuig mise é.'

Nuair a bhíomar ar an traen ag tarraingt go Paris tháinig sé chun an bhéil chugam ceist a chur air ar chuimhin leis an gasúr bratógach as Rinn na Feirste a chuaigh in abar i *Lycidas* an lá fada ó shin a bhí an scrúdú ar an Chlochán Bhán. Agus chuirfinn murab é go raibh cuma iontach bhrúite ar an duine bhocht, agus chonacthas domh go raibh a sháith an lá sin aige. Bhí an bhean ansin fosta agus níor mhaith liom a dhath eile a rá a ghoillfeadh uirthi.

'Cén t-am a mbeimid i bParis?' arsa mise.

'I dtrátha a seacht,' ar seisean.

'Beidh againn le fanacht uaidh sin go dtí a naoi sula n-imí traen an Deiscirt,' arsa mise.

'Nílmid-inne ag gabháil síos go ceann chupla lá,' ar seisean. 'Tá Mrs. McClatchie anseo róthuirseach. Bainfimid fúinn i bParis go maidin Dé hAoine.'

Níl a fhios agam cá huair a chuaigh sé síos, nó cé acu a chuaigh sé go Cap Martin ar chor ar bith nó nach deachaigh. Ach má chuaigh d'fhan sé as an bhealach agamsa. Chaith mé sé mhí thíos ansin agus ní fhaca mé aon amharc air, nó riamh ó shin ach oiread.

'IT IS UP TO US AS BRITONS TO STAND BY ONE ANOTHER'

Ar a theacht go St. Lazarre dúinn d'fhág mé slán ag Mac Claitsí agus ag a chéile agus fuair mé tacsaí a thug go dtí an Gare de Lyon mé. Fuair mé greim le hithe ansin agus chuir mé boiseog uisce fhuair ar m'aghaidh a bhainfeadh an codladh díom. Ansin chuaigh mé isteach sa traen agus shuigh mé a chaitheamh tobaca. Chuir mé ceist ar oifigeach cá huair a shroichfinn deireadh m'astair.

'Ag gabháil go Menton?' ar seisean. 'Beidh tú i Marseille i dtrátha an mheán oíche anocht. Agus i Menton ar a dó a chlog ar maidin amárach má shiúlann tú leat. Ach mholfainnse duit an oíche a chaitheamh i Marseille agus tús lae a bheith leat ag gabháil go Menton.'

Tháinig mé leis ar an scéal agus thug mé buíochas dó. Shuigh mé ansin ag caitheamh tobaca agus bród orm. Thiocfadh liom mo bhealach a dhéanamh tríd an Fhrainc. Thuig mé gach aon fhocal dá ndúradh liom agus tuigeadh ar dhúirt mé ó tháinig mé i dtír ar thalamh na Fraince. Agus thug mé Seoirse Mac Claitsí slán as crúba na gCustam!

Bhí go maith agus ní raibh go holc go raibh sé fá cheathrú den naoi a chlog, agus gur thoisigh na pasantóirí a theacht isteach. Chruinnigh siad orm go gasta agus níorbh fhada go raibh an traen plódaithe. Nuair a bhí siad socair ina gcuid áiteacha thoisigh siad a chomhrá. Agus nuair a thoisigh baineadh an gus asamsa. Bhí a fhios agam gur i bhFraincis a bhí siad ag caint. D'aithin mé sin ar ghlór a gcinn. Ach, ach oiread leis an fhear a bhí sa ghealaigh is ní raibh a fhios agam cá air a raibh siad ag caint. An uair annamh a labhradh duine acu liom thuigfinn i gceart é agus eisean mise. Ach nuair a bhíodh siad féin ag caint is ag comhrá le chéile ní raibh aon fhocal intuigthe agam ach oiread is dá mba i gceartlár na Síne a bheinn.

Dar liom, is iomaí duine in Éirinn inniu a dhéanfadh gáire rachtúil dá mbeadh a fhios acu ago bhfuil mé i mo shuí anseo i measc scaifte Francach agus gan focal intuigthe agam, i ndiaidh bliain a bheith caite agam ag M. Caperon ar Scoil Bherlitz. Ach, arsa mise liom féin, mura bhfuil mo sháith Fraincise féin agam tá crothán céille agus tuigse agam. Ní abórainn choíche leis na Francaigh seo go raibh siad ag caint róghasta agus gur cheart dóibh na focla a scoitheadh ó chéile. Ní shamhólainn gur cheart domh a bheith i mo bhall den Académie Francaise. Ní iarrfainn post mar ollamh sa Sorbonne. Agus ar ór na cruinne ní labharfainn i bhFraincis ó Radio Paris.

D'imigh linn, agus ba ghruama agus b'uaigneach an lá a bhí ann. Tháinig an oíche orainn fá Dijon nó fán tuairim sin. Ba ghairid ina dhiaidh sin gur éirigh gealach iomlán chugainn agus ghlan an spéir. Bhí an t-aer ag éirí tirim cheana féin, dar liom. Bhí an ceo agus an taisleach fágtha i mo dhiaidh agam. Bhí mé ag teitheadh roimh an ghalar píobán agus chan ar leathchois, ach mé ag imeacht mar bheadh an ghaoth Mhárta ann ag tarraingt ar chladaigh na gréine agus na sláinte.

Tamall beag i ndiaidh an mheán oíche tháinig mé go Marseille. Bhí an ghealach amuigh in airde agus í ag cur loinnir airgid san fharraige. Bhí na tithe chomh geal leis an tsneachta, nó chonacthas domhsa go raibh i ndiaidh a theacht amach as an traen. Ach an rud ba mhó ar chuir mé sonrú ann, eaglais Notre Dame de la Garde ina suí thuas ar an ard. I suíte ansin os cionn an chuain mar bheadh sí ina heaglais agus ina daingean chosanta san am chéanna.

An chéad teach ósta a casadh i mo shlí chuaigh mé isteach ann agus fuair leaba. Bhí an seanchodladh orm agus níor mhuscail mé ar maidin an lá arna mhárach go raibh sé a deich a chlog. I dtrátha an mheán lae chuaigh mé ar an traen arís agus d'imigh liom ag tarraingt soir go Menton. Bhí lá galánta ann, lá breá te gréine mar a bhíos anseo in Éirinn againn, corrbhliain, i dtrátha na Féile Eoin, ach go raibh an spéir agus an fharraige chomh gorm le aon ghorm dá bhfaca tú riamh.

Tráthnóna, le coim na hoíche, tháinig mé go Menton agus

chuaigh mé a fhad le teach ósta. Teach mór a bhí ann agus
teach arbh fhearr liom fanacht uaidh dá mbíodh neart agam
air, mura mbeadh ann uilig ach an t-ainm a bhí air – Hotel
des Anglais. Ach ní raibh togha is rogha le fáil agam. Agus
rinne mé amach, dá olcas é, go mbainfinn cupla lá as fad is
bheinn ag cuartú lóistín. *Pension* beag saor a bhí de dhíth
orm. Teach nach mbeadh Sasanaigh ná Béarla ann, má bhí a
leithéid le fáil.

Bhí an Hotel des Anglais ag cur i gceart leis an ainm a bhí
air. Ní raibh mórán eile ann ach Sasanaigh. Agus dá mbíodh
siad gan a gcos a leagan ar thalamh na hÉireann riamh,
bheadh fuath agat orthu nauir a chasfaí ort idir dhá dtír iad.
Dúirt Kipling gur bheag an aithne a bhí ar Shasain ag an
mhuintir nach raibh riamh taobh amuigh di. Agus tá sé sin
ar fhocal chomh fíor is a canadh riamh, ach go bhfuil ciall
eile leis. Má chastar an Sasanch leat ina thír féin duine céillí
é, dar leat. Ach nuair a chasfar ort idir dhá dtír iad is ann a
thuigfeas tú cad é an dearcadh atá acu. Níl ar an domhan,
dar leo, ach dhá chineál daoine – Sasanaigh agus
Foreigners, agus nuair a chruthaigh Dia an saol thug sé cead
agus cumhacht do na Sasanaigh *Foreigners* an domhain a
chur faoina gcosa. Má théid fear as náisiún ar bith eile go tír
choimhthíoch seal a chuarta féachfaidh sé le beagán de
theanga na tíre sin a fhoghlain, a oiread is go dtig leis trath
bídh nó oíche lóistín a iarraidh. Ach ní labharfaidh an
Sasanach teanga ar bith ach an Béarla, tuig é nó ná tuig. Níl
teanga ar bith eile ann. Cá bhfuil mar a bheadh nuair nach
bhfuil sa chuid eile den chine daonna ach *Foreigners?*

Bhí an Prince of Wales i nDeisceart na Fraince na laetha
sin. Cupla lá roimhe sin tháinig sé go Marseille agus
bhíothas ag feitheamh gach aon bhomaite leis a theacht go
Monte Carlo, agus uaidh sin go Menton. Ach dá bhfeicfeá
an dóigh a rabhthas ag fanacht leis an scéala go raibh sé ag
teacht! Dá mbeadh Dia na Glóire ag teacht – ach ná labhair
le Sasanach ar Dhia na Glóire agus an Prince of Wales ag
tarraingt orainn!

Chaith mé dhá lá ag cuartú lóistín ach níor éirigh liom.
Maidin an tríú lae chuaigh mé amach agus mo sháith cumha
orm. Dúirt mé liom féin nach bhfanfainn i bhfad eile anseo,

dá mba i ndán is go rachainn ar ais go hÉirinn. Ní thiocfadh
liom an geimhreadh a chaitheamh ag amharc orthu agus ag
éisteacht leo dá bhfaighinn seacht mbás sa bhaile le seacht
gcineál *bronchitis*. Mar a dúirt Colm Cille, 'b'fhearr an t-éag
in Éirinn ná síorbheatha' i measc amhlóirí den chineál seo.
Shiúil mé liom síos go dtí an Promenade du Midi, agus bhí
an saol mór cruinn ansin romham. Bhí sé ag teacht! Cúpla
bomaite roimhe sin scaoileadh an t-urchar i Monte Carlo.
Bhí an Promenade dubh le daoine, ón cheann thiar go dtí an
ceann thoir. Bhí cuid eile ina seasamh sna doirse, agus
cloigne fáiscthe le chéile ag amharc amach ar na fuinneoga.
Agus thall sna garrantacha díorma de na Chassuers Alpins
agus buíon cheoil acu réidh le hurraim a thabhairt don
phrionsa chéimiúil.

Niorbh fhada gur nocht carr mór chugainn aniar ag
Roquebrune agus bratach na Sasana agus ceann na Fraince
air. Bá é seo toiseach an gharda. Nocht ceann eile agus
ceann eile, agus ansin an ceann ina raibh sé féin. Bhí siad ag
siúl chomh fadálach le lucht tórraimh, sa chruth is go
bhfaigheadh na sluaite amharc maith ar a gcéadsearc. Nuair
a tháinig siad aníos an Promenade thoisigh an bhuíon a
sheinm *God Save the King*. Leis sin bhain gach aon fhear de
a hata agus sheasaigh siad chomh díreach le feag. Choinnigh
mé féin orm mo cheannbheart agus dhearg mé mo phíopa.
Sheasaigh an carr láir bomaite beag agus chuir an prionsa a
chloigeann amach ar an fhuinneoig. Agus an gháir a
d'éirigh, bhain sé macalla as na beanna móra a bhí ar ár
gcúl. Ní raibh as béal na Sasanach ach, *'Isn't he great! Isn't
he magnificent!'* Agus má ba taise leis na Francaigh é. Ní
raibh acusan ach *'Comme il est gentil! Vive le Prince de
Galles! Vive L'Angleterre!'*

Díth cuimhne, a chlann na Fraince, a thug oraibh a
leithéid de ollghairdeas a dhéanamh. Sibhse ar chóir daoibh
a bheith eolach ar fheall na Sasana. Sibhse a bhaist *La
Perfide Albion* uirthi an chéad lá riamh. Tá *'Vive le Prince
des Galles'* agus *'Vive L'Angleterre'* anois agaibh. Is beag
atá a fhios agaibh go bhfuil an fheall ansin ar fad, agus nach
dtig doisín blianta choiche go dtuga siad iarraidh bhur
gcreach is bhur loscadh is bhur mbás a thabhairt den ocras,

cionn is nach dtroidfeadh sibh ar a son i ndiaidh iadsan
snámh chun an bhaile as Dunquerke!

Bhí fear meánaosta ina sheasamh ar mo ghualainn, agus
nuair a chonaic sé nár bhain mé díom mo hata labhair sé go
confach liom. *'Otez votre chapeau, Monsieur,'* ar seisean.

'Déan do ghnoithe duit féin,' arsa mise, ag tabhairt
freagra i nGaeilge air.

'Vous etes étranger, Monsieur, bien entendu,' ar seisean,
'mais cela ne fait rien.'

Thug mé freagra éigin eile air agus shíl sé gur
Gearmánach a bhí ionam.

'Vous etes Allemand,' ar seisean, *'mais il n'y a plus de
guerre.'*

Tháinig mothú feirge orm féin agus thoisigh mé ar na
Sasanaigh le scoith bharr teanga (i nGaeilge, ar ndóigh). 'An
síleann tú chugat féin,' arsa mise, 'go dtabharfainnse urraim
d'aon . . . dá dtáinig riamh as Sasain? Mise a shíolraigh ó Mhac
Gréine rí, céile is nuachar Éireann. Cuirim scrios Dé air. Mar
dúirt m'fhear muinteartha:

"Mo mhallacht go dtara sa tóin ar a dtáinig den phór
anall!" '

'Ah!' ar seisean, *'vous etres Irlandais, Monsieur.'*

Dúirt mé gur thomhais sé é. Agus sa bhomaite d'éirigh sé
lách carthanach liom agus rinne sé neamhiontas de mo hata
is de mo phíopa.

Nuair a bhánaigh an slua dúirt mé féin gur chóir dúinn suí
is ár n-anáil a tharraingt. 'Is tú is eolaí,' arsa mise. 'Cá háit a
rachaimid?'

'Anonn anseo go dtí Le Café Parisien,' ar seisean.

Chuamar anonn agus shuíomar, agus fuair mé féin bracn
beag a bhainfeadh comhrá as. Bhí bunús a raibh sé a rá in-
tuigthe agam, agus bhí spéis mhór agam ann as an tsiocair sin.

Nuair a bhí an comhrá tamall ar obair d'aithin mé air go
raibh dáimh aige le hÉirinn. Dúirt sé liom gurbh as Éirinn a
tháinig a mhuintir cupla céad bliain roimhe sin. Bean a
tháinig chun na Fraince agus leanbh beag léi i lár an seachtú
céad déag. Ba ón leanbh sin a shíolraigh muintir a mháthara.
Bhí dearmad déanta den ainm aige, ach ar a fhocal gurbh
fhíor an scéal a bhí sé a inse domh!

Agus chreid mise é. Samhlaíodh domh go bhfaca mé bean ag teitheadh san oíche nuair a bhí na Gaeil á ndíbirt go hIfreann nó go Connachta. Bhí sí ag tarraingt ar an chladach agus leanbh ina hascaill agus i ag mallachtaigh ar Chromail. Tá sé san fhuil ag an Fhrancach seo. Ní raibh a fhios aige faoin spéir cad é a bhí mise a rá an chéad uair nó an dara huair a labhair mé i nGaeilge leis. Ach d'aithin sé gurbh Éireannach mé chomh luath is thoisigh mé a mhallachtaigh ar na Sasanaigh.

'Tá mé dúthuirseach den áit a bhfuil mé ag baint fúm,' arsa mise sa deireadh, ag toiseacht is ag inse do. 'An bhfuil teach ósta ar bith i d'eolas nach bhfuil Sasanaigh ann?'

'Tá teach thoir ansin i nGarabhan, go díreach ar chrích na hIodáile,' ar seisean, 'agus de réir mo bharúla ní bhíonn Sasanaigh ann am ar bith. Palais de Fleurs is ainm dó. Teach ósta Gearmánach atá ann, agus is annamh a bhíos Sasanach ar bith ann. Ach bíonn Gearmánaigh is Rúisigh is daoine as gach tír san Eoraip ann.'

'Diabhal an miste liom fir dhubha as an Afraic a bheith ann ach gan aon Sasanach a bheith ar na gaobhair,' arsa mise, ag tabhairt buíochais dó agus ag imeacht.

Tráthnóna chuaigh mé soir go Palais des Fleurs agus fuair seomra. Nuair a tháinig mé anuas chuig mo dhinnéar, i dtrátha a seacht, bhí seomra itheacháin ann agus é boglán. Cuireadh mise ag tábla beag liom féin sa choirnéal. Gearmánaigh a bhí i m'aice. Bhíodh siad ag comhrá leo ach ní raibh aon fhocal dá gcuid cainte intuigthe agam. Bhí Rúisigh taobh thall díobh. Bhí daoine as an Tuirc agus daoine as an Pholainn ann. Iad uilig ag caint is ag comhrá, ach ní raibh a oiread is focal Béarla le cluinstin. I gceann seachtaine bhí mé chóir a bheith cinnte nach raibh aon duine as tíortha an Bhéarla sa teach. Ní raibh mé ríchinnte, nó bhí lánúin amuigh thall sa choirnéal ab fhaide uaim agus ní raibh a fhios agam cárbh as iad. Ní dhéanadh siad comhrá ar bith leis na daoine eile. Smaoinigh mé go mb'fhéidir gur as Meiriceá iad. Níor Shasanaigh iad ar scor ar bith. Dá mba ea, chan anseo a bheadh siad ar chor ar bith ach i gcuideachta na codach eile, siar fá Mhenton is fá Chap Martin is fá Mhonte Carlo.

Nuair a bhí mé seachtain sa Phalais de Fleurs bhuail an fliú mé agus bhuail sé go tobann agus go trom mé. Chuaigh mé fá theach agus bhain an leaba amach agus ualach trom tinnis orm. Nuair a bhí mé tamall i mo luí tháinig bean an tí isteach agus buidéal rum léi. 'Ól steall bhreá de seo a bhainfeas allas asat,' ar sise, 'agus beidh croí na haicíde briste ar maidin.' Tháinig sí chugam arís i dtrátha an mheán oíche agus chuir sí braillíneacha úra ar an leaba, nó bhí allas trom curtha agam san am seo.

'Tá leat,' ar sise, 'ach ar do bhás ná corraigh as an leaba sin go ceann seachtaine. Sin an áit a bhfuil an chontúirt uilig.'

Bhí siad iontach lách cineálta liom, agus i gceann thrí nó ceathair de laetha, nuair a bhí biseach maith orm, dúirt mé liom féin nach ligfeadh an náire domh imeacht chomh luath is a bheinn ar mo sheanléim i ndiaidh an aire a thug an bhean mhaith seo domh. Ar scor ar bith bhí mé sásta go leor leis an áit agus níor mhiste liom seal míosa a chaitheamh ann. Bhí bia maith ann, bhí seomra seascair agus leaba shócúlach agam, agus gan an dola róthrom ach oiread. Ar ndóigh, bhí mé uaigneach, nó ní raibh aon duine le labhairt liom agus éiríonn duine tuirseach dá chaidreamh féin corruair. Ach ní raibh Sasanaigh ar bith ar na gaobhair. Ní raibh a nglórtha gránna ag cur déistin ar mo chluasa. Ba é sin an bhuaidh, dar liom, ba mhó ag an teach ósta seo.

Bhí go maith agus ní raibh go holc go dtí go dtáinig maidin Dé Domhnaigh. I dtrátha a deich a chlog buaileadh an doras. *'Entrez,'* arsa mise, ag déanamh gurbh í an *femme de chambre* a bhí ann ag teacht ionsorm le mo chuid caife. Leis sin fosclaíodh an doras agus tháinig fear agus bean isteach. Bhí carnán páipéar leisean ina láimh, agus mias mhór ghloine léise ina raibh úllaí agus oráistí agus cupla cineál eile torthaí. Cé a bhí ann ach an lánúin úd a bhí sa choirnéal ab fhaide uaim den *salle a manger* agus nach raibh a fhios agam cárbh as iad. Labhair an fear — i mBéarla. Dúirt sé nach raibh a fhios acu go dtí aréir roimhe sin go raibh mé sa teach ar chor ar bith. Chrothnaigh siad as seomra an itheacháin mé, ach níor chuir siad iontas ar bith ansin. Aréir a chuala siad gur i mo luí le fliú a bhí mé. Agus dá mbeadh a fhios acu ó thús é thiocfadh siad a dh'amharc orm an chéad lá. Thaobh sé liom fanacht sa leaba go mbeadh biseach mar ba cheart orm. Agus rud ar bith dá mbeadh de dhíth orm, ní raibh le déanamh agam ach ainm a chur air.

D'fhág sé na páipéir ar an chuilt agus d'fhág sise an mhias ar thábla bheag a bhí ag taobh na leapa, agus tháinig sí anall agus chothromaigh sí an adhairt faoi mo cheann. Thug mé spléachadh de mo shúil ar na páipéir a bhí ina luí ar an chuilt. An *Sunday Times* agus *News of the World* agus *Punch*. Thug mé buíochas dóibh, ar ndóigh. Nó cad é eile a thiocfadh le duine ar bith a dhéanamh ar ócáid den chineál?

'Don't mention it, old man,' arsa an fear. *'Demn it all, there are only the three of us together, in this ... of a country. And it is up to us as Britons to stand by one another.'*

AN FÁINNEACH AGUS AN SPÉIRBHEAN

Chomh luath géar is a fuair mé biseach d'imigh mé. Níor fhág mé slán ná beannacht ag an 'bheirt eile.' D'imigh mé nuair a bhí siad amuigh eadar meán lae is am dinnéara, agus am ar bith dá bhfaca mé uaim iad ina dhiaidh sin chuir mé cor bealaigh orm féin ar eagla go gcasfaí orm iad. Níor mhaith liom labhairt go giorraisc leo, cé gur chuir siad i mbarr mo chéille mé. Ba mhian leo a bheith lách cineálta liom de réir a ndearcaidh agus a gcreidimh. Triúr 'Briotanach' a bhíomar ann sa Phalais des Fleurs. Tháinig an fliú ar dhuine acu agus bhí sé d'oibleagáid ar an bheirt eile cineál a dhéanamh air. Agus ní thiocfadh le Sasanach smaoineamh ar dhóigh ar bith ab fhearr le cineál a dhéanamh ort ná do bholg a líonadh. Agus ansin *Punch* a thabhairt duit le cian a thógáil díot agus an *Sunday Times* le caoi a thabhairt duit dualgas na Sabóide a chomhlíonadh.

Casadh orm an tráthnóna sin an Francach úd ar díbríodh a shinsear as Éirinn in aimsir Chromail. Thugamar cuairt ar an Chafé Parisien agus d'inis sé domh go raibh aithne aige ar lánúin a bhéarfadh lóistín domh a fhad is ba mhian liom fanacht, ar acht amháin. Níorbh eagal domh go mbeadh Sasanach ná duine ar bith eile i mo chuideachta, nó ní raibh acu fá réir ach aon seomra amháin.

'Agus cad é an coinníoll atá sna gnoithe?' arsa mise.

'Tá,' ar seisean, 'tá beirt chlainne acu, stócach agus cailín, agus ba mhaith leo Béarla a fhoghlaim.'

Tháinig smúid orm féin. Smaoinigh mé gur 'thrua bocht an chinniúint a gineadh domh i dtús mo shaoil,' nuair b'ar mo chrann a tháinig teanga na Sasana a theagasc do aos óg na Fraince, i ndiaidh tamall blianta a bheith caite agam á teagasc do pháistí na Gaeltachta i mo thír dhúchais féin. Dúirt mé sin le mo dhuine.

'Ach,' ar seisean, 'níl an dara dóigh agat le lóistín den

chineál atá tú a iarraidh a fháil. Ní bheidh ann ach ceacht nó dhó sa tseachtain. Agus mholfainnse duit a ghabháil ina cheann nuair nach bhfuil togha is rogha le fáil agat.'

Dar liom féin, níl an dara suí sa bhuaile ann. Agus bhí mé i mo lóistín an oíche sin. Chuir bean an tí sa mhargadh go dtabharfainn ceacht Béarla don chlainn dhá oíche sa tseachtain, agus go ligfeadh sí síos leathchéad franc os a choinne mar dhíolaíocht. Ba mhaith an beagán sin féin, nó ní raibh mo sparán róthrom san am.

Tráthnóna an lá arna mhárach bhí an t-aos óg ar obair ag foghlaim Béarla agus mise á dteagasc. Bhí cupla leabhar beag léite roimh ré acu agus beagán beag eolais acu ar an ghraiméar. Bhí an mháthair ina suí istigh sa tseomra agus in ainm a bheith ag fuáil. Léigh mé píosa beag as an leabhar agus mhínigh mé é chomh maith is tháinig liom. Ansin thoisigh mé a chur ceisteanna orthu, féacháil an dtiocfadh liom cineál ar bith cainte a bhaint astu. Ach ní raibh focal le fáil uathu.

Pourquoi ne reponde tu, Petite?' arsa an mháthair sa deireadh, go colgach.

'Monsieur parle trop vite, maman,' arsa Petite. Agus smaoinigh mé féin ar na blianta a chaith mé i mo mhúinteoir scoile sa Ghaeltacht. 'Tá tú ag caint róghasta,' a deireadh na páistí nuair a bhínn ag teagasc Béarla dóibh. Agus nuair a d'éirigh siad dána orm is minic a chuir duine ceist orm, 'A mháistir, cad chuige a bhfuil tú luathchainteach sa Bhéarla agus fadálach sa Ghaeilge?' Agus nuair a bhínn ag teagasc ranganna Gaeilge i mBaile Átha Cliath is iomaí duine a dúirt liom, agus mothú feirge air, *'But why don't you speak as slowly as you speak English?'* Tá an galar sin fada leitheadach in Éirinn. Ní thuigeann lucht foghlama nach é rud atá an teanga róghasta agamsa is ag mo mhacasamhail, ach go bhfuil an chluas rófhadálach acu féin. Síleann an mhórchuid acu gur cheart focla a scoitheadh ó chéile atá greamaithe dá chéile ó nádúir. Focla atá ag baint taca as a chéile agus nach dtiocfadh leo seasamh ar leathchois dá scoití iad.

Níor fhág mé an lóistín seo go dtí an lá a d'fhág mé an Fhrainc, tús an tsamhraidh ina dhiaidh sin. Agus nuair a fuair mé aithne ar mhuintir an tí bhí mé sásta go leor de mo shaol. Bhí mé ag bisiú go maith i mo shláinte agus ba mhór an tógáil ciana sin díom.

Is álainn an radharc atá fá na cladaigh seo lá ar bith sa bhliain. I lár an dúgheimhridh d'fhéadfá suí amuigh ar maidin ar feadh chupla uair faoin ghréin. Ach má bhíonn tú ann choíche bí ar d'fhaichill is ná beireadh an tráthnóna ort gan cóta mór. Is iomaí tráthnóna geimhridh a shiúil mé suas an Grand Corniche. Amuigh ar do chúl tá cnoic agus sneachta go bun orthu. An chéad rud a bhéarfas tú fá dear imir liathbhán ag teacht sa tsneachta. Éireoidh sé níos troime agus níos troime de réir a chéile, go dtí go bhfuil sé chomh dearg le fuil le coim na hoíche. Ansin toiseoidh sé dh'éirí donn, agus má amharcann tú air i dtrátha am luí agus gealach iomlán ann gheobhaidh tú dath geal air mar a bheadh ar aghaidh marbhánaigh nuair a d'imeodh an fhuil as na leicne.

Chaith mé an geimhreadh agus an t-earrach i Menton, agus i dtús an tsamhraidh bhí biseach maith orm. Bhí rún agam cupla mí eile a chaitheamh ann, sa dóigh a mbeadh an aimsir mhaith ann nuair a thiocfainn chun an bhaile. Ach bhuail tallann tobann mé aon lá amháin agus rinne mé amach imeacht an lá arna mhárach.

Tráthnóna galánta a bhí ann, fá chupla uair de luí gréine. Bhí mé i mo shuí ar thaobh an chnoic, agus gan bhréig gan amhras b'aoibhinn an radharc a bhí os coinne mo shúl. Cap Martin ar an taobh thiar agus Bordigheira, san Iodáil, ar an taoibh thoir agus camas gorm mara eatarthu. Na cnoic crochta os cionn na gcladach agus coillte orthu go dtína mbarr. Is álainn an radharc é, arsa mise liom féin. Ach níl sé chomh hálainn le Rinn na Feirste. Agus bhuail cumha mé, mar a bhuail Oisín nuair a bhí sé i dTír na hÓige. Ba é seo Tír na hÓige agamsa. Fuair mé saol agus sláinte ó tháinig mé ann. Agus shílfeadh duine nach mbeadh mo dheifre orm ag tarraingt ar cheo agus ar thaisleach na hÉireann. Ach smaoinigh mé an tráthnóna seo gur mhaith a bheith ar an Bháinsigh. Tá an lán mara go barr ha gcaslach anois, arsa mise liom féin. Agus tá aoibh ar ghnúis an Eargail, agus loinnir óir i méilte na Maol Fionn.

Lá arna mhárach, tamall beag i ndiaidh an mheán lae, bhí mé ag an stáisiún ag fanacht le traen a bhéarfadh go Marseille mé, agus uaidh sin go Paris. Ba ghairid go dtáinig an traen agus chuaigh mé ar bord. Ní raibh mórán daoine ar an bhealach an lá seo. Bhí an séasúr thart le fada roimhe sin agus 'uaisle' an Riviera ar shiúl chun an bhaile. Ar theacht go Beaulieu domh bhí cúigear nó seisear ansin ag fanacht leis an traen. Agus ina measc bhí fear ar chuir mé sonrú ann. Fear a raibh culaith de ghlaisín caorach air agus hata den ghréasán chéanna, agus é ag caitheamh an Fháinne. Tháinig sé isteach sa traen agus shiúil anuas thart leis an áit a raibh mé i mo shuí. Ach níor chuir mé ceiliúr ar bith air, siúd is go raibh mé eadar dhá chomhairle. Bheadh lúcháir orm Éireannach ar bith a chasfaí orm eadar dhá dtír. Agus dá mbeadh Gaeilge mheasartha mhaith aige, sa dóigh a dtiocfadh liom mo chomhrá a dhéanamh leis, ba mhaith liom liom é, sa chruth is go dtiocfadh liom a thabhairt le fios do na Francaigh go raibh ár dteanga féin againn in Éirinn. Ba mhinic le sé mhí roimhe sin a dúirt cuid acu liom nár náisiún ar leith sinn nuair nach raibh ár dteanga féin againn. Agus cad é a thiocfadh liom a dhéanamh? Ní thiocfadh liom toiseacht a chaint leis na ballaí. Ach is minic a dúirt mé gur mhairg nach raibh duine as an Ghaeltacht i mo chuideachta. Dá mbeadh, deirimse leatsa nach n-abóradh Francach ar bith liom nach raibh teanga againn dúinn féin. Ach ní raibh mé cinnte den Fháinneach seo. Má bhí crothán measartha Gaeilge aige bhí go maith. Ach mura raibh, ba mhó an mhíchliú ná an chliú a thabhódh sé do theanga na nGael ar an choigrích. Agus rud eile, bheinn cloíte cráite aige sula mbeinn i bParis ar maidin an lá arna mhárach. Ábhar bróid agus áthais liom clanna Gael ag foghlaim na Gaeilge. Agus dá mba as Binn Éadair go Baile Átha Cliath a bheinn ag teacht chuirfinn forrán air lom láithreach. Ach ní bheimid i bParis go dtí a naoi a chlog ar maidin amarach. Agus beidh mé as mo chéill aige ag deireadh an ama sin, más duine é nach bhfuil mórán Gaeilge aige. Má tá sé cosúil le corrdhuine a bhfuil aithne agam orthu, beidh mé i mo rith síos L'Avenue des Champs Élysées ar maidin amárach mar bheadh fear mire ann agus mé ag mallachtaigh ar an

Fháinne agus ar an chéad fhear riamh a smaoinigh air!

Lig mé tharam é gan labhairt leis.

Bhí Francaigh sa chóiste i mo chuideachta, fir agus mná.
Agus bhí mé ábalta bunús a gcuid comhráidh a thuigbeáil.
Chuir fear amháin acu ceist orm an go Sasain a bhí mé ag
gabháil. Dúirt mé leis, ar an drochuair, go gcaithfinn siúl ar
an talamh mhallaithe sin ar mo bhealach chun an bhaile.

'Ah! vous allez en Irlande,' ar seisean. *'Le pays de Mac
Swiney,'* ar seisean, agus chroith sé lámh liom. 'Bhí
Toirealach Mac Suibhne,' ar seisean, 'ar fhear chomh
héifeachtach is a bhí ar an domhan riamh. Thug sé le fios
don tsaol nach raibh an sean-náisiún Éireannach marbh. Ba
mhóruchtúil an gníomh a rinne an scaifte beag a d'éirigh
amach i mbliain a sé déag. Ach rug Mac Suibhne barr ar an
iomlán acu. Níl náisiún ar bith marbh agus ní dual dó bás a
fhad is bheas macasamhail Mhic Suibhne aige.'

Tháinig fear aitheantias isteach as an phasáid agus
cuireadh in aithne dó mé. Bhí meas mór aigesean ar
Thoirealach Mac Suibhne fosta. Ach fuarbhruite go leor a
bhí sé nuair a tráchtadh ar Sheachtain na Cásca. Bhí meas
aige riamh ar Éirinn. Ach ba doiligh leis maithiúnas a
thabhairt don mhuintir a thug iarraidh a ghabháil i gcomhar
leis an Ghearmáin nuair a bhí an Fhrainc i ngéibheann
chruaidh!

Ní raibh mórán Fraincise agamsa le taobh na bhfear seo.
Ach an méid a bhí agam chuir mé chun a chaite é. Agus bhí
mé chomh tógtha sin is go dtáinig sí liom ina roisteacha,
briste bearnach is mar a bhí sí. Chuir mé i gcuimhne do mo
dhuine gur leis an Fhrainc a bhiomar i gcomhar nuair ab
éigean dár sinsir a ghabháil sa bhearna bhaoil lá Fontenoy.
Agus go dtug an Fhrainc iarraidh sin a chúitiú dúinn nuair a
tháinig siad go Cill Ala agus go Beanntraí agus go Loch
Súilí.

Chuir duine acu ceist ansin orm fán Ghaeilge. Dúirt mise,
ar ndóigh, go raibh sí ag teacht chuici féin mar bheadh
aimsir earraigh ann i ndiaidh an fhuaicht, agus go mbeifí á
labhairt ar fud na hÉireann i gceann fhichead bliain eile.

'Níor chuala mé aon duine ag caint i nGaeilge riamh,'
arsa fear acu. Agus san am sin ba bheag a bhéarfadh orm

féin éirí agus an Fáinneach a chuartú agus a thabairt i láthair. Mura mbeadh aige ach corrfhocal bhéarfadh sé leithscéal cainte domh. Mura n-abraíodh sé ach *tawmeed hun skur aneesh go dee lahoor taraysh a hain trah noana ee maurach* d'fhágfadh sé gléas cainte agamsa, agus bhéarfainn le fios dóibh go raibh Gaeilge in Éirinn. Bhí me ag brath éirí á chuartú. Ach leis sin féin stad an traen. Bhíomar i Nice.

Amach díreach os mo choinne bhí cailín ina seasamh agus cuma uirthi go raibh sí in achrann. Bhí oifigeach de chuid an *chemin de fer* ag caint léi agus ag croitheadh a chinn agus a ghuailleacha, agus cuma orthu nach raibh dul acu a chéile a thuigbheáil. Thiontaigh sí thart mar bheadh sí ag súil go mbeadh duine ar bith ar an traen a bhéarfadh tarrtháil uirthi. Agus nuair a thiontaigh, agus fuair mé amharc iomlán ar a haghaidh is ar a cosúlacht, chonacthas domh do raibh sí ar an chailín ab fhíordhóighiúla a chonaic mé riamh ar mo shúile cinn. Ba í gile na gile agus áille na háille í. Ba mhaith liom lá iomlán a chaitheamh ag amharc uirthi, dá mbínn gan aon fhocal a labhairt choíche léi. Agus mar a dúirt Oisín, 'A Phádraig, dá bhfeicfeá a dreach, bhéarfá do shearc don mhnaoi.'

Sheasaigh sí ansin tamall beag. Agus sa deireadh anall léi agus chuir a cloigeann isteach ar an fhuinneoig. *'Any one here speaks English?'* ar sise.

Níor labhair aon duine. Ní raibh aon duine ann le labhairt ach mé féin. Agus sin an rud ba chruaidhe a chuir riamh orm, is é sin de rudaí a rinne mé de mo dheoin féin. Tháinig sé chun an bhéil chugam a rá go raibh Béarla agamsa agus go ndéanfainn teanga eadar í féin is lucht an bhóthair iarainn. Ach, ansin, Sasanach a bhí inti agus ní bheadh sé ceart agam caidreamh ar bith a dhéanamh léi! D'imigh sí léi síos an phasáid agus mé ag éisteacht lena glór ag éirí fann de réir mar a bhí sí ag druidim uaim. *'Any one here speaks English?'*

Sa deireadh siúd aníos ar ais taobh amuigh í, agus cé a bhí léi ach an Fáinneach. I ndiaidh fáinne a bheith á chaitheamh aige agus culaith de ghlaisín caorach a bheith air níor dhiúltaigh sé Béarla a labhairt. Béarla a labhairt le Sasanach, fosta. Nó d'aithin mé gur Sasanach a bhí inti ar bhlas a cuid cainte. Ach ní raibh mé ina dhiaidh air. Is é rud a bhí aithreachas orm cionn is nach deachaigh mé féin chun cainte léi. Chonacthas domh nach raibh ionam ach cladhaire cloíte gan fearúlacht ar bith. Bhí bean in achrann agus ní thug mé tarrtháil uirthi. B'fhéidir gurbh é rud a chaill sí a ticéad, nó d'fhág sí a mála ina diaidh i ndearmad i Ventimiglia agus gur mhaith léi iarraidh orthu a chur ina diaidh go Paris. Bhí mé thar a bheith míshásta liom féin.

Eadar sin is tráthas, agus mé ag gabháil síos an phasáid chonaic mé í féin agus an Fáinneach isteach uaim, agus iad ina suí ag taobh a chéile ag comhrá. Chonaic mé uaim arís iad sa *restaurant* ag stáisiún Mharseille, agus i ní ba dóighiúla ná a bhí sí riamh. Tamall i ndiaidh an mheán oíche bhí mé ag gabháil thart leis an fhuinneoig acu agus d'amharc mé isteach de leataobh orthu. Bhí sí ina codladh ag a thaobh agus a foilt chraobhchasta spréite anonn ar a ghualainn. Chaith mé cupla píopa tobaca sa phasáid agus tháinig mé isteach ar ais agus shuigh i m'áit. Bhí an chuid eile ina gcodladh. Shin mé mé féin ar an tsuíochán, ach níor chodail mé aon néal go maidin.

I dtrátha a naoi a chlog thángamar go Paris. Chuir mé boiseog uisce fhuair ar m'aghaidh ag an stáisiún, fuair greim bídh agus bhain an Gare du Nord amach. Bhí an spéirbhean agus an Fáinneach romham. Bhí siad i gcuideachta a chéile, ar ndóigh, go raibh siad i gCalais, agus ar an bhád anall go Dover, agus ina dhiaidh sin arís ar an traen aníos go Londain. Chaill mé amharc ansin orthu. Agus nuair a tháinig mé go stáisiún Euston ní raibh an Fáinneach le feiceáil beo ná marbh agam. B'fhéidir, arsa mise liom féin, nach go hÉirinn atá sé ag gabháil ar chor ar bith, ach gur i Londain atá sé ina chónaí (bhí craobh den Fháinne i Londain san am agus scaifte mór acu ann). Nó b'fhéidir gurb é rud a thug sí cuireadh chun tí a muintire dó cionn is go raibh sé chomh lách sin léi ar an choigrích. Níl a fhios nach cleamhnas a thiocfadh go fóill as. Agus is í a imeos faoina luach má phósann sí an marla sin!

Chodail mé néal an oíche sin ar an traen. Agus i dtrátha a
trí ar maidin, ar a theacht go Holyhead domh, níorbh iontaí
liom an sneachta dearg ná an spéirbhean agus an Fáinneach
a fheiceáil ag gabháil isteach ar an bhád romham. Sin an
uair a bhuail an t-aithreachas ar fónamh mé. Níor
Shasanach ar chor ar bith í, b'fhéidir, ach Éireannach. Bhí
blas trom Sasanach ar a cuid Béarla. D'aithin mé sin ar na
cúpla focal a labhair sí i Nice. Ach níor chomhartha ar bith sin
gur Sasanach a bhí inti. Nó, faraor, sin locht atá fada
leitheadach in Éirinn, ag iarraidh a bheith cosúil le muintir na
Sasana ar an uile dhóigh.

Bhí maidin ghalánta ann ag teacht isteach go Dún Laoire
dúinn. Nuair a bhí an soitheach sínte leis an chéidh agus sinn
ag fanacht go gcuirfí síos an droichead, thug mé fá dear
isteach uaim bean mheánaosta agus í ag breathnú go géar
orainn mar bheadh sí ag cuartú duine éigin a raibh sí ag súil
lena theacht. Chomh luath is d'amharc mé uirthi d'aithin mé
gurbh í máthair na spéirmhná a bhí ann. Bhí imir liath ina
gruaig agus bláth na hóige ar shiúl. Ach mar sin féin bhí sí
iontach cosúil leis an iníon. Agus b'fhurast a aithne gur bean
dóighiúil a bhí inti lá den tsaol.

Cuireadh síos an droichead agus thoisigh na pasantóirí a
ghabháil amach. D'fhan an Fáinneach ar gcúl mar bheadh
sé ag déanamh nár chóir dó a bheith sa láthair nuair a
chasfaí an mháthair agus an iníon ar a chéile. Ach bhí mé
féin amach sna sála aici. Tháinig an mháthair leath bealaigh
anall ina haraicis. Chuir sí a lámh fána muineál agus phóg
an bheirt a chéile go gradamach.

'Orú, a leanbh beag deas,' arsa an mháthair, sa chuid ba
bhlasta de Ghaeilge na Gaeltachta, 'míle altú do Dhia go
bhfuil tú ansin. Agus tú chomh folláin i gcosúlacht is a bhí tú
riamh. 'Bhfuil tú tuirseach, a leanbh?'

'Tá mé marbh tuirseach,' arsa an bhean óg.

'Tá, creidim, a leanbh,' arsa an mháthair. 'Bhí an bealach
fada.'

'Níorbh é fad an bhealaigh a thuirsigh mé ar chor ar bith,

a mháthair,' arsa an iníon. 'Ach sciorrachán beag as Baile Átha Cliath nach raibh aige ach cupla focal Gaeilge. Agus tá mo chroí briste ag iarraidh comhrá a choinneáil leis ó d'fhág mé Nice ar maidin Dé Luain.'

CLARENCE MANGAN AGUS CUBAN PETE

Bliain de na blianta sin rinneadh eagarthóir díom ar *Fháinne an Law,* páipéar Chonradh na Gaeilge. Bhí an Conrach iontach lag san am agus ní thigeadh an páipéar amach ach uair i gceann na míosa. Ach chonacthas domh gur mhaith páipéar míosa féin. Bhí mé chomh beag i gcéill agus gur shíl mé go dtiocfadh liom an Conradh a athbheochan. Níor thuig mé mar ba cheart go raibh sé caite. Go raibh a sheal tugtha aige, agus in áit iarraidh a thabhairt ar a athbheochan gur chóir dúinn ligean dó bás a fháil go suaimhneach agus gluaiseacht úr a chur ar bun. Agus bíodh a fhios ag an tsaol nach le drochmheas ar Chonradh na Gaeilge atá mé á rá sin. Is iomaí alt nimhneach a scríobh mé ar *Fháinne an Lae.* Is iomaí uair a fuair mé locht ar an Rialtas agus dúirt mé nach raibh ionainn ach náisiún a chodail amuigh, i gcomórtas leis an Fhrainc nó leis an Ghearmáin nó le Sasain. B'fhíor sin, ar ndóigh. Ach murab é an obair a rinne Conradh na Gaeilge sna blianta a bhí caite, ní bheinn féin ná duine ar bith eile á rá gur cheart don Ghaeilge a bheith i gcúrsaí oideachais mar a bhí an Fhraincis sa Fhrainc nó an Béarla i Sasain.

Ach ar scor ar bith bhí mé i m'eagarthóir ar *Fháinne an Lae.* Agus ba é an chéad rud a dúirt mé liom fein nach n-iarrfainn ar dhuine ar bith alt a scríobh don pháipéar. Dá bhfaighinn alt maith gan iarraidh ar bith bheadh lúcháir orm roimhe. Ach mura bhfaighinn scríobhfainn féin an t-iomlán de. Sin an locht mór a bhí riamh ar pháipéir Ghaeilge. Ní bheadh siad sásta le rud ar bith ach foireann de scríbhneoirí maithe. D'iarrfadh siad ort aiste a scríobh agus, san am sin, b'fhéidir gan aon smaoineamh amháin i do cheann. Níl maith ar bith sa chineál sin oibre. Ná scríobh a dhath choíche mar mhaithe le heagarthóir ar mhian leat gar a dhéanamh dó. Ná leag barr pinn ar pháipéar choíche go spreaga an spiorad thú. Agus ansin scríobh é, dá dtiteadh an spéir lena linn. Sin an dearcadh a bhí agamsa san am sin, agus an dearcadh atá go fóill agam.

Nuair a thoisigh mé ar *Fháinne an Lae* cuireadh i gcuimhne domh nach mbeadh cead agam trácht ar ghnoithe polaitíochta. Bhí Conradh na Gaeilge *non-political!* B'fhéidir go raibh, ach sin galar nach raibh ormsa riamh. De réir an dearcaidh a bhí agam níorbh fhéidir an Ghaeilge a thabhairt chun cinn gan Rialtas a rachadh go dtí an dúshraith sna gnoithe agus a chuirfeadh an Ghaeilge i réim go díreach mar a rinne na Sasanaigh leis an Bhéarla. Agus mura mbeadh lucht Rialtais sásta sin a dhéanamh, gur cheart a gcur amach agus dream a chur ina n-áit a dhéanfadh é. Ansin bhí fearg orm le daoine a bhí ag iarraidh a chur i gcéill go raibh gach aon rud ag gabháil ar aghaidh mar d'iarrfadh de bhéal a bheith, agus nach dtiocfadh fiche bliain go mbeadh Éire arís ag Cáit Ní Dhuibhir. Agus bhí a lánoiread feirge orm leis an dream a bhí ag iarraidh neamhshuim a dhéanamh den Ghaeltacht agus ag cur in iúl nach raibh maith ar bith inti. Théinn i mbarr mo chéille nuair a chluinninn daoine á rá dá bhfaigheadh muintir na Gaeltachta, ó dhuine liath go leanbh, bás an mhaidin sin a bhí chugainn gur chuma, nó go raibh a oiread Gaeilge i mBaile Átha Cliath agus a dhéanfadh cúis. Is minic ó shin a smaoinigh mé nach raibh leath mo sháith céille agam nuair a bhuair mé mo cheann leis na rudaí seo ar chor ar bith. Os a choinne sin, b'fhéidir nach dtiocfadh liom an páipéar a líonadh ar chor ar bith mura mbíodh aon duine le fearg a chur orm.

Fáinne na Féile Pádraig an chéad uimhir a scríobh mé. Agus bhíothas ag súil go mbeadh moladh agam, mar ba ghnách, ar an dóigh ar caitheadh an 'Fhéile Náisiúnta.' Thoisigh mé féin agus dúirt mé, ar ndóigh, go raibh príomhalt i nGaeilge ar a leithéid seo de pháipéar an lá sin. Go raibh mórán daoine a thug a móide ar maidin (agus a rinne a chomhlíonadh) nach labharfadh siad ach Gaeilge ó éirí go luí na gréine. Agus go raibh seanmóir Ghaeilge ina leithéid seo agus ina leithéid siúd de thithe pobail. Dúirt mé gur mhaith na comharthaí iad sin go raibh an Ghaeilge agus an náisiún sa smeach dheireanaigh. Chuir mé ceist ar mo lucht léite cad é an dóchas a bheadh acu as an Fhrainc dá gcluinneadh siad go raibh aon seanmóir amháin i bh Fraincis in Eaglais Notre Dame lá i gceann na bliana. Nó cad é a déarfadh siad dá n-insítí dóibh go raibh aiste Bhéarla ar an *Daily Mail* nó gur dhúirt sagart na paidreacha in Iodáilis sa Róimh aon lá amháin. Ní rabhthas sásta liom ar chor ar bith as na barúlacha a bhí agam ar *Fháinne* na Féile Pádraig. Ach ba chuma liom. Bhí rún agam aon rud amháin a dhéanamh — mo rogha rud a scríobh agus gan aird ar bith a thabhairt ar lucht an Choiste Gnótha. Toisíodh a chur suime sa pháipéar i gceann tamaill, agus níorbh fhada go raibh a dhá oiread díola air is a bhí air tamall roimhe sin. Ag deireadh na bliana ní hea amháin go raibh a dhola glan aige ach bhí dornán airgid curtha i dtaisce dá thairbhe. Agus is maith liom an méid seo a bheith le rá agam; thairg lucht and Choiste Gnótha — an t-iomlán acu as béal a chéile – an t-airgead seo domh féin, cé go raibh cuid acu ag clamhairt orm bunús an ama fá na rudaí a bhinn a scríobh. Rud a thug orm a rá liom féin go raibh fiúntas sa mhórchuid de na daoine, taobh amuigh de pháirtithe is de pholaitíocht.

Ach bhí mé ag éirí tuirseach den gheamhthroid a bhí eadar mé féin is cuid de lucht an Choiste Gnótha. Agus dar liom féin, scríobhfaidh mé uimhir a chuirfeas as a gcigilteacht iad. Cuirfidh sin an scéal de thaobh éigin. Beidh cead agam mo rogha rud a scríobh ar *Fháinne an Lae,* sin nó beidh mé réidh leis ar fad. Má ligtear cead mo chinn liom rachaidh mé a fhad ar aghaidh agus go gcuirfidh an Rialtas cosc le mo pháipéar. *Sedition* ar pháipéar Chonradh na Gaeilge? Sin an rud a mbeadh an cothú ann. 'B'fhearr don Ghaeilge,' arsa mise, 'aon leathanach amháin *sedition* ná an méid ailgéabair is céimseata atáthar a theagasc tríd an *mhedium* sna sé chondae is fiche.'

Thoisigh mé ar mo pháipéar an oíche sin agus bhí an t-iomlán scríofa agam le bánú an lae ar maidin. Nuair a chodail mé néal chuir mé an lámhscríbhinn chuig na clódóirí agus dúirt mé mar a dúirt Marcus Antonius: Tá an iaróg ar bun anois, bíodh a rogha deireadh uirthi. Cupla lá ina dhiaidh sin tháinig an páipéar amach, agus chuir sin deireadh le mo chuid eagarthóireachta.

Níl mé ag déanamh mórtais as an ghníomh seo. B'fhéidir nach raibh sé indéanta agam ar chor ar bith. Ach b'fhéidir go raibh, agus níl mé ag déanamh aithreachais as ach oiread.

Thoisigh mé a mheabhrú, agus rinne mé amach go bhféachfainn le páipéar a chur ar bun domh féin. Páipéar a mbeadh a leath faoi Bhéarla agua a mbeadh scéalta Gaeilge ann a gcuirfeadh páistí scoile spéis iontu. Ba é mo bharúil nach raibh mórán suime ag na páistí sa Ghaeilge ar an ábhar nach rabhthas á teagasc mar ba cheart. Chuimhnigh mé ar an am a raibh mé féin i mo ghasúr ar scoil. Agus smaoinigh mé nár chuir mé suim ar bith sa Bhéarla (ach fuath a thabhairt dó cionn is gur fhoghlaim mé, *To find the true remainder multiply the first divisor by the last remainder and add the first remainder*).

Rinne mé amach fosta go mbeadh an Béarla riachtanach ag mo pháipéar. Smaoinigh mé go mb'fhéidir go raibh cuid den cheart ag an Chanónach Ó Síocháin nuair a bhí sé ag ceasacht ar an neamhshuim a rinneadh de scríbhneoirí Béarla. An t-'oideachas' a bhí in Éirinn le céad bliain roimhe sin, d'fhág sé na daoine sa dorchadas agus cheil sé Mitchel agus Tone agus Mangan agus Tomás Dáibhis orthu. Dá mbeadh eolas maith acu ar na scríbhinní seo b'fhurast droichead a dhéanamh díobh a bhéarfadh trasna chun na Gaeilge sinn!

Bhínn ag meabhrú mar so eadar amanna ón bhliain a bhí mé sa phríosún. Bhí stócach ansin i mo chuideachta agus bhí an bheirt againn seal geimhridh i scáthlán bheag dúinn féin. Bhí drochmheas ag an stócach seo ar an Ghaeilge. Féadaim a rá go raibh fuath aige uirthi. Ach bhí eagna chinn aige agus dúil as cuimse aige sna dánta a scríobh Tomás Dáibhis. Bhí mé féin ag cuidiú leis chomh maith is tháinig liom. Agus lá amháin chuir mé ceist air ar léigh sé filíocht Mhangan riamh. Dúirt sé liom nár léigh. Bhí an leabhar agam féin agus thug mé dó í. Ar feadh tamaill ar tús ní raibh dul aige mórán talaimh a dhéanamh den fhilíocht a bhí inti. Ach sa deireadh léigh sé *O Woman of the Piercing Wail*. Léigh sé arís agus arís eile é. Agus mhair sé á léamh go raibh sé ar a theanga aige. 'Tá draíocht iontach sa dán sin,' ar seisean liom lá amháin. 'Ní thig liom a ligean as mo cheann. Níl a fhios agam cad é atá ann?'

'Tá a fhios agamsa,' arsa mise, 'cad é atá ann. Tá, glórtha do shinsear ag teacht aniar chugat ón tsean-tsaol, agus tuigeann tú ar chineál de dhóigh é cionn is nach bhfuil an dúchas marbh ionat.' Tháinig sé liom ar an scéal agus ansin chuir mé ar a shuile dó nach dtiocfadh le duine ar bith stair na hÉireann a fhoghlaim ach an té a mbeadh an Ghaeilge aige. Dúirt mé leis, d'aineoinn go silfeadh daoine go raibh an Ghaeilge chóir a bheith marbh, gur choimhthíoch ina thír féin an té nach mbeadh sí aige. Ní thuigfeadh sé, ach oiread is dá mba Gréigis iad, go raibh ciall ar bith le Béal Feirste, nó Áth Cliath, nó Cill Dara, nó Doire, nó Ceann Coradh. Ní tháinig seachtain go raibh an stócach sin ar obair ag foghlaim na Gaeilge.

Bhí mé ag smaoineamh ar na rudaí seo agus mé ag meabhrú ar an pháipéar a chuirfinn ar bun. Ach cé gur fhabhair an páipéar i m'intinn féin agus gur fhabhair sé go hiomlán, ní dheachaigh sé riamh ní b'fhaide ná sin. Bhí scaifte beag i mBaile Átha Cliath a bhéarfadh a ndícheall cuidithe domh. Ach bhí siad uilig chomh bocht liom féin. Agus i gceann tamaill b'éigean domh a chaitheamh as mo cheann.

Bhíodh cumainn ag lucht na gcondaetha i mBaile Átha Cliath na blianta sin. *Corkmen's Association, Cavanmen's Association, Leitrimmen's Association,* agus go leor eile acu. Sílim go bhfuil cuid acu ann go fóill. Ach bhí siad iontach líonmhar an uair úd. Bhí aithne agam féin ar fhear a bhí i gceann de na cumainn seo. Agus d'iarr sé orm a theacht chucu agus léacht a thabhairt dóibh ar stair agus ar sheanchas na condae s'acu. 'An glún atá ag éirí aníos anois,' ar seisean, 'ní chreidfeá choíche ach chomh hainbhiosach leo. Is millteanach an bhail a thug deich mbliana de *Home Rule* orainn. ... I mBéarla a chaithfeas tú labhairt leo, ar ndóigh, nó níl Gaeilge ar bith acu, ar an drochuair.'

'Níl mo sháith eolais agam ar sheanchas na condae sin le léacht a dhéanamh as,' arsa mise.

'Bhail,' ar seisean, 'ábhar ar bith dár mian leat.'

Ábhar ar bith dár mian liom! Dar Dia, seo mo sheans.

'Bhéarfaidh mé léacht dóibh ar Chlarence Mangan,' arsa mise, ag toiseacht is ag inse dó fán dóigh a bhí leagtha amach agam le tabhairt ar dhaoine spéis a chur sa Ghaeilge agus i litríocht na Gaeilge.

'Ní holc do dhearcadh,' ar seisean, 'agus tá mé cinnte go gcuirfidh tú dea-rún ina gcroí sula raibh tú réidh leo. . . . Beimid ag toiseacht ar a seacht a chlog. Ach níl fiacha ortsa a theacht go dtí a hocht. Beidh coirm bheag cheoil againn ar tús. Tá mé cinnte go mbeidh scaifte mór againn.'

Tháinig mé féin chun an tí agus thoisigh mé ar mo léacht. Léigh mé gach aon rud dá raibh le léamh agam fá Mhangan. Ansin scríobh mé mo léacht, agus d'fhoghlaim mé ar mo theanga í. Agus bhí mé réidh le a ghabháil chun an chatha agus iomlán mo chuid airm liom.

Tháinig an oíche agus chuaigh mé go halla na léachta. Bhí mé ansin roimh a seacht a clog sa chruth is go mbeadh mo chuid den cheol agam. Bhí slua mór i láthair agus aoibh mhaith orthu eadar óg is aosta. Thuas ar léibheann bhí buíon cheoil agus fear amháin ina measc ar chuir mé sonrú ar leith ann. Shílfeá gur súile gloine a bhí aige. Agus rud ab iontaí ná sin arís an gáire a níodh sé. Tháinig fear a raibh gáire den chineál sin aige go Rinn na Feirste aon uair amháin. Nochtadh sé a dhéada siar go dtí na cluasa, féadaim a rá. An áit a dtiocfadh racht gáirí ar dhuine eile ní dhéanadh seisean ach na beola a dhrud is a fhoscladh go tiubh. Chuir duine éigin ceist ar Sheán Bhán s'againne an raibh aithne aige air. 'Sin an fear,' arsa Seán, 'a bhíos ag gáirí mar bheadh siosúr ann.' Bhail, an fear seo a raibh na súile gloine aige bhí sé ag gáirí mar bheadh siosúr ann. Bhí *accordeon* aige á sheinm agus é ina cheoltóir san am chéanna.

Ba é Gáire Siosúir 'réalt' na foirne. Dúirt sé dhá amhrán agus bhí an slua chomh sásta sin leis is gur thoisigh siad uilig a scairtigh *ongkore, ongkore*. Agus sa deireadh thoisigh sé ar an tríú ceann:

> *They call him Cuban Pete,*
> *He is the king of the rhumba beat;*
> *When he sits on the hill*
> *He sings 'chick, chick, chick, chickybum chick'.*

Nuair a bhí an t-amhrán ráite aige ní chluinfeá a dhath ar do chluasa le greadadh bos ar feadh chupla bomaite. Scairt cuid acu leis ag iarraidh air *Cuban Pete* a rá athuair. Ach rinne sé gáire siosúir agus shuigh sé ar cathaoir.

I rith an ama seo bhí mé féin mar bheadh cú ann a bheadh ag rí na héille ag iarraidh imeacht chun seilge. Bhí mé chomh tógtha sin is gur bheag an rud a bhéarfadh orm a ghabháil suas agus a tharraingt anuas den ardán, nó féacháil leis ar scor ar bith. Ach ghuigh mé an tAthair Síoraí ag iarraidh foighde, agus fuair mé sin. Smaoinigh mé go raibh mo sheal ag teacht. Bhéarfaidh mise léacht dóibh a mhuscólas iad agus a chuirfeas náire orthu. Nuair a bheas mé réidh leo is beag aird a bheas acu ar Gháire Siosúir agus a *Chuban Pete*.

Sa deireadh d'éirigh an cathaoirleach agus dúirt sé an rud a deirtear go minic ar ócáid den chineál. Ní raibh fiacha air an léachtóir a chur in aithne dóibh. Chuala siad uilig iomrá air. Bhí sé ansin le léacht a thabhairt dóibh ar Chlarence Mangan. Agus bhí sé cinnte go gcluinfeadh siad léacht a mb'fhiú éisteacht léi. Agus dá réir sin.

D'éirigh mé féin agus thoisigh mé (i mBéarla, ar ndóigh). Dúirt mé leo an fear a raibh mé ag brath labhairt air nach raibh mórán iomráidh air in Éirinn. Ní raibh, ar an ábhar nach raibh iomrá ar bith air i Sasain. Mar a dúirt Mitchel, Éireannach a bhí ann, agus ní hamháin Éireannach ach *Papist,* agus fear a raibh grá aige dá thír féin agus drochmheas aige ar Shasain. Níor scríobh sé a oiread agus aon líne amháin riamh ar pháipéar ná ar irisleabhar de chuid na Sasana. Ní raibh aird ar bith aige ar bharúil na Sasana. Níor mholadh a moladh agus níor cháineadh a gcáineadh, dar leis. Rinne sé neamhiontas ar fad díobh. Bhí sé mar nach mbeadh a fhios aige go raibh *British public* ar bith ar an tsaol. Bhí a shliocht air: himríodh díoltas air. Nó peacadh in aghaidh an Spioraid Naoimh neamhshuim a dhéanamh de bharúil agus de dhearcadh na Sasana.

Ansin thug mé cuntas chomh maith is a tháinig liom ar Mhangan, ar a shaol agus ar a chuid ceoil. An fear lom caite ag siúl ar shráideanna na cathrach mar bheadh scáile an bháis ann. Chaith sé seal blianta ag iarraidh greim bídh a shaothrú ina chléireach in oifig dlítheora. Mar a dúirt

Mitchel, arsa mise, bhí dhá Mhangan ann. Aithne mhaith ag
na píléirí ar fhear acu, agus a lánoiread aithne ar an fhear
eile ag 'naoi mná deasa Pharnassus.' Bhain sé a sheal as an
tsaol, ach is leis ba chóir a rá gurbh é sin féin an seal beag
dona. Ach cé go raibh saol cruaidh aige, agus go n-óladh sé
go trom amanna, bhí anam glan gan smál aige. Is fiú dúinn i
gceart a chur i gcomórtas le Burns. Bhí Burns beo bocht
agus dúil mhór san ól aige. Bhí dúil mhór fosta i gcaidreamh
na bantrachta aige. Ach an ceol a spreag an dá chuid ann,
bhí cuid mhaith de phléisiúr an tsaoil agus na colla ann.
Níorbh é sin do Mhangan é. Nuair ba chruaidhe a bhíodh
anró agus buaireamh an tsaoil ag cur air

> He fled for shelter to God, Who mated
> His soul with song.

San am seo bhí siad ina suí thart go suaimhneach agus iad
ag tabhairt cluas mhaith domh. Ní raibh duine ar bith ag
bogadh. Ní raibh beirt ar bith ag cogarnaigh lena chéile, mar
a bhíos corruair ar ócáid den chineál. Bhí mé féin ag fáil
uchtaigh agus, de réir mar a bhí, bhí mé ag teacht chun béil.
D'inis mé dóibh fán spéirbhean a casadh ar an fhile agus an
dóigh a dtug sé grá a chroí go hiomlán di. An dóigh a dtug sí
sáruchtach dó riamh nó go raibh sí cinnte go raibh sé ar
teaghrán aici. Agus ansin mar a thug sí cúl a cinn leis agus
mar a d'imigh an solas as an ghréin.

Ní tháinig mé go fóill a fhad le príomhábhar mo léachta -
an bhaint a bhí ag Mangan leis an Ghaeilge agus le litríocht
na Gaeilge. Ní dhéanfadh sé cúis toiseacht ar an chuid sin
den tseanchas le daoine nach raibh spéis ar bith sa Ghaeilge
acu, ach b'fhéidir drochmheas ag cuid mhór acu uirthi. Bhí
mise róchleasach agus ró-eolach ar nádúir an duine lena
leithéid a dhéanamh. Cuirfidh mé an file in aithne dóibh.
Muscólaidh mé an truaighe ina gcroí. Agus nuair a bheas an
gol ag briseadh orthu toiseoidh mé ar phríomhchuspóir mo
léachta. Agus beidh an mhórchuid acu ag foghlaim na
Gaeilge roimh sheachtain!

Bhí a shliocht orm. Thoisigh mé gur inis mé fán dóchas a
bhí aige agus fán aoibhneas a bhí air nuair a bhí sé i ngrá.
Bhí sé roimhe sin mar a bheadh fear a bheadh leis féin sa
dorchadas. Ansin nocht solas a chuir lasair gheal lonrach sa

tsaol agus a thug léaró dó ar gheaftaí na bhflaitheas. Ach
níor mhair sé ach seal beag gearr. Chuaigh sé as go tobann,
go díreach mar a las sé. Agus ní raibh ann ach
síordhorchadas uaidh sin go lá a bháis.

> *I saw her once, one little while and then no more,*
> *Earth looked like Heaven a little while, and then no*
>   *more.*
> *Her presence thrilled and lighted to its inner core*
> *My desert breast a little while, and then no more.*
> *So may, perchance, a meteor glance at midnight o'er*
> *Some ruined pile a little while, and then no more.*

Chonacthas domh san am sin go raibh tocht ar an
mhórchuid acu. Bhí dreach brúite brónach orthu. Bhí aithne
acu ar Mhangan agus truaighe acu dó. Agus nuair a fuair mé
an croí bogtha acu thoisigh mé gur inis mé dóibh fá na
hamhráin agus fá na dánta a d'aistrigh Mangan as an
Ghaeilge: *Róisín Dubh, Cionn tSáile, A Bhean Fuair Faill
ar an bhFeart, Óm Sceol ar Ardmháigh Fáil, Eoghan Rua Ó
Néill, Caisleán Dhún na nGall, Teach Molaga*, agus an
chuid eile acu. Dúirt mé na dánta seo i mBéarla agus
corrcheathrú as an Ghaeilge. Ach corr a bhí siad. Nó níor
mhaith liom mórán a rá i dteanga nach raibh intuigthe acu.
Go díreach a oiread is chruthódh dóibh nach ainbhiosán a
bhí ag caint leo ach fear a raibh ábhar a léachta ar bharr a
mhéar agus ar bharr a theanga aige.

'Anois,' arsa mise, nuair a bhí an slua ar mo chomhairle
féin agam, 'ní raibh Gaeilge ar bith ag Mangan. Agus ina
dhiaidh sin bhain sé ciall agus brí agus spiorad na nGael as
an bheagán a d'inis scoláire Gaeilge dó. Níl a fhios againn
cad é mar a tháinig leis a dhéanamh. Níl air, dar liomsa, ach
aon mhíniú amháin — gur díreach ó Dhia a tháinig sé chuige,
mar a tháinig fírinne an tSoiscéil chuig an Eaglais. Ach ní
thugann Dia an tíolacadh seo ach do chorrdhuine, agus
corruair. Ní bhfaighidh feara Éireann choíche eolas ar
uaisleacht agus ar áilleacht a dtíre agus a litríochta mar a
fuair Clarence Mangan é. Ach tá dóigh eile agaibhse le a
theacht air. Tá an t-iomlán de le fáil sa Ghaeilge. Agus an té

a fhoghlaimeos an Ghaeilge tá sé aige. Mar sin de, bíodh uchtach agus misneach agus dóchas agaibh. Tá stair agus seanchas agus litríocht Éireann ceilte oraibh. Tá siad istigh i ndaingean ghlasta agus sibhse i bhur seasamh taobh amuigh de na ballaí. Níl eochair ar bith agaibh go fóill. Ach bíodh uchtach agaibh. Tá ábhar na heochrach ag an láimh agaibh. Níl agaibh le déanamh ach an Ghaeilge a fhoghlaim agus foscólaidh sibh na doirse troma daingne. Tífidh sibh radharc ansin nach dtuigeann sibh anois ar chor ar bith. Tífidh sibh An Éire bhí in allód ann.'

Shuigh mé. D'éirigh fear amháin agus thug sé buíochas domh i mbeagán focal. D'éirigh fear eile agus chuir sé leis an mholadh sin, go fuarbhruite. Níor mhaith leo fad a bhaint as, sa dóigh a mbeadh am acu fá choinne cupla amhrán eile sula scabadh siad. Nuair a chuala mé féin go raibh siad ag brath toiseacht ar an cheol arís d'fhan mé, cé go raibh eagla orm go gcaithfinn an bealach chun an bhaile a shiúl de mo chois. Ach rinne mé amach go bhfanfainn go bhfeicinn le mo shúile agus go gcluininn le mo chluasa toradh mo chuid oibre. Bhí mé cinnte go raibh ceoltóir, b'fhéidir beirt, triúr, ina measc a raibh *My Dark Rosaleen* acu. Bhí siad ag caint is ag cogarnaigh san am seo mar bheadh siad ag inse don M.C. go raibh *My Dark Rosaleen* ag a leithéid seo agus ag a leithéid siúd. Tá mé cinnte go bhfuil. Agus fanfaidh mé go gcluine mé. Agus bliain ón oíche anocht beimid anseo arís, le cuidiú Dé, agus ceolfaidh an ceoltóir céanna *Róisín Dubh!*

Leis sin anonn leis an M.C. go raibh sé thall ag Gáire Siosúir. Thug sé cogar dó. Ansin thiontaigh sé thart agus labhair sé leis an tslua, agus ar seisean:

'*By special request, Mr. X will again give us Cuban Pete.*'

MÉ FÉIN IS NIALL AG COIMHLINT

Bhí an saol ag teannadh orm. Ní mó ná go raibh mé ag saothrú a oiread is a choinneodh greim bídh agus toit thobaca liom. Agus de réir mar a bhí cuma orm, mura n-áthraíodh Dia a lámh liom, ní thiocfadh bliain eile go mbeinn ar an tráigh fhoilimh. Thoisigh mé a chur ceist orm féin aon oíche amháin cad é a dhéanfainn le mo chuid a shaothrú. Bhí lá is ní chuirfeadh sin buaireamh ar bith orm. Nuair ab óige ná seo mé ní bheadh eagla ar bith orm roimh an anás ná roimh an ocras. Agus cad chuige a mbeadh? Nach raibh lámh mhaith agam féin is ag mo mhuintir romham ar spáid agus ar phiocóid, ar speil agus ar ord mhór? Nár shileamar na seascainn i Rinn na Feirste, agus nár réabamar na carraigeacha go ndearnamar créafóg mhín díobh agus gur bhaineamar barr astu? Nár mhairg a chaith uaim an phiocóid agus an tsluasaid agus an sleán, agus a thoisigh a mhéaradrú ar ghiobóga beaga de pháipéar? Thréig mé mo dhúchas agus tá mé anois ar an anás!

Ach cad é a thig liom a dhéanamh? Éire a shiúl ó cheann go ceann agus a theacht i dtír ar chleasaíocht? Ach níl ceol ná damhsa agam. Ní thig liom seinm ar fhideoig ná tóin a chur i gcanna, ná cleas na dtrí méaracán a imirt. Agus ní ligfidh an náire domh imeacht a chruinniú na déirce ó dhoras go doras!

Cúpla bliain roimhe sin cuireadh an Gúm ar bun. Ní raibh sé i bhfad ar bun gur chuir siad scéala chugam féin ag iarraidh orm Gaeilge a chur ar leabhar Béarla, ar an oiread seo an míle focal. Dhiúltaigh mé go dubh is go bán. Níorbh ionann sin is a rá gur mheas mé nárbh fhéidir le Rialtas cabhair ar bith a thabhairt do litríocht náisiúnta. Ba é an dearcadh a bhí agam gur mhór an mhaith a dhéanfadh a leithéid don scríbhneoir ar mhaith leis leabhar Gaeilge a scríobh as a cheann féin, is é sin dá mbeadh ciall do litríocht ag na daoine a bhéarfadh breithiúnas air. Ach ní raibh dóchas ar bith agam as an aistriú. Ba é mo chiall nach bhfásfadh litríocht náisiúnta choíche as, dá mhéad dá mbeadh againn de — dá mbeadh sé ina chruacha chomh hard leis an Eargal. Bhí, ar ndóigh, daoine ar obair ag aistriú. Ach ba chuma liom. Ní raibh dóigh ar bith eile ag an mhórchuid acu lena n-ainm a chur ar bhrollach leabhair. Ní raibh ach ceathrar nó cúigear ag aistriú a bhéarfadh orm smaoineamh corruair nach raibh an tuairim cheart agam. Ach bhí a fhios agam go raibh an dearcadh céanna acusan a bhí agam féin. Ach go dtug cruatan an tsaoil orthu a ghabháil i gceann oibre nach raibh a dtoil léi.

Ach i gceann na haimsire bhí an saol ag teannadh orm féin agus bhí mé ag smaoineamh nach raibh an dara suí sa bhuaile ann ach toiseacht a dh'aistriú. Bheadh sé iontach cruaidh orm i ndiaidh na rudaí tarcaisneacha a dúirt mé fán aistriú le cupla bliain roimhe sin. Ach ní raibh neart air.

Bhí mé ag brath a ghabháil chun cainte le lucht an Ghúim a leithéid seo de lá. Ach an tráthnóna roimh an lá seo tháinig múinteoir scoile chugam agus dúirt sé go dtiocfadh leis mo chur ar shlí poist dá mba mhian liom a ghlacadh. 'Tairgeadh domh féin é,' ar seisean. 'Ach is fada liom uaim é'.

'Cá háit a bhfuil an scoil?' arsa mise.

'I dTrinadad,' ar seisean.

Shíl mé gur ag magadh orm a bhí sé. Ach mhínigh sé an scéal domh. 'Sagart de thógáil na hÉireann atá thall ansin,' ar seisean, 'agus chuir an t-easpag anall chun na tíre seo é ag iarraidh príomhoide fá choinne scoile atá ann. Thairg sé an post domhsa,' ar seisean, 'ach ní raibh uchtach agam a ghabháil i gceann an tsiúil. Ach más mian leatsa a ghabháil iarrfaidh mé air a theacht chun cainte leat amárach'.

'Iarr,' arsa mise. 'B'fhéidir go rachainn, nó níl a dhath fá mo choinne sa tír seo i gcosúlacht ach imeacht a dh'iarraidh na déirce, sin nó teach na mbocht. Agus níl dáimh ar bith agam le ceachtar den dá ghairm.'

Tháinig mo shagart chugam an lá arna mhárach. B'as Cúige Uladh é féin is a mhuintir roimhe, ach gur imigh sé as Éirinn nuair nach raibh ann ach gasúr. Nuair a bhí tamall comhráidh déanta aige tharraing sé air an scéal a bhí ar a

intinn. Amuigh ar oileán Thrinadad a bhí an scoil. Scoil
Chaitliceach a bhí inti agus naoi nó deich de mhúinteoirí inti.
Mná a bhí ag teagasc inti, ach ba mhaith leis fear a bheith
aige mar phríomhoide. 'Tá scaifte mór de scoláirí daite ann,'
ar seisean, 'agus bíonn fréamh fhiain iontu sin go minic, agus
ní furast a gcoinneáil faoi riail. Sin an fáth ar mhaith liom
fear a bheith agam mar phríomhoide.' Agus d'ainmnigh sé
an tuarastal domh agus na coinníollacha a bhí ag siúl leis an
obair.

Chonacthas domh nach raibh cóir air. Agus dúirt mé sin
leis. Ach ina dhiaidh sin bhí mé eadar dhá chomhairle. Mar
sin féin b'fhéidir go ngeallfainn dó go rachainn dá n-abraíodh
sé liom 'rachad' nó 'ní rachad' a rá. Ach thoisigh sé ag
iarraidh mo mhealladh. 'Ní bheidh tú aon ráithe amháin ann
go dtí nach n-iarrfá a fhágáil. Ní bhíonn cumha ar aon duine
ansiúd. Tháinig dhá mhúinteoir chugainn anuraidh – beirt
chailín as Londain – agus ní rachadh siad ar ais go Londain
anois ar ór ná ar airgead. Ní bheidh cumha ar bith ansiúd
ort, ná uaigneas ach oiread. Tá scaifte d'oifigigh airm ann,
agus ansin na státseirbhísigh, daoine a bhfuil léann acu agus
a fuair tógáil mhaith. Mo dhearmad,' ar seisean, 'an bhfuil tú
pósta?'

'Níl,' arsa mé féin.

Tháinig cineál de smúid air. 'Is mór an truaighe nach
bhfuil tú pósta,' ar seisean. 'Ach nuair nach bhfuil tú níl tú.
Tá scaifte de chailíní deasa amuigh ansiúd, cupla bean acu
ina múinteoirí, agus ní bheidh moill orainn cleamhnas a
dhéanamh duit.'

Dar liom féin, tá sé in am agam tochas a chur ionat, i
gcead do do chóta.

'B'fhéidir gur bhean dubh a phósfainn, nó tá tallann fiain
ionam féin,' arsa mise. 'Bean a thógfadh teaghlach de
bhuachaillí dorcha dúfholtacha. Buachaillí a cheapfadh an
gabhar allta ar ghreim meigill agus a chaithfeadh a gcuid
sleanntracha in aghaidh na gréine.'

'Cé a dúirt sin?' ar seisean.

'Duine darbh ainm Tennyson,' arsa mise.

'Ba bhreá an file é,' ar seisean.

'Féach liomsa,' arsa mise, 'a shíl nárbh fhile ar chor ar

bith é. Nach raibh ina chuid cainte ach glórtha gáifeacha gan chéill gan eagna.'

'Fágaimis sin mar atá sé,' ar seisean, ag déanamh draothadh gáire. 'Ach nuair a bheas tú ansiúd ná bí rófhonnmhar ag fáil drochmheasa ar fhilí na Sasana. Caithfidh tú an creideamh a chur roimh gach aon rud eile.'

'Ar ndóigh, is fíor duit sin, a shagairt,' arsa mise. 'Agus mura mbeadh ann ach sin féin ní bheinn rógheal do Shasain.'

'An charaid is fearr ar an domhan ag an chreideamh,' ar seisean.

'An namhaid is measa,' arsa mise.

'Ní hamhlaidh ar chor ar bith,' ar seisean, agus tháinig cuil air. 'Tá saoirse ag an Eaglais Chaitliceach an uile áit ar fud an domhain ina bhfuil an *Union Jack* lena cosnamh.'

Dar liom féin, tá an uair ann le do chur i do thost le cupla focal, agus gan a ghabháil siar a fhad le Hanraí ná le Beití ná leis ns Dlíthe Peannaideacha.

'Tá an *Union Jack* againn in Ard Mhacha Phádraig agus i nDoire Cholm Cille,' arsa mise, 'agus cá bhfuil an tsaoirse atá ag an Eaglais Chaitliceach?'

Ní dheachaigh sé ní ba doimhne sa tseanchas. 'Caithfidh mé cupla leitir a chur leis an phost,' ar seisean. 'Beidh mé isteach ar ais fá cheann leathuaire. Bhéarfaidh sin faill duit le d'intinn a shocrú fán chúis. Má théid tú agus tú a bheith umhal don mhuintir a bheas os do chionn beidh dóigh bhreá ort.'

D'imigh sé amach agus thoisigh mé féin a mheabhrú. Chonaic mé mé féin amuigh sa chearn ab fhaide ar shiúl den impireacht mhallaithe agus mé ag cuidiú leo na daoine dubha a choinneáil faoi shlait. Agus, an rud ba nimhní den iomlán, á dhéanamh sin in ainm an Chreidimh Chaitlicigh. Dhruid mé mo shúile agus chonaic mé an t-oileán go soiléir. 'Teach an Rialtais' thuas ar ard os cionn an chuain. Daingean airm ar ard eile. Long cogaidh ar ancaire giota beag amach ón chladach agus a cuid gunnaí ag bagar ar an té a smaoineodh ina chroí nár ordaigh Dia do chine ar bith a bheith faoi chosa na Sasana. Ansin oifigigh airm agus státseirbhísigh fá bhrístí geala ag imirt *tennis* tráthnóna gréine, agus mé féin ina measc. Nár bhocht agus nár thruacánta an deireadh é ar an 'aisling a chumas' domh féin i m'óige!

Ar maidin an lá arna mhárach bhí mé ag lucht an Ghúim, ag iarraidh leabhair a d'aistreoinn.

Rinne mé amach go n-iarrfainn leabhar Fraincise orthu. Chonacthas domh go bhféadfaí leabhra maithe a aistriú as an Fhraincis, nó as teanga ar bith ach an Béarla, agus nach ndéanfadh siad dochar ar bith don Ghaeilge, ach b'fhéidir maith. Lena chois sin bhí mé ag déanamh nach raibh mórán eolais ag lucht an Ghúim ar an teanga sin, agus nach mbeadh siad chomh cruaidh orm ag iarraidh Gaeilge a chur ar an uile fhocal is bheadh siad dá mba an Béarla a bheadh ann. Ar scor ar bith chuaigh mé chucu agus chuir mé m'iarratas ina láthair, agus mo sháith náire orm.

D'iarr siad orm scríobh chucu. Rinne mé sin. I gceann chupla lá fuair mé scéala uathu ag inse domh go bhfuair siad mo leitir agus go gcuirfí 'fé bhráid an Choiste' í. Agus cupla lá eile ina dhiaidh sin arís hairradh orm féin a theacht fé bhráid an Choiste.

Bhí scaifte acu ansin romham ar a ghabháil isteach domh. Bhí *Le Petit Larousse* agus foclóir Fraincise ar an tábla, agus chroith fear acu a ghuailleacha nuair a bheannaigh sé domh. Ach ní thug aon duine acu iarraidh ar aon fhocal amháin Fraincise a labhairt.

An fear a chroith na guailleacha, chuir sé a mheabhrú mé. B'fhéidir nach raibh ciall ar bith leis na smaointe a tháinig i mo cheann. Ach ó tharla ag inse na fírinne mé ní cheilfidh mé na smaointe díchéillí ort ach oiread leis na rudaí céillí. Chuala mé cupla uair i mo shaol go bhféadfadh teanga na Fraince a bheith ag duine chomh líofa le teanga a mháthara. Ach nach mbeadh sé choíche inchurtha le Francach go dtí go dtaradh leis na guailleacha agus na malacha (agus b'fhéidir na cluasa) a chur a dh'obair. Agus anois, más fíor sin — más fíor gur páirt mhór den Fhraincis an coradh agus an casadh seo — nár chóir go dtiocfadh le duine páirt mhór dá chomhrá a dhéanamh gan focal ar bith a labhairt? Cuir i gcás go raibh scaifte istigh i seomra agus iad ag fanacht le mo mhacasamhailse — duine a raibh conamar beag de Fhraincis bhriste aige — níl a fhios arbh fhéidir a scanrú gan aon fhocal a labhairt leis ach Béarla nó Gaeilge? Cuir i gcás go raibh an seomra feistithe acu mar a bheadh *salon Parisien* ann. *Fauteuils* agus *divans* ansiúd is anseo ar fud an tseomra. Cupla prios a mbeadh éadan gloine iontu, agus iad lán de leabhra Fraincise. *Bric-à-brac* sna coirnéil agus os cionn na tineadh. Pioctúirí de Rabelais is de Mholiere is de Victor Hugo crochta ar na ballaí. Buidéal *Benedictine* agus cupla *petit verre* ar an tábla. Dealbh de Danton sa halla taobh amuigh. Agus le huchtach agus dea-shompla a thabhairt dóibh, an mana a bhí aige, mar Danton, *Toujours l'audace,* ina litreacha móra lonracha trasna os cionn an dorais! B'fhéidir nach bhfuil sna smaointe seo ach amaidí mhór. Ach nuair a thoisigh mé ar an leabhar seo chuir mé fá mo choinne féin nach gceilfinn rud ar bith, ach go n-inseoinn an fhirinne lom orm féin, tabhaíodh sí cliú nó míchliú domh.

Ar scor ar bith tugadh leabhar Francach domh, agus thoisigh mé gur chuir mé Gaeilge uirthi. Nuair a bhí sin déanta agam fuair mé dornán airgid. Ansin d'iarr mé ceann eile. Ach ní raibh an dara ceann ar an liosta. Chaithfinn rudaí Béarla a aistriú.

Is fusa an dara coir a dhéanamh i gcónaí ná an chéad cheann. Bhí mé ag sleamhnú síos as a chéile. Thoiligh mé ar leabhar Béarla a aistriú. Ach bhí mé ag iarraidh cluair a chur ar mo choinsias agus ag rá liom féin nár dhochar ar bith Gaeilge a chur ar leabhar maith Béarla, leabhar a mbeadh litríocht agus tírghrá inti. D'iarr mé leabhar de chuid an Chanónaigh Uí Shíocháin agus fuair mé í. Chuir mé Gaeilge uirthi agus ar an dara ceann. Ba mhaith liom Gaeilge a chur ar iomlán dár scríobh an sárúdar seo. Ach bhí daoine eile á n-aistriú diomaite díom. Agus ní raibh an tríú ceann fá mo choinne. Ach bhí mé ag titim de réir a chéile. Chuir mé Gaeilge ar leabhar fá Éireannaigh i gcogadh na Fraince. Sa deireadh ghlacfainn conamar suarach ar bith dá bhfaighinn — ar phunt an míle focal.

Nuair a bhí mé tamall maith ar obair tháinig fear muinteartha domh go Baile Átha Cliath — Niall Ó Dónaill as Loch an Iúir — é féin is a chéile mná. Fuair siad teach amuigh ar an Chuarbhóthar Thuaidh. Bhí neart fairsingi ann agus chuaigh mé féin chucu agus d'fhan acu go dearn mé fáras beag domh féin.

Bhí mé féin is Niall ag aistriú, an bheirt againn ár suí os coinne a chéile ag bord a bhí in aice na tineadh. Nuair a bhíomar mí nó fán tuairim sin ar obair thoisíomar a choimhlint. Ní raibh sa choimhlint ach gnoithe grinn ar tús. Ach ní mhaireann coimhlint i bhfad ina ghreann eadar beirt ar bith, agus níorbh fhada go rabhamar dáiríribh. Ar feadh seachtaine bhíomar ár suí ansin os coinne a chéile ag strócadh agus ag roiseadh linn ar theann ár ndíchill. I gceann gach aon tamaill bheireadh gach aon fhear againn spléachadh gasta trasna an tábla ar eagla go mbeadh an fear eile ag bun a dhuilleoige roimhe. Nuair a gheobhadh fear againn leathanach de línte briste d'fhágadh sé an deireadh ar an fhear a bhí go dtína dhá shúil i gcló dhlúth. Agus bhéarfadh seisean iarraidh a bhris a thabhairt isteach nuair a thiocfadh an t-ádh a fhad leis. Ach coimhlint chruaidh is mar a bhí eadrainn, níor dhiúltaigh ceachtar againn riamh an fear eile fá chuidiú. Thiocfainnse ar abairt a bhí róchruaidh agam. Chuirfinn ceist ar Niall fán bhail ab fhearr a thabhairt air. Sa bhomaite d'fhágfadh sé a chuid oibre féin i leataobh agus thoiseodh sé a chuartú agus a smaoineamh. 'Abair mar seo é', a deireadh sé. ''Bhfuil sin Gúmúil go leor?' a deirinnse. 'Tá, cinnte,' a deireadh Niall. Agus nuair a théadh seisean in abar bheirinnse mo dhícheall cuidithe dó.

'A Néill, cad é an chiall atá le *'Gin issis Gúdfar Iú'?* Tá mé ag déanamh gur Eabhrais atá ann.'

'Cá bhfuil tú? Chan Eabhrais ar bith sin, ach Sean-Ghaeilge.'

'Bhail, amharc sa tSeanchas Mhór féacháil an dtiocfá air.'

'Ní bhaighidh tú sin sa tSeanchas Mhór. I Leabhar na gCeart atá sé.'

'Agus cad é an chiall atá leis?'

'Tá, chóir a bheith gurb ionann é agus an rud a dúirt Cathal Buí: "A dhaoine chléibh, fliuchaigí bhur mbéal".'

''Bhfuil sin Gúmúil go leor?'

'Ba chóir go nglacfadh siad leis.'

Agus tamall ina dhiaidh sin eisean a bhíodh ag iarraidh cuidithe ormsa agus mise ag tabhairt mo dhícheall eolais dó.

'A Shéamuis, tá mé ag déanamh gur Gearmáinis atá anseo agam. B'fhéidir go dtiocfadh leat a mhíniú.'

'Cá bhfuil tú?'

Meine Katze lief in Eachnas' Haus
Eachnas' Katze kam zu mir,
Meine Katze setzte sich in Eachnas' Haus,
Eachnas' Katze setzte sich zu mir.

'Gearmáinis, cinnte. Agus ní bheidh mórán moille ort Gaeilge a chur air. Nó tá Gaeilge air mar atá sé.

Chuaigh mo chatsa tigh Eachnais,
Tháinig cat Eachnais chugam,
Shuigh mo chatsa tigh Eachnais,
Shuigh cat Eachnais agam.'

''Bhfuil sé Gúmúil go leor, do bharúil?'

'Cad chuige nach mbeadh? Sin an leagan Gaeilge atá ar scéal atá i ngach tír san Eoraip. Chuaigh cat Iarnais tigh Eachnais. Tháinig cat Eachnais tigh Iarnais. Cé acu ba chórtha do Iarnas a theacht fá choinne a chait féin tigh Eachnais nó do Eachnas a theacht fá choinne a chaitsean chuige. Agus thóg sin cogadh a mhair seacht mbliana.'

'Thóg, cinnte. Tá cuntas iomlán ar an chogadh sin i *gCatuairisc Inse Coinn.* Ach níor shamhail mé riamh go raibh sé sa Ghearmáinis.'

'Mhaige maise go bhfuil sé go huile agus go hiomlán sa leabhar sin ar a dtugtar *Die Katzscheitenkrieg.*'

Mhaireamar ag obair linn mar seo ar feadh seachtaine, agus sinn ag coimhlint go cruaidh le chéile i rith an ama. Bhí mise ag déanamh gur cheart domh an bhuaidh a fháil air. Ach bhí Niall chomh righin le gad. Agus ba é an chuma a bhí orainn go gcuirfimis sinn féin go doras an bháis agus nach mbeadh buaidh na coimhlinte le ceachtar againn.

Sa deireadh rinneamar amach nach raibh ach aon dóigh amháin leis na gnoithe a shocrú. Is é sin gach aon fhear againn lá iomlán a oibriú. B'ionann lá agus ó éirí gréine inniu go héirí gréine amárach. Thiocfadh leat oibriú leat ó mhaidin go ham luí. Ansin, má mheas tú go raibh tús maith curtha ar an obair agat, d'fhuagair tú an choimhlint agus shuigh tú ag scríobh leat go héirí gréine an lá arna mhárach. Agus b'éigean duit a mhór a dhéanamh den iarraidh seo, nó ní raibh cead agat féacháil leis an dara huair.

Niall an chéad fhear a d'fhuagair go raibh sé réidh le a ghabháil i gceann na coimhlinte. Chuaigh mé féin a luí. Shuigh seisean ag aistriú agus le héirí gréine ar maidin bhí ocht míle focal scríofa aige. Baineadh croitheadh asam féin nuair a chonaic mé an obair a bhí déanta aige. Thoisigh mé go luath an mhaidin sin, ach nuair a tháinig am luí ní raibh a oiread bun déanta agam agus go raibh uchtach agam an comhrac a fhuagairt. D'fhéach mé leis an dara lá, agus má b'fhearr an iarraidh sin mé. An tríú hoíche chuntais mé an méid a bhí déanta agam i dtrátha am luí, agus bhí mé inuchtaigh go raibh an uair ann.

'Maith go leor,' arsa Niall, agus sular imigh sé a luí d'fhág sé bucaeid ghuail ag taobh na tineadh agam. 'Tá braon beag sa phrios anseo a bhainfeas an codladh díot má thiteann do néal ort eadar seo is maidin,' ar seasean. 'Agus tá an chuid eile de ne foclóirí sa tseomra cúil, má bhíonn siad de dhíth ort.'

Shuigh mé féin ansin agus mé ag obair liom ar mo dhícheall. Tháinig an meán oíche agus shíothlaigh an tormán a bhí roimhe sin ar na sráideanna. Shocair an chathair i féin chun suain. Tháinig an ghealach anoir gur amharc sí isteach orm faoi imeall na dallóige. Ach d'oibir mé liom. Eadar sin is tráthas chuala mé scairt coiligh i bhfad uaim. Thoisigh an codladh a theacht orm. D'éirigh mé agus thug mé iarraidh an tóir a chur air. Choinnigh mé uaim ar feadh tamaill é. Ach thug sé an dara hionsaí orm. Throid mé leis go dtí nach raibh aon urchar fágtha sa phrios agam. Agus nuair a bhí an lá ag glanadh d'éirigh mé agus bhain mé mo leaba amach.

Eadar sin is tráthnóna d'éirigh mé. Nuair a bhí tráth maith bídh ar bord agam agus mo phíopa caite thoisigh mé gur chuntais mé an méid a bhí déanta agam. Agus bhí an bhuaidh liom. Corradh le naoi míle focal. Ba ghairid go dtáinig Niall isteach.

'Bhail,' ar seisean, 'cad é mar a chuaigh an choimlint?'

'Tá an bhuaidh agam ort,' arsa mise.

'Cá mhéad duilleog a líon tu?'

'An oiread seo.'

'Tá an cluiche bainte agat. Tuairim 's ar dhá chéad deag focal de bharraíocht ormsa. Siúil leat síos a fhad leis na Gunnaí Crosacha go n-íoca mé an geall.'

Ach ní raibh mé féin róshásta, agus dúirt mé sin le Niall. 'Ní mó ná sásta atá mé leis an trian dheireanach de mo lámhscríbhneoireacht,' arsa mise. 'Tá trí nó ceathair de leathanaigh ansin ar deireadh, agus tá eagla orm go mbeadh siad róchruaidh ar chlódóir a bheadh gann i nGaeilge. Is dóiche gurb é sin an rud a déarfas lucht an Ghúim liom agus go dtabharfaidh siad orm a scríobh athuair. Má bheir, níl an bhuaidh agam ort ar chor ar bith.'

'Cá bhfuil tu?' arsa Niall, agus thug sé cúig nó sé de dhuilleoga ón tábla agus d'amharc sé orthu. 'Ceart go leor,' ar seisean, 'níl sé chomh coimir leis an rud a mbeadh duine ag súil leis uaitse. Ach ní thabharfaidh siad ort a dhath de a scríobh athuair. Ná bíodh eagla ar bith fá sin ort.'

'Dearc ar an leathanach sin, a Néill,' arsa mise. 'Tá sí iontach scrábach. Nach bhfuil anois?'

Chuir Niall air a chuid spéaclóirí agus thoisigh sé a bhreathnú na lámhscríbhinne. Tháinig roicneacha ina éacan mar bhéadh rud éigin sa lámhscríbhinn a bhí ag cur iontais air. Sa deireadh, ar seisean, 'Cad é atá anseo agat?'

'Píosa den leabhar,' arsa mise.

'Cén leabhar?' ar seisean.

'Mo cheann féin,' arsa mise.

'Bhail, más í,' arsa Niall 'd'aistrigh mise an píosa sin Dé Luain s'chuaigh thart.'

B'fhíor é. Tamall roimh an lá ar maidin bhí an codladh do mo chloí agus mé ag troid leis chomh maith is a tháinig liom. Tráth dar shuigh mé i ndiaidh cath a chur air, ba í leabhar Néill a tharraing mé orm in áit mo chinn féin.

'Cá rachaimid?' arsa Bonnie Jean.

'Anonn anseo go Paris,' arsa mise.

'Níl tú ag brath a ghabháil thar Pharis?'

'Bhail, b'fhéidir go rachaimis síos chun an Deiscirt — má bhíonn a oiread airgid againn is a réiteos ár ndola.'

'Ba mhaith liom féin a ghabháil chun na Róimhe. Ba mhaith liom an Róimh a fheiceáil os cionn gach áit eile.'

'Bhail,' arsa mise, 'má théimid chun na Róimhe ní bheidh luach ár mbricfeasta againn an mhaidin a thiocfaimid ar ais chun an bhaile.'

'Mura bhfuil ádh orainn,' ar sise, 'tiocfaidh an mhaidin sin go minic orainn roimh dheireadh ár saoil. Agus mura raibh eadar sinn féin is an troscadh ach an beagán a bhéarfadh chun na Róimhe sinn is gairid a choinneos sin bia linn.'

Tháinig mé léi ar an scéal, cé nach sásta a bhí mé. Ach is iomaí uair ó shin a chonacthas domh gur aici a bhí an ceart.

'Maith go leor,' arsa mise. 'Ach níl a oiread is aon fhocal amháin Iodáilise i mo chloiginn. Siúil leat chun tí Eason go bhfaighe mé leabhar.'

'Déanamh go mbeadh faill agat a oiread a fhoghlaim anois is a dhéanfadh maith ar bith dúinn?'

'Sílim go mbeadh. Chonaic mé leabhar beag ansin an lá fá dheireadh agus tá mé ag meas gur mhaith an cuidiú againn í, *All you want in Italy.*'

Chuamar tigh Eason agus bhí an leabhar ansin ceart go leor, agus naoi nó deich de cheannaibh eile den chineál chéanna. Ach ní raibh ceann ar bith ann a bhéarfadh eolas do dhuine i bpobal nach mbeadh ann ach Gaeilge.

'An ea nach bhfuil *All you want in Ireland* ar bith ann?' arsa Jean.

'Níl,' arsa mise. 'Níl gnoithe lena leithéid. Níl de dhíobháil in Éirinn ach veiste bhán agus éadan dána agus muineál righin. An té a bhfuil sin aige gheobhaidh sé an post is airde sa tír agus gan aon fhocal Gaeilge ina phluic.'

Cúpla lá ina dhiaidh sin thángamar amach as teach an phobail agus sinn pósta ceangailte. Maidin dheas i lár an fhómhair a bhí ann. Bhaineamar Dún Laoire amach agus chuaigh ar bord. Beidh cuimhne agam ar an mhaidin sin a fhad is a bheas mé beo. Chan ar loing a bhí mé ar chor ar bith ach ar each gheal bhán agus mé féin is Niamh ag imeacht go Tír na hÓige. Cé a bheadh ina dhiaidh ar Oisín ar gan smaoineamh go dtiocfadh sé ar ais lá ab fhaide anonn agus nach bhfaigheadh sé Fionn ná Oscar ná Goll fána choinne? Agus nár mhailíseach an seanduine dóite a déarfadh linne an mhaidin sin go raibh anró nó buaireamh ar bith ag an tsaol fánár gcoinne?

Chuamar trasna go Holyhead, agus uaidh sin go Londain. Ansin síos go Newhaven agus trasna go Dieppe. Ar maidin shroicheamar Paris. Agus ba é sin an chéad uair a fuair mé amharc mar ba cheart ar an chathair álainn seo. Nó an dá uair roimhe sin ní raibh ann ach an méid a chonaic mé ar mo choiscéim.

'Creidim go bhfuil eolas maith ar an chathair seo agat,' arsa Jean, nuair a bhíomar ag teacht isteach go St. Lazarre.

'Tá eolas an bhealaigh go dtí an Gare de Lyon agam, ach sin é,' arsa mé féin.

'Nach iontach nár bhain tú fút anseo ar feadh chupla lá ceachtar den dá uair eile a chuaigh tú an bealach?' ar sise.

'An chéad uair a bhí mé anseo,' arsa mise, 'lár an dúgheimhridh a bhí ann, agus bhíothas do mo phlúchadh le giorra anála. B'fhaide liom ná bliain nó go mbeinn thíos sa Deisceart. Agus ní dhearn mé moill ar bith ach siúl liom caol díreach.'

'Ach ag teacht ar ais duit i dtús an tsamhraidh agus biseach ort?' ar sise.

Tháinig seo go tobann orm, agus dúirt mé rud éigin nach raibh mórán de chosúlacht na fírinne air. Ach nár dhoiligh domh a rá anonn is anall le Bonnie Jean: 'Bhí rún agam seachtain a chaitheamh i bParis ar mo bhealach chun an bhaile sa tsamhradh. Ach nuair a bhí mé i Nice tháinig cailín

óg isteach sa traen. Ba í an cailín ba dóighiúla – siúd uaim é,
bhí sí ar chailín chomh dóighiúil is a chonaic mé riamh. Níor
bhain sí fúithi i bParis agus, nuair nár bhain, ní dhearn mise
moill ach oiread.' Dá mhéad mo mheas ar an fhírinne ní
thiocfadh liom an scéal seo a inse do Bhonnie Jean.

Cúig lá a d'fhanamar i bParis. Agus shiúlamar sráideanna
go dtí go rabhamar marbh tuirseach. Is iomaí amharc súl le
feiceáil sa chathair álainn sin. Thig leat cuairt a thabhairt ar
an Louvre má tá spéis i bpioctúiri agat. Níor chaith mé féin
anseo ach cupla uair de thráthnóna. B'fhearr liom a bheith
amuigh ag breathnú na n-áiteacha a raibh cuntais orthu sa
stair. An Conciergerie, an áit a raibh Marie Antoinette i
bpríosún; La Place de La Concorde, an áit ar cuireadh chun
báis í; L'Arc de Triomphe de L'Etoile, an áit a bhfuil
ainmneacha na laoch a sheasaigh an fód don Fhrainc, agus
ainmneacha Éireannach ar an liosta sin. Chuamar suas go
rabhamar ar fhíorbharr Notre Dame, agus is álainn an
radharc a gheibh tú ar an chathair as an ionad sin.
Cúirteanna agus teampaill agus droichid fad d'amhairc uait,
agus Sruth Séine ag caismirnigh tríothu agus loinnir óir ina
brollach ag grian an tráthnóna.

Thugamar, ar ndóigh, cuairt ar Les Invalides agus
chaitheamar tamall fada ann. Tá stair na Fraince, nó cuid
mhaith de, scríofa sa Mhusée Historique. Agus más maith
leat tamall fada a chaitheamh ag machnamh ar an stair sin
toisigh thiar ag Halla Charlais Mhóir. Níorbh é sin an rud a
rinne mise. Chuaigh mé caol díreach go dtí tumba Napoleon.
Agus bhain Napoleon an bláth den chuid eile. Tá sé ina luí
ansin i gcónair ghalánta agus a chuid marascal thart air mar
bheadh siad ar garda go gcodlaíodh sé néal. Ach tá sé
marbh. Ní bhogfaidh sé as an áit a bhfuil sé ina chodladh go
Lá an Bhreithiúnais. Éireannach ar bith a léifeas an
scríbhinn atá os cionn an tumba tiocfaidh cumha air (is é sin
Éireannach ar bith nach deachaigh an sclábhaíocht go
smior ann). Níl fágtha ach gráinnín luatha. Ach ba mhaith
leis an gráinnín sin a bheith ar bhruach na Séine.

*'Je désire que mes cendres reposent sur les bords de la
Seine, au milieu de ce peuple Français que jai tant aime.'*

Tiocfaidh cumha ort nuair a smaoineos tú ar an dóigh a

n-imíonn glóir shaolta dá lonraí í. Agus tiocfaidh tocht ort
nuair a smaoineos tú ar an dóigh a bhfuarthas an bhuaidh:
*'The victory of stupidity and bully-beef over genius and
starvation.'* Tiocfaidh tocht ort nuair a chuimhneos tú gur
fear ionraic agus fear éifeachtach a bhí ann. Go dtug sé
iarraidh cumhacht na nGiúdach agus an airgid a bhriseadh.
Agus gur chuir siad míchliú riamh ó shin air, ag cur síos có
gur ag iarraidh an domhan a chur faoi smacht a bhí sé.

Chonaic mé rud eile sa Mhusée Historique ar sheasaigh
mé tamall ag amharc air. Ní raibh ann ach cóiste traenach.
Ach bhí sé ansin mar chuimhneachán ar an bhuaidh a fuair
siad ar an Ghearmáin i 1918. Istigh sa bhocsa sin a bhí Le
Maréchal Foch nuair a d'fhuagair sé a chuid téarmaí do
chinn airm na Gearmáine agus thug sé leathuair an chloig
dóibh le machnamh orthu. Tugadh an cóiste sin isteach as
Compiégne agus tá sé anois i bParis. Tá na céadta Francach
ansin agus, ar ndóigh, urraim an domhain acu don bhocsa
sin. Agus is confach an t-amharc a bhéarfadh siad ar an té a
déarfadh nach dtiocfadh scór bliain choíche go mbeadh sé ar
ais i gCompiégne agus *corporal* beag dorcha as an
Ghearmáin san ionad ina raibh Foch an chéad uair.

Nuair a bhí seachtain caite i bParis againn bhaineamar an
Gare de Lyon amach oíche amháin. Bhí Le Rapide de
Marseille réidh le himeacht agus chuamar ar bord. Cé nach
raibh sé ach luath sa 'tséasúr' go fóill, bhí scaifte maith
Sasanach ar an bhealach agus iad mar a bhíos siad i gcónaí
nuair a bhíos siad eadar dhá dtír. Ní raibh rud ar bith mar ba
cheart fána gcoinne. Ní raibh a sáith fairsingí acu. Ní raibh
bia le fáil ina sásamh. Ní raibh lucht an bhóthair iarainn ag
déanamh freastail mar ba chóir orthu. Ní raibh ar chor ar
bith. Daoine dobhránta gan chéill muintir na Fraince. Ní
thuigeann siad gur ordaigh an tAthair Síoraí dóibh féin is
don chuid eile den chine daonna gruaig a gcinn a chur faoi
chosa na Sasana.

Tamall beag i ndiaidh an mheán lae shroicheamar Níce.
Bhí an aimsir mar d'iarrfadh do bhéal a bheith, agus
chaitheamar coicís ansin. Chuaigh mé soir go Mentor lá
amháin agus shiúil mé aniar is siar L'Esplanade du Midi
fiche uair, ag féacháil an gcasfaí mo sheanduine orm – an

fear a casadh orm cupla bliain roimhe sin agus a d'aithin ar mo chuid mionna mór is mallacht gurbh Éireannach mé. Ach ní raibh sé le feiceáil thíos ná thuas agam.

Sa deireadh rinneamar amach go raibh an t-am againn a bheith ag tarraingt ar an Róimh. Tráthnóna amháin, i dtrátha a trí a chlog, chuamar ar an traen i Ventimiglia agus shín linn. Tháinig an oíche orainn sula bhfacamar mórán de thalamh na hIodáile. Agus bhíomar i bhfad ó dheas nuair a tháinig solas an lae an lá arna mhárach. Bhí an fómhar bainte san am, agus an rud ba mhó ar chuir mé sonrú ann an dath dubh dorcha a bhí ar na páirceanna. Shílfeá gur dóite an bhí an chonlach, agus gurbh iontach an rud barr ar bith a theacht as a leithéid de thalamh. Ach de réir m'eolais bíonn barr trom gráin ar an talamh chéanna. Ach is sonraíoch an duifear atá eadar tír acu seo agus Éire iathghlas oileánach.

Thángamar chun na Róimhe, agus sin an uair a bhí mé féin san fhaopach. Ní raibh dul agam maith ar bith a dhéanamh leis an Iodáilis. Bhí *All you want in Italy* i mo phóca agam. Ach bhí sé chomh maith agam Laoi an Amadáin Mhóir a bheith agam. Thug mé iarraidh cupla abairt a chur chun an chaite. Ach níor thuig aon duine mé.

'Níl dul agat maith a dhéanamh le *All you Want,*' arsa Jean.

'Níl,' arsa mise. 'Níl Iodáilis ar bith agam. Níl a oiread agam is a gheobhadh céim do dhuine sa bhaile in Éirinn.'

'Tá eagla orm,' arsa sise, 'nach mbíonn ár gcuairt chun na Róimhe inmhaíte orainn mura gcastar aon duine ort a thuigfeas thú.'

'Ní chasfar, maise,' arsa mise, 'aon duine orm a thuigfeas mo chuid Iodáilise. Féadann tú do mhionna a thabhairt leis sin. Níl aon Rómhánach beo ar thalamh an domhain inniu a thuigfeadh mé. Agus ní raibh ón chéad chónaí a rinneadh ar na seacht sliabh seo. Ach,' arsa mise, 'seo teach ósta ag taobh an stáisiúin — Stella d'Italia. Bainfimid fúinn ann go ceann chupla lá. Agus ansin rachaimid ar ais chun na Fraince. Thig linn a rá, ar ndóigh, go rabhamar sa Róimh. Scríobhfaidh mé cupla alt ar an turas seo nuair a rachas mé chun an bhaile agus a bheas faill agam dornán beag ráiti a fhoghlaim as *All You Want in Italy.*'

'Ní raibh a fhios agam go raibh tú chomh tarcaisneach is atá tú,' arsa Jean.

'Romhat atá!' arsa mise.

'Bhail,' ar sise, 'ní rachaidh mé chun an bhaile go bhfeice mé an Vatacáin, cár bith mar dhéanfas mé an t-eolas.'

Eadar sin is tráthas chuamar isteach i gcaife a chuartú greim bídh. Bhí dhá shagart ina suí fá bhord a bhí taobh istigh den doras. Agus nuair a bhíomar ag dul thart leo thugamar fá dear gur i mBéarla a bhí siad ag comhrá, agus blas Mheiriceá go follasach ar a gcanúint. Ní raibh fear acu os cionn má bhí sé deich mbliana fichead. Ach bhí cuma ar an fhear eile go raibh sé amuigh is istigh ar na trí scór. Fear trom a bhí ann a raibh déanamh láidir air agus, mo dhálta féin, blagad go dtí an dá chluais air.

'Ba cheart duit ceist a chur ar fhear de na sagairt sir cá bhfuil an Vatacáin,' arsa Jean.

'B'fhéidir nach bhfuil a fhios acu.'

'Tá ciall leis sin!'

'Bhail, siúd an fhírinne,' arsa mise. 'Ní bhíonn mórán suime ag muintir Mheiriceá i rud ar bith nach bhfuil ina dtír féin. Ní dada Via Appia i gcomórtas le Broadway. Agus níl an Vatacáin leath inchurtha leis an Stock Exchange nó Woolworth's Buildings, New York.'

'Bhail, ' arsa Jean, 'cuirfidh mise ceist ar an tsagart óg. Tá cuma lách air.'

'Tá sin ar do chomhairle féin,' arsa mise.

I gceann tamaill d'éirigh an sagart aosta agus chuaigh sé amach as an tseomra.

'Seo m'am,' arsa Jean. 'Cuirfidh mé ceist anois air nuair nach bhfuil aon duine ag comhrá leis,' agus anonn léi a fhad leis an tsagart óg.

Bhí an t-eolas aige, ar ndóigh. Agus ní raibh mórán uilig de dhíobháil. Bhí tram ag dul thart leis an doras a bhéarfadh chun na Vatacáine sinn.

Chaitheamar trí huaire sa Vatacáin agus ní thiocfadh liom cuntas beacht a thabhairt ar aon rud dá bhfaca mé. An áilleacht cheirde agus ealaíne a bhí ann dhall sé mé. Chuir sé ar meisce mé. Ní raibh a fhios agam riamh go dtí sin go dtug Dia a oiread tíolactha don duine agus go dtiocfadh leis a leithéid de áilleacht a chruthú le dath is le miotal is le snáth. Is minic le cupla bliain a smaoinigh mé gur mhillteanach an peacadh an Vatacáin a scrios. Agus ba ea, dá mbíodh gan baint a bheith aige leis an chreideamh ar chor ar bith. Cá huair go ceann na mílte bliain, nó an dtiocfadh sin go deireadh an tsaoil, croí a shamhóladh agus lámh a chumfadh agus a dhathódh *An Suipéar Déanach* nó *Lá an Bhreithiúnais?* Agus tá Caitlicigh sa tír seo agus ní chuirfeadh an léirscrios brón ar bith orthu, ach iad a bheith ag déanamh go raibh sé riachtanach le Impireacht Shasana a shábháil. Tá agus Caitlicigh a deachaigh an sclábhaíocht chomh domhain sin ina gcroí agus go mb'fhearr leo an Vatacáin a fheiceáil ina luaith ná aon phléascán amháin titim ar Chreimlin dhearg Mhoscó.

Tráthnóna an lae sin rinneamar amach cuairt a thabhairt ar an Janiculum. Chuir mé ceist i bhFraincis ar gach aon fhear de chúig sagairt a casadh orainn. Ach ní raibh dul againn maith a dhéanamh le chéile. An seisiú fear a casadh orainn, bhí rud beag Fraincise aige agus chuir sé ar an tram sinn. Thángamar go bun an 'chnoic 'nar crochadh Peadar,' agus suas go dtína bharr. Ach i ndiaidh a dhul an fad sin ní raibh dul againn a theacht ar an áit a raibh 'dhá mhac rí den fhréimh sin Choinn ar gach taobh de Ua Dhomhnaill.'

Thángamar amach as an Eaglais mar a chuamar isteach, agus shuíomar ar bharr an chnoic. Bhí páirt mhór den chathair faoinár súil anseo. Is iomaí rud a thiocfas i gceann duine agus é ina shuí anseo ag meabhrú. Sin thíos an Coliseum. Siúd thall an Forum. Tháinig iascaire isteach ansin tá dhá mhíle bliain ó shin agus thoisigh sé a theagasc an tSoiscéil, nuair a bhí Impireacht na Róimhe ina neart. Á! ní dhearn aon iascaire riamh é ach iascaire ar thuirling an Spiorad Naomh air. Agus nuair a bhí sé tamall ar obair agus thoisigh an marfach, scanraigh sé. Tháinig tallann critheagla air den chineál a thug air an Slánaitheoir a shéanadh an oíche roimh a chéasadh. Agus d'imigh sé ag teitheadh. Amach an bealach sin a bhí sé ag imeacht fá dheifre agus fá eagla nuair a casadh an Slánaitheoir air ag tarraingt isteach. Agus an freagra a thug sé ar *'Domine, quo vadis?'*, thug sé ar Pheadar pilleadh. Agus níor loic sé ní ba mhó ina dhiaidh sin

nó gur chroch siad ar mhullach an chnoic seo é. Tá suas le
dhá mhíle bliain caite ó shin agus tá an Eaglais beo go fóill.
Tá colaimneacha agus cneácha uirthi, ach má tá féin tá sí
urrúnta láidir. Is iomaí athrach a tháinig ar an tsaol ón lá a
tháinig Peadar chun na cathrach seo. D'éirigh ríochtaí agus im-
pireachtaí. D'fhabhair siad agus d'fhás siad. D'fheoigh siad
agus d'éag siad ina dhiaidh sin. Ach tá an Eaglais beo ar fad.
Agus beidh nuair nach mbíonn lá iomráidh ar na ríochtaí ná
ar na himpireachtaí is neartmhaire dá maireann anois.. An
Sasanach úd a chaith bunús a shaoil ag cur na na staire as a
riocht, d'imigh rud beag den fhírinne air. Beidh sí ann nuair a
bheas taistealaí as New Zealand ina sheasamh ar shúil
bhriste de Dhroichead Londain ag déanamh pioctúir de
bhallóig Theampall Phóil!

'Tá sé chomh maith againn tarraingt ar Stella d'Italia,'
arsa Jean, 'agus gan an oíche a ligean anseo orainn féin.
Thig linn a theacht ar ais amárach agus tús lae a bheith linn.
Agus b'fhéidir gur duine éigin a chasfaí orainn lenár gcur ar
an eolas.'

Leis sin féin cé a tímid ag teacht amach as Eaglais S.
Pietro ach fear de na sagairt a chonacamar sa chaife inniu
roimhe sin. An sagart aosta a bhí ann. Ach ní raibh leis ach é
féin.

'Chuir mise ceist ar an tsagart óg cá raibh an Vatacáin,'
arsa Jean. 'Cuir thusa ceist ar an fhear seo cá bhfuil na
huaigheanna.'

'Bhail,' arsa mise, 'ní labharfaidh mé i mBéarla leis.'

'Déan deifre nó ní labharfaidh tú leis i dteanga ar bith,'
arsa Jean.

Chuaigh mé féin anonn roimhe agus chuir forrán air.
'Bonjour, mon père,' arsa mise.

'Bonjour, Monsieur,' ar seisean go lách.

'Vous parlez le Français?' arsa mise.

'Pas beaucoup. Un petit peu,' ar seisean.

Ach ba mhó an *petit peu* a bhí aige ná a bhí agamsa.
D'inis mé mo scéal dó. D'iarr sé orainn eisean a leanstan
agus phill sé isteach ar ais chun na hEaglaise. Suas pasáid
fhada linn go dtángamar a fhad le leac mhór cheithre
gcoirnéal a bhí ann. *'Voilà, madame et monsieur,'* ar
seisean.

HIC QUIESCUNT
UGONIS PRINCIPIS O'NEILL
OSSA

Chuamar ar ár nglúine gur chuireamar paidir le hanam na marbh. Ní raibh aon duine ar na gaobhair ach an triúr againn. Agus chonacthas domh féin go raibh cuma iontach uaigneach ar an áit a raibh na huaigheanna. D'inis an sagart dúinn go raibh sé sa Róimh seal a chuarta nuair a bhí sé óg. Ach nach raibh a fhios aige san am cá raibh na taoisigh curtha. Agus dúirt sé gurbh é sin an rud a thug chun na Róimhe an iarraidh seo é. Dúirt mé féin leis gur dóiche nach dtigeadh mórán a dh'amharc ar na huaigheanna sin anois. Go raibh mé ansin i rith an tráthnóna agus nach bhfaca mé aon duine go dtáinig seisean.

'Ah, Monsieur,' ar seisean, agus tocht le haithne ar a ghlór, *'cela ne se pourrait pas en Irlande.'* Agus ansin, mar bheadh sé ag caint leis féin, ar seisean:

> 'Fada go bhfaighfí an fhaill
> Dá mbeith thiar i dTír Chonaill.'

Tháinig seo chomh tobann sin orm féin agus gur fágadh i mo thost mé. Ach nuair a tháinig mé chugam féin thug mé freagra air:

> 'Láimh le slua Boirche dá mbeath
> Ní bhfaighfí an uaigh go huaigneach.'

Agus ansin thoisigh gach dara ceathrú againn, ag tabhairt freagra ar a chéile mar bheimis ag rá an phaidrín:

> 'I nDoire, i nDroim Clíabh na gcros,
> I nArd Macha is mór cádhas
> Ní bhfaighfí lá an feart ar faill
> Gan mná do theacht fá thuaraim.'

> 'I nDún na nGall fa mín muir,
> Nó in áras Easpaic Eoghain
> Nó in Eas Ruaidh is séimh sál
> Ní ba réidhe an uain d'fhagháil.'

'Thiocfadh ad chombáidh caoinidh
Bean ón Éirne iolmhaoinigh,
Bean ó shlios binnsreabh Banna,
'S inghean ó Lios Liathdroma.'

'Do thiocfadh bean ón Mháigh Mhoill,
Ó Bhearbha, ó Shiúir, ó Shionainn,
An bhean ó Chruachain na gcath,
'S an bhean ó thuathaibh Teamhrach.'

'Do hísleofaí ó ingnibh scor
An cnoc 'nar crochadh Peadar,
Ní bhiadh an teach gan gháir ngoil
Dá mbeith láimh le fia Fionntain.'

'Cá háit i gCondae Dhún na nGall arb as thú?' ar seisean,
ar ár mbealach anuas tamall ina dhiaidh sin.

'Na Rosa,' arsa mise. 'Baile a dtugann siad Rinn na
Feirste air.'

'Rinn na Feirste!' ar seisean, agus sin ar dhúirt sé. Chuir
mé ceist air cárbh as é féin.

'Féadaim a rá nach as Éirinn ar chor ar bith mé,' ar
seisean, 'tá mé an fad sin i Meiriceá.' Agus níor chuir sé an
dara focal lena fhreagra. Agus nuair nach raibh fonn air a
inse domh cárbh as é níor chuir mé an scéal ní b'fhaide.

'Cá bhfuil sibh ag baint fúibh?' ar seisean. Agus d'inis mé
féin dó. Tháinig sé chugainn tráthnóna an lá arna mhárach
agus rinne sé ár ngiollacht ar fud na cathrach, ach níor inis
sé i rith an ama cárbh as é féin ná a mhuintir. Chuala mé
trácht ar chupla sagart as Tír Chonaill a bhí ina gcónaí sa
Róimh. Sagart Phadaí Mhuirí as an Tearmann, agus sagart
eile as Gleann Fhinne. Ach ní bheadh canúint Mheiriceá ag
ceachtar acu seo.

'B'fhéidir,' arsa mise le Jean, 'gur i Meiriceá a rugadh is a
tógadh é.'

'An mbeadh an Ghaeilge ar a mhian mar sin ag fear de
thógáil Mheiriceá?' ar sise.

'Bheadh, cinnte, dá mbíodh sí ag a mhuintir agus dá
labhradh siad í go gnásúil,' arsa mise. Agus b'fhíor sin

domh. Chonaic mé cruthú air cupla bliain roimhe sin.
Tháinig fear isteach chugam go hoifig an Fháinne aon lá
amháin. D'aithin mé ar an chulaith éadaigh a bhí air go
raibh sé tamall i Meiriceá. D'fhiafraigh mé de ar chaith sé i
bhfad thall. Dúirt sé liom nár leag sé bonn ar thalamh na
hÉireann riamh go dtí maidin an lae sin. Agus bhí teanga
Ghaeilge aige mar bheadh ag an té nár fhág Conamara
riamh. B'fhéidir, arsa mise liom féin, gurb é m'fhear
muinteartha atá ann. Ach dá mba é ligfeadh sé a aithne a
fhad liom.

'Cá huair atá sibh ag brath a dhul ar ais chun na
Fraince?' ar seisean, nuair a bhí sé ag scarúint linn.

'Bhí rún againn imeacht Déardaoin,' arsa mise.

''Bhfuil téirim ar bith oraibh?' ar seisean.

'Níl,' arsa mise, 'ach go díreach gurb é an Déardaoin a
bhí socair againn.'

'Fanaigí lá eile,' ar seisean. 'Tá mise is an Sagart Ó
Conaill ag gabháil an bealach sin Dé hAoine. Beimid ag
imeacht le traen a naoi a chlog san oíche.'

Thoilíomar ar fanacht go hAoine, agus ní fhacamar ní ba
mhó é go dtí go rabhamar ag an stáisiún an oíche sin.
Bhíomar ansin tamall roimhe. Sa deireadh tímid chugainn é
féin is a chomrádaí. Chuaigh an ceathrar againn ar bord,
agus bhí neart fairsingí againn. Leath suíocháin ag gach aon
duine. Agus thiocfadh linn néal a chodladh eadar sin is
maidin. Tamall beag sular imigh ən traen tháinig
leathstócach chun tosaigh agus shín sé bascaeid isteach
chuig fear de na sagairt.

'Cá bhfuair tú seo?' arsa an fear óg.

'Mná rialta a raibh mé ar cuairt inné acu,' arsa an fear
eile. 'Iadsan a d'inis domh nach raibh aon ghreim le fáil ar
an traen seo.'

'Is ceart an sealgaire thú,' arsa an fear óg. 'Ag do leithéid
atá gnoithe chun na hEorpa.'

'Déarfaidh tú sin sula raibh tú i Ventimiglia i dtrátha an
mheán lae amárach.'

Ní raibh a fhios agam féin ná ag Jean nach raibh aon
ghreim le fáil ar an traen seo. Ach ní raibh mórán imní

orainn fá sin. Bhí cuid na ranna sa bhascaeid. Agus ní raibh contúirt ar bith go ndéanfaí leithcheal orainn.

Sa deireadh bhíomar faoi shiúl. Mhaireamar ag comhrá is ag caitheamh tobaca go dtí go raibh sé i dtrátha an mheán oíche. Ansin chóirigh gach aon duine é féin ar na suíocháin chomh maith is a tháinig linn, féacháil an dtiocfadh linn néal a chodladh.

Bhíomar uilig muscailte le bánú an lae ar maidin. Agus san am sin bhíomar ag tarraingt aníos ar chamas Genoa. Nuair a bhí an lá glan agus an ghrian ag éirí nocht radharc chugainn chomh hálainn agus a chonaic mé riamh. Maidin dheas chiúin agus an ghrian ag cur maise ar muir agus ar tír. Bhí an camas ar dhéanamh leath fáinne. Cnoic chrochta ar an taobh istigh agus an fharraige ar an taobh eile. Bhí béal mór fada fairsing trá ann agus na hiascairí ag tarraingt isteach a gcuid eangach, go díreach mar bheadh scaifte againn féin ag tarraingt saián ar thráigh Oileán na Marbh thiar i dTír Chonaill.

I gceann tamaill eile ina dhiaidh sin bhí oibriú ag teacht ar na pasantóirí. Bhí siad ag cuartú bídh agus gan bia ar bith ar an traen. Nuair a stop sí ag ceann de na stáisúin bhí cupla duine ansin ag díol caife is mionghreimeanna eile. Ach ní tháinig bomaite go raibh an beagán seo ceannaithe agus íte.

'B'fhéidir gur chóir dúinn snáthadh beag bídh a chaitheamh,' arsa an seansagart, ag tarraingt na bascae de aniar as faoin tsuíochán. Bhain sé an clár di agus bhí sin inti neart bídh don cheathrar againn, agus dhá bhuideal fíona. San am seo bhí an traen ag teacht isteach go dtí stáisiún eile. Agus bhí na pasantóirí ag brú a chéile fá na doirse, gach aon duine ag iarraidh tús a bheith aige, féacháil an mbeadh aon ghreim le fáil ar an léibheann.

'Is cosúil nach raibh a fhios ag mórán acu nach raibh bricfeasta ar bith le fáil ar an traen seo,' arsa an sagart óg. 'Nó b'fhéidir gur shíl siad go mbeadh measarthacht le fáil fá na stáisiúin.'

'B'fhéidir sin,' arsa an seansagart, agus d'amharc sé anall orm féin agus thoisigh a chaint i nGaeilge liom. Nuair a dúirt sé an tráthnóna úd eile liom ar Mhontorio go 'mb'fhada go bhfaighfí an fhaill dá mbeith thiar i dTír Chonaill,' chuir sé mo sháith iontais orm, nó níor shamhail mé san am go raibh aon fhocal Gaeilge ina chloiginn, nó go raibh a fhios aige go raibh a leithéid de theanga ar an domhan ar chor ar bith. Ach chuir sé tuilleadh is mo sháith iontais an mhaidin seo orm. 'Nuair a bhíos a sháith ite ag duine san oíche,' arsa seisean, 'ní smaoiníonn sé go mbeidh ocras air ar maidin an lá arna mhárach. D'imigh siad fá dheifre, is dóiche, mar a d'imigh muintir Leitreach chun scaoill le heagla roimh an chogadh.

'Is beag acu rinne é chomh críonna is gur fhan siad go mbíodh leo lón

Ach an Boc is an Sagart Ó Fril, is chuaigh siad araon i gcomhar.'

'Is tú Sagart Dhónaill Óig,' arsa mise, ag breith greim láimhe air.

'Is mé Sagart Dhónaill Óig,' ar seisean.

Bhí a fhios agam, ar ndóigh, go raibh a leithéid ar an tsaol. Bhí a fhios agam gur imigh Dónall Óg Ó Gallchóir as Rinn na Feirste go Meiriceá fada ó shin agus go dtug sé anonn a bhean is a theaghlach, cupla bliain ina dhiaidh sin, nuair a bhí fáras fána gcoinne aige. Bhí a fhios agam go raibh beirt ghasúr aige, agus go dearnadh sagart de fhear acu nuair a tháinig ann dó. Ach má smaoinigh mé air sin féin an chéad tráthnóna a casadh orm é, chaith mé as mo cheann é nuair nach raibh cuma air go raibh eolas ar bith aige ar Rinn na Feirste.

'Cárbh aois thú nuair a d'fhág tú Rinn na Feirste?' arsa mise leis.

'Seacht mbliana cothrom,' ar seisean. 'Chaith mé bliain go leith ar scoil ag Padaí Máistir.'

'Is minic a chuala mé mo mháthair ag caint ort,' arsa mise.

'Creidim gur minic,' ar seisean. 'Ní aithneoinn neach beo dá dtéinn go Rinn na Feirste anois. Ina dhiaidh sin ba mhaith liom cuairt a thabhairt air sula bhfaighinn bás. Ní aithneoinn na daoine, ach sílim go n-aithneoinn an baile. D'aithneoinn an Bháinseach agus Port an Churaigh agus mullach an Charracamáin agus na Maola Fionna. Ba mhaith liom a bhfeiceáil arís,' ar seiseann, 'agus áiteacha nach raibh ciall agam dóibh nuair a bhí mé i mo thachrán. An áit ar tógadh clann Phádraig Duibh Uí Dhónaill, Séamas is Aodh is Peadar Gréasaí.'

'Cá bhfuair tú eolas ar cheol na nDálach?' arsa mise leis.

'Fuair i Philadelphia, ó Mháire Néillín agus ó Nórainn,' ar seisean. 'Agus léigh mé cuid mhaith acu ar pháipéar a dtugadh siad *An Gaedheal* air. Chuir sagart de Chlainn Ic Mhurchaidh an mhórchuid acu ar an pháipéar sin.'

'Bhail,' arsa mise, 'is cosúil gur focal fíor é, go gcastar na daoine ar a chéile is nach gcastar na cnoic ná na sléibhte. Cé a shílfeadh go gcasfaí beirt as Rinn na Feirste ar a chéile ar uaigh Aodha Uí Néill sa Róimh?'

'Bhí mé chóir a bheith cinnte gurbh Éireannach tú chomh luath is a chuir tú forrán orm,' ar seisean.

'Cad é a chinntigh duit é?' arsa mise.

'Bhail,' ar seisean, 'fear as Éirinn nó fear as Meiriceá a raibh pór Éireannach ann ba dóiche a bheith ag tabhairt cuairte ar na huaigheanna. Ach labharfadh fear Mheiriceá i mBéarla. Tá dálta an tSasanaigh air, ní smaoiníonn sé go bhfuil teanga ar bith eile ar an tsaol seo, nó ar an tsaol úd eile ach oiread. Agus, ar ndóigh,' ar seisean, ag déanamh gáire, 'bhí a fhios agam nach Francach a bhí ionat. Nó ní an chuid is blasta den Fhraincis agat, ach oiread liom féin.'

'Sin an chuid is greannmhaire den scéal,' arsa mise. 'Beirt as Rinn na Feirste ag streachailt le Fraincis ag iarraidh a gcomhrá a dhéanamh.'

'Chuireamar aithne na mbó maol ar a chéile, mar deireadh mo mháthair,' ar seisean, agus thoisigh sé a chaint ar Rinn na Feirste agus ar na leabhra a bhí scríofa agam. Agus rudaí a scríobh mé ar *Fháinne an Lae* agus ar pháipéir eile agus a bhí ligthe chun dearmaid agam, bhí siad aige ar a theanga. 'Ach,' ar seisean, 'rud a chuir iontas go minic orm, cad chuige nár scríobh tú seanchas Rinn na Feirste riamh? A dhuine, ba mhór an truaighe a ligean chun dearmaid. Is iomaí oíche a shuigh mé nuair a bhí mé i mo stócach ag éisteacht le m'athair is le mo mháthair ag gabháil do sheanchas Rinn na Feirste. Agus dá bhfeicfeá an lúchár a bhí orm nuair a chuaigh mé go Philadelphia agus fuair mé ceolta Rinn na Feirste ag clann Néillín Shéamais.'

Rinneamar tamall mór comhráidh fá Rinn na Feirste uaidh sin go tráthnóna. Bhíomar ag teacht aníos cladach na hIodáile ag tarraingt ar chrích na Fraince, agus radharc álainn mara agus sléibhe ar ár n-amharc. Ach ba bheag aird a bhí againn ar an Mhuir Mheáin, nó ar Bhordigheira nó ar San Remo. Níorbh iad a bhí inár gceann ach an tEargal agus an Mhucais. Reannacha garbha na Rosann. Méilte geala na Maol Fionn. 'Ceann Dubhrann na ndumhchann bán agus rith na trá ·lena thaobh.'

Níor fhágamar mórán de cheol na nDálach gan aithris. Chaoineamar Pádraig Shéamais agus rinneamar ár sáith gáirí faoi Shean-Nioclás mhaol na mbróg. Bhíomar leis an Jaighneoir go Caisleán an Bharraigh, agus rinneamar ceol na Crúbaí a aithris ón lá a dhíol Conall Ó Duibheanaigh le hÉamonn Ó Dúchann í go dtí gur fhuadaigh an slua sí í agus 'go raibh sí sa dún seo 'tabhairt bhainne go huaibhreach 'na bearach bheag mhaol.'

'Ach sin an ceann is greannmhaire a rinne aon fhear acu riamh,' ar seisean, 'an t-amhrán a rinne Aodh do bhríste Mhánuis:

'Beir scéala ionsar Aodh nach bhfuilmid ár luí
    Is nár briseadh ár gcroí i gCionn tSáile,
'S beidh cabhlach an rí ag teacht chugainn arís
    Le clanna na míleadh a tharrtháil.
Tá ceannfoirt is laochra chugainn i dtír
    Ó Chaisleán Dhún Buí go Fánaid,
Tá cruaidhe agus fíon leo 's fallaingí síoda
    Agus gealas do bhríste Mhánuis.'

Bhí sé linn go Monaco agus d'fhág sé slán ansin againn. 'Go gcuire Dia an t-ádh oraibh,' ar seisean. 'B'fhéidir go gcasfaí ar a chéile go fóill sinn ar an Bháinsigh. Agus anois,' ar seisean liom féin, 'tá mé ag iarraidh achainí ort. Scríobh seanchas Rinn na Feirste.'

Seachtain ina dhiaidh sin bhí mé féin is Jean inár seasamh ar bhord na loinge agus sléibhte na hÉireann ag nochtadh chugainn amach as ceo na maidine. Agus bhí mo thairngreacht comhlíonta: ní raibh luach an bhricfeasta againn ar a theacht go Baile Átha Cliath dúinn. Ach

bhíomar saibhir ar dhóigh eile. Bhí cuimhní againn a
mhairfeas lenár saol agus a bhéarfas dealramh solais dúinn
nuair is dorcha an spéir.

Sin an méid sin de mo sheanchas. B'fhéidir, le cuidiú Dé,
go gcuirfinn tuilleadh leis lá is faide anonn. Is iomaí mealladh
a baineadh asam ó tháinig ann domh. Shíl mé aon uair
amháin go bhfeicfinn an lá a mbeadh Éire saor ó smacht
Gall agus an Ghaeilge ar shlí a sábhála. Tá a fhios agam
anois (ach míorúiltí Dé féin) nach dual don lá sin a theacht le
mo linn. Ach ní dheachaigh mé riamh in éadóchas. Ní
chreidim go dtug Dia an snámhaí trasna na mara móire tríd
bristeacha borba agus go ligfeadh Sé a bháthadh ar amharc
an chladaigh. Casfar daoine ort a chaill a misneach agus a
ndóchas. Ní raibh Éire riamh chomh fágtha is atá sí anois, a
déarfaidh siad leat. Bhí díoltas ina croí i ndiaidh Chionn
tSáile. Bhí sí ag mallachtaigh faoina hanáil ar Chromail. Bhí
sí ag criongán ina codladh sa hochtú haois déag. Bhí sí ag
díoscarnaigh lena cár blianta na Gorta. Ach níl ag cur
bhuartha anois uirthi ach ag iarraidh a bheith cosúil ar an
uile dhóigh leis an ainmhí ghránna a chuir faoi smacht í!

Ach, i gcead don mhuintir a bhfuil an dearcadh gruama
seo acu, ní chreidimse gurb é an t-éag atá i ndán do Éirinn.
B'fhéidir go gcuirfeá ceist orm cé a shábhólas í, nuair nach
bhfuil aon cheann urraidh le feiceáil agat cearn ar bith dá
n-amharcóidh tú. Agus bheir sin i mo cheann leabhar a
bhfuil trácht agam uirthi sa scríbhinn seo, mar atá *Luke
Delmege*. Bhí an tAthair Lúcas ag dul in éadóchas san am.
Bhí eagla air nach raibh Éire inleighis. Ba é an dearcadh a
bhí aige nach mairfeadh sí ar chor ar bith gan a bheith cosúil
le Sasain is le Meiriceá. Lá amháin bhí sé ag díospóireacht
fán scéal le sagart aosta, agus bhí dóchas ag an tsean-tsagart
d'ainneoin go raibh cos amuigh is cos istigh san uaigh aige.
'Caithfimid a dhul i muinín ár ndúchais,' ar seisean, 'agus
gan féacháil le aithris a dhéanamh ar thír ar bith.'

'Ach tá Éire ag fáil bháis,' arsa an tAthair Lúcas. 'Tá sí
lag. Cá bhfuil mar sheasós a dúchas di eadar Sasain is
Meiriceá? Sasain á brú agus Meiriceá á mealladh. Cad é a
shábhólas í?'

'Tá, Dia,' arsa an seansagart. 'Dia mór na n-uilechumhacht. An Dia céanna a thug beo í as tine agus as marfach le seacht gcéad bliain.'